Black President:
Clash of the Races
An American Novel of the Year 2228

O Choque das Raças
ou
O Presidente Negro
Romance americano do ano de 2228

Other Books Translated by

Ana Lessa-Schmidt

João do Rio

Vertiginous Life

Religions in Rio

Machado de Assis

Trio in A-Minor

Ex Cathedra

Miss Dollar

*Good Days! :
Chronicles by Machado de Assis 1888-1889*

Mário de Andrade

To Love: Intransitive Verb

Glenn Alan Cheney

Suas Mãos na Terra

Black President:
Clash of the Races
An American Novel of the Year 2228

O choque das Raças
ou
O Presidente Negro
Romance americano do ano de 2228

Monteiro Lobato

Translated by Ana Lessa-Schmidt

New London Librarium

Black President: Clash of the Races
by Monteiro Lobato

Original Title: *O Choque das Raças ou O Presidente Negro: Romance americano do ano de 2228*

Translated by Ana Lessa-Schmidt

Edited by Glenn Alan Cheney
This is a special international paperback edition of *The Clash of the Races or The Black President*. Only the title and cover are different.

ISBN: 978-1-947074-72-9

This work was published with support from the Ministry of Tourism of Brazil | National Library Foundation
Obra publicada com o apoio do Ministério do Turismo do Brasil | Fundação Biblioteca Nacional.

Dedicamos este livro a todos aqueles que apreciam o poder da leitura como reflexão do tempo e da existência humana, e também aos defensores do direito à leitura, seja ela prazerosa ou pesarosa, e do direito de todos os livros continuarem existindo, sem censura, para que não percamos a noção das tantas mudanças ocorridas em nossas sociedades no decorrer dos séculos, mas para também termos um "telescópio" que nos faça ver as mudanças que ainda são necessárias.

We dedicate this book to all those who appreciate the power of reading as a reflection of time, and also to the defenders of the right to read, be it pleasurable or sad, and the right of all books to continue existing, without censorship, so that we don't lose track of the many changes that have occurred in our societies over the centuries, but also to have a "telescope" that makes us see the changes that are still necessary.

Conteúdo

Contents

O Choque das Raças:
Primeiro Romance Distópico da
Literatura Latino Americana

O termo utopia foi tomado por empréstimo do título do livro publicado em 1516 por Thomas More (1468-1535) no qual é descrita uma sociedade apresentada como perfeita: uma sociedade na qual as instituições político-econômicas existem com a exclusiva finalidade de proporcionar o bem-estar social coletivo, e na qual vigoram leis justas e iguais para todos. Porém, quando é focalizado o caráter negativo do mundo ideal, tem-se uma distopia.

As primeiras publicações deste gênero literário são *Nós* (1924), escrito por Yevgeny Zamyatin (1884-1937); *Admirável Mundo Novo* (1931), escrito por Aldous Huxley (1894-1963); *1984* (1949), de George Orwell (1903-1950); e *Fahrenheit 451* (1953), escrito por Ray Bradbury (1920-2012).

O Choque das Raças, do escritor e editor brasileiro Monteiro Lobato, foi publicado no Rio de Janeiro entre 5 de setem-

Introduction

The Clash of the Races:
The First Dystopian Novel
in Latin American Literature

The term utopia is borrowed from the title of the book published in 1516 by Thomas More (1468-1535) in which a society is described as perfect: one in which political and economic institutions exist for the sole purpose of collective social welfare, and in which fair and just laws apply to all. However, when the negative character of the ideal world is brought into focus, we have a dystopia.

The earliest publications in this literary genre are *We* (1924), written by Yevgeny Ivanovich Zamyatin (1884-1937); *Brave New World* (1931), written by Aldous Huxley (1894-1963); *Nineteen Eight Four* (1949), by George Orwell (1903-1950); and *Fahrenheit 451* (1953), written by Ray Bradbury (1920-2012).

The Clash of the Races, by Brazilian writer and editor Monteiro Lobato, was published in Rio de Janeiro between September 5 and October 1, 1926 in chapters in the newspaper

bro e 1° de outubro de 1926 em capítulos no jornal *A Manhã* e, como livro, sob o título completo de *O Choque das Raças ou O Presidente Negro – Romance americano do ano de 2228*, em São Paulo em dezembro do mesmo ano. É, portanto, o segundo romance distópico a vir à tona no mundo e primeiro na América Latina.

Conforme revela em carta ao amigo Godofredo Rangel (1884-1951) no início de julho de 1926, Lobato ainda estava desenvolvendo a ideia do livro, mas já pretendia escrever uma estória[1] que fosse publicável nos EUA, ou seja, que tratasse de temas interessantes para os leitores norte-americanos e, portanto, para os editores:

> Sabe o que ando gestando? Uma ideia-mãe! Um romance americano, isto é, editável nos Estados Unidos. Já comecei e caminha depressa. Meio a Wells,[2] com visão do futuro. O *clou*[3] será o choque da raça negra com a branca, quando a primeira, cujo índice de proliferação é maior, alcançar a branca e batê-la nas urnas, elegendo um presidente preto! Acontecem coisas tremendas, mas vence por fim a inteligência do branco. Consegue por meio dos raios N, inventados pelo professor Brown, esterilizar os negros sem que estes deem pela coisa.
>
> Já tenho um bom tradutor, o Stuart [Aubrey (1844-1918)], e em Nova York um agente[4] que se entusiasmou com o plano e tem boa porcentagem no negócio. Imagine se me sai um *best seller*! Um milhão de exemplares... (Lobato, 1944, p.467)

Há décadas Lobato acompanhava os temas relevantes para os EUA – por meio de publicações, e talvez também do contato direto com norte-americanos, como Isaac Goldberg. Lobato sabia que o choque entre as etnias branca e negra – *"the negro question"* (qual espaço os cidadãos norte-americanos de origem

A Manhã, and the full title *The Clash of the Races or the Black President—an American Novel of the Year 2228*, in São Paulo in December of the same year. It is therefore the second dystopian novel to come out in the world, and the first in Latin America.

As Lobato reveals in a letter to his friend Godofredo Rangel (1884-1951) in early July 1926, he was still developing the book idea, but already intended to write a story[1] that would be publishable in the US, in other words, that dealt with themes interesting to American readers and, therefore, to publishers:

> Do you know what I've been gestating? An idea-mater! An American novel, that is, publishable in the United States. I have already started, and it is developing fast. A bit like Wells's,[2] with a vision of the future. The *clou*[3] will be the clash of the Black race with the white race, when the Black race, whose proliferation rate is greater, catches up with the white race and beats them at the polls, electing a Black president! Tremendous things happen, but in the end the white man's intelligence wins. He manages, by means of the N rays, invented by Professor Brown, to sterilize the Black s without them even noticing.
>
> I already have a good translator, Stuart [Aubrey (1844-1918)], and an agent[4] in New York who is enthusiastic about the plan and has a good percentage of the business. Imagine if I come up with a best seller! A million copies... (Lobato, 1944, p.467)

For decades Lobato had been following the issues relevant to the US – through publications, and perhaps also through direct contact with Americans, such as Isaac Goldberg. Lobato knew that the clash between Black and white ethnicities – "the negro question" (what space would be occupied by North-American citizens of African origin in North-American society after the end of slavery) – and the high consumption of products to treat curly

africana ocupariam na sociedade norte-americana após o fim do sistema escravagista) – e o elevado consumo de produtos para o tratamento de cabelos crespos eram temas constantes na mídia norte-americana. Ao estabelecer uma relação entre dois temas tão populares nas páginas dos principais veículos da mídia norte-americana ao longo das três últimas décadas que antecedem o momento em que escreve *O Choque das Raças*, Lobato teria a oportunidade de enfocar ambos simultaneamente. Através destes dois temas ainda lhe seria possível passar uma mensagem construtiva e defender os integrantes da etnia negra, causa a que se dedicava ao menos desde 1920, quando publicou o conto *Negrinha*.

Ao escrever a carta acima reproduzida, Lobato também já tinha em mente que o gênero do livro com que pretendia se lançar no mercado norte-americano seria uma ficção científica. *A Máquina do Tempo* (1895), de Wells, impressionara o público leitor norte-americano, obtendo, consequentemente, muito sucesso. Por isso Lobato acreditava que, se seguisse seu estilo e, ao mesmo tempo, tematizasse os problemas sociais em voga nos EUA naquele momento, o sucesso seria garantido. Há anos Lobato queria fazer algo assim, e já revelara este seu desejo ao mesmo amigo em uma carta carta anterior, de 1905.[5]

Tivesse Lobato obtido êxito na tentativa de publicar *O Choque das Raças* em inglês em 1927 em Nova Iorque, talvez hoje seria apontado ao lado de *We*, de Zamyatin, como inspiração para *Admirável Mundo Novo*, de Huxley. Leis que regulamentam a convivência em sociedade e aparatos de alta tecnologia, ao estilo

hair were constant themes in the North-American media. By establishing a relationship between two themes so popular in the pages of the main American media outlets over the last three decades before the moment he writes *The Clash of the Races,* Lobato would have the opportunity to focus on both simultaneously. Through these two themes he would still be able to pass on a constructive message and defend the members of black ethnicity, a cause to which he had been dedicated at least since 1920, when he published the short story *Negrinha.*

When writing the letter partially reproduced above, Lobato also already had in mind that the genre of the book with which he intended to launch himself in the North American market would be science fiction. H. G. Wells' *The Time Machine* (1895) had impressed the American reading public, and was consequently very successful. For this reason, Lobato believed that if he followed his style and, at the same time, dealt with the social problems in vogue in the US at the time, success would be guaranteed. Lobato had wanted to do something like this for years, and had already revealed this desire to the same friend in an earlier letter, from 19055.[5]

If Lobato had succeeded in his attempt to publish *The Clash of the Races* in English in New York in 1927, perhaps today he would be held up alongside Zamyatin's *We* as an inspiration for Huxley's *Brave New World.* Laws that regulate society living and high-tech apparatuses, in the style of those found in *Brave New World,* are not wanting. However, events beyond his knowledge

dos encontrados em *Admirável Mundo Novo*, não lhe faltam. No entanto fatos que estavam além de seu conhecimento e controle frustrariam sua introdução no mercado norte-americano no momento em que o Renaiscense Harlem e o movimento New Negro davam o tom a New York, apoiados pela herdeira do império construído por Madame C. J. Walker[6], a mecenas das artes A'Lelia Walker.[7] Pois o fato é que, ao atribuir ao alisamento capilar a responsabilidade pela esterilização dos homens da etnia negra dos EUA de 2228 – retratados em sua distópica ficção científica –, Lobato produz a mais eficiente peça de propaganda contra o alisamento de cabelo: um romance que provavelmente faria muito sucesso dado o espaço que obras relativas à *"negro question"* haviam passado a ocupar desde a ascensão do Harlem Renaissance. Uma propaganda como tal se tornava particularmente delicada porque já havia um movimento contra o alisamento de cabelos encabeçado tanto por integrantes da etnia negra – que o consideravam uma sujeição a um processo de assimilação – quanto da etnia branca, que o usavam para ridicularizar os negros. Um bom exemplo disso pode ser encontrado em um artigo de 1859 em que o articulista do *New York Times* relatou ironicamente os percalços de um Sr. Hodgson, que o jornal denominava "o Grande Desencrespador de Cabelo Africano." (Bundles, 2001, p.68) De acordo com o artigo, o homem havia alugado um salão no centro de Manhattan para demonstrar um novo processo de alisamento capilar.

> Depois que Hodgson aplicou sua cocção aquecida a "um lado de uma cabeça lanosa" [termo pejorativo para se referir aos cabelos crespos], relatou o jornal, "os caracóis apertados de repente ficaram lisos como a perna de um guaxinim, tão lustrosos quanto as costas molhadas de um castor e com vários centímetros de

and control would frustrate his introduction into the North American market at a time when the Harlem Renaissance and the New Negro movement were setting the tone in New York, supported by the heiress to the empire built by Madam C. J. Walker[6], the arts patron A'Lelia Walker.[7] By attributing to hair straightening the responsibility for the sterilization of Black men in the USA of 2228—as portrayed in his dystopian science fiction—Lobato produces the most effective piece of propaganda against hair straightening: a novel that would probably be very successful given the space that works related to the "negro question" had come to occupy since the rise of the Harlem Renaissance. Such an advertisement was particularly delicate because there was already a movement against hair straightening led by both Blacks—who considered it a subjection to a process of assimilation—and whites, who used it to ridicule blacks. A good example of this can be found in an 1859 article in which the *New York Times* editorial writer ironically recounted the mishaps of a Mr. Hodgson, whom the paper referred to as "the Great African Hair Unkinker." (Bundles, 2001, p.68) According to the article, the man had rented a salon in downtown Manhattan to demonstrate a new hair straightening process.

> After Hodgson applied his heated concoction to "one side of a woolly head," the paper reported, "what had been tight curls was suddenly 'straight as coon's leg, as glossy as a wet beaver's back; and several inches in length.'" The assembly turned to mayhem as a woman in the audience protested that "she wouldn't desert her race to get straight hair." (Bundles, 2001, p.68)

comprimento." Os espectadores se tornaram caóticos quando uma mulher na plateia declarou que "não abandonaria sua corrida para conseguir cabelos lisos." (Bundles, 2001, p.68)

Posteriormente, em outro artigo, o mesmo jornal acusava o editor do jornal *New York Age*, destinado à comunidade negra, de falta de "orgulho da raça" pelo fato de ele veicular propaganda de alisantes de cabelo em seu jornal. Além disso, or artigo referia-se às pessoas da etnia negra por meio de um termo hoje considerado racista: "*negress.*" (Bundles, 2001, p.67)

W. E. B. Du Bois (1868-1963), co-fundador e presidente da Associação Nacional para o Progresso das Pessoas de Cor (NAACP), aproveitou a ocasião do falecimento de Madame C. J. Walker para tentar corrigir esta imagem negativa. Ele destacou sua para a comunidade dos cidadãos negros dos EUA, e para as associações que defendiam seus direitos: "É dado a poucas pessoas o poder de transformar um povo em apenas uma geração. No entanto, isso foi feito pela falecida Madam Walker." (Bundles, 2001, p.276) Além disso, acrescentou que o uso do pente de metal aquecido era a parte menos importante e necessária do processo de tratamento capilar por ela desenvolvido, e ressaltou a importância desse tratamento para a fixação de bons hábitos de higiene e elevação da autoestima das mulheres negras. Mesmo assim, nos anos e décadas que se seguiram, seu nome público – Madam C. J. Walker – tornou-se sinônimo de alisamento de cabelo, embora ela mesma afirmasse que sua maior preocupação era com a saúde e boa apresentação das mulheres de sua etnia:

"Eu estava a ponto de me tornar totalmente careca," Sarah

Later, in another article, the same newspaper accused the editor of the *New York Age*, a newspaper aimed at the Black community, of lacking "race pride" because he advertised hair straighteners in his newspaper. In addition, the article referred to people of Black ethnicity by a term considered racist: "negress." (Bundles, 2001, p.67)

W. E. B. Du Bois (1868-1963), co-founder and president of the National Association for the Advancement of Colored People (NAACP), took advantage of the occasion of Madam C. J. Walker's death to try to correct this negative image. He highlighted her contribution to the community of Black US citizens, as well as to the associations that defended their rights: "It is given to few persons to transform a people in a generation. Yet this was done by the late Madam Walker." (Bundles, 2001, p.276) Moreover, he added that the use of the heated metal comb was the least important and necessary part of the hair treatment process she developed, and stressed the importance of this treatment for establishing good hygiene habits and raising Black women's self-esteem. Even so, in the years and decades that followed, her public name – Madam C. J. Walker – became synonymous with hair straightening, although she herself claimed that her main concern was for the health and good looks of women of her ethnicity:

> "I was on the verge of becoming entirely bald," Sarah [Breedlove] often told other women. Ashamed of the "frightful" appearance of her hair and desperate for a solution, she "prayed to the Lord" for

[Breedlove] costumava dizer a outras mulheres. Envergonhada da aparência "assustadora" de seu cabelo e desesperada por uma solução, ela "orou ao Senhor" pedindo orientação. "Ele respondeu minha oração," ela atestou. "Certa noite, eu tive um sonho e, naquele sonho, um grande homem negro apareceu para mim e me disse o que fazer com o meu cabelo. Parte do remédio era da África, mas eu mandei buscá-lo, misturei, coloquei no meu couro cabeludo e em poucas semanas meu cabelo estava crescendo mais rápido do que nunca." Depois de obter os mesmos resultados com sua filha e suas vizinhas, tempos depois, diria a um repórter: "Decidi que começaria a vendê-lo."

Mas abrir um negócio não era seu objetivo original. "Quando fiz minha descoberta, não tinha ideia de colocá-lo no mercado para benefício de terceiros. Eu estava simplesmente em busca de algo que salvasse ou restaurasse meu próprio cabelo." Esta mistura milagrosa, ela acreditava, era nada menos do que "uma inspiração de Deus," um presente enviado do céu para ela "colocar ao alcance daquelas que apreciam cabelos bonitos e couro cabeludo saudável, que é a glória da mulher." (Bundles, 2001, p.60)

Independentemente de suas intenções iniciais, o fato é que sua fábrica de produtos para tratamento de cabelos crespos a tornou a mulher mais rica dos EUA, e possibilitou a sua filha, A'Lelia,

tornar-se a grande mecenas do Harlem Renaissance. Além disso, grande parte das organizações em defesa dos negros norte-americanos era mantida por doações da Madam C. J. Walker Co., e inúmeras famílias eram sustentadas pelo trabalho das promotoras de venda de seus produtos. Ademais, escolas profissionalizantes davam a muitas moças e mulheres negras condições de se tornarem algo mais do que lavadeiras e empregadas domésticas. A Primeira Guerra Mundial, o falecimento da Madam C. J. Walker, e a ascensão de concorrentes já haviam abalado um tanto a arrecadação da companhia. A'Lelia não podia permitir que um forasteiro, que não fazia a menor ideia de seu ramo de negócios e do quanto este era importante não apenas para a higiene e estética das mulheres

guidance. "He answered my prayer," she vouched. "For one night I had a dream, and in that dream a black man appeared to me and told me what to mix for my hair. Some of the remedy was from Africa, but I sent for it, mixed it, put it on my scalp and in a few weeks my hair was coming in faster that or had ever fallen out." After obtaining the same results on her daughter and her neighbors, she later told a reporter, "I made up my mind I would begin to sell it."

But going into business had not been her original goal. "When I made my discovery, I had no idea of placing it on the market for the benefit of others; I was simply in search of something that would save or restore my own hair." This miraculous concoction, she believed, was nothing less than "an inspiration from God," a heaven-sent gift for her to "place in the reach of those who appreciate beautiful hair and healthy scalps, which is the glory of woman." (Bundles, 2001, p.60)

Regardless of her initial intentions, the fact is that her factory of curly hair care products made her the richest woman in America, and made it possible for her daughter, A'Lelia,

... to become the great patron of the Harlem Renaissance. In addition, most organizations defending black Americans were supported by donations from Madam C. J. Walker Co., and countless families were supported by the work of the female sales representatives of her products. In addition, vocational schools enabled many Black girls and women to become something more than laundresses and maids. World War I, the death of Madam C. J. Walker, and the rise of competitors had already somewhat shaken the company's revenue. A'Lelia could not allow an outsider, who had no idea of her line of business and how important it was, not only for the hygiene and aesthetics of Black women, but especially for financing the "Black revolution," to jeopardize everything that had been – and was still being – built. *The Clash of the Races* simply could not reach the readers and the media, otherwise it would feed the arsenal of the *New York Times* and its sympathizers and, furthermore, discourage hair

negras, mas principalmente para o financiamento da "revolução negra", colocasse em risco tudo o que fora – e ainda estava sendo – construído. *O Choque das Raças* simplesmente não podia chegar aos leitores e à mídia, sob pena de alimentar o arsenal do *New York Times* e seus simpatizantes e, ainda, desestimular o alisamento capilar ao apresentar como moral da estória a afirmação de que "Estilo é como o rosto: cada qual possui o que Deus lhe deu. Procurar ter um certo estilo vale tanto como procurar ter uma certa cara. Sai máscara, fatalmente, essa horrível coisa que é a máscara..." (Santana-Dezmann, 2021, p.324)

Décadas após o fracasso da tentativa de publicar o romance nos EUA, por ocasião da eleição de Barak Obama como presidente dos Estados Unidos (2008), *O Choque das Raças* se tornou tema de várias matérias por ter previsto a chegada de um homem negro à presidência dos Estados Unidos. Ironicamente, o livro passou a ser acusado de propagar "conteúdo racista", e o autor passou a ser acusado de simpatizante das teorias eugenistas. No entanto, as mesmas palavras dedicadas por Kathleen Pfeiffer a *Nigger Heaven* (1926),[8] poderiam servir para introduzir *O Choque das Raças*, de Monteiro Lobato:

> *Nigger Heaven* reafirma a importância de não julgar um livro pela capa. O fato de muitos leitores terem feito isso explica o tumulto que causou há cerca de setenta anos, e há boas razões para acreditar que muitos leitores o julgarão com severidade novamente hoje. Isso será uma pena... (Pfeiffer, 2000, p.ix)

Em seu "romance americano", subtítulo do livro, Lobato se revela atualizado em relação a todas as áreas de estudos das ciências – e "para-ciências" – de sua época: Linguística e Teoria Literária, Psicanálise, Sociologia, História, Química, Biologia, Física Quântica, Espiritismo... Como não se revelaria, então,

straightening by presenting as the moral of the story the statement that "Style is like a face: each one has what God has given. Trying to have a certain style is worth as much as trying to have a certain face. What comes of it is a mask, inevitably – that horrible thing that the mask is..." (Santana-Dezmann, 2021, p.324)

Decades after the failure of attempting to publish the novel in the US, on the occasion of Barack Obama's election as president of the United States (2008), *The Clash of the Races* became the subject of several articles for having predicted the arrival of a Black man to the presidency of the United States. Ironically, the book was accused of spreading "racist content," and the author was accused of being a sympathizer of eugenicist theories. However, the same words dedicated by Kathleen Pfeiffer to *Nigger Heaven* (1926),[8] could be used to introduce Monteiro Lobato's *The Clash of the Races*:

> *Nigger Heaven* reaffirms the importance of not judging a book by its cover. That many readers did so explains the tumult it caused some seventy years ago, and there is good reason to believe that many readers will judge it harshly again today. That will be a shame... (Pfeiffer, 2000, p. ix)

In his "American novel," subtitle of the book, Lobato reveals to be up-to-date in relation to all sciences – and "para-sciences" – areas of study of his time: Linguistics and Literary Theory, Psychoanalysis, Sociology, History, Chemistry, Biology, Quantum Physics, Spiritualism... How could he not reveal himself, then, up-to-date in relation to Darwinism, Lamarquism and eugenics? Lobato, as he demonstrates in his science fiction, was interested in all forms of knowledge – scientific or not yet scientifically systematized. Reading and recommending Albert

atualizado com relação ao darwinismo, lamarquismo e eugenia? Lobato, conforme demonstra nessa sua ficção científica, interessou-se por toda forma de conhecimento – científico ou ainda não sistematizado cientificamente. Ler e recomendar os artigos de Albert Einstein (1879-1955) e os livros de Francis Galton (1822-1911) ou Augusto Comte (1798-1857) deve ter-lhe sido tão comum quanto ler e recomendar o *Weekly Times*, que lhe informava sobre a saúde de *Her Majesty* (Lobato, 1944, p.162). Além disso, ler um texto não significa necessariamente concordar com seu conteúdo e, por mais óbvio que tal afirmação se mostre, alguns dos críticos do autor brasileiros parecem ignorá-la. Os que o acusam de simpatizante da eugenia precisam atentar para as duas vertentes (Lamarquista e Darwinista) a que a teoria de Galton dá origem, e para a presença de princípios eugênicos em nosso cotidiano, atualmente denominados "sanitários". (Santana-Dezmann, 2021, p.5) Por fim, os que acusam Lobato de ser "racista" – por ter exposto de modo tão direto as injustiças a que os africanos, transportados para as Américas como escravos, e seus descendentes foram submetidos, e baseiam sua opinião nas falas das personagens do livro – precisam se lembrar é que embora as falas e ideias manifestadas pelas personagens tenham sido cunhadas pelo autor, elas não necessariamente representam o que o autor pensa. Porém, se se quer atribuir a Lobato as concepções dos personagens pelo irremediável fato de que ele, enquanto autor, cunhou suas falas, as concepções de quais personagens serão atribuídas a ele:

- as do Prof. Benson, que defende que somos todos vibração de éter, apregoa a ética, o estoicismo e condena a ostentação?

Einstein's (1879-1955) articles and Francis Galton's (1822-1911) or Auguste Comte's (1798-1857) books must have been as common to him as reading and recommending the *Weekly Times*, which informed him of Her Majesty's health (Lobato, 1944, p.162). Moreover, reading a text does not necessarily mean agreeing with its content and, as obvious as this statement may seem, some of the critics of the Brazilian author seem to ignore that. Those who accuse him of being a sympathizer of eugenics need to pay attention to the two strands (Lamarckist and Darwinist) to which Galton's theory gives rise, and to the presence of eugenic principles in our daily lives, currently referred to as "sanitary." (Santana-Dezmann, 2021, p.5) Finally, those who accuse Lobato of being "racist" – for having so directly exposed the injustices to which Africans, transported to the Americas as slaves, and their descendants were subjected to, and base their opinion on the lines of the characters in the book – need to remember that, although the lines and ideas expressed by the characters were coined by the author, they do not necessarily represent what the author thinks. However, if one wants to attribute the conceptions of the characters to Lobato by the irremediable fact that he, as the author, coined their lines, the conceptions of which characters will be attributed to him:

- those of Prof. Benson, who argues that we are all ether vibrations, who preaches ethics, stoicism, and condemns ostentation?

- those of Miss Jane, who defends ethnic purity of whites as much as she defends ethical purity of Blacks; who sees in the miscegenation that occurred in Brazil a form of neutralization

- as de Miss Jane, que defende a pureza étnica dos brancos tanto quanto defende a pureza ética dos negros; vê na miscigenação ocorrida no Brasil uma forma de neutralização e destruição, por meio da assimilação da etnia negra e manifesta a convicção de que devemos ser o que somos, residindo nosso valor justamente em nossas diferenças?
- as de Ayrton Lobo, que mudou tanto seu modo de pensar entre o início e o fim da estória, mas contestou que a miscigenação fosse negativa?
- as de Miss Elvin, feminista ao ponto de considerar que as mulheres pertencem a uma espécie diferente da dos homens?
- as de Miss Astor, ora tão feministas quanto as de Miss Elvin, ora completamente favoráveis aos homens e que, ao conversar com Jim Roy, reconhece que os negros foram escravizados por séculos pelo homem branco, mas lembra que as mulheres o são há milênios?
- as de Mr. Kerlog, que, enquanto indivíduo, reconhece a nobreza de Jim Roy, mas, enquanto parte de uma sociedade composta pelos indivíduos da etnia branca, opõe-se a ele?
- as de Jim Roy, o presidente negro, que defende sua etnia com todos os seus músculos, neurônios e coração?

Quem fala por Lobato em *O Choque das Raças*? Qual personagem do livro se posiciona por completo contra os integrantes da etnia negra? Nem mesmo Mr. Kerlog, o presidente branco. Só poderíamos afirmar que *O Choque das Raças* é um livro que se posiciona contra os integrantes da etnia negra em geral se todas as personagens do livro manifestassem esta posição

and destruction, through the assimilation, of the Black ethnicity, and expresses the conviction that we should be what we are, and that our worth lies precisely in our differences?

• those of Ayrton Lobo, who changed his way of thinking so much between the beginning and the end of the story, but contested that miscegenation was negative?

• those of Miss Elvin, feminist to the point of considering that women belong to a different species than men?

• those of Miss Astor, sometimes as feminist as Miss Elvin's, sometimes completely favorable to men, and who, in conversation with Jim Roy, recognizes that Black people have been enslaved for centuries by the white people, but reminds us that women have been so for millennia?

• those of Mr. Kerlog's, who, as part of a society composed of white individuals, opposes Jim Roy, but as an individual, recognizes his nobility?

• or those of Jim Roy, the Black president, who defends his ethnicity with all his muscles, neurons and heart?

Who speaks for Lobato in *The Clash of the Races*? Which character in the book is completely against the members of the Black ethnicity? Not even Mr. Kerlog, the white president. We could only say that *The Clash of the Races* is a book that is against Black people in general if all the characters in the book expressed this position from beginning to end – which is not the case at all. Mr. Kerlog states quite clearly that he recognizes Jim Roy's greatness, and suffers for being driven by his own irrationality –

do começo ao fim – coisa que não ocorre em absoluto. Mr. Kerlog afirma com todas as letras reconhecer a grandeza de Jim Roy, e sofre por ser levado por sua própria irracionalidade – o "instinto da raça" – a confrontá-lo. O instinto, lembremo-nos, pertence ao âmbito do que é animalesco. Invocando-o, Mr. Kerlog se retira do universo dos seres humanos ao reconhecer e revelar seu caráter irracional – exatamente oposto à qualidade que é atribuída no livro aos homens brancos que emigraram para os Estados Unidos ao contrapô-los aos homens negros para lá transportados. Ou seja, a teoria apregoada pelos representantes da etnia branca ao longo da estória, que os coloca em posição superior, é negada pelas atitudes de seu representante máximo, Mr. Kerlog.

A primeira lição que *O Choque das Raças* nos deixa é que somos todos – independentemente de nossa etnia, gênero, condição social ou qualquer outra variável – "vibração de éter"; vibração das partículas da Teoria das Cordas,[9] portanto, somos todos iguais. A segunda lição: se, olhando em nosso entorno mais imediato, conseguimos reconhecer diferenças entre nós, devemos aceitá-las como o que é capaz de nos tornar únicos e especiais, e não tentarmos mudar, artificialmente, o que somos. Devemos aceitar a nós mesmos como somos e aos outros como são, e valorizar as particularidades de cada um.

Na já referida *Introdução* de Pfeiffer, ela cita James Weldon Johnson,[10] que escreveu em sua autobiografia, *Along this way* (1933): "A maioria dos Negros que condenaram *Nigger Heaven* não o leram; foram impedidos pelo título." (Pfeiffer, 2000, p.xvii) Até quando continuaremos condenando livros que nem lemos? Até

the "race instinct" – into confronting him. Instinct, let's remember, belongs to the realm of the animalistic. Invoking it, Mr. Kerlog withdraws from the universe of human beings by recognizing and revealing his irrational character – completely opposed to the quality that is attributed in the book to the white men who immigrated to the United States when contrasting them with the Black men transported there. In other words, the theory proclaimed by the representatives of the white ethnicity throughout the story, which places them in a superior position, is denied by the attitudes of their highest representative, Mr. Kerlog.

The first lesson that *The Clash of the Races* gives us is that we are all – regardless of our ethnicity, gender, social status, or any other variable – "ether vibration;" vibration of the String Theory's[9] particles, therefore, we are all the same. Second lesson: if, looking at our immediate surroundings, we can recognize differences among us, we should accept them as what is capable of making us unique and special, and not try to artificially change what we are. We should accept ourselves as we are and others as they are, and value the particularities of each one.

In Pfeiffer's aforementioned *Introduction*, she quotes James Weldon Johnson,[10] who wrote in his autobiography, *Along this way* (1933), "Most of the Negroes who condemned *Nigger Heaven* did not read it; they were stopped by the title." (Pfeiffer, 2000, p. xvii) Until when will we continue condemning books we haven't even read? Until when will we continue to 'interpret' the words of authors as they seem best to us at a particular period in

quando continuaremos 'interpretando' as palavras dos autores conforme nos parece melhor em determinado período da história? Até quando desconsideraremos a alteração do valor semântico das palavras ao longo do tempo, fazendo leituras sincrônicas, quando a leitura diacronia se faz necessária? Até quando continuaremos manifestando preconceitos – conceitos formulados antes da leitura e análise – em relação a determinadas obras literárias?

A proposta de trazer este livro para o público norte-americano é, pois, colocar a seu alcance o primeiro romance distópico publicado na história da literatura Latino Americana; e lhe oferecer a chance de avaliar por si próprio o quanto esta obra pode inspirar as pessoas a se aceitarem como são e a se orgulharem de ser o que são. Além disso, finalmente, realizar o sonho de Monteiro Lobato de há quase um século, dando-lhe a possibilidade de estrelar seu único romance nos Estados Unidos.

Vanete Santana-Dezmann

21 de Janeiro de 2022

history? Until when will we disregard the change in the semantic value of words over time, doing synchronic readings, when diachronic reading is necessary? Until when will we continue to manifest prejudices – concepts formulated before reading and analysis – in relation to certain literary works?

The purpose of bringing this book to the North American public is, therefore, to put within their reach the first dystopian novel published in the history of Latin American literature; and to offer them the chance to evaluate for themselves how much this work can inspire people to accept themselves as they are and to be proud of being what they are. Also, to finally fulfil Monteiro Lobato's dream of almost a century ago, by giving him the chance to star his only novel in the United States.

Vanete Santana-Dezmann
21 January 2022

Notas

[1] Embora o termo "estória" tenha sido abolido da língua portuguesa, eu o emprego para evitar a necessidade de explicitação de que me refiro a "história fictícia", em oposição a "história não-fictícia".

[2] Referindo-se a *Uma Utopia Moderna* (1905) de H. G. Wells (1866-1946).

[3] Inglês para: um importante ponto de interesse ou atenção.

[4] Provavél referência a Isaac Goldberg (1887-1938), jornalista, autor, crítico, tradutor, editor e conferencista norte-americano, responsável pela tradução para o inglês de alguns contos de Lobato (e de outros escritores brasileiros), bem como por uma biografia de Lobato. Para mais informações, consultar: Goldberg, Isaac. *Brazilian Literature*. New York: Alfred A. Knopf, Inc., 1922.

[5] "Ando com ideias dumas coisas à Wells, em que entrem imaginação, a fantasia possível e vislumbres do futuro – não o futuro próximo de Julio Verne, futurinho de 50 anos, mas um futuro de mil anos. Vou semear agora essas ideias e deixá-las se desenvolverem livremente por dez ou vinte anos – então limito-me a fazer a colheita, caso a plantação subsista até lá." (Lobato, 1944, p.71)

[6] Nascida Sarah Breedlove (1867-1919), foi uma empresária afro-americana, filantropa e ativista política e social. Ela está registrada no *Livro Guinness dos Recordes* como a primeira milionária autodidata das Américas.

Notes

[1]   Although the term estória has been scrapped from the Portuguese language, I use it to avoid the need to make it explicit that I mean 'fictional story' as opposed to 'non-fictional story.'

[2]   Refereing to A Modern Utopia (1905) by H. G. Wells (1866-1946).

[3]   English for: a major point of interest or attention.

[4]   Possibly a reference to Isaac Goldberg (1887-1938), an American journalist, author, critic, translator, publisher, and lecturer, responsible for the translation into English of some of Lobato's (and other Brazilian writers') short stories, as well as a biography of Lobato. For more information, see: Goldberg, Isaac. Brazilian Literature. New York: Alfred A. Knopf, Inc., 1922.

[5]   "I've been coming up with some Wells-like ideas, involving imagination, possible fantasy, and glimpses of the future – not Jules Verne's near-future, tiny 50-year future, but a future of a thousand years. I will sow these ideas now and let them develop freely for ten or twenty years – then I will limit myself to reaping the harvest, should the plantation subsist until then." (Lobato, 1944, p.71)

[6]   Born Sarah Breedlove (1867-1919), she was an African-American businesswoman, philanthropist, and political and social activist. She is recorded in the Guinness Book of World Records as America's first self-made millionaire.

[7] Nascida Lelia McWilliams (1885-1931), foi uma empresária americana e padroeira das artes. Ela foi a única filha sobrevivente da Madam C. J. Walker.

[8] *Best-seller* de Carl Van Vechten (1880-1964) publicado pela editora de Alfred A. Knopf, em Nova York.

[9] "Formulada por uma equipe de físicos que iniciaram suas pesquisas em 1960 e que usa a corda como metáfora: a menor partícula do universo é uma corda; todas as cordas que compõem o universo são idênticas, mas apresentam diferentes padrões vibratórios que são percebidos como diferentes vibrações, ou seja, "A vida na terra [e tudo mais, uma vez que o termo vida é usado no romance também no sentido de universo, como se verá mais à frente] é um movimento de vibração do éter, do átomo, do que quer que seja *uno e primário*", a corda." (Santana-Dezmann, 2021, p.28)

[10] "James Weldon Johnson (1871-1938), ativista negro norte-americano nascido em 1871, escritor, advogado e diplomata que atuou como cônsul na Venezuela entre 1906 e 1908 e na Nicarágua entre 1909 e 1912." (Santana-Dezmann, 2021, p.7)

[7] Born Lelia McWilliams (1885-1931), she was an American businesswoman and patroness of the arts. She was the only surviving daughter of Madam C. J. Walker.

[8] Best-seller by Carl Van Vechten (1880-1964) published by Alfred A. Knopf's publishing house in New York.

[9] "Formulated by a team of physicists who began their research in 1960 and which uses the rope as a metaphor: the smallest particle in the universe is a rope; all the strings that make up the universe are identical, but present different vibrational patterns that are perceived as different vibrations, i.e., 'Life on earth [and everything else, since the term life is used in the novel also in the sense of universe, as will be seen later] is a movement of vibration of the ether, of the atom, of whatever is one and primary,' the string." (Santana-Dezmann, 2021, p.28)

[10] "James Weldon Johnson (1871-1938), American Black activist born in 1871, writer, lawyer, and diplomat who served as consul in Venezuela from 1906 to 1908 and in Nicaragua from 1909 to 1912." (Santana-Dezmann, 2021, p.7)

BIBLIOGRAFIA

Bradbury, Ray. *Fahrenheit 451*. London: HarperCollins, 2008.

Bundles, A'Lelia. *On Her Own Ground: The Life and Times of Madam C. J. Walker*. New York: Scribner, 2001. (minha tradução/my translation)

Huxley, Aldous. *Brave New World*. New York: HarperCollins, 2000.

Lobato, Monteiro. *A Barca de Gleyre*. São Paulo: Companhia Editora Nacional, 1944.

______. *Negrinha, the little black girl*. Translated by Vanete Santana-Dezmann and John Milton. São Paulo: Os Caipiras, 2021.

Orwell, George. *1984*. New York: Plume, 2003.

Pfeiffer, Kathleen. Introduction. Em: Van Vechten, Carl. *Nigger Heaven*. Champaign, Illinois: University of Illinois Press, 2000. (minha tradução/my translation)

Santana-Dezmann, Vanete. *Entre metafísica, distopia e mecenato*. São Paulo: Os Caipiras, 2021.

Zamyatin, Yevgeny Ivanovich. *We*. London: Penguin Books, 1993.

BIBLIOGRAPHY

Bradbury, Ray. *Fahrenheit 451*. London: HarperCollins, 2008.

Bundles, A'Lelia. *On Her Own Ground: The Life and Times of Madam C. J. Walker*. New York: Scribner, 2001. (my translation)

Huxley, Aldous. *Brave New World*. New York: HarperCollins, 2000.

Lobato, Monteiro. *A Barca de Gleyre*. São Paulo: Companhia Editora Nacional, 1944.

______. *Negrinha, the little black girl*. Translated by Vanete Santana-Dezmann and John Milton. São Paulo: Os Caipiras, 2021.

Orwell, George. *1984*. New York: Plume, 2003.

Pfeiffer, Kathleen. Introduction. Em: Van Vechten, Carl. *Nigger Heaven*. Champaign, Illinois: University of Illinois Press, 2000. (my translation)

Santana-Dezmann, Vanete. *Entre metafísica, distopia e mecenato*. São Paulo: Os Caipiras, 2021.

Zamyatin, Yevgeny Ivanovich. *We*. London: Penguin Books, 1993.

Prefácio

Monteiro Lobato (1882-1948) é o escritor mais popular de livros infantis do Brasil por sua série *Sítio do Pica-pau Amarelo* (1920-1940). Seus personagens foram popularizados por adaptações para televisão e inúmeras edições de seus livros; que são ainda hoje bem reconhecidos através de centenas de publicações e versões de suas histórias, que recentemente entraram no domínio público.

Todavia, o escritor que estamos investigando nesta edição bilíngue é o criador desta ficção científica distópica, voltado para o público adulto, *O Choque das Raças ou O Presidente Negro – Romance americano do ano de 2228*. Um dos objetivos de nosso trabalho de tradução na New London Librarium ao longo dos anos tem sido a recuperação da autenticidade das obras originais. Neste caso o fizemos trabalhando com a primeira edição de *O Choque das Raças* de 1926, que foi publicada originalmente pela Companhia Editora Nacional (1925-29), da qual Lobato era co-fundador. Lobato se mudou temporariamente para os EUA, onde

Foreword

Monteiro Lobato (1882-1948) is the most popular children's book writer in Brazil for his *Sítio do Pica-pau Amarelo* (Yellow Woodpecker Ranch) series (1920-1940). His characters were popularized by television adaptations and numerous editions of his books, which are still well recognized today through hundreds of publications and versions of his stories, which have recently entered the public domain.

However, the writer we are investigating in this bilingual edition is the creator of this adult-oriented dystopian science fiction, *O Choque das Raças ou O Presidente Negro – Romance americano do ano de 2228*. One of the goals of our translation work at New London Librarium throughout the years has been to recover the authenticity of the original works. In this case, we have done so by working with the first edition of *The Clash of the Races* from 1926, which was originally published by the Companhia Editora Nacional (1925-29), which Lobato co-founded. Lobato moved

serviu como adido comercial do Consulado Brasileiro em Nova York (1927-1931).

Por muitos anos Lobato teve um desejo não tão secreto de se tornar parte do "Sonho Americano" ao ter este romance publicado nos EUA por sua própria Tupy Publishing Co. Como confessa ao amigo Godofredo Rangel (1884-1951) em julho de 1926, "Eu me acho capaz de escrever para os Estados Unidos por causa do meu pendor para escrever para as crianças. Acho o americano sadiamente infantil." (Lobato, 1944, p.468) No entanto, as coisas não correram como ele havia planejado. Talvez seu sonho não tenha se materializado por causa de suas próprias ideias ingênuas sobre um país não tão infantilizado como ele imaginara, como conta, de Nova York, a Rangel sobre *O Choque das Raças*: "Meu romance não encontra editor. Falhou a Tupy Company. Acham-no ofensivo à dignidade americana, visto admitir que depois de tantos séculos de progresso moral possa este povo, coletivamente, combater a sangue-frio o belo crime que sugeri." (Lobato, 1944, p.476)

O Choque das Raças é o único romance de Lobato, e está longe de ser uma obra-prima da literatura, possuindo uma certa formalidade redundante e rígida de estilo. No entanto, o principal componente literário que faz o romance valer a pena de ser lido são as previsões que ele faz em termos de tecnologia, e o futuro sombrio e distópico da sociedade que ele descreve. O aspecto mais pungente desta narrativa distópica sendo o resultado do choque das raças (branca e

temporarily to the US, where he served as commercial attaché to the Brazilian Consulate in New York (1927-1931).

For many years Lobato had a not-so-secret desire to become part of the "American Dream" by having this novel published in the U.S. by his own Tupy Publishing Co. As he confesses to his friend Godofredo Rangel (1884-1951) in July 1926, "I find myself able to write for America because of my penchant for writing for children. I find the American sadistically childish." (Lobato, 1944, p.468) However, things did not turn out as he had planned. Perhaps his dream did not materialize because of his own childish ideas about a country not as infantilized as he had imagined, as he tells Rangel, from New York, about *The Clash of the Races*: "My novel finds no publisher. The Tupy Company has failed. They find it offensive to the American dignity to admit that after so many centuries of moral progress, this people can collectively fight in cold blood the beautiful crime that I suggested." (Lobato, 1944, p.476)

The Clash of the Races is Lobato's only novel and it is far from being a literary masterpiece, possessing a certain redundant and rigid formality of style. However, the main literary component that makes the novel worth reading is the predictions it makes in terms of technology, and the bleak and dystopian future of society it depicts. The most poignant aspect of this dystopian narrative being the result of the clash of the races (white and Black), which shakes both races in the fictional story, and the readers of the novel.

The main characters in the novel are Ayrton (who

negra), que abala tanto as duas raças na história ficcional, quanto os leitores do romance.

Os principais personagens do romance são Ayrton (que acidentalmente passa a conhecer o futuro) e Miss Jane (que conhece o futuro através de uma das invenções de seu pai, professor Benson). Mas são os representantes das raças branca (o atual presidente Kerlog; e Miss Evelyn, candidata à presidência) e negra (Jim Roy também candidato à presidência) quem representam este 'choque' entre as duas raças no ano 2228. Neste ano, uma mulher branca e um homem negro disputam a presidência com todas as suas forças para tirar a liderança do país das mãos do homem branco. Esta descrição pode soar um pouco como uma premonição da corrida presidencial primária entre Barack Obama (1961-) e Hillary Clinton (1947-) em 2008, que culminou com a nominação e eleição de Obama como o primeiro presidente negro dos Estados Unidos.

O que torna a visão de Lobato, de um presidente afro-americano no ano 2228, ainda mais interessante, é o fato de que, em sua leitura do mundo em 1925-26, isso levaria mais de 300 e não apenas 84 anos para acontecer. É interessante ainda notar que Lobato não comenta o fato de que o Brasil já havia inovado nessa área tendo um presidente de origem negra (1909-10), Nilo Peçanha (1867-1924), considerado hoje o patrono da educação e da tecnologia. Isso foi uma coincidência, ou estava Lobato baseando suas ideias na recente história política do Brasil?

Dentre os comentários sobre a raça negra no romance, encontramos sinais claros de que Lobato estava ao par com certos acontecimentos da história americana: a violência da KKK, por

accidentally comes to know the future) and Miss Jane (who knows the future through one of the inventions of her father, Professor Benson). But it is the representatives of the white race (the current president Kerlog, and Miss Evelyn, the female candidate for the presidency) and the Black race (Jim Roy, the Black candidate for the presidency) who enact this clash between the two races in the year 2228. In this year, a white woman and a Black man are vying for the presidency with all their might to take the leadership of the country out of the hands of the white man. This description may sound a bit like a premonition of the presidential primary race between Barack Obama (1961-) and Hillary Clinton (1947-) in 2008, which culminated in Obama's nomination and election as the first Black president of the United States. What makes Lobato's vision of an African-American president in the year 2228 even more interesting is the fact that, in his reading of the world in 1925-26, this would take more than 300, not just 84, years to happen. It is also interesting to note that Lobato does not comment on the fact that Brazil had already innovated in this area by having a president of Black origin (1909-10), Nilo Peçanha (1867-1924), considered today the patron saint of education and technology. Was this a coincidence, or was Lobato basing his ideas on Brazil's recent political history?

Among the comments about the Black race in the novel, we find clear signs that Lobato was aware of certain events in American history: the violence of the KKK, for example. Could his coining of the expression "Black Panthers" be considered

exemplo. Poderia sua cunhagem da expressão 'panteras negras' (Black Panthers) ser considerada premonitória, já que o Partido dos Panteras Negras (Black Panther Party-BPP) não seria criado até 1966? Poderia Lobato ter relacionado o principal personagem negro do romance, Jim Roy, com um outro personagem, Jim Crow, este também fictício, cujo nome deu origem a leis de segregação racial nos Estados Unidos (1877-1964)?

Além da questão racial, Lobato também usa o romance para comentar sobre conflitos de gênero e poder. A principal personagem da trama, Miss Jane, será sempre retratada como inteligente e independente, tendo como principal atividade seguir os passos intelectuais e científicos de seu pai. Já as mulheres relacionadas com a corrida presidencial, são inicialmente retratadas como forte oposição aos homens, para depois sucumbirem ao charme do macho branco. Lobato descreve um novo tipo de feminismo, que não inclui as mulheres negras, e joga com a tensão entre ser feminina e felina, um jogo de palavras que funciona tanto em português como em inglês.

De todas as preciências de Lobato em *O Choque das Raças*, as mais interessantes e impressionantes, estão as relacionadas com a tecnologia. Lobato era um fervoroso fã de Henry Ford, a quem ele chamou de "Jesus Cristo da Indústria!" (Lobato, 1944, p.473) por seu empreendedorismo futurista. Isto pode ser notado pela presença do automóvel Ford de Ayrton e de sua sensação de poder e modernidade com a compra do veículo. Imaginando uma evolução e aplicação científica da maquinaria, Lobato cria o "porviroscópio," engenhoca pela qual podem

premonitory, since the Black Panther Party (BPP) would not be created until 1966? Could Lobato have related the main Black character in the novel, Jim Roy, to another character, Jim Crow, also fictional, whose name gave rise to racial segregation laws in the United States (1877-1964)?

Besides the racial issue, Lobato also uses the novel to comment on gender and power struggles. The main character in the plot, Miss Jane, will always be portrayed as intelligent and independent, having as her main activity to follow the intellectual and scientific steps of her father. The women related to the presidential race, on the other hand, are initially portrayed as strong opposition to the men, to later succumb to the charm of the white male. Lobato describes a new type of feminism, which does not include Black women, and he plays with the tension between being feminine and feline, a wordplay that works well in both Portuguese and English.

Of all Lobato's prescience in *The Clash of the Races*, the most interesting and impressive are the ones related to technology. Lobato was an ardent fan of Henry Ford, whom he called the "Jesus Christ of Industry!" (Lobato, 1944, p.473) for his futuristic entrepreneurship. This can be noted by the presence of Ayrton's Ford automobile and his sense of power and modernity with the purchase of the vehicle. Imagining an evolution and scientific application of machinery, Lobato creates the "porviroscope," a contraption through which they can observe the future without physically traveling through it. But Lobato doesn't stop there. He continues to narrate other inventions in use in this future 2228, some of which we know

observar o futuro sem viajar fisicamente por ele. Mas Lobato não pára aí. E ele continua a narrar outras invenções em uso neste futuro 2228, alguns dos quais hoje conhecemos muito bem, como por exemplo: votação eletrônica, *home offices*, internet, jornais e revistas online, serviços de cinema em casa, telefones celulares, e aulas à distância. É interessante notar que Lobato era leitor e tradutor assíduo de livros sobre física, metafísica e metapsiquismo, tendo traduzido o físico Albert Einstein (1879-1955), o espiritualista Herbert Dennis Bradley (1878-1934), o físico Oliver Lodge (1851-1940), o cosmólogo George Gamow (1904-1968), entre outros. Suas pesquisas levantam questões importantes sobre qual seria a tecnologia do futuro. Teria Lobato lido os trabalhos do futurista Nikola Tesla (1856-1943) sobre "luz fria," precursora da lâmpada fluorescente? Mais especificamente: teria Lobato lido um artigo de janeiro de 1926 para a *Revista Collier*, onde Tesla descreve sua visão do futuro, que contém algumas das ideias futurísticas descritas por Lobato em *O Choque das Raças*? Lobato estaria aqui relatando algumas das ideias de Tesla, ou por coincidência criando seu próprio futuro vários meses após a entrevista daquele? Aqui está um pequeno trecho da entrevista de Tesla que alude às suas ideias; e talvez à visão de Lobato do futuro:

> Você se comunicará instantaneamente através de simples equipamentos de bolso... Seremos capazes de testemunhar e ouvir eventos... como se estivéssemos presentes... filmes Já foram transmitidos por frequência de rádio por uma curta distância. Mais tarde a distância será inimaginável... É mais que provável que o jornal diário doméstico seja impresso "radiofonicamente" em casa durante a noite... (Kennedy, 1926)

very well today, such as: electronic voting, home offices, the internet, online newspapers and magazines, home movie services, cell phones, and distance learning. It is interesting to note that Lobato was an assiduous reader and translator of books on physics, metaphysics and metapsychism, having translated physicist Albert Einstein (1879-1955), spiritualist Herbert Dennis Bradley (1878-1934), physicist Oliver Lodge (1851-1940), cosmologist George Gamow (1904-1968), among others. His research raises questions about what the technology of the future would be. Had Lobato read the works of futurist Nikola Tesla (1856-1943) on "cold light," a precursor of the fluorescent lamp? More specifically, had Lobato read a January 1926 article for *Collier's Magazine*, where Tesla describes his vision of the future, which contains some of the futuristic ideas described by Lobato in *The Clash of the Races*? Is Lobato reporting some of Tesla's ideas here, or coincidentally creating his own future several months after the latter's interview? Here's a short excerpt from Tesla's interview that hints at Tesla's, and perhaps Lobato's view of the future:

> You will communicate instantly by simple vest-pocket equipment [cell phone]... We shall be able to witness and hear events...just as though we were present... Already motion pictures have been transmitted by wireless over a short distance. Later the distance will be illimitable [Netflix]... It is more than probable that the household's daily newspaper will be printed 'wirelessly' [internet] in the home during the night... (Kennedy, 1926)

In the linguistic context of all of Lobato's works, it is important to note, for example, his great production of neologisms (which could turn into an academic study in its own

No contexto linguístico de todas as obras de Lobato é importante notar, por exemplo, sua grande produção de neologismo (que poderia se transformar em um estudo acadêmico por si próprio). Uma delas é igualificação (*equalification*). Ele também usa palavras e expressões que caíram em desuso: mitingueiro (para se referir a um comício, na época chamado de *meeting*; e palavras hoje consideradas politicamente incorretas, como carapinha (*kinky hair*). A maneira como ele brinca com certas palavras é as vezes difícil de transportar para um outro idioma, como é o caso de *pelado* (sem pelo) em contraposição com *peludo* (com pelo) quando se refere ao homem branco no romance. Note que Lobato utiliza-se de caracteres itálicos tanto para palavras de outros idiomas, como para dar ênfase a certas palavras. Ele usa ainda expressões bastante específicas da linguagem informal de certas regiões do Brasil: lombriga (*roundworm*), que traduzi como "cobra branca" (*white snake*) ao invés de usar o nome zoológico do verme, pois no romance tem o sentido de pessoa muito alta e magra, neste caso do "caipirês" (português brasileiro com sotaque regional e palavras típicas do interior do país, especialmente na zona rural).

Espero que o leitor aproveite a leitura desta obra densa e polêmica. Sempre tendo em mente que todos os livros têm o seu valor, e que devemos avaliar uma obra em relação ao período histórico em que foi escrita. E da mesma maneira, considerar seu conteúdo semântico sob o mesmo prisma.

Se "*negress*" era considerado inadequado (1905), "*coloured*" (colorido ou "de cor") era empregado pelos próprios integrantes

right). One is equalification (*igualização*). He also uses words and expressions that have fallen into disuse: *mitingueiro*, to refer to a meeting; and words considered politically incorrect nowadays, such as kinky hair (*carapinha*). The way he plays with certain words is sometimes difficult to transport to another language, as is the case of pelado (without hair) as opposed to *peludo* (with hair) when referring to the white man in the novel. Note that Lobato uses italic characters both for words in other languages and to emphasize certain meaning. He also uses very specific expressions of the informal language of certain regions of Brazil: *lombriga* (roundworm), which I translated as "white snake" instead of using the zoological name of the worm, because in the novel it means a very tall and thin person, in this case a rural Brazilian dialect known as of *caipirés*. (Brazilian Portuguese spoke with a regional accent and words typical of the countryside, especially in rural areas).

I hope the reader enjoys reading this dense and polemic work. Always keeping in mind that all books have their value, and that we must evaluate a work in relation to the historical period in which it was written. And in the same way, to consider its semantic content in the same light.

> If "negress" was considered inadequate (1905), "colored" was used by the members of the Black community themselves, although its translation is considered a pejorative term in Brazil. This shows us that the semantic value – positive or negative – attributed to the terms used in reference to the Black ethnic group, which today are considered prejudiced, have not always had a negative semantic charge, which warns us of the care that must be taken when judging the vocabulary used in old texts, as well as the

da comunidade negra, embora atualmente sua tradução seja considerada no Brasil um termo pejorativo. Isso nos mostra que o valor semântico – positivo ou negativo – atribuído aos termos empregados em referência à etnia negra hoje considerados preconceituosos nem sempre tiveram carga semântica negativa, o que nos adverte para o cuidado que se deve tomar ao julgar o vocabulário empregado em textos antigos, além da necessidade de reconhecermos os sarcasmos e as ironias, uma vez que, por exemplo, um termo com carga semântica positiva passa a negativo se empregado com ironia. (Santana-Dezmann, 2021, p.86-87)

Nesta tradução, não nos esquivamos de termos que hoje são considerados inapropriados ou ofensivos. Estas palavras refletem as sensibilidades e atitudes do passado. Deixamos ao critério do leitor o reconhecimento do racismo para então olhar para além dele em busca de qualquer valor literário que possa ser encontrado nesta obra clássica. Discutamos o racismo intelectualmente e academicamente para que nunca nos encontremos imersos em uma distopia não-ficcional como a retratada por Monteiro Lobato.

Ana Lessa-Schmidt

Praga, Fevereiro de 2022

need to recognize sarcasm and irony, since, for example, a term with a positive semantic charge becomes negative if used with irony. (Santana-Dezmann, 2021, p.86-87)

In this translation, we do not shy away from terms that are considered inappropriate or offensive today. These words reflect the sensibilities and attitudes of the past. We leave it to the reader to recognize the racism and then look beyond it for any literary value that might be found in this classical work. Let's discuss racism intellectually and academically so that we never find ourselves immersed in a non-fictional dystopia such as the one portrayed by Monteiro Lobato.

Ana Lessa-Schmidt
Prague, February 2022

BIBLIOGRAFIA

BIBLIOGRAHY

Lobato, Monteiro. *A barca de Gleyre*. São Paulo: Companhia Editora Nacional, 1944.
Santana-Dezmann, Vanete. *Entre metafísica, distopia e mecenato*. São Paulo: Os Caipiras, 2021.
Kennedy, John B. *When Woman is Boss, an Interview with Nikola Tesla*. http://www.tfcbooks.com/tesla/ 1926-01-30.htm (accessed on 17.02.2022) (Originally in: *Collier's, The National Weekly*, January 30, 1926, p.17,34) (minha tradução/my translation)

Capítulo I

O Desastre

Achava-me um dia diante dos guichês do London Bank, à espera de que o pagador gritasse a minha chapa, quando vi a cochilar num banco ao fundo, certo corretor de negócios, meu conhecido. Fui-me a ele, alegre da oportunidade de iludir o fastio da espera com uns dedos de prosa amiga.

— Esperando sua horinha, hein? disse-lhe, com um tapa amigável no ombro, enquanto me sentava ao seu lado.

— É verdade. Espero pacientemente que me cantem o número, e enquanto espero filosofo sobre os males que traz à vida a desonestidade dos homens.

— ?

— Sim, porque se não fosse a desonestidade dos homens tudo se simplificaria grandemente. Esta demora no pagamento do mais simples cheque, donde provém ela? Da necessidade de controle em vista dos artifícios da desonestidade Fossem todos os homens

Chapter I

The Accident

One day I was standing before the windows of the London Bank, waiting for the payment teller to shout my number, when I saw a certain business broker, an acquaintance, dozing off on a bench in the back of the bank. I went over to him, happy with the opportunity to elude the boredom of waiting with a friendly chitchat.

"Waiting for your turn, huh?" I said with a friendly tap on his shoulder as I sat down beside him.

"True. I patiently wait for them to call my number, and while I wait, I philosophize about the evils that mankind's dishonesty brings to life."

"?"

"Yes, for if it weren't for the dishonesty of mankind, everything would be greatly simplified. Where does this delay in paying the simplest check come from? From the need to control,

sérios, não houvesse hipótese de falsificações ou abusos e o recebimento de um dinheiro far-se-ia instantâneo. Ponho-me às vezes a imaginar como seriam as coisas cá na terra se um sábio eugenismo desse combate à desonestidade por meio da eliminação completa dos desonestos. Que paraíso!

— Tens razão, concordei eu, com os olhos parados de quem pela primeira vez reflete numa ideia. A vida é complicada, existem leis, polícia, embaraços de toda espécie, burocracia e mil peias, tudo porque a desonestidade nas relações humanas constitui, como dizes, um elemento constante. Mas é mal sem remédio...

E por aí fomos, no filosofar vadio de quem não possui coisa melhor a fazer e apenas procura matar o tempo. Passamos depois a analisar vários tipos ali presentes, ou que entravam e saíam, na azáfama peculiar aos negócios bancários. O meu amigo, frequentador que era de bancos, conhecia muitos e foi-me enumerando particularidades curiosas relativas a cada qual. Nisto, entrou um velho de aparência distinta, já um tanto dobrado pelos anos.

— E aquele velho que ali vem? perguntei.

— Oh! Aquele é um caso sério. O professor Benson, nunca ouviste falar?

— Benson... Esse nome me é desconhecido.

— Pois o professor Benson é um homem misterioso, que passa a vida no fundo dos laboratórios, talvez à procura da pedra filosofal. Sábio em ciências naturais e sábio ainda em finanças, coisa a meu ver muito mais importante. E tão sábio que jamais

in view of the artifices of dishonesty. If all men were serious, if there were no chance of falsification or abuse, receiving money would be instantaneous. I sometimes wonder how things on this Earth would be if a wise eugenics strived against dishonesty by means of the complete elimination of the dishonest types. What a paradise!"

"You're right" I agreed, with the fixed eyes of one reflecting on an idea for the first time. "Life is complicated; there are laws, police, obstacles of all kinds, bureaucracy and a thousand hindrances, all because the dishonesty in human relations is, as you say, a constant element. But it is an irremediable evil..."

And off we went, in the idle philosophizing of those who have nothing better to do and just try to kill time. We then went on to analyzing various characters who were there, or who entered and exited, in the peculiar bustle of the banking business. My friend, a regular customer of banks, knew many of them, and enumerated curious particularities regarding each one. Suddenly, an old man of distinguished appearance, already somewhat crooked by age, entered.

"And that old man over there?" I asked.

"Oh! That one is a serious case. Professor Benson. Have you never heard of him?"

"Benson... That name is unknown to me."

"Weel, Professor Benson is a mysterious man who spends his life deep in the laboratories, perhaps in search of the philosopher's stone. Learned in natural sciences, yet learned in finances, something that in my opinion is much more important.

perde. Dou-me com esses rapazes todos que trabalham nas seções de câmbio e por eles sei deste homem coisas impressionantes. Benson joga no câmbio, mas com tal segurança que não perde.

— Sorte!

— Não é bem sorte. A sorte caracteriza-se por um afluxo de paradas felizes, por uma média mais alta de lucros do que de perdas. Mas Benson não perde nunca.

— Será possível?

— É mais que possível, é fato. Deve possuir hoje enorme fortuna. Mora em um complicado castelo lá dos lados de Friburgo, mas não cultiva relações sociais. Não tem amigos, ninguém ainda viu o interior do casarão onde vive em companhia de uma filha, servido por criados mudos, ao que dizem. Sabes que depois da guerra o mundo inteiro jogou no marco alemão.

— Sei, sim, e fui uma das vítimas...

— Pois o mundo inteiro perdeu, menos ele.

— Absurdo! Só se fabricava marcos para vender.

— Ao contrário, comprava e revendia marcos já feitos. O marco, talvez te lembres, teve em certo período uma oscilação de alta. Renasceram as esperanças dos jogadores e o movimento de compras foi enorme. Benson vendeu nessa ocasião. Logo em seguida começou o marco desandar até zero e para nunca mais se erguer.

— Vendeu no momento exato, como quem *sabe* qual o momento exato de vender...

And such a sage that he never loses. I know all the chaps who work in the foreign exchange offices, and from them I've heard amazing things about this man. Benson speculates on the foreign exchange, but with such confidence that he doesn't lose."

"Luck!"

"It's not luck per se. Luck is characterized by an influx of fortuitous wagers, by a higher average of profit over losses. But Benson never loses."

"Is that possible?"

"It's more than possible, it's a fact. He must have an enormous fortune now. He lives in an intricate castle somewhere near Friburgo,[1] but he doesn't cultivate social relations. He has no friends, no one has yet seen the interior of the big house where he lives with his daughter, served by mute servants, they say. You know that after the war the whole world speculated on the German mark."

"I know, yes, and I was one of the victims."

"So, the whole world lost, except him."

"Nonsense! Only if he was making marks to sell."

"On the contrary, he bought and resold legal marks. The mark, perhaps you remember, had a high oscillation in a certain period. The speculators' hopes were revived and the purchase flow was huge. Benson sold on that occasion. Soon afterwards the mark began to go back to zero, never to rise again."

"He sold at the right moment, like someone who *knows* what the exact time to sell..."

— Isso mesmo. Com o franco fez coisa idêntica. Comprou exatamente nos dias de maior baixa e vendeu exatamente nos dias de maior alta. Tem ganho o que quer ganhar, o raio do homenzinho...

— E para que necessita de tanto arame?

— Ignoro. Não leva a vida comum dos nossos ricaços, não dá festas, não consta que seja explorado por mulheres. É positivamente misterioso o professor Benson e afigura-se-me um mágico que vê através do futuro.

Ri-me da expressão do meu amigo e, qual um filósofo barato, murmurei com superioridade:

— Como pode ver através do que não existe? O futuro não existe...

O corretor respondeu-me com uma frase que naquele momento não compreendi:

— Não existe, sim, mas vai existir *necessariamente.* Dois mais dois - é o presente. A soma quatro é o futuro. Portanto...

— "Vinte e dois!" gritou uma voz da pagadoria.

Era o meu número.

— Dois mais dois também pode ser vinte e dois, gracejei eu, despedindo-me do filósofo. Adeus, meu caro. Na próxima oportunidade você continuará a tua demonstração.

Recebi o dinheiro e saí para o torvelinho das ruas, onde breve se me apagou do cérebro a impressão do professor Benson e das palavras do meu amigo.

"That's right. With the frank he did the same thing. He bought exactly on the lowest days and sold exactly on the highest days. He's won whatever he wants to win, the little dickens..."

"And why does he need so much dough?"

"I don't know. He doesn't lead the common life of our rich people, he doesn't throw parties, and it doesn't appear he's exploited by women. He's positively mysterious, this Professor Benson – and he strike me as a magician who sees through the future."

I laughed at my friend's expression and, like a cheap philosopher, I murmured with superiority:

"How can one see through what doesn't exist? The future doesn't exist..."

The broker answered me with a phrase that at that moment I didn't understand:

"It doesn't exist, yes, but it will *necessarily* exist. Two plus two – is the present. The sum, four, is the future. Therefore..."

"Twenty-two!" a cashier shouted.

It was my number.

"Two plus two can be twenty-two as well," I joked, saying good-bye to the philosopher. "Farewell, my dear friend. At the next opportunity you will continue your exposition."

I received the money and went out into the whirlwind of the streets, where the impression of Professor Benson and the words of my friend soon disappeared from my mind.

But life takes mysterious turns, and one fine day, when I woke up from a lethargic sleep, whom did I see before my eyes, like a spectrum? Professor Benson!...

Mas dá a vida misteriosas voltas e um belo dia, ao despertar de um sono letárgico, quem vi diante dos meus olhos, qual um espetro? O professor Benson!...

Não antecipemos, porém e, antes de mais nada, permitam-me que fale um bocado da minha pessoa.

Era eu um pobre diabo para toda a gente, exceto para mim mesmo. Para mim tinha-me na conta de centro do universo. Penso e sou, dizia comigo, repetindo certo filósofo francês. Tudo gira em redor do meu ser. No dia em que eu deixar de pensar, o mundo acaba-se. Mas isto parece que não tinha grande originalidade, pois todos os meus conhecidos se julgavam da mesma forma.

Eu vivia do meu trabalho, recebendo dele, não o produto, mas uma pequena quota, o necessário para pagar o quarto onde morava, a pensão onde comia e a roupa que vestia. Quem propriamente gozavam do meu trabalho eram os sócios da firma Sá, Pato & Cia, gordos e sólidos negociantes que me enterneciam a alma nas épocas de balanço, ao concederem-me a pequena gratificação constituidora do meu lucro. Com eles trabalhei vários anos, conseguindo reunir o modesto pecúlio que transformei em marcos e, com grande dor d'alma, vi se reduzirem a zero absoluto, apesar da teoria de que tudo é relativo.

Continuei no trabalho por mais quatro anos, daí por diante já curado de jogatinas e megalomanias.

Mas, todos nós possuímos um ideal na vida. Meu amigo corretor sonha dirigir a carteira cambial de um banco. Aquele pobre que ali passa, tocando o realejo que herdou do pai e ao qual

Let us not get ahead of ourselves, however; and first of all, allow me to talk a bit about myself.

I was a poor wretch to everyone except to myself. I regarded myself as at the center of the universe. I think and I exist, I told myself, repeating a certain French philosopher. Everything revolves around my being. The day I stop thinking, the world is over. But this didn't seem to have great originality, for all my acquaintances thought the same way about themselves.

I lived off my work, earning not its product but a small share; the necessary to pay for the room where I lived in, the boarding house where I ate, and the clothes I wore. Those who properly profited from my work were the partners of the firm Sá, Pato & Cia; fat and solid businessmen who softened my soul in times of cash-balance, when they granted me the small gratification that constituted my profit. I worked with them for several years, managing to bring together the modest savings that I turned into marks and which, with great pangs of soul, witnessed being reduced to absolute zero, despite the theory that everything is relative.

I continued to work there for four more years, henceforth cured of gambling and megalomanias.

However, we all have a goal in life. My broker friend dreams of running the foreign exchange portfolio of a bank. That poor man who passes by, playing the barrel organ he's inherited from his father and on which three notes are missing, dreams of a new barrel organ with no notes missing. I dreamed of... an automobile. My God! The nights I spent thinking about it, seeing myself at the

faltam três notas, sonha com um realejo novo a que não falte nota nenhuma. Eu sonhava... com um automóvel. Meu Deus! As noites que passei pensando nisso, vendo-me no volante, de olhar firme para a frente, fazendo, a berros de Klaxon, disparar do meu caminho os pobres e assustadiços pedestres! Como tal sonho me enchia a imaginação!

Meu serviço na casa era todo de rua, recebimentos, pagamentos, comissões de toda a espécie. De modo que posso dizer que morava na rua e o mundo para mim não passava de uma rua a dar uma porção de voltas em torno da terra. Ora, na rua eu via a humanidade dividida em duas castas, pedestres e rodantes, como os batizei, aos homens acima do comum que circulavam sobre quatro pneus. O pedestre, casta em que nasci e em que vivi até aos 26 anos, era um ser inquieto, de pouco rendimento, forçado a gastar a sola das botinas, a suar em bicas nos dias quentes, a molhar-se nos dias de chuva e a operar prodígios para não ser amarrotado pelo orgulhoso e impassível rodante, o homem superior que não anda, mas desliza veloz. Quantas vezes não parei nas calçadas para gozar o espetáculo do formigamento dos meus irmãos pedestres, a abrirem alas inquietas à Cadillac arrogante, que por eles se metia, a reluzir esmaltes e metais! O ronco de porco do Klaxon parecia-me dizer: — "Arreda, canalha!"

Sonhei, portanto, mudar de casta e por minha vez levar os pedestres a abrirem-me alas, sob pena de esmagamento. E o novo pecúlio, com tanto esforço acumulado depois do desastre germânico, não visava outra coisa. Foi, pois, com o maior enlevo

wheel, looking steadily forward, making, with Klaxon's[2] bawls, the poor, frightened pedestrians shoot out of my way! How that dream filled my imagination!

My work in the company was all in the streets: receipts, payments, commissions of all kinds. So I can say that I lived on the road, and the world to me was nothing but a road taking many turns around the Earth. Now, on the road I saw humanity divided into two castes: pedestrians and wheelmen, as I baptized them, men above the ordinary who went around on four wheels. The pedestrian, the caste I was born into and lived in until I was 26, was comprised of restless, low-income beings forced to wear out the soles of their boots, to sweat like a pig on hot days, to get soaked on rainy days and to work wonders not to be crushed by the proud and impassive wheelman, the superior man who doesn't walk, but glides swiftly. How many times have I stopped on the sidewalks to enjoy the tingling spectacle of my fellow jumpy pedestrians making space for the arrogant Cadillac driving through, glittering with enamel and metal! To me, the pig snarl of the Klaxon seemed to say, "Out of the way, scoundrel!"

So I dreamed of changing caste and in my turn taking pedestrians to get out of my way, under penalty of being crushed. And the new savings, accumulated with so much effort after the Germanic disaster, were aimed at nothing else. It was, then, with the greatest joy of the soul that one morning I got to a dealership and bought the machine that would change my social situation. A Ford.

d'alma que entrei certa manhã numa agência e comprei a máquina que me mudaria de situação social. Um Ford.

Os efeitos dessa compra foram decisivos na minha vida. Ao verem-me chegar ao escritório fonfonando, os patrões abriram as maiores bocas que ainda lhes vi e vacilaram entre porem-me no olho da rua ou dobrarem-me o ordenado. Por fim dobraram-me o ordenado, quando demonstrei o quanto lhes aumentaria o renome da firma o terem um auxiliar possuidor de automóvel próprio. E tudo correria pelo melhor, no melhor dos mundos possíveis, se eu me não excedesse na fúria de fordizar a todo o transe, com o fito de embasbacar pedestres. A paixão da carreira grelara em mim e, depois de um mês, já não contente com a velocidade desenvolvida por aquele carro, pus-me a sonhar a aquisição de outro, que chispasse cem quilômetros por hora. O aumento de ordenado permitiu-me várias excursões de maluco, nas quais me embriagava, aos domingos, na delícia de devorar quilômetros. Paguei diversas multas, matei meia dúzia de cães e cheguei a atropelar um pobre surdo que não atendera ao meu insolente: – "Arreda!"

Tornou-se me o pedestre uma criatura odiosa, embaraçadora do meu direito à rapidez e à linha reta. Pensei até em representar ao governo, sugerindo uma lei que proibisse a semelhantes trambolhos semoventes o trânsito pelas vias asfaltadas. Adquiri, em suma, a mentalidade dos rodantes, passando a desprezar o pedestre como coisa vil e de somenos importância na vida.

The effects of this purchase were decisive in my life. When they saw me arriving at the office tooting, the bosses opened the biggest mouths that I had ever seen, and they vacillated between sacking me and doubling my salary. In the end, they doubled my salary when I demonstrated how much it would increase the firm's reputation to have an assistant who possessed his own automobile. And everything would go for the best, in the best of possible worlds, if I didn't get carried away in my fury of Fordizing at any cost to dazzle pedestrians. The passion for speeding had grown in me, and after a month, no longer content with the speed developed by that car, I started dreaming of acquiring another which could rocket at a hundred kilometers per hour. The increased salary allowed me several crazy excursions, on Sundays, in which I got intoxicated by the delight of devouring kilometers. I paid several fines, I killed half a dozen dogs, and I ran over a poor deaf man who didn't heed to my insolent "Out of the way!"

The pedestrian became an odious creature to me, an obstacle to my right to speed and in a straight line. I even thought of taking a petition to the government, suggesting a law which would prohibit such self-walking clogs from transiting on paved thoroughfares. I acquired, in short, the mentality of the wheelman, and began to despise the pedestrian as a vile and insignificant thing in life.

Around this time one of my bosses commissioned me to personally liquidate a certain business with a customer who lived near Friburgo.

Por essa época um dos meus patrões encarregou-me de liquidar pessoalmente certo negócio com um freguês morador perto de Friburgo.

Muito fácil me seria lá ir de trem, mas um rodante da minha marca sorria dos trens. Fui no meu auto, apesar das ruins informações que me deram do caminho. Meti boa reserva de gasolina e atirei-me, qual um doido, por estradas de tropa por onde, creio, nenhum automóvel ainda se arriscara a passar. Numerosos contratempos sofri nessa minha viagem a Damasco, mas mesmo assim tudo acabaria sem novidade se a estrada infame não desembocasse de improviso numa ótima, recém-feita e tão bem conservada como a melhor das pistas de corrida. Mal me vi naquele sétimo céu de macadame, dei toda a força à máquina e desforrei-me da lentidão de até ali com uma chispada a 60 por hora, o máximo que o meu fordzinho permitia.

A região que eu atravessava era de maravilhosa beleza. Serras azuis ao longe, quais muralhas de safira a sopesarem um céu de cobalto. Dia de limpidez absoluta. Paisagem das que vibram de nitidez. Desafeito aos formosos quadros da natureza, distrai-me com a novidade do espetáculo e... catrapus!

Dormi um longo sono. Quando acordei achava-me num quarto desconhecido, tendo na minha frente... o velho jogador de câmbio que eu vira no banco – o professor Benson!

Foi grande a minha surpresa, e muito maior seria se uma horrível dor no meu braço direito me permitisse pensar em

It would be very easy for me to go there by train, but a wheelman of my caliber smirked at trains. I went in my automobile, despite the poor information they gave me about the way to get there. I put in a good supply of gasoline and threw myself like a madman onto rough roads where, I believe, no automobile had yet risked going. I suffered numerous setbacks on my trip to that Damascus of mine, but even so, everything would have been uneventful if the infamous road didn't unexpectedly led to an excellent road, newly built and as well maintained as the best of race tracks. As soon as I got myself on that macadam paradise, I pulled from the machine all the power it could give, and I avenged myself of the slowness I had had up to that point by shooting forward at 60 kilometers an hour, the top speed my little Ford would allow.

The region that I was going through was of wondrous beauty. Blue mountains in the distance, like sapphire ramparts bearing the weight of a cobalt sky. An absolutely limpid day. One of those landscapes that vibrate with sharpness. Unaccustomed to the beautiful pictures of nature, I got distracted by the novelty of the spectacle and... bam!

I had a long sleep. When I woke up, I found myself in an unfamiliar room, having in front of me... the old foreign exchange speculator I had seen in the bank – Professor Benson!

Great was my surprise, and greater would it be if a horrible pain in my right arm allowed me to think of anything other than the

alguma coisa além da lesão sofrida nesse apêndice do eixo central do universo.

— Onde estou? murmurei, olhando muito espantado para o professor Benson.

— Em minha casa, respondeu ele. Um dos meus homens o encontrou sem sentidos no fundo de um despenhadeiro, ao lado de um Ford em pandarecos.

— O meu Ford em pandarecos! Desgraçado que sou... gemi.

A dor do braço ofendido era grande, mas a minha dor moral muito maior. Creio até que entre perder o carro e perder um braço, eu não vacilaria na escolha. Custara-me tanto consegui-lo... E, além disso, dada a psicologia dos meus patrões, o certo era reduzirem-me o ordenado, já que eu voltaria a servi-los a pé, como outrora...

Tão negra notícia me sombreou de crepes a alma. Não podia conformar-me com o desastre. Delirei. Soube mais tarde, pelo professor, que nesse delírio uma obsessão única transparecia: o desespero ante o meu retorno à miserável casta dos pedestres...

Mas tudo passa. A dor do braço foi-se atenuando e a dor moral acompanhou-a nesse amortecimento, de modo que pude erguer-me da cama ao cabo de quinze ou vinte dias.

Vi então desenhar-se um problema terrível na minha frente. Davam-me alta em breve e, não havendo mais razão para permanecer naquela casa estranha, forçoso me seria regressar à cidade. E teria de me apresentar diante dos senhores Sá, Pato & Cia a pé, murcho, resignado às suas pilhérias e à lógica redução

injury I had suffered on this appendage of the central axis of the universe.

"Where am I?" I murmured, staring astonished at Professor Benson.

"At my house," he replied. "One of my men found you unconscious at the bottom of a precipice, next to a wrecked Ford."

"My Ford, wrecked! Oh wretched me…" I groaned.

The pain of the wounded arm was strong, but my moral pain was much stronger. I even believe that between losing the car and losing an arm, I wouldn't hesitate in the choice. It had cost me so much to get it… And besides, given the psychology of my employers, they would certainly reduce my salary, since I would go back to serving them on foot, like before.

Such dark news grieved my soul with sorrow. I couldn't resign to the accident. I was delirious. I later learned from the professor that in this delirium, a single obsession was evident: the despair at my return to the miserable caste of pedestrians…

But everything passes. The pain in my arm was subsiding, and the moral pain accompanied it in this weakening, so that I was able to get out of bed after fifteen or twenty days.

Then I saw a terrible problem unfolding before me. I would soon be discharged, and since there was no longer any reason for me to remain in that strange house, I would have to return to the city. And I would have to appear before Messrs. Sá, Pato & Cia, on foot, withered, resigned to their jesting and to the logical reduction of salary. I deliberated changing my life. When next

de salário. Deliberei mudar de vida. Quando na manhã seguinte o professor Benson me apareceu no quarto, abri-me com ele.

— Professor, não sei como agradecer o bem que me fez!...

— Fiz o meu dever apenas, declarou com simplicidade o velho.

— Salvou-me a vida, professor. Não fosse a sua preciosa assistência e o provável era estar eu agora esvoaçando pelo outro mundo, como froco de paina psíquica. Minha gratidão é imensa. Mas seria infinita se o professor me ajudasse a resolver o problema muito sério que vejo armar-se diante de mim.

— Diga qual é. Já resolvi diversos, tidos como insolúveis, e ser-me-ia grato resolver mais um...

Animado pela bonomia do velho, abri para com ele o meu coração. Contei-lhe a mediocridade da minha vida, os meus esforços para juntar o pecúlio empatado no automóvel, a transformação que as quatro rodas me operaram-me na mentalidade e o horror com que agora via o regresso obrigatório ao pedestrianismo.

— O professor é opulento e pelo que vejo possui uma grande e linda propriedade. Precisará, portanto, de homens que trabalhem nela. Eu não queria sair daqui. Arranje-me uma ocupação qualquer, seja lá qual for. Tenho algumas aptidões e, como a boa vontade é grande, para isto ou aquilo sempre hei de servir. O que não desejo é voltar à cidade e ter de apresentar-me, assim decaído, ante os meus terríveis patrões...

O professor Benson pareceu meditar. Tirou do nariz os óculos de ouro, limpou-lhes os vidros num lenço de linho e depois disse:

morning Professor Benson showed up in the room, I opened up to him.

"Professor Benson, I don't know how to thank you for the good you did me!..."

"I only did my duty," the old man declared with simplicity.

"You saved my life, Professor. Had it not been for your precious assistance, I would probably be flying through the other world, like a flock of psychic floss. My gratitude is immense. But it would be infinite if the professor helped me solve the very serious problem that I see staring me in the face."

"Tell me what it is. I have already solved several, considered insoluble, and it would be gratifying to me to solve one more..."

Encouraged by the old man's good nature, I opened my heart to him. I told him about the mediocrity of my life, my efforts to put together the savings invested in the automobile, the transformation that the four wheels had wrought in my mentality, and the horror with which I now saw the obligatory return to pedestrianism.

"Professor, you are opulent, and from what I see, you own a large and beautiful property. You will therefore need men to work on it. I don't want to leave here. Find me any occupation, whatever it is. I have some skills, and since my good will is strong, for this or that I will be of service. What I don't want is to go back to the city and have to report, so ruined, to my terrible bosses..."

– Não necessito aqui de ninguém. Possuo o número de criados estritamente precisos para a conservação desta propriedade e nela não vejo nela função que o amigo possa desempenhar. E não o admitiria em hipótese alguma, se de dias a esta parte não sentisse, cá no coração, prenúncios de que minha vida está no fim. Isto me faz sair da política que tenho levado até hoje e aceitá-lo em minha companhia como... confidente.

– Confidente?... repeti, sem compreender o alcance da expressão.

– Sim, confidente. Aproveito-me do acaso tê-lo trazido ao meu encontro a fim de confiar-lhe a história da minha vida. Mas desde já lhe dou um conselho: guarde segredo de tudo, depois que eu morrer. Não que seja caso de segredo, mas vai o amigo ouvir e ver coisas tão extraordinárias que, se o for contar lá fora, o agarram e o metem no hospício, como doido varrido. Digo-lhe que guarde segredo para seu bem apenas. Agora saia. Dê pelos campos o seu primeiro passeio de convalescente e antes do almoço procure-me no gabinete.

Dizendo isto, o professor premiu o botão duma campainha. Sem demora vi surgir um criado.

– Acompanhe este moço num passeio pelos arredores, e de volta, conduza-mo ao gabinete.

Professor Benson seemed to meditate. He took the gold glasses from his nose, wiped them with a linen handkerchief, and then said:

"I don't need anyone here. I have the strictly necessary number of servants for the upkeep of this property, and in it I see no function that you, my friend, can fulfill. And I wouldn't take you on under any circumstances except that for a few days I feel here in my heart the premonition that my life is coming to an end. This makes me drop the policy that I've been carrying on until now and accept you into my company as a... confidant."

"A confidant?..." I repeated, not understanding the scope of the expression.

"Yes, a confidant. I take advantage of chance having brought you to meet me so that I entrust you with the story of my life. But I'll give you some advice up front: keep everything a secret after I die. Not that it is a matter of secrecy, but you, my friend, will hear and see such extraordinary things that, if you tell it out there, they will grab you and put you in the madhouse for being stark-raving mad. I tell you to keep it a secret for your own good. Now get out. Take the first walk in the fields as a convalescent and look for me in the study before lunch."

That said, the professor pressed the button of a bell. Without delay I saw a servant emerge.

"Accompany this young man on a stroll in the surroundings, and when he returns, take him to my study."

Capítulo II

A Minha Aurora

Pela primeira vez, depois de recolhido àquela mansão, punha eu o nariz fora do meu quarto de doente.

Senti-me surpreso. A casa do professor Benson não era ao tipo da casa vulgar. Dava antes ideia de uma espécie de castelo, não pelo estilo, que não lembrava nenhum dos castelos clássicos que eu vira reproduzidos em cartões-postais, mas pela massa e o estranho da construção. Olhei para aquilo com marcado espanto. Além do corpo fronteiro, evidentemente moradia familiar, erguiam-se pavilhões extensos, galerias envidraçadas, torreões e vários minaretes altíssimos, ou, melhor, torres de ferro enxadrezado, entretecidas de fios de arame.

— Que diabo de casa é esta? perguntei ao criado, voltando-me para ele.

O criado, um forte mulato de misterioso aspecto e mais com ar de autômato do que de gente, permaneceu imóvel atrás de mim, sem mostras de ter ouvido.

Chapter II

My Dawn

For the first time, after being confined to that mansion, I had my nose out of my convalescent room.

I was surprised. Professor Benson's house wasn't like an ordinary house. It was rather a kind of castle, not because of its style, which didn't resemble any of the classic castles I had seen reproduced in postcards, but for its size and strange construction. I looked at it with marked astonishment. Beyond the front part, evidently a family dwelling, stood large pavilions, glassy galleries, fortified towers and several towering minarets, or rather, checkered iron towers interwoven with wire strands.

"What the hell is this house?" I asked the servant, turning to him.

The servant, a strong, mysterious-looking mulatto who looked more like an automaton than a person, stood motionless behind me, showing no sign of having heard me.

Repeti-lhe a pergunta, e nada. Lembrei-me então da minha conversa com o corretor, quando me deu informes sobre o sábio Benson e contou que vivia misteriosamente, servido por criados mudos. Sem dúvida era aquele um dos tais. Isto fez-me estremecer. O pouco que eu vira, já me provara não ser o morador do castelo um homem comum – e o viver servido por mudos inda mais me aguçava a ponta do enigma.

Prossegui, entretanto, no meu passeio, conformado em fazê-lo em silêncio, uma vez que era o mutismo a senha da casa.

Em redor do castelo estendiam-se campos e florestas. Região montanhosa, mas de relevo suave, coxilhas mansas que ao longe ganhavam corpo até se erguerem na morraria de um dos contrafortes da serra do Mar. Nos vales, belos capões de mata virgem; e nas lombas, um tapete de gramíneas crioulas, naquela época revestidas de florinhas róseas.

Notei logo que a natureza não era ali trabalhada. Tudo vivia em estado selvagem, sem sombra de intervenção humana além da impressa nos caminhos. Nem gado nas pastagens, nem sombras de cultura – porteiras ou cercas. Um pedaço de natureza virgem onde o homem só abrira passagens que lhe dessem o gozo das perspectivas naturais.

Compreendi que não estava numa fazenda. Homem de posses, o professor Benson teria aquilo apenas para recreio dos sentidos, sem o menor recurso às possibilidades do solo. Unicamente em redor da casa havia algo beneficiado: belo jardim todo garrido de rosas e, aos fundos, o pomar.

I repeated my question to him, but nothing. I then remembered my conversation with the broker, when he informed me of the sage Benson and told me that he lived mysteriously, served by mute servants. Undoubtedly, this was one of them. This made me shudder. The little I had seen had already proved to me that the resident of the castle wasn't an ordinary man – and his life, served by mute servants, further sharpened the tip of the enigma.

I continued on my walk, however, resigned to do it in silence, since mutism was the code of the house.

Around the castle stretched fields and forests. A mountainous region, but of smooth terrain, with gentle grassy hills that grew in the distance until they rose up on the ridges of one of the shoulders of the Serra do Mar.[3] In the valleys, beautiful gorges of virgin forest; and on the crests, a carpet of alfalfas, at that time coated with pinkish florets.

I noticed right away that nature wasn't tilled there. Everything lived in a wild state, with no shadow of human intervention other than that imprinted on the pathways. No cattle in the pastures, no shadows of crops, gates or fences. A piece of virgin nature where man only opened passageways that would give him the enjoyment of natural perspectives.

I understood that I wasn't on a farm. A man of means, Professor Benson would have it only for the recreation of the senses, without the slightest recourse to the possibilities of the soil. Only around the house was there something developed: a

Caminhei por espaço de meia hora e, ao alto de uma colina, sentei-me no topo de um cupim para admirar a vista soberba dali descortinante. Impressionava estranhamente aquele castelo de inexplicável arquitetura, em meio duma natureza rude e calma, onde só uma ou outra ave silvestre rompia o silêncio com o seu piar.

Afeito que estava a viver em cidade, no tumulto das ruas, aquele silêncio e aquela solidão punham-me novidades n'alma. Senti no cérebro um referver de ideias novas, a saírem da casca como pintos.

A impressão geral que tive diante da natureza liberta da presença e ação do homem, coisa que via pela primeira vez, foi da minha absoluta niilidade – da niilidade absoluta dos meus patrões, naquele momento a se esbofarem no escritório e a maldizerem do empregado desaparecido sem licença. Para eles era eu o *empregado* – e também vinte dias antes eu me considerava apenas um empregado, isto é, humilde peça da máquina de ganhar dinheiro que os senhores Sá, Pato & Cia houveram por bem montar dentro de uma certa aglomeração humana. Mas ali não me via empregado de ninguém, e sim um ser igual às ervas que esverdeciam as colinas, às árvores que frondejavam nas grotas e às aves que piavam nas moitas. Sentia-me deliciosamente integrado na natureza.

Minha loquela desaparecera. A necessidade de falar a todo o transe, tamanha que me fazia às vezes falar sozinho, se substituíra pela necessidade do silêncio. Cheguei a agradecer a finura do

beautiful garden, all garlanded with roses; and in the back, the orchard.

I walked for half an hour and, at the top of a hill, I sat down on top of a termite mound to admire the superb view. I was strangely impressed by that castle of inexplicable architecture, in the midst of rough and calm nature, where only one or two wild birds broke the silence with their chirping.

Accustomed to living in the city, in the hustle of the streets, that silence and that solitude brought novelties to my soul. I felt a rush of new ideas in my brain, bursting out of the shell like chicks.

The general impression I had of nature, freed from man's presence and action, something I saw for the first time, was of my absolute nihilism – of the absolute nihilism of my bosses, at that moment gasping in the office and cursing at the unauthorized missing employee. For them I was the *employee* – and twenty days before, I also considered myself as only an employee, that is, a humble piece of the money-making machine that Messrs. Sá, Pato & Cia saw fit to assemble within a certain human mass. But here I was nobody's employee; instead I was someone like the herbs that greened the hills, the trees that leafed the grottos, and the birds that chirped in the bushes. I felt deliciously integrated to nature.

My verbosity had disappeared. The need to talk all the time, which was such that it made me sometimes talk to myself, was replaced by the need for silence. I was even grateful for the old sage's finesse of giving me a mute companion, realizing that, if it was my barber there, a terrible loudspeaker of football and *jogo do*

velho sábio em dar-me um companheiro mudo, compreendendo que, se em vez dele ali estivesse o meu barbeiro, terrível alto-falante de futebol e jogo do bicho, bem certo que eu chegaria ao extremo de amordaçá-lo. Talvez até nem fosse mudo de nascença o criado, mas apenas emudecido por influição local. Comigo vi que também emudeceria, se permanecesse algum tempo naquele deserto.

O ar livre abriu-me o apetite e o apetite aberto fez-me lembrar do almoço e da ordem de aparecer antes dele no gabinete do professor Benson. Tratei de voltar – e ao pôr pé no castelo já me sentia bem outro homem, varrido das preocupações de outrora e absolutamente exonerado, por incompatibilidade psicológica, das funções de factótum crônico dos senhores Sá, Pato & Cia.

bicho,[3] I would certainly go to the extreme of gagging him. Perhaps the servant wasn't even mute by birth, but just silenced by local influence. I thought that within myself I would also go silent if I remained for some time in that desert.

The open air whetted my appetite, and the whetted appetite reminded me of lunch and the order to turn up before it at Professor Benson's study. I went about going back – and when I set foot in the castle, I felt like a different man, swept away from the worries of the past and absolutely exonerated, for psychological incompatibility, from the functions of a chronic factotum of Messrs. Sá, Pato & Cia.

Capítulo III

O Capitão Nemo

Quando o criado me fez entrar no gabinete do doutor Benson o velho não se achava ali. Aproveitei o ensejo para correr os olhos pelas paredes e admirar, ou antes, embasbacar-me com as estranhas coisas que via. Devo dizer que não compreendi nada de nada. Conhecia o gabinete de trabalho dos meus patrões e o de muitos outros negociantes. Também conhecia consultórios médicos, salas de advogado, salões de hotel, e facilmente tomava pé num deles. Os móveis, os quadros das paredes, os objetos de cima de mesa, os bibelôs, as estatuetas, essas coisas todas me valiam por marcas digitais das que revelam a profissão do dono. No gabinete do professor Benson, porém, tudo me era desnorteante e, fora as poltronas, nas quais o corpo afundava, como nas do Derby Club, onde estive uma vez à procura dum figurão, tudo mais me valia por citações em caracteres chineses numa página em língua materna. Pelas paredes, quadros – não quadros comuns, com

Chapter III

Captain Nemo

When the servant let me into Dr. Benson's study, the old man wasn't there. I took advantage of the opportunity to run my eyes along the walls and admire, or rather, be amazed by the strange things I saw. I must say that I didn't understand a thing. I was familiar with my employers' office and that of many other businessmen. I was also familiar with doctors' offices, lawyer's offices, hotel ballrooms, and easily fit in in any one of them. The furniture, the pictures on the walls, the objects on the table, the bibelots, the figurines, and to me all these things were like fingerprints that could reveal the profession of their owner. In Professor Benson's study, however, everything was bewildering to me, and apart from the armchairs, which one's body sank into, like those at the Derby Club, where I once went looking for some big shot; everything else was more like citations in Chinese characters on a page in my mother tongue to me. On the walls,

pinturas ou retratos, mas quadros de mármore, como os das usinas elétricas, inçados de botõezinhos de ebonite. E reentrâncias, afunilamentos que se metiam pelos muros como cornetas de gramofone, lâmpadas elétricas dos mais estranhos aspectos, grupos de fios que vinham paralelos aos quatro, aos cinco, aos vinte e, de repente, se sumiam pelo muro a dentro. Todavia, o que mais me prendeu a atenção foi, ao lado da secretária do professor, um enorme globo de cristal, e sobre ela, apontado para o globo, um curioso instrumento de olhar, ou que me pareceu tal por uma vaga semelhança com o microscópio.

Eu lera em criança um romance de Júlio Verne, *Vinte Mil Léguas Submarinas*, e aquele gabinete misterioso logo me evocou várias gravuras representando os aposentos reservados do capitão Nemo. Lembrei-me também do professor Aronnax e senti-me na sua posição ao ver-se prisioneiro no Nautilus.

Nesse momento uma porta se abriu e o professor Benson entrou.

— Bom dia, meu caro senhor... Seu nome? Ainda não sei o seu nome.

— Ayrton Lobo, ex-empregado da firma Sá, Pato & Cia, respondi, fazendo uma reverência de cabeça e carregando no *ex* com infinito prazer.

— Muito bem, disse o professor. Queira sentar-se e ouvir-me.

O hábito de sempre falar de pé aos ex-patrões impediu-me de cumprir a primeira ordem dada pelo meu novo chefe, e vacilei uns instantes, permanecendo perfilado. O professor Benson

frames – not the usual paintings or portraits, but marble frames, like those in electric power stations, covered with little ebonite buttons. And little nooks, tapering recesses which went into the walls like gramophone horns, electric lamps of the strangest aspects, groups of four, five, twenty parallel wires which suddenly disappeared inside the wall. But what most caught my attention was, next to the professor's desk, a huge crystal globe, and on the desk, pointed at the globe, a curious gazing instrument, or that seemed like that to me for its vague resemblance to a microscope.

As a child I had read a novel by Jules Verne, *Twenty Thousand Leagues Under the Sea*, and that mysterious study soon evoked several gravures representing Captain Nemo's quarters. I also remembered Professor Aronnax and felt like him when he found himself a prisoner on the Nautilus.

At that moment a door opened, and Professor Benson entered.

"Good morning, my dear sir... Your name? I still don't know your name."

"Ayrton Lobo, a former employee of the firm Sá, Pato & Cia," I replied, bowing and asserting the *former* with infinite pleasure.

"Very well," said the professor. "Please sit down and listen to me."

The habit of always talking to my former bosses on my feet prevented me from following the first order given by my new boss, and I hesitated for a moment, remaining standing at attention.

compreendeu a minha atitude; pôs-me a mão no ombro e, paternalmente, murmurou na sua voz cansada:

— Sente-se. Não creia que o vou reter aqui como a um subalterno. Disse que iria ser o meu confidente e os confidentes não se equiparam aos homens de serviço. Sente-se e conversemos.

Sentei-me sem mais embaraço, porque o tom do misterioso velho era na realidade cordial.

— O senhor Ayrton, pelo que vejo e adivinho, é um inocente, começou ele. Chamo inocente ao homem comum, de educação mediana e pouco penetrado nos segredos da natureza. Empregado no comércio: quer dizer que não teve estudos.

— Estudos ligeiros, ginasiais apenas, expliquei com modéstia.

— Isso e nada é o mesmo. Eu preferia ter para confidente um sábio ou, melhor, uma organização de sábio, inteligência de escol, das que *compreendem*. Em regra, o homem é um bípede incompreensivo. Alimenta-se de ideias feitas e desnorteia diante do novo. Mas costumo respeitar as injunções do Acaso. Ele o trouxe ao meu encontro, seja pois o meu confidente. E saiba, senhor Ayrton, que é a primeira criatura humana aqui entrada desde que conclui a construção deste laboratório.

— O castelo, quer dizer?

— Sim, o castelo, como romanticamente lhe apraz chamar esta oficina de estudos onde realizei a mais extraordinária descoberta de todos os tempos.

Professor Benson understood my attitude, put his hand on my shoulder, and, in a fatherly way, murmured in his weary voice:

"Sit down. Don't think I'm going to keep you here as a subaltern. I said you're going to be my confidant, and confidants don't compare to service men. Sit down and let's talk."

I sat down without further embarrassment, for the tone of the mysterious old man was actually cordial.

"Mr. Ayrton, from what I see and guess, you are an innocent," he began. "I call innocent the common man, of average education and little knowledge of the secrets of nature. Employed in commerce, which means you didn't have an education."

"Superficial education, junior high only," I explained modestly.

"That's the same as none. I would rather have a learned man as a confidant or, rather, an organization of learned men of prime intelligence, those who *understand*. As a rule, man is an incomprehensible biped. He feeds on set ideas and is bewildered by what's new. But I tend to respect Chance's injunctions. It brought you to meet me, so be my confidant. And know, Mr. Ayrton, that you are the first human creature to come in here since I completed the construction of this laboratory."

"The castle, you mean?"

"Yes, the castle, as it romantically pleases you to call this study workshop where I made the most extraordinary discovery of all times."

Sem querer dei um recuo na poltrona, pensando logo na pedra filosofal e no elixir da longa vida.

— Não se assuste, nem arregale dessa maneira os olhos. Nem tente adivinhar o que é. Saiba apenas que tem diante de si um homem condenado a levar consigo ao túmulo o seu invento, porque ele excede à capacidade humana de adaptação às descobertas. Se eu o divulgasse, pobre humanidade! Seria impossível prever a soma de consequências que isso determinaria. Se houvesse, ou antes, se predominasse no homem o bom senso, a inteligência superior, as qualidades nobres, em suma, sem medo eu atiraria à divulgação a minha maravilhosa descoberta. Mas sendo o homem como é, vicioso e mau, com um pendor irredutível para o despotismo, não posso deixar entre eles tão perigosa arma.

— Quer dizer, atrevi-me a murmurar, que se o doutor quisesse...

— Se eu quisesse, interrompeu-me o velho sábio, tornar-me-ia senhor do mundo, pois me vejo armado de uma potência que até hoje os místicos julgaram atributo exclusivo da divindade.

Dei novo recuo na cadeira, desta vez meio na dúvida se falava a um homem sadio dos miolos ou a um maluco. O ar sempre sereno do professor Benson acomodou-me, porém.

— Mas não quero. A dominação sobre o mundo não me daria prazeres maiores que os de que gozo. Não me faria ver mais azul e límpida aquela serra, nem respirar com mais prazer este ar puro, nem ouvir melhor música que a do sabiá que todas as

Unintentionally I retreated in the armchair, immediately thinking about the philosopher's stone and the elixir of long life.

"Don't be frightened, or open your eyes wide like that. And don't even try to guess what it is. Just know that you have standing before you a man condemned to take his invention to the grave with him, because it exceeds the human capacity to adapt to discoveries. If I were to divulge it, poor humanity! It would be impossible to predict the sum of consequences that this would determine. If there was, or rather, if common sense, superior intelligence-noble qualities, in short-prevailed in man, I'd fearlessly rush to divulge my wonderful discovery. But man being as he is, vicious and bad, with an irreducible penchant for despotism, I cannot leave such a dangerous weapon among them."

"That means," I dared to murmur, "that if the doctor wanted..."

"If I wanted," interrupted the old sage, "I'd become lord of the world, for I'm armed with such power which until today the mystics have thought was an attribute exclusive to divinity."

I retreated in the armchair again, this time somewhat in doubt whether I was speaking to one who is sound-minded or to a madman. Professor Benson's always serene expression settled me down, however.

"But I don't want to. Domination over the world wouldn't give me greater pleasures than those I already enjoy. It wouldn't make me see that mountain bluer and clearer, nor breathe with

tardes canta numa das laranjeiras do pomar. Além disso, estou velho, tenho os dias contados e nada do que é do mundo consegue interessar-me. Vivi demais, satisfiz demais a minha outrora insaciável, mas hoje saciada, curiosidade de sábio. Só aspiro a morrer sem dor e desfazer-me na vida do universo transfeito em átomos. Quem sabe se cada um desses átomos não levará consigo a capacidade de gozo que há em mim, e se com esse desdobramento não multiplico ao infinito as minhas possibilidades?...

Não compreendi muito bem, lento que sou de espírito, a alta filosofia do professor; mas calei-me, cheio de admiração pelo homem que podendo ser imperador, presidente da república, rei do aço, sultão ou o que lhe desse na telha, visto que podia tudo, contentava-se com ser um misterioso velhinho, ignorado do mundo e à espera da morte naquele sereno recanto da natureza.

Nisto um criado surgiu à porta e fez um sinal.

— Vamos ao almoço, senhor Ayrton. Depois continuarei nas minhas confidências, disse-me o professor, erguendo-se com dificuldade da poltrona.

more pleasure this pure air, nor hear better music than that sung by the thrush every afternoon in one of the orange trees of the orchard. Besides, I'm old, my days are numbered, and nothing that belongs to the world can interest me. I've lived too long, satisfied my once insatiable, but today satiated sage's curiosity. I only aspire to die without pain and crumble into the life of the universe converted to atoms. Who knows if each one of these atoms won't carry with it the capacity for joy that is in me, and if with this unfolding I won't multiply my possibilities to infinity?..."

I didn't understand the professor's high philosophy very well, slow of mind as I am; but I held my tongue, full of admiration for the man who could be emperor, president of the republic, king of steel, sultan or whatever got into his head, since he could do anything, but was content to be a mysterious little old man, ignored by the world and awaiting death in that serene nature's nook.

At this, a servant appeared at the door and signaled.

"Let's go to lunch, Mr. Ayrton. Then I'll continue my confidences," the professor said, rising with difficulty from his armchair.

Capítulo IV

Miss Jane

Na sala de almoço tive uma nova surpresa. Estava lá, e recebeu-nos com gentil sorriso, a mais encantadora criatura que ainda viram meus olhos.

– Minha filha Jane, apresentou-ma o velho.

Como eu esperava tudo, menos encontrar ali uma figura feminina, atrapalhei-me e gaguejei, visto que sou tímido diante das mulheres formosas. Já com as feias, ou velhas, sinto-me desembaraçadíssimo. Mas cabelos louros como aqueles, olhos azuis como aqueles, esbelteza e elegância de porte como as de Miss Jane, eram ingredientes fortes demais para que não produzissem a ruptura do meu equilíbrio nervoso. Gaguejei, já disse, e fui logo tropeçando num pé de cadeira, o que muito me vexou, embora não fizesse rir à moça. Esta contensão de sua parte provou-me que eu estava diante de uma criatura finamente educada e generosa.

Chapter IV

Miss Jane

In the lunch room I had another surprise. She was there and received us with a gentle smile, the loveliest creature that my eyes had ever seen.

"My daughter, Jane," the old man, said, introducing her to me.

As I expected anything but to find a female figure there, I fumbled and stuttered, since I'm shy before beautiful women. On the other hand, with the ugly or old ones, I feel very uninhibited. But fair hair like that, blue eyes like those, slenderness and elegant bearing like Miss Jane's, were ingredients too strong not to produce the rupture my nervous equilibrium. I stuttered, I've said already, and right away stumbled on one foot of the chair, which greatly embarrassed me, although it didn't make the young lady laugh. This restraint on her part proved to me that I was before a finely educated and generous creature.

Correu sem incidentes o almoço, e nada vi nele de misterioso. Pratos simples, servidos em baixela fina, tudo despido dos excessos que caracterizam a mesa dos ricaços amigos de, nas menores coisas, exibirem o seu dinheiro.

Miss Jane falou ao pai de três filhotes de pintassilgos que encontrara no pomar, num ninho feito de raízes de capim.

— Gosta de pássaros, senhor Ayrton? perguntou-me com gracioso sorriso.

Confesso que eu até ignorava a existência de pássaros no mundo. A minha vida de cidade, no corre-corre das ruas desde menino, sem nunca umas férias passadas no campo, impedia-me de prestar atenção a essas vidinhas aladas, que constituem um dos enlevos dos contemplativos.

— Gosto, sim senhora, respondi eu, se bem que em matéria de pássaros só me lembre dum periquito vítima duma menina, filha lá da firma.

— Pois aprenderá aqui a adorá-los. O sabiá que todas as tardes canta numa das laranjeiras do pomar com certeza já lhe atraiu a atenção. Temos também vários outros amiguinhos que de lá não saem, pintassilgos, sanhaços, rolinhas, saíras...

— O senhor Ayrton, interveio o professor, vai ficar aqui conosco. Tem muito que ouvir e aprender. Vou revelar-lhe os segredos da natureza, e tu, Jane, lhe revelarás a poesia. Estes homens da cidade têm a visão muito restrita; o mundo para eles se resume na rua, nas casas marginais e no torvelinho humano.

Lunch went smoothly, and I saw nothing mysterious about it. Simple dishes, served on fine crockery, all devoid of the excesses that characterize the table of the moneybags who are fond of showing off their money in the smallest things.

Miss Jane told her father about three goldfinch chicks she had found in the orchard, in a nest made of grass roots.

"Do you like birds, Mr. Ayrton?" she asked me with a gracious smile.

I confess that I even ignored the existence of birds in the world. My city life, in the hurry-scurry of the streets since I was a boy, without ever having spent a vacation in the country, prevented me from paying attention to those little winged lives, which are one of the delights of contemplative people.

"I like them, yes, ma'am," I replied, "although when it comes to birds I can only remember a parakeet that fell victim to one of the daughters of my bosses."

"Well, you'll learn to love them here. The thrush that sings every afternoon in one of the orange trees of the orchard has surely called your attention. We also have several other little friends who don't leave the place, goldfinches, tanagers, doves..."

"Mr. Ayrton," intervened the professor, "will stay here with us. He has much to hear and learn. I will reveal to him the secrets of nature, and you, Jane, will reveal its poetry. These city men have a very restricted vision; the world for them is limited to the street, the marginal houses and the human whirlwind."

— Realmente, professor. A impressão que tive hoje durante o meu passeio pelo campo abriu-me a alma. Verifiquei que o mundo não é só a cidade e que o centro do universo não é a firma Sá, Pato & Cia, como toda vida supus.

— O mundo, meu caro, é um imenso livro de maravilhas. A parte que o homem já leu chama-se passado; o presente é a página em que está aberto o livro; o futuro, as páginas ainda por cortar. E a uma criatura que nem conhece a página aberta ante seus olhos, como o senhor, vou eu revelar o que a ninguém foi ainda revelado: algumas páginas futuras!

Olhei para o professor Benson com ar palerma, porque sempre me apalermava o que ele dizia. Tinha o sábio uma linguagem nova para mim, da qual eu apreendia apenas o sentido formal, não o sentido íntimo... Animei-me, entretanto, a uma frase:

— Miss Jane, com certeza, conhece também essas páginas futuras.

— Sim, eu e ela, respondeu o professor. Só nós dois, no mundo inteiro e desde que o mundo é mundo, gozamos deste privilegio maravilhoso. Enviuvei muito cedo e minha família está hoje reduzida a Jane. É a minha companheira de estudos dos cortes anatômicos do futuro.

"Cortes anatômicos do futuro"... A expressão soou-me como outrora a do senhor Sá, quando pela primeira vez me falou em "lançamento por partidas dobradas", coisa que hoje não ignoro, mas que, na época, valeu por um "corte anatômico".

"Indeed, Professor. The impression I had today during my walk in the countryside opened my soul. I've observed that the world isn't just the city, and that the center of the universe isn't the firm Sá, Pato & Cia, as I supposed all my life."

"The world, my dear sir, is an immense book of wonders. The part that mankind has already read is called the past; the present is the page to which the book is opened; the future is the pages yet to be turned. And to a creature who doesn't even know the page opened before his eyes, such as you, I will reveal what hasn't yet been revealed to anyone: some future pages!"

I looked at Professor Benson with a silly expression, because what he said always bewildered me. The sage spoke a new language to me, of which I grasped only the formal meaning, not its core meaning... But I dared a sentence:

"Miss Jane certainly knows those future pages as well."

"Yes, me and her," replied the professor. "Only the two of us, in the whole world and since time immemorial, enjoy this wonderful privilege. I became a widow too early and my family is now reduced to Jane. She's my companion in studying the anatomical cuts of the future."

'Anatomical cuts of the future'... The expression sounded to me like that of Mr. Sá when he first spoke to me long ago about double-entry accounting, something that today I'm not ignorant of, but which, at that time, was worth an 'anatomical cut.'

At this point during lunch there was a certain distant buzzing sound coming from I didn't know where.

Nesse ponto do almoço fez-se notar certa zoada distante, vinda não sabia eu de onde.

— Deixaste o cronizador aberto, Jane?

— Sim, meu pai. Deixei-o em marcha para 410 anos, focalizado a 80 graus de latitude por 40 graus de longitude. Experiência ao acaso, pois nem verifiquei onde fica esse ponto.

— Groenlândia. O corte não revelará coisa nenhuma, suponho. Não creio que em 410 anos as condições do mundo se alterem a ponto de haver lá outra vida além da dos esquimós, ursos e focas.

— Em todo o caso, vejamos, disse a moça. Temos tido tantas surpresas...

— Minha filha, senhor Ayrton, possui mais frieza de sábio do que eu. Não perde tempo em formular hipóteses quando tem ao alcance meios de verificar experimentalmente.

Ri-me. Acho que a melhor maneira de figurar numa roda onde se falam coisas acima da nossa compreensão é sorrir para o interlocutor que nos dirige a palavra. Se o riso não engana a ele, engana a nós, e livra-nos de uma réplica verbal, que sai asneira infalivelmente. De todo o diálogo da filha com o pai só me evocou uma imagem já classificada no cérebro a palavra Groenlândia. Lembrei-me dos meus tempos de geografia e da impressão que me causara a descrição da Terra Verde, ou Groenlândia, feita pelo meu barbaçudo professor Maneco Lopes. E por associação me vieram à mente ursos brancos, focas, leões marinhos, pinguins,

"Did you leave the chronizer open, Jane?"

"Yes, father. I left it running to 410 years, focused to 80° latitude by 40° longitude. A random experiment, as I didn't even check where that point is."

"Greenland. The cut won't reveal anything, I suppose. I don't believe that in 410 years the conditions of the world will change to the point where there is life there beyond that of Eskimos, bears, and seals."

"In any case let's see," said the young lady. "We've had so many surprises…"

"My daughter, Mr. Ayrton, has more of a sage's coldness than I have. She doesn't waste time formulating hypotheses when she has the means to verify experimentally at her reach."

I laughed. I think the best way to feign in a circle where things above our comprehension are said is to smile at the person who speaks to us. If laughter doesn't deceive him, it deceives us, and it saves us from a verbal retort, which unfailingly comes out as nonsense. Of the whole dialogue between daughter and father, the only image already classified in my brain was the word Greenland. I remembered my geography days and the impression the description of Green Land, or Greenland, made by my heavily bearded teacher Maneco Lopes, left on me. And by association white bears, seals, sea lions, penguins, and Eskimos came to my mind. Wanting to contribute a note to the conversation, and pretending to understand what they had said, I ventured:

"No doubt Greenland is a serious case. Rough stuff!"

esquimós. Querendo contribuir com uma nota para a conversa, e fingindo entender o que eles haviam dito, arrisquei:

— Não há dúvida, a Groenlândia é um caso sério. Uma piririca!

Foi a vez do professor Benson franzir os sobrolhos, no gesto clássico da incompreensão. Vi que aquele homem, que sabia tudo e lia o futuro, ignorava alguma coisa do presente – a gíria da cidade, e firmei-me na resolução de dar com a gíria em cima dele para vê-lo refranzir a testa muitas vezes.

— Quê? indagou o velho sábio.

— Sim, expliquei eu, sem erguer os olhos para Miss Jane, com medo de desnortear. A Terra Verde é um caso, um número. Quando o pinguim cisma pra cima do peixe, e o urso grela a foca...

Mas o professor Benson cortou-me as vazas.

— Não refletiu nunca, meu caro senhor Ayrton, na oportunidade do silêncio? O silêncio é sábio, é uma das mais altas formas da sabedoria. Foi silenciando que Jesus deu ao "Que é a verdade?" de Pilatos a única resposta acertada...

— Papai, interveio a moça, evidentemente apiedada da minha situação, está aí uma experiência que ainda não fizemos! Involuir a corrente e operar um corte no ano 33, a ver se apanhamos essa cena histórica...

— Realmente é uma ideia, minha filha, e mais curiosa do que o exame da Groenlândia, onde, como diz cá o amigo, *o urso grela a foca...*

It was Professor Benson's turn to frown in the classic gesture of incomprehension. I saw that that man, who knew everything and could read the future, was ignorant of something of the present – the slang of the city, and I was firmly determined to hit him with slangs to watch him knit his forehead many times again.

"What?" asked the old sage.

"Yes," I explained, without raising my eyes to Miss Jane for fear of bewilderment. "Green Land is a case, a number. When the penguin broods over the fish and the bear ogles the seal..."

But Professor Benson cut me down to size.

"Have you never reflected, my dear Mr. Ayrton, on the opportunity of silence? Silence is wise, it's one of the highest forms of wisdom. It was by being silent that Jesus gave Pilate's 'What is truth?' the only sensible answer..."

"Daddy," interjected the young lady, evidently pitying my situation, "this is an experiment we haven't done yet! To involute the current and operate a cut in the year 33, to see if we can catch this historic scene..."

"It really is an idea, my daughter, and more curious than the examination of Greenland, where, as our friend says, *the bear ogles the seal...*"

Capítulo V

Tudo Éter que Vibra!

Saí daquele almoço com as ideias mais desnorteadas do que antes. Um elemento novo contribuía para isso: Miss Jane, criatura singularmente perturbadora, pois, além de agir sobre meus fragílimos nervos como todas as moças bonitas, ainda me tonteava com a sua mentalidade de sábio. De tudo quanto a jovem disse só me ficou claro no espírito a história dos passarinhos do pomar. Até ali pareceu-me uma criatura tal as outras, mas depois do "corte anatômico" tudo se complicou e passei a vê-la qual um misterioso ídolo de divindade dupla, misto de Afrodite e Minerva.

Depois do almoço levou-me o professor a ver os laboratórios. Atravessei numerosas salas e pavilhões cuja composição entendi menos que a do gabinete. Quanta máquina esquisita, tubos de cristal, ampolas, pilhas elétricas, bobinas, dínamos – extravagâncias de sábio! Eu conhecia várias oficinas mecânicas, mas nelas nunca me tonteava. Tornos, máquinas de cortar e furar,

Chapter V

It's All Ether That Vibrates!

I left that lunch with my thoughts more bewildered than ever. A new element contributed to this: Miss Jane, a singularly disturbing creature, since, besides acting on my fragile nerves like all pretty girls, she also dazzled me with her sage mentality. Of all that the young lady said, it was only the story of the orchard birds that stayed clear in my spirit. Until then she seemed to me like any other creature, but after the 'anatomical cut' everything became complicated, and I began to see her as a mysterious idol of double divinity, a mixture of Aphrodite and Minerva.

After lunch the professor took me to see the laboratories. I went through numerous rooms and pavilions, the composition of which I understood less than that of the study. How many strange machines, crystal tubes, ampoules, electric batteries, coils, dynamos – extravagances of a sage! I knew several mechanical workshops, but they never dazed me. Lathes, cutters and borers,

bigornas, martelos automáticos, laminadores, fresas, tudo isso eu via e compreendia, pois, apesar de complicados na aparência, evidenciavam logo uma função esclarecedora. Mas ali, santo Deus! Que caos! Não consegui entender coisa nenhuma e, mesmo depois que o velho sábio me explicou, manda a verdade confessar que fiquei na mesma.

— Isto aqui, disse ele na primeira sala, são aparelhos eletro-rádio-químicos, na maioria criados ou adaptados por mim e que constituíram o ponto de partida da minha descoberta. Se o amigo Ayrton fosse técnico, eu os explicaria um por um, mas será difícil fazer-me entendido por quem não possui uma sólida base de ideias científicas. Resumirei dizendo que neste velho laboratório consumi os trinta anos da minha mocidade em pesquisas pacientíssimas, culminantes na construção daquela antena que o amigo lá vê no alto da torre.

Olhei e vi uns fios entrecruzados, formando um desenho geométrico.

— Parece uma teia de aranha! murmurei.

— E é de fato uma teia de aranha. A aranha sou eu. Com essa teia apanho a vibração atômica do momento.

— "Vibração atômica do momento"... repeti, fazendo um furioso esforço mental para compreender a novidade.

— Sim. A vida na terra é um movimento de vibração do éter, do átomo, do que quer que seja *uno e primário,* entende?

— Estou quase entendendo. Já li um artigo de jornal onde um sábio provava que só há força e matéria, mas que a matéria é força,

anvils, automatic hammers, rolling mills, milling cutters, all this I could see and understand, for although they were complicated in appearance, they soon showed an elucidating function. But there, holy God! What chaos! I couldn't understand anything, and, even after the old sage explained them to me, truth commands me to confess that I remained in the same condition.

"These here," he said in the first room, "are electro-radio-chemical devices, mostly created or adapted by me, and which constituted the starting point of my discovery. If my friend Ayrton were a technician, I would explain them one by one, but it will be difficult to make myself understood by those who don't have a solid base of scientific ideas. I will summarize by saying that in this old laboratory I've spent thirty years of my youth in very patient research, culminating in the construction of that antenna which my friend sees at the top of the tower."

I looked and saw some intertwined wires forming a geometric pattern.

"Looks like a spider web!" I murmured.

"And it is in fact a spider web. The spider is me. With this web I catch the atomic vibration of the moment."

"'Atomic vibration of the moment...'" I repeated, making a furious mental effort to understand the novelty.

"Yes. Life on Earth is a movement of the ether vibration, of the atom, of whatever is *unique and primary*, do you understand?"

de modo que os dois elementos são um, como os três da Santíssima Trindade também são um, não é isso?

— Mais ou menos. Nomes não vêm ao caso. Força, éter, átomo: denominações arbitrárias de uma coisa una, que é o princípio, o meio e o fim de tudo. Por comodidade chamarei éter a esse elemento primário. Esse éter vibra e, conforme o grau ou intensidade da vibração, apresenta-se-nos sob *formas*. A vida, a pedra, a luz, o ar, as árvores, os peixes, a sua pessoa, a firma Sá, Pato & Cia: modalidades da vibração do éter. Tudo isso foi, é e será apenas éter.

Não pude deixar de sorrir lembrando-me da cara que fariam os senhores Sá, Pato & Cia se ouvissem as palavras do sábio. Éter, eles...

— Mas não há somente éter no mundo. Se só houvesse éter e fosse de sua essência vibrar, a vibração seria uniforme e tornaria impossível a manifestação de formas de vida. Seria o estatismo eterno.

— Sei, um zum-zum, uma zoada de não acabar mais.

— Muito bem, está compreendendo. A vibração do éter, pois, sofreu a interferência... Sabe o que é interferência?

— Uma coisa que se insinua pelo meio; intrometer a colher torta na conversa dos mais velhos deve ser, cientificamente, uma interferência.

— Perfeitamente. Sofreu a interferência do que, cá no vocabulário que criei com minha filha, chamo – o Interferente. Isto de palavras não tem importância, como já disse. Só vale a

"I almost understand. I have read an article in the newspaper where a sage proved that there is only force and matter, but that matter is force, so that the two elements are one, as the three of the Holy Trinity are also one, isn't that right?"

"More or less. Names are beside the point. Force, ether, atom: arbitrary denominations of a sole thing, which is the beginning, the middle, and the end of everything. For convenience I shall call this primary element ether. This ether vibrates and, according to the degree or intensity of the vibration, it presents itself to us as *forms*. Life, stone, light, air, trees, fish, your person, the firm Sá, Pato & Cia: modalities of the vibration of the ether. All this was, is, and will be just ether."

I couldn't help smiling, remembering the faces that Messrs. Sá, Pato & Cia would make if they heard the words of the sage. Ether, them...

"But there isn't just ether in the world. If there was just ether and if it was of its essence to vibrate, the vibration would be uniform and would make the manifestation of life forms impossible. It would be the eternal inertness."

"I know, a buzz, an endless whizz."

"Very well, you are beginning to understand. The vibration of the ether, therefore, has suffered interference... Do you know what interference is?"

"Something that creeps into the middle; to poke into the conversation of the elders must be, scientifically, an interference."

ideia. O Interferente poderá para outros ter o nome de Deus, por exemplo, ou de Vontade. Os filósofos que filosofam com palavras passam a vida a debater qual a melhor palavra a aplicar ao meu Interferente, como se palavras jamais esclarecessem alguma coisa.

— Vai indo muito bem, professor. Há o éter que vibra e há o Interferente que se mete no meio...

— Isso. Interfere e provoca a variação vibratória. Essa variação cria correntes que se chocam umas com as outras, modificam-se e dão origem a todas as formas de vida existentes. A vida, pois, não passa da vibração do éter modificada pela ação do...

— Interferente! concluí, glorioso.

Parece que o professor Benson mudou a ideia que formava de mim. Viu que o discípulo aprendia depressa e, voltando atrás, como se valesse a pena instrui-lo mais a fundo, passou a explicar-me dezenas de coisas do seu laboratório, na intenção de confirmar-me nos princípios que o levaram à dedução da fórmula: Éter + Interferência = Vida.

Depois que me viu já bem seguro das suas teorias, continuou:

— Preste atenção agora, que este ponto é capital. O Interferente não interfere sempre. O Interferente interferiu uma só vez!

Parei um pouco atordoado.

— Espere, doutor. Dê-me tempo de assentar as ideias. O Interferente veio, interferiu e parou de interferir. É isso?

— Perfeitamente. Quebrou a uniformidade da vibração, perturbou o unissonismo...

"Absolutely. It has suffered the interference of what I have here, in the vocabulary that I created with my daughter, called – the Interferer. This wording is no importance, as I have already said. All that matters is the idea. For others the Interferer may have the name of God, for example, or Will. Philosophers who philosophize with words spend their lives debating the best word to apply to my Interferer, as if words ever clarified anything."

"You're doing very well, Professor. There is the ether that vibrates and there is the Interferer that gets in the way…"

"Right. It interferes and provokes the vibratory variation. This variation creates currents that collide with each other, modify themselves and give rise to all existing forms of life. Life, then, is nothing but the vibration of the ether modified by the action of the…"

"Interferer!" I concluded, gloriously.

It seems that Professor Benson changed the idea he'd had of me. He saw that his disciple was learning fast, and going back, as if it was worthwhile to instruct me more thoroughly, he began to explain dozens of things in his laboratory to me, with the intention of confirming me in the principles that led him to the deduction of the formula: Ether + Interference = Life.

After he saw me already quite assured of his theories, he continued:

"Pay attention now, this point is capital. The Interferer doesn't always interfere. The Interferer interfered only once!"

I stopped, a little stunned.

— O zum-zum!

— ... e desde então o fenômeno vida, que também podemos denominar universo, desenvolve-se por si, automaticamente, por *determinismo*. As coisas vão-se *determinando*...

— Uma puxa a outra...

— Isso. Uma determina a outra. Daí vem falarem os velhos filósofos em lei da causalidade, "todo efeito tem uma causa", "toda causa produz efeitos", etc.

— Aristóteles... ia eu arriscando.

— Deixe Aristóteles em paz. Estamos na determinação universal, e a vida, ou o universo, é para nós o momento consciente desta determinação.

— "Momento consciente"... repeti forçando o cérebro.

— O senhor Ayrton, por exemplo, é um momento consciente da determinação universal, às 13 horas e 14 minutos do dia 3 de janeiro do ano de 1926, aos 22° e 35′ de latitude e 35° e 3′ de longitude da superfície do globo terráqueo.

— Admirável! exclamei com entusiasmo e cheio de orgulho, compreendendo afinal a minha verdadeira significação na vida. Mas o futuro, doutor? Muito mais que a definição científica do que sou me interessam as suas visões do futuro.

— Para lá chegar temos que ir por este caminho. Começamos do éter inicial, admitimos a Interferência e estamos na Determinação, que é o que os filósofos chamam presente... O futuro é a Predeterminação.

"Wait, Doctor. Give me time to settle my thoughts. The Interferer came, interfered, and stopped interfering. Is that right?"

"Exactly. It broke the uniformity of the vibration, disturbed the unisonism..."

"The buzz!"

"... and since then the phenomenon of life, which we can also call universe, develops by itself, automatically, by *determinism*. Things get *determined*..."

"One pulls the other."

"Right. One determines the other. That is why the old philosophers spoke of the law of causality, 'every effect has a cause,' 'every cause produces effects,' etc."

"Aristotle..." I was going to risk.

"Leave Aristotle alone. We are in the universal determination, and life, or the universe, is for us the conscious moment of this determination."

"Conscious moment"... I repeated forcing my brain.

"Mr. Ayrton, for example, is a conscious moment of universal determination, at 13 hours and 14 minutes of January 3, 1926, at $22°35'$ latitude and $35°3'$ longitude[5] of the surface of the terrestrial globe."[6]

"Admirable!" I exclaimed with enthusiasm and full of pride, finally understanding my true meaning in life. "But what about the future, Doctor? Much more than the scientific definition of what I am, I'm interested in your visions of the future."

Franzi os sobrolhos. A palavra era nova para mim e a ideia muito mais. O professor Benson expô-la com luminosa clareza e mostrou-me o maravilhoso do determinismo. Em certo ponto da sua exposição lembrei-me do amigo corretor e da sua comparação do 2+2=4. Fingi que era minha a imagem e arrisquei:

— Dois mais dois igual a quatro.

O professor Benson entreparou, com a fisionomia radiante. Em seguida estendeu-me a mão.

— Meus parabéns! Vejo que o senhor Ayrton é muito mais inteligente do que supus a princípio. Nessa imagem está toda a minha filosofia: 2+2 significa o presente; 4 significa o futuro. Mas, desde que escrevemos o presente 2+2, o futuro 4 já está predeterminado antes que a mão o transforme em presente, lançando-o ao papel. Aqui, porém, são tão simples os elementos que o cérebro humano, por si mesmo, ao escrever o 2+2, vê imediatamente o futuro 4. Já num caso mais complexo, onde em vez de 2+2 temos, por exemplo, a Bastilha, Luís 16, Danton, Robespierre, Marat, o clima de França, o ódio da Inglaterra além-Mancha, a herança gaulesa combinada com a herança romana, o bilhão de fatores, em suma, que faziam a França de 89, embora tudo isso predeterminasse o quatro *Napoleão,* esse futuro não poderia ser previsto por nenhum cérebro em virtude da fraqueza do cérebro humano. Pois bem: eu descobri o meio de predeterminar esse futuro – e vê-lo!

110

"To get there we have to go this way. We started at the initial ether, we admitted the Interference and we are at the Determination, which is what philosophers call present... The future is the Predetermination."

I frowned. The word was new to me and the idea even more so. Professor Benson laid it out with luminous clarity and showed me the marvel of determinism. At a certain point of his exposition I remembered my friend, the broker, and his comparison of 2+2=4. I pretended that the image was mine and ventured:

"Two plus two equals four."

Professor Benson stopped for a moment, with a radiant physiognomy. Then he held out his hand.

"Congratulations! I see that Mr. Ayrton is much more intelligent than I supposed at first. In this image is my whole philosophy: 2+2 means the present; 4 means the future. But as soon as we write the present 2+2, the future 4 is already predetermined before the hand turns it into present by casting it on paper. Here, however, the elements are so simple that the human brain, by itself, when writing the 2+2, immediately sees the future 4. But in a more complex case, where instead of 2+2 we have, for example, the Bastille, Louis XVI, Danton, Robespierre, Marat, the atmosphere of France, the hatred of England beyond La Mancha, the Gaulish heritage combined with the Roman, the billion factors, in short, that made the France of 1789. Although all these predetermined the four

— Mas é assombroso, professor! É a mais espantosa descoberta de todos os tempos! exclamei de olhos arregalados. Entretanto, permita-me uma dúvida. Se esse futuro ainda não existe, como o pode ver?

— O 4 antes de ser escrito também não existe, no entanto o amigo o vê tão claro no presente 2+2 que o escreve incontinente.

O argumento calou fundo. Pisquei sete vezes, com a testa fortemente refranzida.

— O futuro não existe, continuou o sábio, mas possuo o meio de produzir o momento futuro que desejo.

Tonteado pelo tom categórico daquela afirmativa, não me atrevi a duvidar, e estava ainda apalermado com a maravilhosa revelação quando Miss Jane apareceu, esplêndida de formosura.

Esqueci toda aquela altíssima ciência, que já me fazia dor de cabeça, e regalei os olhos na sua imagem perturbadora.

Saudou-me com um gesto amável e disse, dirigindo-se ao professor:

— Tinha razão, meu pai. Já fiz o corte e só lá vi as eternas brancuras.

E voltando-se para mim:

— Tem aprendido muita coisa, senhor Ayrton?

— Mais que em toda a minha vida, Miss Jane, e começo a bendizer o acaso que me fez vítima de um desastre.

— E está tão no começo ainda! Quando entrar no segredo de tudo e puder ver diretamente uns cortes, o seu assombro vai ser ilimitado.

Napoleon, that future couldn't have been predicted by any brain in virtue of the weakness of the human brain. Well then, I have discovered the means of predetermining this future – and of seeing it!"

"But that's astonishing, Professor! It's the most astonishing discovery of all times!" I exclaimed with widened eyes. "However, allow me a question: if this future doesn't exist yet, how can you see it?"

"The 4, before being written, also doesn't exist; nevertheless my friend sees it so clear in the present 2+2 that you immediately write it."

The argument went deep. I blinked seven times, with my brow heavily frowned.

"The future doesn't exist," continued the sage, "but I have the means to produce the future moment I desire."

Stupefied by the categorical tone of that statement, I didn't dare doubt it, and was still bewildered by the wonderful revelation when Miss Jane appeared, splendidly beautiful.

I forgot all that high science, which was already giving me a headache, and feasted my eyes on her disturbing image.

She greeted me with a kindly gesture and said to the professor:

"You were right, my father. I have already made the cut and there I only saw the eternal whiteness."

And turning to me:

"Have you being learning much, Mr. Ayrton?"

— Já prevejo isso, senhorita, e...

E engasguei-me. Miss Jane olhara-me nos olhos e eu não era criatura que suportasse de frente um olhar assim. Cheguei a corar, creio, o que inda mais aumentou a minha perturbação. Felizmente a boa menina, vendo que eu me calava, voltou-se para o professor Benson e disse:

— Mas agora, meu pai, tréguas às revelações. O café está na mesa e com uns bolinhos tentadores que eu mesma fiz. Senhor Ayrton, vamos...

"More than in my whole life, Miss Jane, and I begin to praise the fact that chance made me the victim of an accident."

"And it's only just begun! When you enter the secret of it all and can directly see a few cuts, your astonishment will be unlimited."

"I anticipate that, Miss, and..."

And I choked. Miss Jane had looked me in the eyes, and I wasn't a creature who could bear such a look. I even blushed, I believe, which made me even more embarrassed. Fortunately the good creature, seeing that I was silent, turned to Professor Benson and said:

"But now, my father, a respite to the revelations. Coffee is on the table and with some tempting cookies that I made myself. Mr. Ayrton, let's go..."

Capítulo VI

O Tempo Artificial

Quando de novo me encontrei com o professor Benson no laboratório, prosseguiu ele na exposição interrompida.

— Onde estávamos, senhor Ayrton?

— Na predeterminação...

— Sim. Foi nesse ponto que Jane nos interrompeu. Pois bem: se tudo inexoravelmente se determina pela influência recíproca das vibrações, se é isto pura mecânica, embora duma meta-mecânica inacessível às forças da inteligência do homem, é lógico que a predeterminação é possível em teoria.

— E na prática também! aventei eu, iluminado de súbita ideia. Homens há que adivinham ocorrências futuras. Eu mesmo já tive ocasião de observar comigo um curioso caso de pressentimento, lá nos negócios da firma. Veio-me, não sei de onde, a ideia de que um freguês ia falir. Disse-o ao senhor Sá, que me chamou de tolo. Um mês mais tarde esse freguês abria bancarrota! Nunca me pude

Chapter VI

The Artificial Time

When I met Professor Benson in the laboratory again, he continued the interrupted exposition.

"Where were we, Mr. Ayrton?"

"In the predetermination…"

"Right. That was the point where Jane interrupted us. Well then: if everything is inexorably determined by the reciprocal influence of vibrations, if this is pure mechanics, although a meta-mechanics inaccessible to the forces of man's intelligence, it's logical that predetermination is possible in theory."

"And also in practice!" I ventured, enlightened by a sudden idea. "There are men who can guess future occurrences. I have already had the change of observing by myself a curious case of premonition there in the affairs of the firm. It came to me, I don't know where from, the idea that a customer was going to go bankrupt. I told it to Mr. Sá, who called me a fool. A month later

explicar isso, pois nada conhecia dos seus negócios, nem coisa nenhuma ouvira falar a respeito.

— Esse caso pode ser visto de outra maneira. A ideia de requerer falência podia estar em ação no cérebro do freguês. Ideia é vibração que repercute em ondas, como tudo mais, e certos cérebros possuem bela faculdade emissiva ou receptora. Emitiu esse freguês uma vibração da ideia e o cérebro do senhor Ayrton agiu como polo receptor.

— Mas a leitura das linhas da mão? A quiromante que na Martinica predisse a Josefina, então simples burguesinha crioula, que seria imperatriz da França?

— Aí já o caso é diverso, como no de todas as profecias comprovadas. Havemos que conceber certas organizações possuidoras duma faculdade predeterminante. E não me custa admitir isso, já que realizei o predeterminador.

— Que significa essa nova palavra, professor?

— Vamos ao pavilhão vizinho que lá me compreenderá melhor.

Passamos à sala imediata, salão envidraçado e em forma de funil, cujo bico constituía uma das tais torres de ferro enxadrezado.

— Aqui tem o meu amigo o nervo ótico do futuro. Chamo a este conjunto o grande coletor da onda Z.

Eu andava de novidade em novidade e, por mais alerta que pusesse o cérebro, tinha de fazer paradas constantes, pedindo ao professor explicações parciais.

that customer went bankrupt! I could never explain this, as I knew nothing about its affairs, nor had I heard anything about it."

"This case can be seen in a different way. The idea of filing for bankruptcy might have been at work in the customer's mind. An idea is a vibration that resonates in waves like everything else, and certain brains possess a fine emitting or receiving faculty. This customer sent out a vibration of the idea, and Mr. Ayrton's brain acted as the receiving pole."

"But what about reading the lines of the hand? What about the palmist in Martinique who predicted that Josephine, then a simple Creole petit bourgeois, would became Empress of France?"

"Then, the case is different, as in all proven prophecies. We must conceive of certain organizations as possessing a predetermining faculty. And I have no trouble admitting this, since I've built the predeterminator."

"What does this new word mean, Professor?"

"Let's go to the pavilion next door; there you will understand me better."

We went into the immediate room, a glazed and funnel-shaped hall, whose tip constituted one of those checkered iron towers.

"Here my friend can see the optical nerve of the future. I call this set the great collector of the Z-wave."

I wandered from novelty to novelty, and no matter how alert my brain was, I had to make constant stops, asking the professor for partial explanations.

— Onda Z, professor Benson? Inda não me falou nela.

— Só agora chegou o momento. A multiplicidade infinita das formas, isto é, das vibrações do éter, produz turbilhões, ou ondas, que consegui classificar uma por uma e captar por meio deste conjunto receptor, que as polariza...

— ?!

— Polarizar é reunir tudo num só ponto, num polo.

— Compreendo.

— Este conjunto receptor polariza os turbilhões e os funde numa espécie de corrente contínua, ou, usando de imagem concreta, de um jato. Suponha milhões de gotas de chuva a caírem num imenso funil e a saírem pelo bico sob a forma contínua de um jorro cristalino. Todas as gotas estão no jacto, mas fundidas e sob outra forma. Assim o meu coletor. Apanha o turbilhão das ondas e as polariza naquele aparelho.

Olhei para o aparelho que o dedo do professor apontava e apenas vi um emaranhado de fios e grandes carretéis de arame, que, em calão, eu definiria muito bem com a palavra *estrumela*. Mas guardei o vocábulo, visto que a lição da Groenlândia ainda estava muito fresca em minha memória.

— Consigo assim, prosseguiu o sábio, concentrar em minhas mãos o presente, isto é, o momento atual da vida do universo, como imensa paisagem panorâmica que toda se reflete numa chapa fotográfica e nela se conserva latente até que vá ao banho revelador. Quer isto dizer que na corrente contínua, invisível como o fluido elétrico, que gira naquele caos aparente de fios,

"Z-wave, Professor Benson? You haven't told me about it yet."

"It's only now that the time has come. The infinite multiplicity of forms, that is, of vibrations of the ether, produces whirls or waves, which I was able to classify one by one and to by means of this receptor set that polarizes them..."

"?!"

"To polarize is to gather everything in a single spot, at a pole."

"I understand."

"This receiver set polarizes the whirls and fuses them into a kind of continuous current, or, to use a concrete image, a jet. Suppose millions of raindrops fall into a huge funnel and come out of the spout in the continuous form of a crystalline stream. All the drops are in the jet, but are molten and under another form. So my collector catches the whirls of the waves and polarizes them in that device."

I looked at the device that the professor's finger was pointing at and all I saw was an entanglement of filaments and large reels of wire, which in slang I would define very well with the word *gizmo*. But I kept the vocable, since Greenland's lesson was still very fresh in my memory.

"I am thus able," continued the sage, "to concentrate in my hands the present, that is, the present moment of the life of the universe, as an immense panoramic landscape which is reflected in a photographic plate and remains latent until it goes to the developing bath. This means that in the continuous current,

solenoides e bobinas, está *tudo* quanto constitui o momento universal!

Apesar da segurança do velho sábio e da solidez das suas deduções, eu permanecia numa vaga dúvida. Na minha curteza mental, eu achava excessivo estar tudo quanto existe reduzido a tão homeopáticas proporções e, inda mais, impalpável e invisível. O professor Benson adivinhou a minha indecisão e esmagou-a como quem esmaga uma pulga.

— Sabe o que é isto? perguntou mostrando-me uma sementinha de minúsculas dimensões.

— Uma semente, respondi.

— E que é uma semente? Uma predeterminação. Aqui dentro está predeterminada uma árvore de colossais dimensões que se chama jequitibá. Se o amigo admite que desta semente, que, analisada, só revela a presença de um bocado de amido, sais, graxa, etc., surja sempre, e de um modo fatal um majestoso jequitibá, por que vacila em admitir um fenômeno semelhante, qual a polarização do momento universal numa semente, que no caso é o fluido que circula no meu aparelho?

O símile matou-me de vez todas as veleidades de ceticismo e foi como quem ouve a voz de Deus que dali por diante me entreguei sem reservas às palavras do sábio.

— Prossiga, professor.

O professor Benson prosseguiu.

— Obtenho, pois, neste aparelho, uma corrente contínua, que é o presente. Tudo se acha impresso em tal nela. Os cardumes de

invisible like the electric fluid which runs in that apparent chaos of wires, solenoids and coils, is *everything* that constitutes the universal moment!"

Despite the confidence of the old sage and the solidity of his deductions, I was still in vague doubt. In my mental shortness, I found it excessive that everything that exists is reduced to such homeopathic proportions, and, moreover, impalpable and invisible. Professor Benson guessed my indecision and crushed it as someone crushes a flea.

"Do you know what this is?" he asked me whilst showing me a little seed of tiny dimensions.

"A seed," I replied.

"And what is a seed? A predetermination. Herein a tree of colossal dimensions called *jequitibá*[6] is predetermined. If my friend admits that from this seed, which, analyzed, only reveals the presence of a bit of starch, salts, grease, etc., a majestic *jequitibá* tree always and fatefully emerges, why do you hesitate to admit a similar phenomenon, which is the polarization of the universal moment in a seed, which in this case is the fluid that circulates in my device?"

The simile killed all velleities of my skepticism for good, and it was like someone who hears the voice of God that from then on I gave myself unreservedly to the words of the sage.

"Carry on, Professor."

Professor Benson carried on.

"I obtain, therefore, in this device, a continuous current, which is the present. Everything is imprinted in it. The shoals of

peixes que neste momento agonizaem no seio do oceano ao serem colhidos pela correnteza cálida do *Gulf Stream*; o juiz bolchevista que neste momento assina a condenação de um *moujik* relapso num tribunal de Arkhangelsk; a palavra que, em *Zorn*, neste momento, dirige o *Kronprinz* ao ex-imperador da Alemanha; a flor de pêssego que no sopé do Fushiyama recebe a visita de uma abelha; o leucócito a envolver um micróbio malévolo que penetrou no sangue dum *fakir* da Índia; a gota d'água que espirra do Niágara e cai num *lichen* de certa pedra marginal; a matriz de linotipo que em certa tipografia de Calcutá acaba de cair no molde; a formiguinha que no pampa argentino foi esmagada pelo casco do potro que passou a galope; o beijo que num estúdio de Los Angeles Gloria Swanson começa a receber de Valentino...

— A fatura que neste momento o senhor Sá está acabando de somar... Compreendo, professor. Toda a vida, todas as manifestações poliformes da vida, tudo está ali, como o jequitibá com todos os seus galhos e folhas e passarinhos que pousam nele e cigarras que o elegem para palco de suas cantorias, está dentro da sementinha. Não é isso? conclui radiante.

O professor Benson riu-se do meu entusiasmo e pareceu-me na realidade satisfeito com o discípulo.

— Perfeitamente, amigo Ayrton. Tudo está ali. Pela primeira vez desde que o mundo é mundo, consegue o homem esse espantoso milagre – mas só eu sei o que isso me custou de experiências e tentativas falhas!... Fui feliz. O Acaso, que é um

fish that, at this moment, agonize in the ocean when caught by the tepid water of the Gulf Stream; the Bolshevik judge who, at this moment, signs the condemnation of a relapsed *moujik*[7] in an Arkhangelsk[8] court; the word that, in *Zorn,*[9] at this moment, is uttered by the *Kronprinz*[10] addressing the former emperor of Germany; the peach blossom which, at the foot of the Fushiyama,[11] receives the visit of a bee; the leukocyte enveloping a malevolent microbe that penetrated the blood of an Indian fakir; the drop of water that splashes from Niagara and falls on a lichen of a certain marginal rock; the linotype matrix that, in a certain typography of Calcutta, has just fallen into the mold; the little ant who, in the Argentine pampas, was crushed by the hoof of the colt that galloped past; the kiss that, in a Los Angeles studio, Gloria Swanson begins to receive from Valentino..."

"The invoice that, at this moment, Mr. Sá is just adding up... I understand, Professor. All life, all the multiform manifestations of life, are all there, like the *jequitibá*, with all its branches and leaves and little birds which perch on it and cicadas who choose it as the stage for their singing, are inside the little seed. Isn't it?" I concluded radiant.

Professor Benson laughed at my enthusiasm and seemed genuinely satisfied with his disciple.

"Exactly, my friend Ayrton. Everything is there. For the first time since the world was made, man achieves this amazing miracle – but only I know what it has cost me in experiments and failed attempts!... I was fortunate. Chance, who is a God, helped me and

Deus, ajudou-me e hoje me sinto na estranha posição de um homem que é mais do que todos os homens...

Sua fisionomia irradiava tanta luz – a luz da inteligência, que só a poderia suportar um inocente da minha marca. Estou convencido de que se outro sábio o defrontasse naquele instante estarreceria de assombro, siderado como o profeta diante das sarças ardentes quando delas trovejou a voz de Jeová. A minha ingenuidade, a minha inocência mental salvou-me. Hoje estremeço quando penso em tudo isso, como estremeceu Tartarin de Tarascon ao saber que os abismos, que com risonha coragem arrostara nos Alpes, eram de fato abismos e não cenografia como, iludido por Bompard, no momento supôs. Hoje que já nada mais existe do professor Benson a não ser uma lápide no cemitério, e nada existe senão cinzas do seu maravilhoso laboratório, se me ponho a analisar esse período da minha vida tenho a sensação de que convivi com um Deus humanizado. O professor Benson falava das suas invenções com tanta simplicidade e me tratava tão familiarmente que jamais me senti tolhido em sua presença, como me sentia, por exemplo, na do senhor Pato, o sócio comendador lá da firma. Sempre que me cruzava pelo comendador, tremia, tanto se impunha aos subalternos aquela formidável massa de banhas vestida de fraque, com anel de grande pedra no dedo e uma corrente de relógio, toda berloques, que nos esmagava a humildade sob a arrogância e o peso do ouro maciço. Diante do comendador Pato eu tremia e balbuciava; mas diante do professor Benson, um deus, sempre me achei como em face de um igual.

today I see myself in the strange position of a man who is more than all men..."

His physiognomy radiated so much light – the light of intelligence, that only an innocent man such as myself could bear it. I'm convinced that if another sage confronted him at that moment he would be terrified with amazement, bewildered like the prophet before the burning bush when Jehovah's voice thundered from it. My naivety, my mental innocence, saved me. Today I shudder when I think of all that, the way Tartarin of Tarascon[12] shuddered when he learned that the abysses he had braved with courage in the Alps were indeed abysses and not scenography, as he had supposed, deceived by Bompard[13] at that moment. Today, when there is nothing more of Professor Benson except a tombstone in the graveyard, and there is nothing but the ashes of his wonderful laboratory, if I start to analyze this period of my life I have the feeling that I lived with a humanized God. Professor Benson spoke of his inventions with such simplicity and treated me so familiarly that I never felt inhibited in his presence – as I felt, for example, in the presence of Mr. Pato, the commander partner of the firm. Whenever I crossed paths with the commander, I trembled, so much did that formidable mass of lard impose himself on his subalterns, dressed in a tailcoat, with a large stone ring on his finger and a trinket watch chain, crushing our humility under the arrogance and weight of solid gold. Before commander Pato I trembled and babbled; but before Professor Benson, a God, I always felt myself in the face of an equal. I understand the phenomenon today, and I know that true

Compreendo hoje o fenômeno e sei que a verdadeira superioridade num homem não o extrema dos 'inocentes', como dizia o professor – e por isso chamava Jesus a si os pequeninos. Até na indumentária aqueles dois homens eram antípodas. Na do comendador, o fraque propunha-se a impressionar imaginações, a estabelecer categorias, a amedrontar os paletós-sacos com a imponência da sua cauda bipartida; na do professor Benson tinha a roupa por única função vestir um corpo a modo de resguardá-lo das bruscas variações atmosféricas.

Mas voltemos atrás. Ao ouvir dizer ao professor Benson que todo o momento universal estava ali, olhei para a maranha de fios e bobinas com um sentimento misto de orgulho e piedade. Orgulho de ver o Tudo escravizado diante de mim. Piedade, porque havia nisso uma certa humilhação para o Tudo...

A voz pausada do velho sábio tirou-me de tais cogitações.

– Até aqui permanecemos no presente. A onda Z, ali captada, só diz respeito ao presente, e se eu ficasse nessa etapa de pouco valeria a minha descoberta. Mas fui além. Descobri o meio de envelhecer essa corrente à minha vontade.

– Envelhecer?... murmurei, refranzindo a um tempo todos os músculos da cara.

– Sim. Faço-a passar pelo aparelho que tenho no pavilhão imediato e ao qual denominei *cronizador*. Vamos para lá.

O professor tomou a dianteira e eu o segui, ainda repuxado de músculos faciais. O pavilhão imediato possuía ao centro um novo

superiority in a man doesn't distance him from the 'innocents,' as the professor used to say – and that is why Jesus called the little ones to himself. Even in their garments these two men were antipodes. On the commander's side, the tailcoat proposed to impress imaginations, to establish categories, to frighten the sack coats with the grandeur of its split tail; on Professor Benson's side, clothes had the only purpose of dressing a body in order to protect it from abrupt atmospheric variations.

But let's get back to it. When I heard Professor Benson say that the whole universal moment was right there, I looked at the entanglement of wires and coils with a mixed feeling of pride and pity. Pride of seeing the Everything subjugated before me. Pity, because there was a certain humiliation in this for the Everything...

The old sage's slow voice brought me out of such cogitations.

"So far we remain in the present. The Z-wave, captured there, is only about the present, and if I stayed at that stage, my discovery would be worth very little. But I went further. I discovered the means of aging this current at my will."

"Aging?" I murmured, wrinkling all the muscles in my face again.

"Yes. I make it pass through the device I have in the immediate pavilion, and to which I've denominated *chronizer*. Let's go there."

The professor took the lead, and I followed him, still puckered with facial muscles. The immediate pavilion had in its

aparelho, tão incompreensível para a minha inteligência como os anteriores.

— Ei-lo cá, o cronizador, disse o meu cicerone apontando para o esquisito conjunto. Este mostrador, que lembra o dos relógios, me permite marcar no futuro a época que desejo estudar.

— ?!

— Perca o hábito de assustar-se, porque senão acabará cardíaco. A corrente penetra por este fio, sofre um turbilhonamento e envelhece na medida que eu determino com o movimento deste ponteiro. É como se eu tomasse a semente e por um golpe de mágica dela fizesse brotar a árvore aos dez anos de idade, ou aos cinquenta, aos cem, ao arbítrio do experimentador. Compreende?

— Compreendo...

— E destarte a evolução, que com o decorrer do tempo *necessariamente* vai ter a vida atual do universo, eu a apresso e a detenho no momento escolhido. Este meu cronizador, em suma, é um aparelho de produzir o tempo artificial com muito mais rapidez do que pelo sistema antigo, que é esperar que o tempo transcorra. Obtenho um ano num minuto de turbilhonamento; penetro no futuro, no ano 2000, por exemplo, em 74 minutos. Opera-se durante a cronização uma zoada, que é o som dos anos a se sucederem, som muito semelhante a harmonia das esferas dos antigos gregos...

— Sei. O que ouvi na hora do almoço.

center a new device as incomprehensible to my intelligence as the previous ones.

"Here it is, the chronizer," said my cicerone, pointing at the weird set. "This dial, reminiscent of the ones in watches, allows me to mark in the future the time I want to study."

"?!"

"Get out of the habit of being frightened, otherwise you will end up a cardiac. The current penetrates through this thread, suffers a whirling and ages as far as I determine with the movement of this pointer. It is as if I took the seed and by a stroke of magic made the tree sprout at the age of ten, or fifty, or a hundred, at the discretion of the experimenter. Do you understand?"

"I understand..."

"And thus evolution, which with the course of time will *necessarily* take place in the present life of the universe, I hasten it and hold it at the chosen moment. This chronizer of mine, in short, is a device for producing the artificial time much more rapidly than by the old system, which is to wait for the time to elapse. I obtain one year in one minute of whirling; I penetrate into the future, in the year 2000 for example, in 74 minutes. During the chronization there is a buzzing sound, which is the sound of the years succeeding each other, a sound very similar to the harmony of the spheres[14] of the ancient Greeks..."

"I see. What I heard at lunchtime."

"Exactly. I wanted Jane to see the future in the year 2366, that is, 410 years from where we are. To do this, she placed the pointer here and opened the commutator. The current aged and

— Exatamente. Quis Jane visualizar o futuro no ano 2336, ou sejam, 410 anos deste em que estamos. Para isso colocou aqui o ponteiro e abriu o comutador. A corrente envelheceu e automaticamente parou no ponto marcado, isto é, no ano 2336.

A minha curiosidade crescia. Percebi que chegara ao ponto culminante da descoberta do professor Benson.

— E depois? indaguei ansioso. Para ver, ou como diz o professor, para visualizar esse futuro, como procede?

— *Piano, piano*! Consigo, como ia dizendo, envelhecer a corrente até o ponto desejado. Ao dar-se isso, a *evolução determinista, que rigorosamente vai dar-se no universo com o decorrer normal do tempo, dá-se artificialmente dentro do aparelho*. E, chegada ao termo da cronização que visamos, a corrente turbilhonada torna-se estática, por assim dizer congelada. E fico eu na posse dum momento da vida universal futura – isto é, com o 4 da nossa primitiva imagem do 2+2. Resta-nos agora a última parte da operação, a qual, por comodidade, executo no meu gabinete. Não notou lá uma espécie de globo cristalino?

— Foi a primeira coisa que me impressionou neste castelo.

— Pois é o *porviroscópio,* o aparelho que toma o corte anatômico do futuro, como pitorescamente diz Jane, e o desdobra na multiplicidade infinita das formas de vida futura, que estão em latência dentro da corrente congelada.

— Por que, corte anatômico? indaguei, para não deixar ponto obscuro atrás de mim.

automatically stopped at the marked point, that is, in the year 2336."

My curiosity was growing. I realized that we had reached the culminating point of Professor Benson's discovery.

"And then?" I asked anxiously. "To see, or as the Professor says, to visualize this future, how do you proceed?"

"*Easy, easy*! I can, as I was saying, age the current to the desired point. When that happens, the *deterministic evolution, which will rigorously take place in the universe in the normal course of time, occurs artificially within the device*. And, at the end of the chronization we aimed at, the whirling current becomes static, frozen, so to speak. And I'm in possession of a moment of the future universal life – that is, with the 4 of our primitive image of 2+2. Now we're left with the last part of the operation, which, for convenience, I execute in my study. Didn't you notice a kind of crystalline globe there?"

"It was the first thing that impressed me in this castle."

"Well, that's the *porviroscope*,[15] the device that takes the anatomical cut of the future, as Jane picturesquely says, and unfolds it into the infinite multiplicity of future forms of life that are latent within the frozen current."

"Why, anatomical cut?" I questioned, not to leave a gray area behind me.

"Have you never been to a microscopy laboratory? With an extremely sharp razor the anatomist operates a cut on the tip of your finger, for example. Takes a slice of flesh, as thin as possible, and studies it under a microscope. This slice of your finger will be

— Nunca esteve num laboratório de microscopia? Com uma navalha afiadíssima o anatomista opera um corte na ponta do seu dedo, por exemplo. Tira uma lâmina de carne, a mais fina que possa, e estuda-a ao microscópio. A essa fatia do seu dedo chamará ele corte anatômico. É Jane uma menina muito viva e gosta de falar por imagens, algumas extraordinariamente pitorescas...

A evocação de Miss Jane veio perturbar a contensão de espírito com que eu acompanhava as revelações do mestre. Meu espírito cansado repousou nesse gracioso oásis, e foi com infinita inocência que indaguei:

— Que idade tem ela, professor?

Mas o velho sábio talvez nem me ouvisse, porque entrou a dar explicações sobre a segunda função que possuía o cronizador: involuir a corrente, rodar para trás – o que permitia cortes anatômicos no passado.

— Mas isso não interessa, aventei levianamente. O passado é velho conhecido nosso.

— Engano. É tão desconhecido como o futuro e o presente.

Desta vez abri a boca, e lá por dentro me soou como tolice a frase do sábio. Mas vi logo que o tolo era eu.

— Do presente que é que sabe o amigo Ayrton? Sabe apenas que está neste minuto conversando comigo. Mais nada. Não sabe nem sequer se os senhores Sá, Pato & Cia estão a esta hora de falência aberta.

called an anatomical cut. Jane is a very bright girl and likes to talk through images, some extraordinarily picturesque…"

The evocation of Miss Jane came to disturb the restraint of my spirit with which I had been following the revelations of the master. My weary spirit rested in this graceful oasis, and it was with infinite innocence that I inquired:

"How old is she, Professor?"

But the old sage might not have even heard me, because he went on to explain the second function that the chronizer had: to involute the current, to turn it backwards – which allowed for anatomical cuts in the past.

"But that doesn't matter," I said frivolously. "The past is an old acquaintance of ours."

"That's a mistake. It is as unknown as the future and the present."

This time I opened my mouth, and deep inside me the sage's phrase sounded foolish. But I soon realize that I was the fool.

"What does my friend Ayrton know about the present? You only know that you're talking to me right at this minute. Nothing more. You don't even know if Mr. Sá, Pato & Cia are right now going into bankruptcy."

"Impossible! Those people are as solid as mountains!… They only sell for cash…"

"How many plains today mark the place once occupied by mountains!… Of the present, my friend Ayrton only knows, that is, you are only aware of what at the moment affects your senses."

— Impossível! Aquela gente é sólida como as montanhas!... Só vendem à vista...

— Quantas planícies não marcam hoje o lugar outrora ocupado por montanhas!... Do presente o amigo Ayrton só sabe, isto é, só tem consciência do que, no momento, lhe afeta os sentidos.

— Na verdade! exclamei. Nem o meu Ford, que era tudo para mim, sei onde pára.

— E se ignoramos o presente, que dizer do passado?

— Mas a História?

O professor Benson sorriu meigamente um sorriso de Jesus.

— A História é o mais belo romance anedótico que os homens vêm compondo desde que aprendeu a escrever. Mas que tem com o passado a História? Toma dele fatos e personagens e os vai estilizando ao sabor da imaginação artística dos historiadores. Só isso.

— E os documentos da época? insisti.

— Estilização parcial feita pelos interessados, apenas. Do presente, meu caro, e do passado, só podemos ter vagas sensações. Há uma obra de Stendhal, *La Chartreuse de Parme,* cujo primeiro capítulo é deveras interessante. Trata da batalha de Waterloo, vista por um soldado que nela tomou parte. O pobre homem andou pelos campos aos trambolhões, sem ver o que fazia, nem compreender coisa nenhuma, arrastado às cegas pelo instinto de conservação. Só mais tarde veio a saber que tomara parte na batalha que recebeu o nome de Waterloo e que os

"In fact!" I exclaimed. "Not even my Ford, which was everything to me, I know where it is."

"And if we ignore the present, what about the past?"

"But what about History?"

Professor Benson smiled the gentle smile of Jesus.

"History is the most beautiful anecdotal novel that mankind has been composing since it learned to write. But what does History have to do with the past? It takes its facts and characters and stylizes them according to the artistic imagination of the historians. That's all."

"What about the documents of the time?" I insisted.

"Partial stylization done by interested parties, nothing more. Of the present, my dear, and of the past, we can only have vague impressions. There is a work by Stendhal, *La Chartreuse de Parme*, whose first chapter is indeed interesting. It is about of the Battle of Waterloo, as seen by a soldier who took part in it. The poor man staggered through the fields, not seeing what he was doing or understanding anything, blindly driven by the instinct of preservation. It wasn't until later that he learned that he had taken part in the battle which was named Waterloo, and which the historiographers paint in such suggestive manner. The poor beings that unconsciously functioned as actors in it, confined to a very narrow visual field, saw nothing, nor could they foresee the heroic canvas that the scenographers of history would compose on the subject. Here's the present... Let's go to the study now," concluded the professor. "The most interesting thing happens there."

historiógrafos pintam de maneira tão sugestiva. Os pobres seres que, inconscientemente, nela funcionaram como atores, confinados a um campo visual muito restrito, nada viram, nem nada podiam prever da tela heroica que os cenógrafos de história iriam compor sobre o tema. Eis o presente... Vamos agora ao gabinete, concluiu o professor. O mais interessante se passa lá.

Acompanhei-o, literalmente apatetado. Pensava aquele homem de modo tão diferente de todo mundo que suas ideias me davam a impressão de algo novo e operavam em meu cérebro como luz que invade aos poucos uma sala de museu. Mil coisas, que nunca supus existirem em minha cabeça, revelaram-se-me de pronto. Coisas mínimas, germes de ideias, antigas impressões recolhidas nos vaivéns do viver quotidiano ressurgiam animadas de estranha significação. Outras, que eram capitais outrora, diluíam-se. O comendador Pato, até vinte dias antes tido por mim como o mais formidável expoente do gênio humano, decaía a irrisórias proporções. Oh, como desejei vê-lo ali, em contato com o professor, para gozar a derrocada das ridículas ideias de fraque que ele tinha na cabeça!

I followed him, literally doltish. That man thought so differently from everyone that his ideas gave me the impression of something new and operated in my brain like light invading a museum room little by little. A thousand things, which I never supposed existing in my head, suddenly revealed themselves to me. Minute things, germs of ideas, old impressions gathered in the comings and goings of daily life reappeared, enlivened with strange significance. Others, which were once capital, were diluted. Commander Pato, until twenty days before considered by me the most formidable exponent of human genius, was decaying to insignificant proportions. Oh, how I longed to see him there, in contact with the professor, to relish the debacle of the ridiculous 'tailcoat' ideas he had in his head!

Capítulo VII

Futuro e Presente

Ao entrar no gabinete iluminei-me todo por dentro. Estava Miss Jane adiante do globo de cristal, absorvida com certeza na visualização de um corte anatômico. Um raio de sol, coado pela vidraça, transformava em luz o louro dos seus cabelos. Miss Jane era toda atenção. Seus olhos azuis de pervinca verdadeiramente bebiam algum maravilhoso quadro. O professor Benson estacou à porta, fazendo-me gesto de silêncio, e assim permaneceu até que a moça desse volta a um comutador e regressasse ao presente.

— Papai, exclamou ela, estou no fim da tragédia, no crepúsculo da raça. Dudley ganhou uma estátua... Boa tarde, senhor Ayrton. Desculpe-me estar dizendo a meu pai coisas que nem por sombras o senhor pode desconfiar o que sejam. Compreendo que é indelicado falar em língua estranha na presença de pessoas que a desconhecem...

Chapter VII

Future and Present

As I entered the study, my whole body lit up inside. Miss Jane stood in front of the crystal globe, certainly absorbed in the visualization of an anatomical cut. A ray of sunlight, filtered through the windowpane, transformed the blond of her hair into light. Miss Jane was all attention. Her periwinkle blue eyes truly drank from some wonderful picture. Professor Benson stopped short at the doorway, gesticulating for me to be silent, and so he remained until the young lady turned a switch and returned to the present.

"Daddy," she exclaimed, "I'm at the end of the tragedy, in the twilight of the race. Dudley got a statue... Good afternoon, Mr. Ayrton. I'm sorry to be telling my father things that you cannot in the least conceive of. I understand that it's impolite to speak in a strange language in the presence of people who don't know it..."

A bondade de Miss Jane encantou-me e, como a jovem não me olhasse nos olhos, pude replicar:

— Mas tudo nesta casa me é linguagem estranha! O que acabo de ver assombra-me de tal maneira que tão cedo não me reconhecerei a mim mesmo.

— Está fazendo progressos, Jane, disse o professor. O amigo Ayrton compreendeu muito bem a parte teórica da minha exposição.

— Ou compreendi, exclamei, ou pareceu-me compreender. O professor fala com tal simplicidade e clareza que nem parece um sábio. Conheci um lá na cidade, e grande a avaliar pela fama, com quem tive de tratar a mandado da firma. Pois confesso que não pesquei coisa nenhuma do que o homem disse. Esse, sim, parecia falar uma linguagem de mim nem sequer suspeitada...

— Não era um verdadeiro sábio, interveio Miss Jane. Os verdadeiros são como meu pai, claros e fecundos como a luz do sol. Mas quer saber o senhor Ayrton o que fazia eu há pouco?

— Não lhe contes ainda, Jane. Explica-lhe primeiro a função do porviroscópio, enquanto vou repousar um bocado. Sou velho e qualquer esforço além do habitual me cansa.

Antes que o professor Benson se retirasse, deu Miss Jane um salto na cadeira, leve como a corça, e veio beijá-lo no rosto.

— Este querido paizinho! murmurou ela, acompanhando-o com os olhos amorosamente.

Depois, voltando-se para mim:

Miss Jane's kindness delighted me; and as the young lady didn't look me in the eye, I could reply:

"But everything in this house is strange language to me! What I've just seen astonished me in such a way that I won't recognize my own self any time soon."

"He is making progress, Jane," said the professor. "Our friend Ayrton understood very well the theoretical part of my exposition."

"I either understood," I exclaimed, "or I thought I had understood. The professor speaks with such simplicity and clarity that he doesn't even sound like a sage. I met a man, back in the city, a great one, judging by his fame, with whom I had to deal at the firm's request. I must confess that I didn't get anything that the man said. That one, indeed, seemed to speak a language that I couldn't even conceive of..."

"He wasn't a real sage," said Miss Jane. "The true ones are like my father, clear and fruitful as the sunlight. But do you want to know what I was doing just now, Mr. Ayrton?"

"Don't tell him yet, Jane. Explain to him the function of the porviroscope first, while I go rest a bit. I am old and any effort out of the ordinary tires me."

Before Professor Benson left, Miss Jane jumped from the chair, light as a doe, and kissed him on the cheek.

"This dear daddy!" she murmured, following him with her lovingly eyes.

Then, turning to me:

— Não é uma bênção das fadas ter um pai destes? Como sabe conciliar a máxima inteligência com a máxima bondade!

— E com a máxima simplicidade! acrescentei. Não caibo em mim de gosto ao ver o homem que podia ser dono do mundo, se o quisesse, tratar-me como se eu fora alguém.

— Não se espante disso. Meu pai é coerente com as suas ideias. Todos para ele somos meras vibrações do éter.

— Até Miss Jane?

— Eu serei vibração de um éter especial, muito afim do que vibra nele, explicou ela a sorrir. Mas, sentemo-nos, senhor Ayrton, que há muito que conversar.

Já disse que eu era um rapaz acanhado, sobretudo em presença de moças bonitas; porém o ambiente de familiaridade e franqueza daquela casa modificou-me logo. Cheguei até a suportar nos olhos os olhares da linda jovem, sem perder a tramontana como da primeira vez. É que nem remotamente lembrava aquele olhar o olhar malicioso das mulheres que eu conhecera. Fui percebendo aos poucos que de feminino só havia em Miss Jane o aspecto. Seu espírito formado na ciência e seu convívio com um homem superior dela afastavam todas as preocupações de coquetismo, próprias da mulher comum.

Isto me pôs à vontade. Sentia-me, não um moço em frente de uma donzela, mas um espírito diante de outro.

Aproveitei o ensejo para esclarecer-me a respeito do professor Benson. Soube que era descendente de um mineralogista norte-americano, que um século antes viera ao

"Isn't it a blessing from the fairies to have such a father? How he can conciliate the utmost intelligence with the utmost kindness!"

"And with the utmost simplicity!" I added. "I'm overjoyed to see the man who could own the world, if he wanted to, treat me as if I were somebody."

"Don't be surprised at that. My father is consistent with his ideas. To him we are all mere vibrations of the ether."

"Even Miss Jane?"

"I'm a vibration of a special ether, very much like the one which vibrates in him," she explained, smiling. "But let's sit down, Mr. Ayrton, as there is much to talk about."

I have already said that I was a shy fellow, especially in the presence of pretty girls; but the atmosphere of familiarity and frankness of that house changed me right away. I even endured the beautiful young lady's gaze into my eyes, without losing my bearings like I did the first time. The thing is that that gaze didn't even remotely resemble the malicious gaze of women I had met. I gradually realized that Miss Jane was only feminine in appearance. Her scientifically trained mind and her coexistence with a superior man moved her away from all the coquettish preoccupations of the average woman.

This put me at ease. I felt, not like a young man in front of a damsel, but like one spirit before another.

I took the opportunity to find out more about Professor Benson. I learned that he was a descendant of a North American mineralogist who had come to Brazil a century before to study the

Brasil estudar a composição de certa zona aurífera. Gostou da terra e nela se fixou, casando-se com a filha de um fazendeiro de São Paulo.

— Desse consórcio, explicou Miss Jane, só veio ao mundo meu pai, que cedo foi enviado à Europa, onde se dedicou a estudos científicos. Lá casou-se, tarde, e residiu por certo tempo. Veio depois tomar posse dos bens deixados pelo meu avô – e aqui nasci eu. Mas não me lembro de minha mãe. Morreu muito moça, aos 29 anos... Desde essa época estabeleceu-se meu pai neste recanto e consagrou-se integralmente à sua invenção. Passou o nosso mundo a resumir-se neste laboratório. Raras vezes vamos à cidade, pouco interesse, aliás, achando em seu tumulto.

— Pudera! Quem tem o passado e o futuro nas mãos...

— Realmente é isso. Este aparelho fornece-nos tamanhas maravilhas que, a bem-dizer, vivemos muito mais no porvir do que no presente. Meu gosto é realizar estudos dos anos mais remotos e só lamento não ter um cérebro imenso qual o oceano para reter tudo o que vejo. Outra coisa que lamento é não podermos dar a público a nossa invenção. A bondade de meu pai o impede.

— Não alcanço muito bem o porquê...

— Pretende ele, e com muita lógica, que a humanidade não está apta a suportar a revelação do futuro. Acha que a sua invenção cairia no poder de um grupo, o qual abusaria da soma fantástica de superioridade que a descoberta lhe concederia. Fosse meu pai um homem vulgar, de pouca sensibilidade de coração, e ele mesmo assumiria o predomínio que receia ver na posse de

146

composition of a certain auriferous zone. He liked the land and settled here, marrying the daughter of a farmer from São Paulo.

"From this consortium," Miss Jane explained, "only my father came to the world. He was soon sent to Europe, where he devoted himself to scientific studies. There he married late in life and lived for some time. He then came to take possession of the estate left by my grandfather – and here I was born. But I don't remember my mother. She died very young, at the age of 29... Since that time my father settled in this retreat and devoted himself entirely to his invention. Our world came to be reduced to this laboratory. We rarely go to the city, finding its commotion, incidentally, of little interest."

"Small wonder! Who has the past and the future in their hands..."

"That's really it. This device provides us with such marvels that, in fact, we live much more in the time yet to come than in the present. My pleasure is to conduct studies of more remote years, and I only regret not having a brain as immense as the ocean to retain everything I see. Another thing I regret is that we cannot make our invention public. My father's kindness stops him."

"I'm not quite sure why..."

"He claims, and quite logically, that mankind isn't able to bear the revelation of the future. He thinks that his invention would fall into the power of a group which would abuse the fantastic sum of superiority that the discovery would grant them. If my father were an ordinary man, of little sensitivity of heart, he himself would take up the predominance he fears to see in

outrem. Basta dizer que até hoje apenas se utilizou deste invento para reunir o dinheiro necessário à nossa vida e aos enormes dispêndios dos seus estudos.

— Agora me lembro, Miss Jane, que lá fora é o professor Benson conhecido como um jogador de câmbio que jamais perde.

— E assim é. Fizemos experiência no marco e no franco e os fatos corresponderam com exatidão às indicações deste aparelho. Mas limitou-se meu pai a ganhar o necessário para o trem de vida que leva. Estamos na posse de elementos para alcançar o que quisermos, para reunirmos nas mãos a maior soma de ouro com que se possa sonhar. Isso, porém, nos seria de todo inútil. Para que necessitamos da mesquinha riqueza do mundo se nada nos dá ela que se aproxime do que temos aqui?

— Por mais espantosa, Miss Jane, que seja a descoberta do professor Benson, espanta-me ainda mais o caráter das duas pessoas que estão no seu segredo. Podem ser tudo e não querem ser nada...

— Ser tudo!... Que significa ser tudo? Quando penso nas grandezas do mundo, rio-me delas...

Miss Jane conversou comigo por mais de uma hora sobre os mais variados assuntos. E explicou-me depois o funcionamento do aparelho, recorrendo às suas imagens habituais, tão pitorescas. A corrente perdia no globo de cristal a sua forma concentrada e visualizava-se, como numa projeção de cinema, reproduzindo momentos da vida futura com a exatidão que vai ter um dia.

someone else's possession. Suffice it to say that to this day he only used this invention to raise the money necessary for our livelihood and the enormous expenditures of his studies."

"Now I remember, Miss Jane, that out there Professor Benson is known as a foreign exchange speculator who never loses."

"And so he is. We experimented with the mark and the frank, and the facts corresponded exactly to the indications of this device. But my father limited himself to earn what is necessary for the lifestyle he leads. We are in possession of elements to achieve whatever we want, to gather in our hands the largest amount of gold that one can dream of. This, however, would be of no use to us at all. Why do we need the paltry wealth of the world if it gives us nothing that comes close to what we have here?"

"As astonishing, Miss Jane, as Professor Benson's discovery is, I'm even more astonished by character of the two people who hold its secret. They can be everything and they don't want to be anything..."

"To be everything!... What does it mean to be everything? When I think of the grandeurs of the world, I laugh at them..."

For over an hour Miss Jane talked to me about the most varied subjects. And then she explained to me how the functioning of the device, resorting to her usual imagery, so picturesque. The current would lose its concentrated form in the crystal globe and we would visualize it as in a cinema projection, reproducing moments of future life with the accuracy it will one day have.

— Ficamos na posição de um espectador imóvel num ponto. Só vemos e ouvimos o que passa ao alcance dos nossos olhos ou soa ao alcance dos nossos ouvidos. Isso às vezes dificulta a compreensão de certos momentos da vida futura. Aparecem-nos coisas que não podemos compreender por falta dos elos anteriores da evolução. No ano 3527, por exemplo, vi na população da França evidentes sinais de mongolismo. Não lembravam os trajes nada do que usam hoje as criaturas em parte nenhuma da terra, nem sequer pude perceber de que seriam feitos. Esqueci-me de dizer que o nosso aparelho não vai além do ano 3527. Sua potência para aí. Focalizado para o ano de 3528 já dá uma visão de tal modo baça, que não distinguimos nada. Ficamos, eu e meu pai, perplexos ante aquele mongolismo da França. Só depois, fazendo cortes menos recuados e combinando uns com os outros, conseguimos decifrar o mistério. Tinham-se derramado pela Europa os mongóis e se substituído à raça branca.

Não pude conter um gesto de espanto, e fiz tal cara que Miss Jane sorriu.

— Que horror! Vai então acontecer essa catástrofe? exclamei.

A jovem sábia respondeu com serena impassibilidade:

— Por que, catástrofe? Tudo que é tem razão de ser, tinha forçosamente de ser e tudo que será terá razão de ser e terá forçosamente de ser.

O amarelo vencerá o branco europeu por dois motivos muito simples: come menos e prolifera mais. Só se salvará da absorção o branco da América. E como esta, quantas revelações curiosas!

"We are in the position of a spectator immobile at a given point. We only see and hear what goes on within the reach of our eyes or sounds within the reach of our ears. This sometimes makes it difficult to understand certain moments of the future life. Things are shown to us that we cannot understand because we lack the previous links of evolution. In the year 3527, for example, I saw evident signs of Mongolism[16] in the population of France. The garments resembled nothing of what creatures wear anywhere on earth today, and I couldn't even tell what they were made of. I forgot to say that our device doesn't go beyond the year 3527. Its power stops there. Focused on the year of 3528 it already gives such a tarnished view that we cannot distinguish anything. We were, my father and I, perplexed by this Mongolism of France. Only later, by making less receding cuts, and combining them with each other, we were able to decipher the mystery. The Mongols had spread through Europe and replaced the white race."

I couldn't contain a gesture of astonishment, and I made such a face that Miss Jane smiled.

"How horrible! Is this catastrophe going to happen then?" I exclaimed.

The young sage woman answered with serene impassibility:

"Why catastrophe? Everything that is has a reason to be, had forcibly to be; and everything that will be will have a reason to be, and will forcibly be."

Outra, que muito me impressionou, foi a transformação das ruas que se nota do ano 2200 em diante. Cessa a era dos veículos. Nada de bondes, automóveis ou aeroplanos.

— Como pode ser isso, Miss Jane? É quase um absurdo.

— Pois para lá caminhamos. Em cortes sucessivos, que fiz de dez em dez anos, observei a diminuição rápida dos veículos atuais. A roda, que foi a maior invenção mecânica do homem e hoje domina soberana, terá seu fim. Voltará o homem a andar a pé. O que se dará é o seguinte: o radiotransporte tornará inútil o corre-corre atual. Em vez de ir todos os dias o empregado para o escritório e voltar pendurado num bonde que desliza sobre barulhentas rodas de aço, fará ele o seu serviço em casa e o radiará para o escritório. Em suma: trabalhar-se-á à distância. E acho muito lógica esta evolução. Não são hoje os recados transmitidos instantaneamente pelo telefone? Estenda esse princípio a tudo e verá que imensas possibilidades quando à radiocomunicação se acrescentar o radiotransporte. Outrora, por exemplo, se o senhor Ayrton quisesse fumar um charuto, tinha de mandar um criado buscá-lo à charutaria; hoje pede-o pelo telefone, mas o charuteiro inda é obrigado a mobilizar um carregador para vir trazê-lo. O progresso foi grande, mas repare que atraso ainda! Mobilizar um homem, isto é, uma massa de 60 ou 70 quilos de carne, fazê-lo dar mil ou cinco mil passos, gastando vinte ou trinta minutos da sua

"The yellow will triumph over the white European for two very simple reasons: it eats less and it proliferates more. Only the white of America will be saved from absorption. And like this, how many curious revelations! Another one, which impressed me a lot, was the transformation of the streets that we notice from the year 2200 onwards. The era of vehicles ceases. No trams, automobiles or airplanes."

"How can that be, Miss Jane? It's almost absurd."

"Well, that's where we are headed. In successive cuts that I did of every ten years I observed the rapid decline of today's vehicles. The wheel, which was mankind's greatest mechanical invention and today reigns supreme, will reach its demise. Mankind will go back to walking. What will happen is this: the radiotransportation will render the current hustle and bustle useless. Instead of the employee going to the office every day and going back in a streetcar that glides on noisy steel wheels, he will do his work at home and radio it to the office. In short: people will work remotely. And I find this evolution very logical. Aren't messages transmitted instantaneously over the telephone today? Extend this principle to everything and you will see the immense possibilities when radiocommunication is added to radiotransportation. In the past, for example, if Mr. Ayrton wanted to smoke a cigar he had to send a servant to get it at the tobacconist; today you order it over the phone, but the tobacconist is still required to deploy a deliverer to come and bring it. The progress has been great, but notice how far behind we still are! To deploy a man, that is, a mass of 60 or 70 kilos of

vida só para transportar um simples charuto! Chega a ser ridículo...

— Realmente. Mas no futuro?

— No futuro o senhor Ayrton fumará à distância. Veja quanta economia de tempo e esforço humano!

Julguei que Miss Jane estivesse a caçoar comigo – e até hoje permaneço na dúvida. Em seu rosto, porém, não vi a menor sombra de motejo.

— Pode ser, mas... duvidei.

— Esse mesmo "pode ser, mas..." diria um romano do tempo de César se alguém lhe predissesse que um romano do tempo do óleo de rícino não precisaria sair de sua casa para conversar com um cidadão de Paris. Sabe o senhor Ayrton, no entanto, que isso é comezinho hoje e nem sequer admira a ninguém.

— Falar é uma coisa e fumar é outra.

— Hoje, que só temos a radiocomunicação. Mas chegará o dia da radiosensação e do radiotransporte, com radical mudança do nosso sistema de vida. Os veículos ao sistema corrente desaparecerão um por um. Voltará o homem a caminhar a pé, por prazer, e as ruas se tornarão uma delícia. O senhor Ayrton sabe o que quer dizer uma rua, hoje...

— Ninguém melhor do que eu, Miss Jane, pois desde menino vivo nela. Que angústia, que permanente inquietação! Faz-se-nos mister andarmos com cinquenta olhos arregalados para prevenirmos trancos e atropelamentos.

flesh, make him walk a thousand or five thousand steps, spending twenty or thirty minutes of his life just to carry a simple cigar! It's just short of ridiculous…"

"Indeed. But what about in the future?"

"In the future Mr. Ayrton will smoke remotely. Notice how much human time and effort is saved!"

I thought Miss Jane was mocking me and to this day I'm still in doubt. On her face, though, I didn't see the slightest shadow of gibe.

"It may be, but…" I doubted.

"A Roman from Caesar's time would have said that same 'it may be, but…' if someone had predicted to him that a Roman from castor oil times wouldn't have to leave his house to talk to a citizen of Paris. Mr. Ayrton, you know, however, that this is trivial today, and it doesn't even surprise anyone."

"Talking is one thing and smoking is another."

"Today, we only have radiocommunication. But the day of radiosensation and radiotransportation will come, with a radical change in our system of living. The vehicles of the current system will disappear one by one. Mankind will go back to walking on foot, for pleasure, and the streets will become a delight. Mr. Ayrton knows what a street means today…"

"Nobody knows that better than me, Miss Jane, as I've lived in them since I was a boy. What anguish, what permanent unrest! We have to walk with fifty eyes wide open, to avoid crashes and getting run over."

— Tudo isso desaparecerá, e adquirirão as cidades uma calma deliciosa, como hoje a de certas aldeias. Vi New York nesse período. Que diferença do atropelado e doido formigueiro de agora!

— Deve Miss Jane ter observado coisas maravilhosas!...

— Menos maravilhosas do que desnorteantes para as nossas ideias atuais. As invenções vão sobrevivendo no decurso do tempo, umas saídas das outras, e as coisas tomam às vezes rumo muito diverso do que a lógica, com ponto de partida no estado atual, nos faria prever.

O professor Benson reapareceu nesse momento e a conversa tomou outro rumo. Eu me achava na situação de um homem que ingerisse um estupefaciente desconhecido. Estava com a minha capacidade de assimilação de ideias esgotada e já com uma ponta de dor de cabeça a dar sinal de que o cérebro exigia repouso. Sem que eu o dissesse, o velho sábio, mais a sua filha, compreenderam-no perfeitamente e dali até o jantar só me falaram de coisas repousantes.

À noite custei a conciliar o sono, o que era natural. Mas sinceramente o digo: o que mais me dançava na cabeça não era o desvendamento do futuro, nem as suas abracadabrantes maravilhas, e sim a imagem de miss Jane. A estranha criatura loura, de olhos azuis de pervinca, impressionara por igual meu cérebro e meu coração. Comecei a ver nela o verdadeiro tudo, e se me dessem a opinar entre a posse da descoberta do professor

"All this will disappear, and the cities will acquire a delightful calm, like that of certain villages today. I saw New York during this period. What a difference from the muddled and crazed anthill of nowadays!"

"Miss Jane, you must have seen wonderful things!..."

"Less marvelous than bewildering to our present ideas. Inventions go on surviving in the course of time, some out of others, and things sometimes take a very different course from what logic, with a starting point in the present state, would have us foresee."

Professor Benson reappeared at this moment and the conversation took a different turn. I found myself in the position of a man who had ingested an unknown stupefacient. My capacity to assimilate ideas was exhausted and I already had a bit of a headache giving me signs that my brain demanded rest. Without my saying so, the old sage, and his daughter, understood it perfectly and from then until dinner only told me of restful things.

At night I found it difficult to fall asleep, which was natural. But I can honestly say: what was going through my head the most wasn't the unveiling of the future, nor its mysterious wonders, but the image of Miss Jane. The strange blond creature with periwinkle blue eyes had impressed my brain and my heart in equal measures. I began to see in her the real everything; and if I was asked to consider between the possession of Professor Benson's discovery and having her by my side for the rest of my life, I wouldn't vacillate an instant in my choice.

Benson e o tê-la ao meu lado para o resto da vida, não vacilaria um instante na escolha.

Dormi por fim e, em vez de sonhar com o mundo futuro entrevisto na palestra da moça, sonhei no encanto do presente, todo resumido em conjugal convivência com o meigo anjo sábio.

I slept at last, and instead of dreaming of the future glimpsed in the young lady's conversation, I dreamed of the present's delight, all abridged in conjugal coexistence with the gentle wise angel.

Capítulo VIII

A Luz que se Apaga

No dia seguinte, logo pela manhã, soou-me aos ouvidos uma novidade desagradável. Não passara bem a noite o professor Benson.

— Estou velho, meu caro senhor Ayrton, disse-me ele ao encontrar-se comigo. Já sinto cá dentro a máquina funcionar com esforço. Jane ignora o meu estado, mas a pobre menina não terá por muito tempo na terra o seu pai querido. Ficará só. Dei-lhe, entretanto, tal educação, e possui ela tais qualidades de caráter, que morrerei feliz. Saberá agir no mundo como se contasse sempre com o meu braço protetor.

Acudiu-me aos lábios um ímpeto de confidência. Quis apresentar-me ao professor como o braço forte que se oferecia a miss Jane quando o de seu pai viesse a faltar. Contive-me a tempo. Lembrei-me da minha insignificância e do pouco que ainda era

CHAPTER VIII

THE LIGHT THAT GOES OUT

The next day, early in the morning, some unpleasant news rang in my ears. Professor Benson had not been well during the night.

"I am old, my dear Mr. Ayrton," he told me when he met me. "I can already feel inside that the machine is straining to work. Jane is unaware of my condition, but the poor girl won't have her dear father on earth for long. She will be alone. I've given her such an education, however; and she possesses such qualities of character, that I shall die happy. She will know how to act in the world as if she always had my protective arm."

An impetus of confidence came to my lips. I wanted to introduce myself to the professor as the strong arm that would be offered to Miss Jane when her father's went missing. I restrained myself in time. I remembered my insignificance and how little I still was in a home I had begun to know just yesterday. Therefore,

num lar que começara a conhecer na véspera. Limitei-me, pois, a confirmar as ideias do velho em relação à filha, dizendo:

— Pelo que com ela conversei ontem tive a mesma impressão. É miss Jane uma criatura superior, uma madame Curie, capaz de prosseguir nos trabalhos de seu pai, se o quiser.

— Jane o quereria, talvez, mas não posso consentir nisso. Bastam-lhe, para lhe encher a vida, as visões que já teve e a superioridade que adquiriu conhecendo o futuro próximo. Permitir-lhe-á, isso, pôr-se a salvo, na sua vida terrena, das contingências da necessidade. Possui Jane um caderninho onde anotou a cotação dos principais valores de bolsa nestes próximos cinquenta anos. Está habilitada, pois, a ser detentora do dinheiro que quiser. O dinheiro ainda é tudo para os homens. O estranho dote que deixo à minha filha se resume nesse caderninho de notas... Mas conheço Jane. Extremamente modesta das ambições que atormentam o comum das mulheres, levará um viver apagado, sem exterioridades, toda entregue à vida cerebral, que a tem intensíssima.

O professor fez uma pausa, como se o esforço daquelas confidências o tivesse cansado. Depois, disse:

— Realizei o que jamais sonhara nos delirantes sonhos da minha mocidade – e me vejo forçado a levar para o túmulo o grande segredo... Jane não o revelará a ninguém e inda que o faça não estará na posse da solução técnica. O senhor Ayrton, única testemunha presencial de tudo, também o não revelará a ninguém.

— Proíbe-mo, professor?

I confined myself to confirming the old man's ideas about his daughter by saying:

"From my conversation with her yesterday, I had the same impression. Miss Jane is a superior creature, a Madame Curie capable of pursuing her father's work if she wishes."

"Jane would want to, perhaps, but I cannot consent to it. The visions she has already had and the superiority she has acquired in knowing the near future suffices to fill her life. This will allow her to be safe, in her earthly life, from the contingencies of necessity. Jane has a little notebook in which she has written down the quotations of the main stock exchange values for the next fifty years. She is thus empowered to own as much money as she wants. Money is still everything to mankind. The strange dowry I leave to my daughter is summed up in this little notebook... But I know Jane. She is extremely modest of the ambitions that torment ordinary women; she will lead a dull life, without exteriorities, fully devoted to her cerebral life, which in her is very intense."

The professor paused, as if the effort of those confidences had tired him. Then he said:

"I have accomplished what I had never dreamed of in the delirious dreams of my youth – and I find myself forced to take the great secret to the grave... Jane won't reveal it to anyone, and even if she does, she won't be in possession of the technical solution. You, Mr. Ayrton, the only eyewitness of it all, won't reveal it to anyone either."

"Do you forbid me, Professor?"

— Não, não lho proíbo, já disse. Mas se o amigo tiver algum dia a ingenuidade de o revelar a alguém, passará por louco, e se insistir, por louco varrido, dos que os homens metem nos hospícios. O instinto de conservação e de sociabilidade é que o vai impedir de revelar o que está vendo aqui.

Entrou miss Jane nesse momento e notei que o velho sábio se contrafazia diante da moça para não denunciar o seu estado de saúde. Apesar disso ela observou.

— Um pouco pálido, meu pai...

— Sim, mas estou perfeitamente bem. Temos aqui o senhor Ayrton e compete a ti, minha filha, organizar o programa do dia. Pouco posso acompanhá-los. Uma delicada experiência vai absorver-me por algumas horas.

Miss Jane olhou-me com os seus lindos olhos claros e disse:

— Escolha, senhor Ayrton. Ontem foi a teoria, hoje começa a ser a prática. Vai estudar uns cortes. Escolha um momento da vida futura que o interesse.

Miss Jane estava linda como a rosa desabrochada essa manhã na roseira próxima do meu quarto. Meus olhos envolveram-na num véu de enlevo e se o coração pudesse falar ter-lhe-ia eu dito que só me interessava o presente nela concentrado. Mas respondi de outro modo.

— Sou um leigo em matéria de futuro, miss Jane, e nem escolher posso. Deixo isso ao seu inteligente critério.

— Não tem vontade de ver o que se passará aqui, neste lugar onde estamos, no ano 3000?

"No, I don't forbid you, I've already said. But if my friend is one day naïve enough to reveal it to someone, you'll be taken for a madman, and if you insist, for a raving lunatic, one of those whom mankind puts in madhouses. The instinct of preservation and sociability is what will keep you from revealing what you're seeing here."

Miss Jane came in at that moment, and I noticed that the old sage was disguising himself in front of the young lady so as not to give away his state of health. In spite of this, she remarked.

"A bit pale, my father…"

"Yes, but I'm perfectly fine. We have Mr. Ayrton here, and it is up to you, my daughter, to organize the day's program. I can hardly accompany you. A delicate experiment will absorb me for a few hours."

Miss Jane looked at me with her beautiful clear eyes and said:

"Take your pick, Mr. Ayrton. Yesterday it was the theory; today the practice begins. You're going to study some cuts. Choose a moment of the future life that interests you."

Miss Jane looked as beautiful as the rose blooming that morning on the rose bush next to my room. My eyes enveloped her in a veil of delight, and if my heart could speak, it would have told her that I was only interested in the present concentrated in her. But I answered in another way.

"I'm a layman in matters of the future, Miss Jane, and I can't even choose. I leave that to your intelligent discretion."

— Já fizeste esse corte, Jane, interveio o professor.

— Fiz, sim, meu pai, mas será curioso repeti-lo para o senhor Ayrton.

— Perfeitamente, concordei. Há sempre mais interesse para nós em ver assim futurizado um ponto nosso conhecido do que um desconhecido.

— Pois então, resolveu o professor Benson, começai por aí e não conteis comigo. Vou trabalhar.

Ergueu-se e saiu. Miss Jane acompanhou-o até a porta e, ao tornar, me disse:

— Acho meu pai um tanto abatido hoje. Já está nos 70 anos e a velhice vale por impiedosa doença...

Uma nuvem de melancolia sombreou-lhe os lindos olhos azuis e um breve suspiro lhe escapou do peito. Também eu no íntimo me sombreei de tristeza, embora mentisse exteriormente, nesse intuito de consolação fácil que tais lances impõem.

— Qual! O professor é rijo. E com a vida calma que leva ainda viverá longos anos.

— Assim seja, murmurou miss Jane, porque não sei o que será de mim sem ele. Acho-me tão identificada com meu pai...

Arrisquei urna pergunta indiscreta:

— Nunca pensou em casamento, miss Jane?

A moça entreparou, olhando-me entre admirada e divertida.

— Casamento? Ora, que fato interessante, senhor Ayrton!... Há de crer que é a primeira vez que tal palavra soa nesta casa? Que coisa curiosa – ca-sa-men-to!

"Don't you want to see what will happen here, in this place where we are, in the year 3000?"

"You have already done that cut, Jane," intervened the professor.

"Yes, I have my father, but it will be interesting to repeat it for Mr. Ayrton."

"Absolutely," I agreed. "It's always of more interest to us to see a point that we know futurized rather than an unknown one."

"Well then," decided Professor Benson, "start there and don't count on me. I'm off to work."

He got up and left. Miss Jane accompanied him to the door and when she returned she told me:

"I find my father rather downhearted today. He is already in his seventies, and old age is as bad as a merciless illness..."

A cloud of melancholy grieved her beautiful blue eyes and a brief sigh escaped her chest. I was also grieved by sadness inside, although I lied outwardly, in the attempt at easy consolation which such conjunctures impose.

"What! The professor is strong. And with the calm life that he leads, he'll still live a long time."

"So be it," murmured Miss Jane, "because I don't know what will become of me without him. I find myself so identified with my father..."

I risked an indiscreet question:

"Have you never thought of marriage, Miss Jane?"

E repetiu-a diversas vezes, como se repetisse uma palavra de som esquisito e nunca antes pronunciada.

— Sim, continuei eu, todas as moças se casam. O amor um dia vem e...

Miss Jane permaneceu alheada, como entregue a profundas cogitações interiores.

— "Todas as moças"... repetiu. Mas serei eu uma moça? Nunca me analisei, senhor Ayrton. Minha vida tem sido voar de século em século, por esse futuro afora, em companhia de meu pai. Sinto que sou, apenas, um espírito que observa e possui meios de visualizar o que está fora do alcance humano. Será isso ser moça? Amor!... Que é amor, senhor Ayrton? O seu vocabulário é tão novo para mim como deve ser para o seu espírito esta nossa mentalidade futurista. Mas vamos ao que serve. É tempo de operar um corte.

Miss Jane dirigiu-se ao gabinete do porviroscópio e eu acompanhei-a, tomado de espanto diante de um ser tão alheio ao seu tempo e à sua condição. Lá fora, amor e casamento constituem a obsessão única de todas as mulheres. Em criança, brincam de casar as bonecas. Núbeis, cuidam exclusivamente de casar a si próprias. Velhas, cuidam de casar ou descasar as outras. Havia, pois, uma mulher no globo terráqueo, e formosíssima, que não só não pensava em amor e casamento, mas à qual tais expressões soavam como vozes inéditas... Era simplesmente prodigioso!

Diante do porviroscópio ela se deteve e depois de algumas explicações me fez colocar no ano 3000 o ponteiro. Em seguida

The young lady stopped, looking at me between astonished and amused.

"Marriage? Well, what an interesting fact, Mr. Ayrton!... Can you believe this is the first time that such word has been mentioned in this house? What a curious thing – ma-rri-age!"

And she repeated it several times, as if repeating a strange-sounding word that had never been pronounced before.

"Yes," I continued, "all young ladies get married. Love comes one day and..."

Miss Jane remained oblivious, as if given to deep inner cogitations.

"'All young ladies,'" she repeated. "But am I a young lady? I've never analyzed myself, Mr. Ayrton. My life has been to fly from century to century through this future, in the company of my father. I feel that I'm only a spirit that observes and possesses the means to visualize what is beyond human reach. Is this being a young lady? Love!... What is love, Mr. Ayrton? Your vocabulary is as new to me as this futuristic mentality of ours might be to your spirit. But let's get down to business. It's time to work on a cut."

Miss Jane headed to the porviroscope room, and I accompanied her, overcome with awe at a being so aloof of her time and condition. Outside, love and marriage are the sole obsession of all women. As children, they play at marrying their dolls. When nubile, they take exclusive care of marrying themselves. In their old age, they take care of marrying or

viu num mapa a situação geográfica do ponto onde nos achávamos e ensinou-me a mover o ponteiro marcador das latitudes e longitudes.

— Pronto! exclamou. Basta agora abrir esta válvula. A corrente envelhecerá de 1074 anos, que são quantos vão do em que estamos ao ano 3000. Envelhecerá, e ao alcançar o ano 3000 dar-nos-á sinal disso automaticamente. Mas como o envelhecimento de cada ano consome um minuto, teremos...

Tomou de um lápis e calculou rapidamente.

— Teremos de esperar 17 horas e 54 minutos. O relógio marca as nove e, pois, só conseguiremos ter cá o ano 3000 às nossas ordens entre meia-noite e uma da madrugada. Estou afeita a estas observações à qualquer hora da noite, mas não sei se para o senhor Ayrton não será incômodo...

— Absolutamente não. Só lamento não poder satisfazer já, já, a minha curiosidade. Ver um pedaço da nossa terra no ano 3000, que portentosa maravilha! Diga-me alguma coisa, miss Jane, do que me vai ser revelado...

— Não. Não quero prejudicar a sua surpresa. Prefiro revelar-lhe aspectos que vi em outros tempos e outros países.

Lances há na vida absolutamente indeléveis. Essa tarde que passei com a filha do professor Benson, a ouvir-lhe as revelações do futuro, como esquecê-la jamais? Não poderei reproduzir aqui tudo quanto ela me disse; seria compor um catálogo sem fim. A invasão mongólica; o industrialismo feroz da Europa, mudado em contemplativismo asiático; a evolução da América num sentido

separating the others. There was, however, one woman on the terrestrial globe, and a very beautiful one at that, who not only didn't think about love and marriage, but to whom such expressions sounded like unheard-of voices... It was simply prodigious!

In front of the porviroscope she halted and after some explanations made me set the pointer to the year 3000. Then she looked at a map what was the geographic location of the place where we were, and taught me how to move the pointer that marked the latitudes and longitudes.

"Done!" she exclaimed. "Just open this valve now. The current will age 1074 years, which is how many years go from where we are to the year 3000. It will age, and when it gets to the year 3000 it will give us a signal automatically. But as the aging of each year takes one minute, we will have..."

She took a pencil and quickly calculated it.

"We'll have to wait 17 hours and 54 minutes. The clock strikes nine, so we can only get the year 3000 at our service between midnight and one o'clock. I'm used to these observations at any time of the night, but I don't know whether it will be inconvenient for you..."

"Absolutely not. My only regret is that I cannot satisfy my curiosity right way. To see a piece of our land in the year 3000, what a portentous wonder! Tell me something, Miss Jane, of what will be revealed to me..."

inteiramente inverso... quanta coisa formidável! Mas nada me interessou tanto como o drama do choque das raças nos Estados Unidos.

— Esse choque, disse miss Jane, deu-se no ano 2228 e assumiu tão empolgantes aspectos que reduzido a livro dá uma perfeita novela. Não sei se o senhor Ayrton é literato...

— Já fiz um soneto na idade em que todos os brasileiros desovam sonetos...

— Pois se não é poderá tornar-se. O principal para uma novela é ter o que dizer, estar senhor de um tema na verdade interessante. Ora, eu fornecerei os dados dessa novela e o senhor Ayrton terá oportunidade ótima para apresentar-se ao mundo das letras com um livro que a crítica julgará ficção, embora não passe da simples verdade futura.

A ideia sorriu-me, e todo me lisonjeei com a opinião que miss Jane fazia das minhas capacidades artísticas.

— Quer tentar? insistiu ela. Contar-lhe-ei com a máxima fidelidade o que vai passar-se. De posse desse material, e depois de pessoalmente fazer vários cortes que o ajudem a formar ideia justa do ambiente futuro, atirar-se-á à tarefa. Desde já lhe asseguro uma coisa: sairá novela única no gênero. Ninguém dará a ela nenhuma importância no momento, julgando-a pura obra de imaginação fantasista. Mas um dia se assanhará a humanidade diante das previsões do escritor, e os sábios quebrarão a cabeça no estudo de um caso, único no mundo, de profecia integral e rigorosa até nos mínimos detalhes.

"No. I don't want to spoil your surprise. I prefer to reveal to you aspects that I saw in other times and other countries."

There are moments in life that are absolutely indelible. That afternoon I spent with Professor Benson's daughter, listening to her revelations about the future, how could I ever forget it? I won't be able to reproduce here everything she told me; it would be like composing an endless catalog. The Mongolian invasion; the fierce industrialism of Europe, turned into Asian contemplativeness; the evolution of America in an entirely inverse direction... how many formidable things! But nothing interested me as much as the drama of the clash of the races in the United States.

"That clash," said Miss Jane, "happened in the year 2228, and assumed such exciting aspects that if reduced to a book it makes a perfect novella. I don't know if you are a man of letters, Mr. Ayrton..."

"Once I wrote a sonnet at the age when all Brazilians hatch sonnets..."

"For if you're not, you can become one. The main thing for a novella is to have something to tell, to be the master of a really interesting theme. Now, I will provide you with the details of this novella, Mr. Ayrton; and you will have an excellent opportunity to present yourself to the world of letters with a book that the critics will take as fiction, although it's nothing more than the simple future truth."

— Realmente! exclamei. Será romance como os de Wells, porém verdadeiro, o que lhe requintará o sabor. Quanta novidade!

— Os leitores andarão pulando de surpresa em surpresa, e estou já a imaginar as caras de espanto que hão de fazer quando o senhor Ayrton falar, por exemplo, da cirurgia do doutor Lewis.

— Quem era?

— Oh, um mágico da anatomia, o primeiro que praticou o desdobramento do homem.

Franzi os sobrolhos.

— Desdobramento da personalidade? perguntei.

— Sim, mas desdobramento anatômico. O doutor Lewis, sábio que começou a surgir em 2201, teve a ideia de romper com o plano simétrico do corpo humano. Temos dois olhos e dois ouvidos que agem como a parelha de cavalos a puxar no mesmo rumo o carro. Lewis alterou isso. Por meio dum delicado processo cirúrgico, desligou – desxifopagou os nervos óticos e auditivos, dando autonomia aos dois ramos. Conseguiu dessarte que o "desdobrado" pudesse ver uma coisa com o olho direito e outra com o esquerdo, e também ouvir às duplas, com a audição assim desligada.

Lembro-me que no escritório do *Intermundane Herald* observei o primeiro desdobrado em ação, primeiro e único aliás.

— *Intermundane Herald,* miss Jane? Cheira-me isso a psiquismo...

The idea smiled on me, and I was totally flattered by Miss Jane's opinion of my artistic abilities.

"Do you want to try?" she insisted. "I will tell you with the utmost fidelity what is going to happen. In possession of this material, and after personally making several cuts that will help you form a fair idea of the future environment, you will throw yourself into the task. I can assure you of one thing: it will be a novella of its own kind. No one will give it any importance at present, thinking it to be purely a work of the fanciful imagination. But one day mankind will be stirred up by the writer's predictions, and sage men will rack their brains studying a case, unique in the world, of a prophecy integral and rigorous down to the smallest detail."

"Indeed!" I exclaimed. "It will be a novel like Wells's, but true, which will refine its flavor. What a novelty!"

"The readers will be jumping from surprise to surprise, and I can already imagine the faces of astonishment they will make when Mr. Ayrton speaks, for example, of Dr. Lewis's surgery."

"Who was he?"

"Oh, a magician of anatomy, the first one who practiced the splitting of man."

I frowned.

"Splitting of personality?" I asked.

"Yes, but an anatomical splitting. Dr. Lewis, a sage who began to emerge in 2201, had the idea of breaking with the symmetrical plane of the human body. We have two eyes and two

— E cheira certo. Era um jornal de radiação psíquica, que veio atender à velha sede de liame com os vivos que os mortos sempre manifestaram. Em vez das pobres almas penadas andarem pelo mundo em busca de mesinhas falantes, único meio que possuem hoje de conversar conosco, liam o *Intermundane Herald.*

— E como se manifestavam? Pois não posso crer que também colaborassem nesse jornal...

— Disso se encarregava a Psychical Work Company, dona da grande estação central de Detroit. Afluíam os espíritos para ali e chamavam os vivos pela linha psicofônica, como hoje nos chamamos pela linha telefônica.

O meu assombro era grande, embora tocado de uma pontinha de desconfiança. Estaria miss Jane a mangar comigo? Olhei-a firme nos olhos. A lealdade que neles vi era a mesma de sempre.

— Mas, continuou ela, voltando ao meu homem desdobrado direi que pude observá-lo em ação no escritório do *Herald.* Estava à mesa de trabalho, a examinar com o olho direito uma gravura antiga, e a consultar uma tábua de logaritmos com o esquerdo. Ao mesmo tempo ouvia a música da moda com o ouvido direito e, com o esquerdo, atendia a um colaborador do jornal. Ocupava-se em quatro coisas diversas, valendo assim por quatro homens não desdobrados.

— H4...

— E não ficava nisso. Era bem um *homo* elevado, não à quarta, mas à sexta potência, porque ainda recolhia a queixa dum dos

ears that act like a pair of horses pulling the car in the same direction. Lewis altered that. Through a delicate surgical process, he disconnected – dexiphopagated the optical and auditory nerves – giving autonomy to the two branches. He made it possible for a 'split' person to see one thing with the right eye and another with the left, and also to hear doubles, with the hearing thus disconnected.

"I remember that at the *Intermundane Herald*'s office I noticed the first split person in action, the first and only in fact."

"*Intermundane Herald*, Miss Jane? I suspect it's psychism..."

"And you suspect right. It was a psychic radioing newspaper that came to comply with the old thirst for a connection with the living that the dead had always manifested. Instead of the poor wandering souls going around in search of talking boards, the only means they have of talking to us today, they read the *Intermundane Herald*."

"And how did they manifest themselves? For I cannot believe they also collaborated in this newspaper..."

"That was taken care of by the Psychical Work Company, owner of the large central station in Detroit. The spirits flocked there and called the living by the psychophonic line, just like we call each other on the telephone line today."

My astonishment was great, though touched by a hint of suspicion. Would Miss Jane be mocking me? I looked her firmly in the eyes. The loyalty I saw in them was the same as always.

espíritos leitores do *Herald* – espírito rabugento, a avaliar por certos ímpetos nervosos da mão que estenografava.

– E com a outra mão, que fazia?

– Alisava meigamente um gatinho que lhe resbunava ao regaço.

Encarei-a de novo, firme, nos olhos. Miss Jane não piscou. Logo, era verdade. A experiência dos olhos que piscam sempre me pareceu infalível na pesca dos potoqueiros.

– Mas não foi coisa que se generalizasse. A ruptura por intervenção humana dos planos normais da natureza nunca foi bem-sucedida. Sobrevinham sempre complicações imprevisíveis à argúcia dos sábios, e irremediáveis. Esse pobre desdobrado, por exemplo, acabou logo depois de maneira trágica. Em vez de persistir na sua sexta potência, empastelou-se, confundiu-se e acabou não sendo nem sequer um homem apenas, como antes da operação. A mais horrorosa demência destruiu aquela obra-prima da cirurgia de 2228. Por esta amostra vê o senhor Ayrton de quantos episódios interessantes podem a sua novela, concluiu miss Jane.

Fiquei de olhos parados, a cismar.

– Outra coisa que muito me maravilhou foi o Teatro de Freud, prosseguiu ela.

– Quê?

– O teatro dos sonhos.

– Fiquei na mesma...

"But," she continued, "going back to my split man, I want to say that I could observe him in action at the *Herald*'s office. He was at his desk, examining an old engraving with his right eye and consulting a logarithm table with his left. At the same time he listened to fashionable music with his right ear and with his left he attended to a collaborator of the newspaper. He was occupied with four different things, thus being worth four non-split men."

"H4..."

"And it didn't stop there. He was a *homo* raised, not to the fourth, but to the sixth power, for he was also collecting the complaint of one of the *Herald*'s spirit readers – a grumpy spirit, judging by certain nervous impulses of the hand who stenographed."

"And with his other hand, what was he doing?"

"He was gently stroking a kitten that was purring on his lap."

I looked at her again, firmly, in the eyes. Miss Jane didn't blink. So it was true. The experiment of the blinking eyes always seemed to me infallible when fishing for fibbers.

"But it wasn't something that was widespread. The disruption by human intervention of the normal plans of nature has never been successful. There were always unforeseeable and irremediable complications that the sage men could not foresee. This poor split man, for example, had a tragic end soon after. Instead of persisting on his sixth power, he got muddled,

– Descobriu-se um processo de fixar na tela os sonhos, como hoje a cinematografia fixa em filmes o movimento material. E dada a riqueza do nosso subconsciente, mar donde emana o sonho, e mar profundo, do qual a consciência não passa da exígua superfície, pode o senhor Ayrton imaginar que maravilhosas representações não se davam nesse teatro. Nem as *Mil e Uma Noites,* nem Edgar Allan Poe, nada valia um só desses espetáculos onde o contrarregras se chamava Imprevisto.

Tornou-se a arte suprema, a mais deleitosa de todas – e ainda uma ciência. A alma humana só deixou de ser o enigma que hoje é depois que pôde ser assim fotografada em suas manifestações de absoluta nudez. Até então apenas lhe conhecíamos as manifestações vestidas pela Censura, isto é, as suas atitudes.

Era de maravilhar a transformação que se operava em mim! Vinte dias antes não passava eu de modesto empregado de rua duma casa comercial – e estava agora na iminência de tornar-me autor de um livro assombroso, capaz de cobrir meu nome de louros inéditos. A ideia desvairou-me e a novela principiou a formar-se-me nos miolos com fragmentos de romances lidos em rodapé de jornais. O começo do primeiro capítulo chegou a traçar-se de chofre em minha cabeça:

– "Era por uma dessas tardes calmosas de verão, em que o astro-rei, rubro como um disco de cobre," etc.

Estava eu nesse devaneio quando um criado penetrou de surpresa no gabinete. Chamou de parte miss Jane e disse-lhe

confused, and ended up not being even just a man, like before the operation. The most horrific dementia destroyed that masterpiece of surgery of 2228. From this sample you can see how many interesting episodes can enrich your novella, Mr. Ayrton," Miss Jane concluded.

I stood there with my eyes fixed, wondering.

"Another thing that amazed me was the Freudian Theater," she continued.

"What?"

"The theater of dreams."

"It's all the same for me…"

"A process to fix dreams on the screen was discovered, just as today cinematography fixes material movement on film. And given the richness of our subconscious, the sea from which dreams emanate, and the deep sea of which consciousness is nothing but the exiguous surface, you can imagine what marvelous performances took place in this theater, Mr. Ayrton. Not the *Thousand and One Nights*, or Edgar Alan Poe, nothing was worth even one of these spectacles where the stage manager was called Unexpected.

"It became the supreme art, the most delightful of all – and yet a science. The human soul only ceased to be the enigma that it is today after it could be thus photographed in its manifestations of absolute barrenness. Until then we only knew the manifestations clothed by the Censure, that is, their attitudes."

algumas palavras agitadas. Sem pedir licença, a moça retirou-se com precipitação.

Fiquei atônito, sem saber o que pensar. Delicada e fina como era, se assim se retirava de minha companhia sem o clássico e sorridente "com licença", é que algo de grave ocorria. Fiquei na minha poltrona ainda uns dez minutos, com o ouvido atento aos menores rumores, tentando decifrar o mistério. O silêncio se fazia absoluto; nem sequer se ouvia o zum-zum do cronizador a trabalhar. Consultei o relógio.

– Dez e quinze. A corrente já está no ano 2001, pensei comigo, ano que não alcançarei. Mas meu filho Ayrton *Benson* Lobo o alcançará...

Pus-me a sonhar, e os sonhos logo me acalmaram a inquietação produzida pela inexplicável retirada de miss Jane. Vi-me amado de tão gentil criatura e com ela casado. Por esse tempo já não fazia parte deste mundo o professor Benson. Setenta anos tinha ele; era natural que não durasse muito. Miss Jane ficava só na terra, sem relações sociais, sem sonhos de grandeza mundana. E não seria eu nessa época apenas o pobre diabo que era, triste ex-empregado dos senhores Sá, Pato & Cia. Seria um autor, um romancista! Os jornais dariam meu retrato e me tratariam de "ilustre homem de letras". Uma situação social, sem dúvida, e das mais bonitas. Poderia aproximar-me da inconsolável menina e oferecer-me para seu companheiro de vida. Claro que miss Jane aceitaria o meu coração. Viagens, depois, mundo a correr – Paris, New York. Levaríamos conosco o caderninho das cotações...

It was wonderful, the transformation operating in me! Twenty days before I was nothing but a modest street clerk in a commercial firm – and I was now on the verge of becoming the author of an amazing book, capable of covering my name with unheard-of laurels. The idea bewildered me, and the novella began to form in my mind with fragments of novels read in newspapers footers. The beginning of the first chapter unexpectedly outlined in my head:

'It was one of those sultry summer afternoons, when the king star, red as a copper disk,' etc.

I was in that reverie when a servant burst into the study. He called Miss Jane aside and said a few agitated words to her. Without excusing herself, the young lady left in a hurry.

I was aghast, not knowing what to think. Delicate and refined as she was, if she left my company without the classic and smiley "excuse me," something serious was going on. I stayed in my armchair for another ten minutes, with my ear attentive to the slightest rumor, trying to decipher the mystery. The silence was absolute; not even the hum of the chronizer working could be heard. I checked the clock.

'Quarter past ten. The current is already in the year 2001,' I thought to myself, 'a year that I won't reach. But my son Ayrton *Benson* Lobo will reach it...'

I began to dream, and the dreams soon calmed me from the uneasiness of Miss Jane inexplicably living. I saw myself as the beau of that gentle creature, and married to her. By this time

— "Olá, senhor corretor, compro mil ações da Niagara Falls Company!"

A piedade do corretor vendo esta carinha chupada de brasileiro amarelo comprar ações de uma empresa cuja bancarrota estava iminente! Sorri-se lá consigo e vende-mas, piscando o olho para os seus auxiliares. No dia seguinte notícia, nos jornais: *Uma jazida de platina encontrada nas terras da Niagara! As ações dessa companhia centuplicam de valor!* Reapareço no escritório do corretor atônito, a fumar um charuto imponente, e vingo-me do seu sorriso da véspera.

— "Hoje vendo, meu caro palerma. O brasileirinho amarelo hoje vende, sabe?..."

E lá deixo de novo as ações da Niagara e embolso milhões sonantes... Compro em seguida um iate, o mais belo e cômodo que houver...

— Senhor Ayrton! Ouço dizer uma voz.

No meu sonho julguei ser o capitão do iate e ia responder-lhe com uma ordem: 'Rumo a boreste!', quando ao pé de mim vejo miss Jane, muito transtornada de feições.

— Senhor Ayrton, meu pai passa mal! Venha vê-lo...

Corri atrás dela, tomado de negros pressentimentos. Penetrei no quarto do professor. Lá estava o bom velho no fundo da cama, desfeito, dando mais a impressão de um defunto que de um ser vivo.

— Quer que vá buscar um médico? exclamei ansioso, ao aproximar-me do enfermo.

Professor Benson was no longer part of this world. He was seventy years old; it was natural that he wouldn't last long. Miss Jane was left alone on earth with no social relations, no dreams of worldly grandeur. And I wouldn't be then just the poor wretch I was; the sad ex-employee of Messrs. Sá, Pato & Cia. I would be an author, a novelist! The newspapers would publish my picture and call me an 'illustrious man of letters.' A social position, no doubt, and one of the most beautiful. I could come close to the inconsolable girl and offer myself as her life companion. Of course Miss Jane would accept my heart. Then many trips, all over the world – Paris, New York. We would take the little quotations notebook with us...

'Hello, Mr. Broker, I'm buying a thousand shares of the Niagara Falls Company!'

The pity of the broker seeing this pale, malnourished Brazilian face buying shares of a company whose bankruptcy was imminent! He smiles within and sells them to me, winking at his assistants. Next day, the newspapers report: *A platinum deposit found on Niagara land! The company's shares increase in value a hundredfold!* I reappear in the office of the stupefied broker, smoking an imposing cigar, and take revenge on his smile from the day before.

'Today I sell, my dear fool. The little yellow Brazilian is selling today, you see?...'

And there I leave the Niagara shares again, and pocket resounding millions... Then I buy a yacht, the most beautiful and comfortable one there is...

— Não, respondeu lentamente a voz cava e débil do professor. É inútil. Conheço o meu estado e sei que chegou o momento...

A moça atirou-se-lhe aos braços e cobriu-lhe o rosto de beijos convulsos.

— Boa Jane, disse ele, é hora de separar-nos. Tenho confiança em ti e espero que, passado o rude momento, te conformes com a situação, buscando conforto no estoicismo que te ensinei e de que te dei exemplo em vida. Há já algum tempo que me sentia mal. Ocultava-o a ti para evitar-te um sofrimento inútil. Mas esta noite percebi que chegara o fim. Quando te deixei no gabinete, com pretexto de concluir um trabalho, iludi-te, ou, melhor, vim fazer um trabalho muito diverso do que poderias supor. Vim destruir a minha descoberta. Queimei toda a papelada relativa e desmontei as peças mestras dos aparelhos. O que resta nenhuma significação possui e não poderá ser restaurado. Desfiz em meia hora todo o trabalho de uma vida. Da minha invenção restam apenas as impressões que te deixou ela na memória. E quando por tua vez morreres, tudo se extinguirá...

— Meu pai! exclamou Jane, achegando o seu rosto afogueado à face descorada do velho.

— Teu pai, teu amigo, teu companheiro de trabalho...

Não pude conter-me diante do doloroso quadro, e grossas lágrimas borbotaram-me dos olhos. O moribundo não esqueceu o hóspede. Volveu com esforço um olhar para o meu lado e disse, em voz cada vez mais fraca:

"Mr. Ayrton!" I hear a voice saying.

In my dream I thought I was the captain of the yacht and I was going to reply to him with an order: 'To the starboard!,' when I saw Miss Jane next to me, very upset in her features.

"Mr. Ayrton, my father is ill! Come and see him…"

I ran after her, filled with dark forebodings. I stepped into the professor's room. There was the good old man at the bottom of the bed, disfigured, giving more the impression of a deceased than of a living being.

"Do you want me to fetch a doctor?" I exclaimed anxiously as I approached the sick man.

"No," the professor's husky and weak voice replied slowly. "It's useless. I know my condition and I know the time has come…"

The young lady threw herself into his arms and covered his face with convulsive kisses.

"Good Jane," he said, "it's time for us to part ways. I have confidence in you and hope that, after this rough patch, you will come to terms with the situation, seeking comfort in the stoicism I taught you and set an example for you in life. I've been feeling ill for some time now. I've hidden it from you to spare you useless suffering. But tonight I realized that the end had come. When I left you in the study, under the pretext of finishing a job, I deceived you, or, rather, I came to do a job very different from what you could suppose. I came to destroy my discovery. I've burned all the related paperwork and dismantled the master

— Adeus, senhor Ayrton. O acaso o trouxe aqui para me ver morrer... Seja amigo de Jane. Adeus...

Um impulso atirou-me de joelhos ao pé do leito do moribundo; tomei-lhe as pálidas mãos e beijei-as, tão enternecido como se beijara as de meu próprio pai.

— Adeus, Jane!... foram suas derradeiras palavras.

Fechou os olhos e imobilizou-se. Minutos mais tarde estava apagada a luz daquele cérebro, o mais potente que ainda desabrochou no seio da humanidade...

pieces of the devices. What remains is of no significance and cannot be restored. In half an hour I have undone all the work of a lifetime. All that remains of my inventions are the impressions left in your memory. And when you, in your turn, die, everything will be extinguished..."

"My father!" exclaimed Jane, drawing her flushed face to the old man's discolored face.

"Your father, your friend, your workmate..."

I couldn't contain myself before the painful picture, and thick tears gushed from my eyes. The dying man didn't forget his guest. He turned with effort looking towards me and said in an increasingly weaker voice:

"Farewell, Ayrton. Chance brought you here to watch me die. Be a friend to Jane. Farewell..."

An impulse threw me to my knees at the foot of the dying man's bed; I took his pale hands and kissed them, as tenderly as if I were kissing those of my own father.

"Farewell, Jane!..." were his last words.

She closed her eyes and became still. Minutes later the light of that brain, the most potent brain that had yet blossomed in the bosom of humanity, was extinguished...

Capítulo IX

Entre Sá, Pato & Cia e Miss Jane

Pobre moça!... vinha eu pensando comigo ao voltar do enterro do professor Benson. Se é grande a dor de perder um bom pai, que dizer de quem perde tal pai?...

De fato, quase que com seu pai perdera Jane a sua razão de ser na vida. Desde menina se consagrara a estudos do porvir, e é natural que quem possui tal faculdade de previdência não se preocupe grande coisa com a atualidade. Para nós, encerrados nas quatro paredes dos cinco sentidos, o presente é tudo; mas quão pouco não será ele para uma criatura colocada no tope da montanha, podendo ver tanto a paisagem do que lá passou como a do que vai passar!

O mágico aparelho do professor Benson deixara de existir, e dele, como dissera o moribundo, só restavam as impressões subsistentes na memória da filha. Tinha miss Jane, portanto, de

Chapter IX

Between Sá, Pato & Cia and Miss Jane

Poor girl!... I was thinking to myself on my way back from Professor Benson's funeral. If the pain of losing a good father is great, what can be said of someone who loses father like that?...

In fact, it was almost as if with the loss of her father Jane had lost her reason for existing in life. Since she was a little girl she had devoted herself to the studies of the time to come, and it's natural that those who possess such foresight don't worry a great deal about the present. To us, confined to the four walls of the five senses, the present is everything; but how little might that be for a creature placed on the mountain top, able to see both the landscape of what has happened and that of what is to come!

Professor Benson's magic device had ceased to exist, and of it, as the dying man had said, there remained only the subsisting impressions in his daughter's memory. Miss Jane had, therefore,

refazer sua vida, adaptar-se à condição comum dos pobres seres humanos que só veem um palmo adiante do nariz.

— Está como eu, murmurei em solilóquio, passou também a pedestre...

Mas vi logo o falso da comparação. Eu podia, com o tempo, voltar à casta dos rodantes, adquirindo novo automóvel. Miss Jane nunca mais alcançaria a onividência...

O castelo ficava a três quilômetros de Friburgo, pela estrada onde se dera o meu desastre. Ao passar por ela reconheci o ponto e parei à borda do desbarrancado. Estavam ainda patentes os sinais do trambolhão.

— Estranhos caminhos da Interferência! exclamei. Para ver a maravilha das maravilhas e conhecer a mulher que me está iluminando a alma e talvez faça de mim um notável romancista, foi mister que eu passasse por este precipício aos trancos, e lá fosse parar semimorto ao fundo da barroca...

Logo adiante, dobrada uma curva da estrada, vi erguer-se o vulto misterioso do castelo, com suas torres em xadrez. Parei, tomado de viva emoção. Olhei para a singular fábrica e perdi-me em pensamentos de saudade e incerteza.

Entre aquelas paredes duas nobres criaturas humanas me haviam abrigado com extremos de carinho; trataram-me do corpo, salvaram-me a vida e, não satisfeitas ainda, revelaram-me o segredo irrevelado. No castelo conheci a mulher divina que jamais sairá do meu coração. Lá estive em minha casa, como no seio da minha verdadeira família...

to rebuild her life, to adapt to the common condition of the poor human beings who only see to the end of their own noses.

"She's like me," I murmured in soliloquy "she has also become a pedestrian..."

But I immediately saw the falseness of the comparison. In time I could go back to the caste of the wheelman, by acquiring a new automobile. Miss Jane would never again achieve omniscience...

The castle was three kilometers from Friburgo, by the road where my accident had taken place. Going down that road, I recognized the spot and stopped at the edge of the cliff. The signs of the tumble were still evident.

"The strange ways of the Interference!" I exclaimed. "In order for me to see the wonder of wonders and meet the woman who is enlightening my soul and perhaps making me a remarkable novelist, it was necessary that I went jolting over this precipice, and ended up half-dead at the bottom of the ravine..."

Shortly ahead, around a bend of the road, I saw the mysterious figure of the castle rising up, with its checkered towers. I stopped, overcome by intense emotion. I looked at the singular factory and lost myself in thoughts of longing and uncertainty.

Within those walls, two noble human creatures had sheltered me with extremes of affection; they treated my body, saved my life, and, still not satisfied, they revealed to me the unrevealed secret. In the castle I met the divine woman who will never leave my heart. There I was at home, as in the bosom of my true family...

Mas quão tudo mudara! Eu não podia mais continuar naquela situação de hóspede, depois de morto o hospedeiro. Tinha que afastar-me dali – afastar-me do lugar que era na verdade o meu verdadeiro lugar na terra...

O coração confrangeu-se-me dolorosamente e foi com o olhar sombrio e a cabeça baixa que transpus de novo os umbrais do castelo.

Chamei um criado. Por coincidência apareceu o surdo-mudo que me acompanhara na primeira saída pelos campos. Esqueci-me dessa circunstância e disse-lhe:

– Não será possível falar a miss Jane?

O criado também se esqueceu de que era surdo-mudo e tornou:

– Acho inconveniente. Miss Jane recolheu-se em tal estado de desespero que nenhum de nós se atreve a perturbá-la.

Vi que o homem tinha razão. Pedi-lhe papel e, ali mesmo no *hall*, tracei o seguinte bilhete:

"Ayrton despede-se de miss Jane. Volta ao seu fado anterior, cheio, pelo resto da vida, dos sentimentos de gratidão e enlevo que os donos deste castelo encantado lhe despertaram n'alma. Se acha miss Jane que o hóspede ocasional lhe merece alguma coisa, permita-lhe que a venha ver de vez em quando."

Entreguei-o ao criado e saí.

Estava outra vez na rua – e nunca avaliei tão bem a sensação do *decair*. Quando o anjo-mau se viu expulso do paraíso, a sua impressão deverá ter sido igual à minha...

But how everything had changed! I could no longer continue in that situation of a guest, after the host was dead. I had to get away from there – away from the place that was actually my true place on earth...

My heart was painfully crushed, and it was with a gloomy look in my eyes and a bowed head that I went through the castle threshold again.

I called for a servant. By coincidence the deaf-mute who accompanied me on my first outing through the fields appeared. I forgot about this circumstance and said to him:

"Isn't it possible to speak to Miss Jane?"

The servant also forgot that he was deaf-mute and replied:

"I find it inconvenient. Miss Jane has retired in such state of despair that none of us dare disturbing her."

I knew that the man was right. I asked him for a sheet of paper and, right there in the hall, I scribed the following note:

Ayrton bids Miss Jane farewell. He returns to his former fate, filled, for the rest of his life, with the feelings of gratitude and delight that the owners of this enchanted castle have awakened in his soul. If Miss Jane thinks that the occasional guest deserves anything from you, allow him to come and see you from time to time.

I handed it to the servant and left.

I was on the street again – and I had never grasped so well the feeling of *decline*. When the evil angel was expelled from paradise, his impression might have been the same as mine...

Na curva da estrada volvi um último olhar ao castelo. Lágrimas vieram-me aos olhos, e foi com a infinita tristeza de um corvo triste que alcancei a estação de Friburgo.

Ao apresentar-me no escritório da firma o assombro do senhor Sá foi enorme. Olhou-me com os olhos arregalados, como se visse aparecer um espetro; depois vincou a testa de todas as temíveis rugas com que tanto nos apavorava e disse:

— Muito bem, senhor Ayrton Lobo! Sempre contei com a sua presteza, quando o senhor me andava a pé. Agora, que se deu ao luxo de um automóvel, gasta-me vinte e tantos dias numa simples cobrança e aparece-me com essa cara de cachorrinho que me quebrou a panela!

Me, me, me, me... tudo para aquele homem se relacionava egoisticamente à sua eminentíssima pessoa...

Procurei acalmar-lhe a fúria, contando do desastre e da minha internação numa casa acolhedora. Mas o éter em vibração que era o senhor Sá fora evidentemente interferido por uma rabanada de saia das fúrias de Ésquilo. Em vez de aceitar a minha escusa, o homem redobrou de acusações.

— E por que me não preveniu? Um empregado decente, logo que se vê numa situação dessas, a primeira coisa que faz é avisar aos patrões. Pensa então o senhor que isto aqui é brincadeira? Não sabe que somos uma firma séria e temos o direito de ser bem servidos? Está despachado. Não nos servem empregados da sua ordem.

196

At the bend of the road, I took one last look at the castle. Tears came to my eyes, and it was with the infinite sadness of a sad raven that I reached Friburgo station.

When I turned up at the firm's office, Mr. Sá's astonishment was enormous. He looked at me goggle-eyed, as if he saw a ghost appearing; then he frowned with all the dreaded wrinkles with which he so terrified us, and said:

"Very well, Mr. Ayrton Lobo! I always counted on your promptness, when you were on foot. Now that you have given yourself the luxury of an automobile, you spend twenty-odd days on a simple collection, and show up with that sad puppy face!"

Me, me, me, me... everything for that man was egoistically related to his most eminent person...

I tried to calm his rage down, telling him about the accident and my admission to a welcoming home. But the vibrating ether that was Mr. Sá had evidently been interfered with by a slap of the toga of Aeschylus' Furies. Instead of accepting my excuse, the man redoubled his accusations.

"And why didn't you warn me? A decent employee, as soon as he finds himself in such a situation, the first thing he does is to warn his bosses. So, do you think this is a joke, sir? Don't you know we're a serious firm and that we have the right to be well served? You're fired. Employees of your order are of no service to us."

At that moment a noise very much known to me betrayed the presence of the other part of the firm. It was Mr. Pato coming in.

Nesse momento um rumor muito meu conhecido denunciou a presença da outra parte da firma. Era o senhor Pato que chegava. Ao vê-lo surgir à porta, dentro do seu formidável fraque de elasticotine de cem mil réis o metro e todo reluzente de pendurucalhos de ouro maciço, confesso que tremi. Olhou-me o homem d'alto a baixo, fulminantemente, e sem dizer palavra foi para um canto confabular com o sócio.

Não sei o que disseram. Só sei que ao cabo de dois minutos o senhor Sá voltou-se para mim e indagou:

— E o seu automóvel?

— Perdi-o... respondi com voz sumida.

Sá trocou com o sócio um olhar risonho e irônico; em seguida, divertido lá no íntimo por uma ideia, humanizou-se.

— Pode ficar na casa, senhor Ayrton, mas compreende o caro amigo que não nos é possível pagar a um moço que anda a pé o mesmo ordenado que pagávamos a um que tinha automóvel próprio...

Pronunciou um "próprio" de boca cheia, trocando com o Patão um novo olhar de malícia.

Resignei-me, já que precisava viver. E, murcho, de cabeça baixa, com o espírito a repousar na lembrança de miss Jane, reassumi na casa as minhas velhas funções.

A semana toda passei-a na rua, a trabalhar como um autômato. Meu pensamento fugia para longe do que eu executava. Impossível fixá-lo nas reles coisas que me mandavam fazer, quando havia um ponto luminoso a atraí-lo como ímã. Impossível

198

When I saw him at the door, inside his formidable hundred thousand-réis a meter elasticotin[18] tailcoat, gleaming with trinkets of solid gold, I confess that I trembled. The man looked at me from top to bottom, witheringly, and without saying a word went to a corner to confabulate with his partner.

I don't know what they said. All I know is that after two minutes Mr. Sá turned to me and asked:

"And what about your automobile?"

"I lost it," I answered with a faint voice.

Sá exchanged a smiling and ironic look with his partner; then, intimately entertained at an idea, he humanized himself.

"You can stay in the firm, Mr. Ayrton, but the dear friend might understand that we cannot pay a young man on foot the same salary that we used to pay one who had his own automobile..."

He pronounced 'own' with his mouth full, exchanging a new look of malice with the big Pato.

I resigned myself, since I had to make a living. And, withered, head down, with the spirit clinging to the memory of Miss Jane, I resumed my old duties in the firm.

I spent the whole week on the street, working like an automaton. My thoughts ran far away from what I was doing. It was impossible to fix my mind on the worthless things I was told to do, when there was a bright spot attracting it like a magnet. Impossible to take the business of Sá, Pato & Cia seriously after

tomar a sério os negócios de Sá, Pato & Cia depois do deslumbramento daquelas semanas no castelo. Eu não era mais o mesmo. Era um ser que se dilatara imensamente e que esperava...

Executei mal as minhas comissões e sofri do senhor Sá várias reprimendas. Ouvia-as, porém, tão absorto nos meus pensamentos que não poderei reproduzir nada do que ele me disse.

Aguardava ansioso a chegada do próximo domingo. Iria novamente rever o castelo e extasiar-me ainda uma vez diante da imagem querida.

Fui. Recebeu-me miss Jane no gabinete e fez-me sentar na poltrona onde me achava no momento em que o criado a chamou. Encontrei-a serena e resignada, embora com todos os estigmas da sua grande dor impressos na fisionomia. Seus olhos denunciavam o cansaço das lágrimas.

Permaneci calado por uns instantes, sem ter o que dizer. Quem rompeu o silêncio foi ela.

— Obrigada, senhor Ayrton. A sua visita me fará bem, me acalmará os nervos, coisa que nunca supus que tivesse... A minha solidão é hoje extrema. Como castigo de ter tido às mãos o *tudo*, vejo-me agora sem nada. Este casarão vazio... os laboratórios já sem função... o porviroscópio, onde passei anos a me deslumbrar com visões inéditas, morto, reduzido a simples matéria inerte, sem alma... A alma de tudo era meu pai...

Alcancei a situação da querida criatura, e foi com a alma à boca que lhe disse:

the dazzle of those weeks in the castle. I was no longer the same. I was a being who had dilated immensely, and who hoped...

I performed my commissions badly, and suffered several reprimands from Mr. Sá. But I heard them so absorbed in my thoughts that I won't be able to reproduce anything he said to me.

I anxiously awaited the arrival of the coming Sunday. I would see the castle again and be enraptured before that beloved image once again.

I went. Miss Jane received me in the study and made me sit in the armchair where I was at the moment the servant called her. I found her serene and resigned, although with all the stigmata of her great pain imprinted on her physiognomy. Her eyes betrayed the weariness of the tears.

I remained silent for a few moments, without having anything to say. She was the one who broke the silence.

"Thank you, Mr. Ayrton. Your visit will do me good, it will calm my nerves, which I never supposed I had... My loneliness is extreme today. As a punishment for having had *everything* in my hands, I now find myself with nothing. This big house empty... the laboratories no longer in use... the porviroscope, where I spent years amazing myself with unprecedented visions, dead, reduced to mere inert matter, soulless... The soul of everything was my father..."

I grasped the situation of the dear creature, and it was with my soul in my lips that I told her:

— Compreendo como ninguém o seu caso, miss Jane, e sei que até hoje no mundo alguma pessoa num só dia perdeu tanto. Horas apenas convivi com o professor Benson e apesar disso a sua lembrança viverá em mim como não vive a de meu pai. Imagino, pois, a falta que faz ele à sua filha, à sua meiga companheira de estudos e visões...

Miss Jane sacudiu a cabeça como a espantar ideias importunas. Depois esboçou o sorriso mais triste que inda vi. E com um suspiro murmurou:

— Paciência. Ensinou-me meu pai o estoicismo, mas é bem difícil o estoicismo nos grandes momentos de dor. O estoicismo é uma atitude...

Três horas passei em companhia da desolada jovem, e consegui afinal distrair o seu espírito, contando-lhe o meu reaparecimento no escritório. Chegou a sorrir quando lhe desenhei a imagem hipopotâmica do senhor Pato, todo a reluzir berloques de ouro maciço.

— Que felicidade ser como esse homem, agir como ele, formar de si próprio a ideia que ele forma! comentou miss Jane. Ignora tudo mas não tem a sensação disso. Meu pai era o contrário. Levava ao extremo oposto o conceito da sua própria pequenez – e o senhor Ayrton sabe que se houve criatura *mais* que todas as outras, foi meu pai... Imagine se tomba nas mãos desse senhor Pato a máquina de sondar o futuro!

— Aplicá-la-ia em enriquecer-se como dez Cresos, pendurando no corpo tanta quinquilharia de ouro que, quando

"I understand your case like no one else, Miss Jane, and I know that to this day in the world, no one has lost so much in a single day. I have only lived with Professor Benson for a few hours, and yet his memory will live on in me as my father's doesn't. I can imagine, then, how missed he is by his daughter, his companion of studies and visions..."

Miss Jane shook her head as if to scare away importunate ideas. Then she gave the saddest hint of a smile I've ever seen. And with a sigh she murmured:

"Never mind. My father taught me stoicism, but stoicism is very difficult in the great moments of pain. Stoicism is an attitude..."

I spent three hours in the company of the desolated young lady and finally managed to distract her mind by telling her about my reappearance at the office. She even smiled when I drew the hippopotamic image of Mr. Pato, gleaming with gewgaws of solid gold.

"How fortunate to be like that man, to act like him, to form of oneself the idea that he forms of himself!" commented Miss Jane. "He is ignorant of everything, but he doesn't know it. My father was the opposite. He took the concept of his own smallness to the opposite extreme – and Mr. Ayrton knows that if ever there was a creature in the world who was *more* than all the others, it was my father... Imagine if the machine that probes the future fell into the hands of that Mr. Pato!"

andasse na rua, havia de tilintar. E a pobre humanidade, assombrada, era bem capaz de meter-se de joelhos à sua passagem, certa de que ressurgira no mundo o Bezerro disfarçado em homem, conclui eu.

— Bem razão tinha meu pai em não tornar pública a sua descoberta. Só mesmo um espírito de eleição como o dele poderia resistir às tentações resultantes...

Soube nesse domingo muitos detalhes curiosos da vida do professor Benson, e de como chegara à descoberta da onda Z, ponto de partida para o mais.

— Foi o psiquismo que lhe revelou essa onda que resume e reflete a vida universal do momento. O fato de certos indivíduos agirem como polarizadores de uma força ignorada impressionara de modo profundo a sua agudíssima inteligência. Meteu-se a estudar o fenômeno sob uma luz nova e chegou a apreendê-lo de modo integral. Pobre pai!

Falamos depois do nosso romance sobre o choque das raças na América.

— Sim, disse miss Jane, animando-se. Continuo a pensar que o senhor Ayrton não deve perder a oportunidade. Ouvirá de mim tudo o que sei a respeito e escreverá um livro deveras interessante. Não lhe prometo já, já, fazer essas revelações. Neste meu estado compreende que me seria penoso. Mas o tempo cicatriza, eu sei! as mais terríveis feridas – e lá chegaremos. Para mim será até um derivativo à dor da saudade. Dizem que recordar é reviver e eu pressinto que minha vida vai resumir-se nisso: recordar, reviver o

"He would use it to enrich himself like ten Croesus, hanging on his body so many gold knickknacks that when he walked down the street he would tinkle. And poor, terrified humanity would possibly kneel down as he passed by, certain that the Calf had reappeared in the world disguised as a man," I concluded.

"My father was right not to make his discovery public. Only an excellent spirit like his could resist the resulting temptations..."

That Sunday I learned many curious details of Professor Benson's life, and how he got to the discovery of the Z-wave, the starting point for all the rest.

"It was psychism that revealed to him this wave that summarizes and reflects the universal life of the moment. The fact that certain individuals acted as polarizers of an unknown force had profoundly impressed his keen intelligence. He began to study the phenomenon in a new light and came to comprehend it in its entirety. Poor father!"

Then we talked of our novel about the clash of the races in America.

"Yes," said Miss Jane, cheering up. "I still think that Mr. Ayrton shouldn't miss the opportunity. You will hear from me all I know about it and you will write a very interesting book. I don't promise you to make these revelations right away. In my present state you understand that it would be painful for me. But time heals the most terrible wounds, I know! And we'll get there. For me it will even be a derivative to the pain of longing. They say that to remember is to relive, and I have a feeling that my life will come

que tenho acumulado na memória. Venha todos os domingos e creia que sua presença me será sempre agradável – além de que estamos ligados pelo grande segredo...

down to this: remembering, reliving what I have accumulated in my memory. Come over every Sunday and believe that your presence will always be pleasant to me – besides, we're connected by the great secret…"

Capítulo X

Céu e Purgatório

Regressei à cidade, alegre como um pardal em manhã de sol. As últimas palavras de miss Jane valeram-me pela abertura do céu. Com que prazer não trabalharia a semana toda, estimulado pela perspectiva de vê-la cada domingo! A firma chegou a notar o meu assanhamento. Olhou-me o senhor Sá de soslaio e murmurou para o sócio de fraque:

— Parece que o seresma viu passarinho verde...

Custou a passar o tempo, tanto a minha impaciência alongava as horas. Mas passou e, no domingo, depois de apurar-me na toalete como nunca e laçar ao pescoço uma gravata nova, verde-oliva com pintas de tom mais sombrio, voei, positivamente voei ao castelo dos meus sonhos.

Já mais senhora de si, nesse dia não falou miss Jane tão exclusivamente de seu pai. Muito falou dele ainda, mas também

CHAPTER X

HEAVEN AND PURGATORY

I returned to the city as happy as a sparrow on a sunny morning. Miss Jane's last words were like the opening of heaven to me. With what pleasure wouldn't I work all week stimulated by the prospect of seeing her every Sunday! The firm even noticed my excitement. Mr. Sá gave me a sidelong glance and murmured to his partner in tails:

"It looks like the dumbhead saw the little blue bird of happiness..."

Time dragged, because my impatience lengthened the hours so much. But it went on, and on Sunday, after I perfected my attire like never before, and tied on my neck a new olive-green tie with more somber spots, I ran, definitely ran, to the castle of my dreams.

Now more in control of herself, Miss Jane didn't talk so exclusively about her father that day. She still talked a great deal

discorreu de outros assuntos, dando início, afinal, às revelaçõe que me serviram de base à novela.

Antes de mais nada externou-se quanto à situação presente do povo americano – e com palavras que me derrancaram as ideias assentes. Sim, porque eu tinha a ingenuidade de possuir ideias assentes sobre o povo americano, apesar da mais absoluta ignorância da psíquica e rumos que levava esse povo. Ideias pegadas no ar do escritório, nas palestras dos cafés, na leitura de jornais redigidos por criaturas tão ignaras como eu, ideias que se nos grudam ao cérebro, como o pó do asfalto nos adere ao rosto nos dias encalmados. Do senhor Sá, por exemplo, ouvi dizer do americano (não a mim, está claro, que me não daria esta honra, mas ao senhor Pato): "Povo sem ideais, o mais materialão da terra. A gente do *the biggest...*"

Era Sá quem o dizia e pois a afirmação me penetrou nos miolos como a própria Certeza. Nesse mesmo dia, num café, como na roda em que me achava se falasse da América, repeti a esmo, entre duas baforadas de um cigarro ordinaríssimo:

– Povo sem ideais, o mais materialão da terra. A gente do *the biggest...*

Causou sensação, e é provável que algum dos presentes fosse repetir além, a bela síntese dos meus patrões – e por aqui se vê como certas ideias circulam à maneira de moeda e vão enriquecer o patrimônio ideológico de um povo...

about him, but she also talked at length about other subjects, finally beginning the revelations which served as the basis to my novella.

First of all she spoke about the present situation of the American people – and with words that sent my fixed ideas off the rails. Yes, because I was naïve enough to have fixed ideas about the American people, in spite of the most absolute ignorance of the psyche and direction in which they were going. Ideas caught in the air of the office, in talks in the cafes, in readings of newspapers written by creatures as ignorant as I, ideas that stick to our brains like the dust of asphalt sticks to our face in days stifled with heat. From Mr. Sá, for example, I heard of the American (not said to me, of course, he wouldn't give this honor, but to Mr. Pato): "People without ideals, the most materialist people on earth. People of 'the biggest'..."

It was Sá who said it, and the statement penetrated my brain like Certainty itself. That same day, in a café, as they were talking about America in that circle I found myself in, I repeated at random, between two puffs of an ordinary cigarette:

"People without ideals, the most materialist people on earth. People of 'the biggest'..."

The beautiful synthesis of my bosses caused a sensation, and it's probable that one of those present was going to repeat it further – and here one sees how certain ideas circulate in the manner of money and enrich the ideological heritage of a people...

Quando miss Jane abordou o assunto e de chofre perguntou-me que ideia formava eu do americano, imediatamente a bela síntese sapatesca me veio aos lábios:

— Povo sem ideais, o mais materialão da terra, a gente do *the biggest*... murmurei com ênfase.

O efeito, porém, falhou. Pela primeira vez não vi na cara de um interlocutor a expressão aprovativa a que eu já me afizera. Miss Jane, ao contrário, sorriu com o inesquecível sorriso do professor Benson e disse:

— Essa ideia não pode ser sua, senhor Ayrton. Soa-me a frase feita, das que se recebem no ar sem exame. A um povo que rompe com o álcool acha sem ideias? Poderá haver maior idealismo que o sacrifício de formidáveis interesses materiais do presente em vista de benefícios que só as gerações futuras poderão recolher? Se o senhor Ayrton observar um pouco a psique americana verá, ao contrário, que é o único povo idealista que floresce hoje no mundo. Único, vê? Apenas se dá o seguinte: o idealismo dos americanos não é o latino que recebemos com o sangue. Possuem-no de forma específica, próprio e de implantação impossível em povos não dotados do mesmo caráter racial. Possuem o idealismo orgânico. Nós temos o utópico. Veja a França. Estude a Convenção Francesa. Sessão permanente de utopismo furioso – e a resultar em que calamidades! Por quê? Porque irrealizável, contrário à natureza humana. Veja agora a América. Em todos os grandes momentos da sua história, sempre vencedor o idealismo orgânico, o idealismo pragmático, a programação das

When Miss Jane brought up the subject and suddenly asked me what I thought of the American, the beautiful Sapatesque[19] synthesis immediately came to my lips:

"People without ideals, the most materialistic people on earth, people of 'the biggest'…" I murmured with emphasis.

The effect, however, failed. For the first time I didn't see in the face of an interlocutor the approving expression to which I had already got used to. Miss Jane, on the contrary, smiled with Professor Benson's unforgettable smile and said:

"That idea cannot be yours, Mr. Ayrton. It sounds to me like a set phrase, the kind one gets in the air without an examination. You find without ideas a people who try to break with alcohol? Can there be greater idealism than sacrificing the formidable material interests of the present for the sake of benefits which only future generations can reap? If you observe the American psyche a little, you will see, on the contrary, that they're the only idealistic people flourishing in the world today, Mr. Ayrton. The only one, you see? This is all there is: the idealism of the Americans is not the Latino idealism we receive with our blood. They possess it in a specific way, their own and impossible to implant in peoples not endowed with the same racial character. They have the organic idealism. We have the utopian idealism. Look at France. Study the French Convention. A permanent session of furious utopianism – and resulting in such calamities! Why? Because it's unfeasible, contrary to human nature. Now look at America. In all the great moments of its history, the organic idealism, the pragmatic

possibilidades que se ajeitam dentro da natureza humana. Leia Emerson e leia Rousseau. Terá os expoentes de duas mentalidades polares. Não acha o senhor Ayrton que é assim?

Apressei-me em achar, se não de todo convencido, ao menos vencido por tão ardorosos argumentos. Espantavam-me a fluidez, a clareza, o ímpeto com que miss Jane discorria. Vi bem clara a diferença que existe entre ter ideias próprias, frutos fáceis e lógicos de uma árvore nascida de boa semente e desenvolvida sem peias ou imposições externas – e ser árvore de natal, museu de ideias alheias, pegadas daqui e dali, sem ligação orgânica com os galhos, donde não pendem de pedúnculos naturais e sim de ganchinhos de arame. E aprendi a ser também árvore como as que crescem no campo, e a deixar-me engalhar, enfolhar e frutificar livremente por mim próprio. Sinto hoje que a minha árvore mental cresce desafogada no sítio tanto tempo ocupado por uma árvore-cabide, onde Sás, Patos *et caterva* penduravam papel-ideias, coisa pior que o papel-moeda. Foi com miss Jane que aprendi a pensar.

– Idealista como nenhum outro, prosseguiu ela, e do único idealismo verdadeiramente construtor da atualidade. Acompanhe a vida de Henry Ford, por exemplo, estude-lhe as ideias. Verá que nelas estão todas as soluções que no seu desvario de doida a Europa procura nas formas asiáticas do comunismo e do despotismo. Por mais audacioso que nos pareça o pensamento de Henry Ford, que é ele senão o reflexo do mais elementar bom senso? Todos nós, creia, senhor Ayrton, temos conosco essas ideias, à primeira vista tão novas. No entanto, tamanha é a crosta

idealism, the programming of possibilities that fit within human nature has always won. Read Emerson and read Rousseau. You will have the exponents of two polar mentalities. Don't you think so, Mr. Ayrton?"

I hastened to think so, if not entirely convinced, at least overcome by such ardent arguments. I was amazed at the fluidity, the clarity, the impetus with which Miss Jane reasoned. I saw very clear the difference that exists between having your own ideas, the easy and logical fruits of a tree born from a good seed and developed without external hindrances or impositions – and being a Christmas tree, a museum of other people's ideas, gathered here and there, with no organic connection with the branches, not hanging on natural trunks but from wire hooks. And I have also learned to be a tree like those that grow in the fields, and to let myself freely grow branches, sprout leaves and fructify. Today I feel that my mental tree grows unencumbered in the place occupied for so long by a tree of coat hangers, where Sás, Patos *et* caterva[20] hung paper ideas, something worse than paper money. It was with Miss Jane that I learned how to think.

"Idealist like no other," she went on, "and of the only truly constructive idealism today. Follow the life of Henry Ford, for example, study his ideas. You will see that in them are all the solutions that Europe in their mad revelry looks for in the Asiatic forms of communism and despotism. However audacious Henry Ford's thinking may seem to us, what is he but the reflection of the most elementary common sense? All of us, believe it, Mr. Ayrton,

que nos recobre o bom senso natural que Ford nos parece um messias da Ideia Nova. Há um aparelho de limpar os tubos das caldeiras por onde passa a chama vinda da fornalha. Esses tubos, com o tempo, vão-se encrostando de resíduos carbônicos e acabam por se obstruírem. É necessário a espaços proceder-se a uma limpeza. Embora o uso das máquinas de vapor já seja bem velho, só recentemente se inventou o meio prático de desencrostá-las: o martelo trepidante. Ford me dá a sensação desse instrumento. É o martelo trepidante que nos desencrosta os tubos do cérebro, obstruídos pela fuligem das ideias falsas. Ninguém melhor do que eu poderá dizer isto de Henry Ford, porquanto devassei o futuro e por toda a parte vi reflexos do seu pensamento. É pois o melhor tipo atual do idealista orgânico. Sonha, mas sonha a realidade de amanhã. A desaglomeração da indústria urbana, por exemplo, a estandardização de todos os produtos, a indústria posta na base de uma associação de três sócios – trempe que abrange todas as classes sociais, a simplificação da vida pela eliminação das milhares de coisas inúteis que hoje consomem tanto material e energia, tudo isso vi realizado no futuro e, no meu entender, com ponto de partida no idealismo pragmático de Henry Ford.

— Realmente!... exclamei. Agora vejo que fazemos cá uma ideia falsa desse povo.

Eu me sentia cada vez mais desencrostado das minhas ideias falsas ante a vibração do gentil martelinho trepidante que era miss Jane...

have these ideas within, even if so new at first sight. However, such is the crust that covers our natural common sense that Ford seems to us like a messiah of the New Idea. There is a device for cleaning the boiler pipes that the flame of the furnace passes through. Over time, these pipes are encrusted with carbonic residues and eventually become clogged. It is necessary to clean them from time to time. Although the use of steam engines is already very old, only recently has a practical way of unclogging them been invented: the vibrating hammer. Ford gives me the impression of this instrument. He is the vibrating hammer who unclogs the pipes of our brains, clogged by the soot of false ideas. No one can say this about Henry Ford better than I, for I've looked into the future, and everywhere I saw reflections of his thinking. He is therefore the best current type of organic idealist. He dreams, but he dreams the reality of tomorrow. The de-agglomeration of the urban industry, for example, the standardization of all products, industry as the basis of an association of three partners – a trivet which covers all social classes, the simplification of life by the elimination of the thousands of useless things that now consume so much material and energy, all this I saw accomplished in the future and, in my view, with its starting point in Henry Ford's pragmatic idealism."

"Indeed!" I exclaimed. "Now I see that here we have a false idea of this people."

— E o mundo americano não podia deixar de ser assim, senhor Ayrton, continuou ela. Note apenas: que é a América, senão a feliz zona que desde o início atraiu os elementos mais eugênicos das melhores raças europeias? Onde há força vital da raça branca, senão lá? Já a origem do americano entusiasma. Os primeiros colonos, quais foram eles? A gente do Mayflower, quem era ela? Homens de tal têmpera, caracteres tão shakespearianos, que entre abjurar das convicções e emigrar para o deserto, para a terra vazia e selvagem onde tudo era inospitalidade e dureza, não vacilaram um segundo. Emigrar ainda hoje vale por alto expoente de audácia, de elevação do *tônus* vital. Deixar sua terra, seu lar, seus amigos, sua língua, cortar as raízes todas que desde a infância nos prendem ao solo pátrio, haverá maior heroísmo? Quem o faz é um forte, e só com esse fato já revela um belo índice de energia. Mas emigrar para o deserto, deixar a pátria fagueira pelo desconhecido, isto é formidável!

— Realmente, realmente...

— Pois bem, continuou miss Jane, o processo inicial da América tornou-se o processo normal do seu acrescentamento no decorrer da história. Ondas sucessivas dos melhores elementos europeus para lá se transportaram. Depois vieram as leis restritivas, e as massas que a procuravam, já de si boas, viram-se peneiradas ao chegar. Ficava a flor. O restolho voltava... Note o enriquecimento de valores humanos que isso representou.

Miss Jane falava com tanta alma e havia em suas palavras tal força persuasiva que senti um ímpeto de revolta contra o senhor

I felt more and more unclogged from my false ideas by the vibration of the gentle small vibrating hammer that was Miss Jane... The American's origin, on the other hand, excites.

"And the American world couldn't be otherwise, Mr. Ayrton," she continued. "Just note: what is America if not the happy zone which from the beginning attracted the most eugenic elements of the best European races? Where is the vital force of the white race, if not there? The origin of the American people on the other hand, is exciting. The first settlers, who were they? The people of the Mayflower, who were they? Men of such temperament, such Shakespearean characters, that between abjuring their convictions and emigrating to the desert, to the empty and savage land where everything was inhospitable and harsh, they didn't waver for a second. Even today, emigrating still stands for a high exponent of audacity, of elevation of the vital *tonus*. To leave your land, your home, your friends, your language, to cut off all the roots that since childhood have bound us to our native soil, will there be greater heroism? Whoever does this is strong, and this fact alone already reveals a great index of energy. But to emigrate to the desert, to leave one's loving homeland for the unknown, this is formidable!"

"Indeed, indeed..."

"Well," continued Miss Jane, "the initial process of America became the normal process of its addition in the course of history. Successive waves of the best European elements were transported there. Then came the restrictive laws, and the already good masses

Sá. Se esse homem me aparece naquele momento, eu era capaz de erguer contra ele a minha outrora tão humilde mão!

— E hoje, prosseguiu miss Jane, hoje que se deslocou para lá o centro econômico do mundo? Reflita um bocado na significação, não digo do povo americano, mas do fenômeno americano – o fenômeno eugênico americano. Estados Unidos querem hoje dizer um imenso foco luminoso num mundo de candeeiros de azeite e velas de sebo. Todas as mariposas da terra têm os olhos fixos no deslumbrante foco – todos os artistas, todos os sábios, todos os espíritos animados da centelha criadora, que na sua pátria não encontram condições propícias de desenvolvimento. Lá, a manhã radiosa de sol. No resto do mundo, várias espécies de crepúsculos... As sombras da Ásia invadem a Europa, drenada cada vez mais dos seus melhores elementos – as suas mariposas, e acabarão por amarelá-la com a pigmentação mongólica, como o outono amarela as folhas. Isso vi eu com meus olhos já bem denunciado nos cortes feitos no século 25.

— Mas, miss Jane, atrevi-me a dizer, não é lógico que também invada a América esse asiatismo, que para a senhora é comunismo e despotismo? Não conduzirá fatalmente, pelo menos ao primeiro, o formidável industrialismo americano?

— Lógico, por quê? O lógico é que da semente da couve nasça o pé de couve e da do jequitibá nasça o jequitibá. A semente americana lançada em Plymouth era sã e era de jequitibá. O espírito de casta matou a Ásia – e do espírito de classe morrerá a

who sought it, found themselves sifted out upon arrival. The finest remained. The stubble was sent back... Note the enrichment of human values that this represented."

Miss Jane spoke with such soul, and there was such persuasive force in her words that I felt an urge to rebel against Mr. Sá. If that man appeared to me at that moment, I would raise my once-humble hand against him!

"And what about today," continued Miss Jane, "today that the economic center of the world has moved there? Think for a moment about the significance, I don't say of the American people, but of the American phenomenon – the American eugenics phenomenon. United States today means a huge bright spot in a world of oil lamps and tallow candles. All the moths of the earth have their eyes fixed on the dazzling spotlight – all the artists, all the sage men, all the spirits animated by the creative spark, who in their homeland don't find favorable conditions to development. There, the sunny morning. In the rest of the world, various kinds of twilight... The shadows of Asia invade Europe, drained more and more of its best elements – its moths, and they will eventually turn it yellow with the Mongolian pigmentation, as autumn turns the leaves yellow. This I saw with my own eyes already well revealed in the cuts made of the 25th century."

"But Miss Jane," I dared to say, "isn't it logical that this Asiatism, which for you is communism and despotism, should also invade America? Won't the formidable American industrialism lead inevitably at least to the first one?"

Europa. A semente de que nasceu a América não continha em seus cotilédones essas venenosas toxinas.

— Mas deu origem a classes, também...

— Deu origem a classes, é certo, e os interesses das classes se tornaram antagônicos. Mas o espírito de exame dos fatos – e outra coisa não quer dizer o idealismo orgânico – interveio a tempo e harmonizou tais interesses. Quando Ford provou que não há hostilidade entre o capital e o trabalho e sim mal-entendido – e o provou com o fato da sua formidável realização, todos os olhos se abriram, e a indústria, até ali Moloch devorador da classe que produz e da que consome em proveito da que detém os meios de produção, passou a ser a mais harmonizada das associações. Esse maravilhoso remédio criou a grande barreira contra o asiatismo invasor e ergueu a América do século 25 à posição de um mundo sadio e vivo dentro de um marasmo fatalista e abudistado.

— Está tudo muito bem, adverti, mas nos Estados Unidos não penetraram apenas os elementos espontâneos que miss Jane aponta. Entrou ainda, à força, arrancado d'a África, o negro.

— Lá ia chegar. Entrou o negro e foi esse o único erro inicial cometido naquela feliz composição.

— Erro impossível de ser corrigido, aventurei. Também aqui arrostamos com igual problema, mas a tempo acudimos com a solução prática – e por isso, miss Jane, penso que inda somos mais pragmáticos do que os americanos. A nossa solução foi admirável. Dentro de cem ou duzentos anos terá desaparecido por completo

"Logical, why? It's logical that from the seed of the cabbage sprouts a cabbage plant, and from the *jequitibá* sprouts the *jequitibá*. The American seed sown in Plymouth was healthy and *jequitibá*-like. The spirit of caste killed Asia – and from the spirit of class Europe will die. The seed from which America sprang didn't contain these poisonous toxins in its cotyledons."

"But it gave rise to classes, too..."

"It gave rise to classes, it's true, and the interests of the classes became antagonistic. But the spirit of fact-checking – and organic idealism is no different – intervened in time and harmonized these interests. When Ford proved that there is no hostility between capital and labor but rather misunderstanding – and proved it by the fact of his formidable accomplishment, all eyes were opened, and industry, until then the devouring Moloch of the class that produces and that class that consumes for the benefit of that which holds the means of production, became the most harmonized of associations. This wonderful remedy created the great barrier against the invading Asiatism and raised 25th century America to the position of a healthy and lively world within a fatalistic and Buddhistic doldrums."

"This is all very well," I observed, "but not only the spontaneous elements that Miss Jane points out entered the United States. The Black people also entered, by force, uprooted from Africa."

"I was getting there. The Black people entered, and that was the only initial mistake made in that happy composition."

o nosso negro em virtude de cruzamentos sucessivos com o branco. Não acha que fomos felicíssimos na nossa solução?

Miss Jane sorriu de novo com o meigo e enigmático sorriso do professor Benson.

— Não acho, disse ela. A nossa solução foi medíocre. Estragou as duas raças, fundindo-as. O negro perdeu as suas admiráveis qualidades físicas de selvagem e o branco sofreu a inevitável piora de caráter, consequente a todos os cruzamentos entre raças díspares. Caráter racial é uma cristalização que às lentas se vai operando através dos séculos. O cruzamento perturba essa cristalização, liquefá-la, torna-a instável. A nossa solução deu resultado nem lá nem cá...

— Mas então prefere miss Jane a solução americana, que não foi solução de coisa nenhuma já que deixou as duas raças a se desenvolverem paralelas dentro do mesmo território, separadas por uma barreira de ódio? Aprova, então, o horror desse ódio e todas as suas trágicas consequências?

— Esse ódio, ou melhor, esse orgulho, respondeu miss Jane, serena como se a própria Minerva falasse pela sua boca, foi a mais fecunda das profilaxias. Impediu que uma raça desnaturasse, descristalizasse a outra, e conservou a ambas em absoluto estado de pureza. Esse orgulho foi o criador do mais belo fenômeno da eclosão étnica que vi em meus cortes do futuro.

— Mas é horrível isso! exclamei revoltado. Miss Jane, um anjo de bondade, defende o mal...

"A mistake impossible to be corrected," I ventured. "Here we also faced the same problem, but in time we came up with a practical solution – and that's why, Miss Jane, I think we are even more pragmatic than the Americans. Our solution was admirable. In a hundred or two hundred years our Black people will have disappeared completely by virtue of successive crossbreeding with the white man. Don't you think we were very fortunate in our solution?"

Miss Jane smiled again with Professor Benson's gentle and enigmatic smile.

"I don't think so," she said. "Our solution was mediocre. It spoiled the two races by fusing them. The Black people lost their admirable physical qualities as a savage, and the white man suffered the inevitable worsening of character, consequential of all crossbreeding between disparate races. Racial character is a crystallization that slowly takes place over the centuries. Crossbreeding disturbs this crystallization, liquefies it, makes it unstable. Our solution worked neither here nor there."

"But then, do you prefer the American solution, which was no solution at all, since it left the two races to develop parallel within the same territory, separated by a barrier of hatred, Miss Jane? Do you then approve of the horror of this hatred and all its tragic consequences?"

"This hatred, or rather this pride," replied Miss Jane, serene as if Minerva herself spoke through her mouth, "was the most fecund of prophylactics. It prevented one race from denaturing,

Pela terceira vez a moça sorriu com o sorriso do professor Benson.

— Não há mal nem bem no jogo das forças cósmicas. O ódio cria tantas maravilhas, como o amor. O amor matou no Brasil a possibilidade de uma suprema expressão biológica. O ódio criou na América a glória do eugenismo humano...

Como era forte o pensamento de miss Jane! Dava-me a sensação dos fenômenos naturais, ora da brisa que passa e treme a folha das árvores, ora do jorro de sol que tudo ilumina. Seus olhos fulguravam e por vezes eu sentia neles o ímpeto sereno que os poetas gregos atribuíam a Atena. Meu sentimentalismo sofria com isso. "Poderia vir a amar-me uma criatura assim, tão alta de cérebro?" Tudo me levava a crer que não, e eu, entretanto, esperava...

— Entre dar uma solução inepta e não dar solução nenhuma, o americano optou pela última alternativa, continuou miss Jane.

— Quer dizer que eternizou o problema, conclui vitorioso.

— A sua eternidade, senhor Ayrton, é bem precária. Durará apenas mais 302 anos...

— Como?

— O inevitável choque das duas raças dar-se-á em 2228, e a solução...

— Já sei qual será! exclamei muito lampeiro. Um massacre em massa, uma chacina horrorosa!...

— Nada disso.

de-crystallizing the other, and preserved them both in an absolute state of purity. This pride was the creator of the most beautiful phenomenon of ethnic hatching that I've seen in my cuts of the future."

"But that's horrible!" I exclaimed in disgust. "Miss Jane, an angel of kindness, defends evil..."

For the third time the young lady smiled with Professor Benson's smile.

"There is neither evil nor good in the play of the cosmic forces. Hate creates as many wonders as love. In Brazil, love killed the possibility of a supreme biological expression. In America, hate created the glory of human eugenics..."

How strong was Miss Jane's mind! It gave me the sense of natural phenomena, sometimes of the breeze that blows and shakes the leaves of the trees, sometimes of the sun gush that illuminates everything. Her eyes sparkled, and sometimes I felt in them the serene impetus that the Greek poets attributed to Athena. My sentimentality suffered from it. 'Could such a creature, with such superior brain, come to love me?' Everything led me to believe not, and yet I hoped...

"Between giving an inept solution and no solution at all, the American opted for the latter," continued Miss Jane.

"It means they've eternalized the problem," I concluded victoriously.

"Your eternity, Mr. Ayrton, is very precarious. It will only last another 302 years..."

— Expulsam os negros de lá, então! adverti apressadamente, na minha ânsia de adivinhar.

— Nada, nada disso.

Parei atrapalhado, mas num clarão apresentou-se me a terceira hipótese.

— Dividem o país em duas partes, a negra e a branca!

— Nada, ainda. Creio que por mais esforços que o senhor Ayrton faça não adivinhará.

Refleti alguns instantes a ver se me ocorria uma quarta hipótese. Não ocorreu coisa nenhuma e confessei-me vencido.

— Se a solução não vai ser alguma destas, quer isso dizer que o caso fica insolúvel, rematei.

— Ao contrário. Será solvido da maneira mais completa, sem sacrifício dos negros existentes e sem transigência dos brancos. O ódio é criador, senhor Ayrton e, além disso, extremamente engenhoso...

Era hora de retirar-me.

Beijei a mão de miss Jane e saí pela estrada afora a parafusar no tremendo quebra-cabeça. Depois volvi para ela os meus pensamentos e passei a semana inteira a recordar as suas palavras e gestos, num grande enlevo d'alma. O senhor Sá notou-o e disse ao sócio:

— Isto ou é amor ou espinhela caída.

Era amor. Em tudo eu via miss Jane. Nas moças que se cruzavam por mim nas ruas eu só via os traços que tinham de comum com miss Jane – esta a linha dos ombros, aquela o tom dos

228

"How?"

"The inevitable clash of the two races will take place in 2228, and the solution…"

"I already know what it will be!" I exclaimed very nimbly. "A mass massacre, a horrific slaughter!…"

"Nothing of the sort."

"They banished the black people from there, then!" I deduced hastily, in my eagerness to guess.

"No, nothing of the sort."

I stopped, confused, but in a flash the third hypothesis presented itself to me.

"They divide the country into two parts, the black and the white!"

"Still nothing. I think that no matter how hard you try, you'll never guess, Mr. Ayrton."

I reflected for a few moments to see if a fourth hypothesis occurred to me. Nothing came to mind, and I declared myself defeated.

"If the solution is not going to be any of these, that means that the case is insoluble," I concluded.

"On the contrary. It will be solved in the most complete way, without sacrifice of the existing black people and without compromise of the white people. Hatred is creative, Mr. Ayrton and, moreover, extremely ingenious…"

It was time for me to retire.

cabelos. Meus sonhos se complicavam estranhamente, mas neles Freud leria claro como numa cartilha infantil. O mundo futuro me surgia caótico, informe, com chins em Paris e homens sem pressa, a conversarem sentados no meio das ruas – e que ruas! Wall Street, Fifth Avenue... Depois surgia miss Jane como o Tudo e eu mergulhava em êxtase.

Amor! Amor!

I kissed Miss Jane's hand and went out to the road, pondering over the tremendous puzzle. Then I turned my thoughts back to her and spent the whole week remembering her words and gestures, in a great rapture of soul. Mr. Sá noticed it and said to his partner:

"This is either love, or lumbago."

It was love. I saw Miss Jane in everything. In the girls who crossed my path in the streets I only saw the features they had in common with Miss Jane – this one had her shoulders lines; that one had her hair color. My dreams were strangely complicated, but Freud would read them as clearly as in a children's primer. The future world seemed chaotic to me, shapeless, with Chinks in Paris and unhurried men, chatting sitting in the middle of the streets – and what streets! Wall Street, Fifth Avenue... Then Miss Jane would appear as the Everything and I'd plunge into ecstasy.

Love! Love!

Capítulo XI

No Ano 2228

Voltei ao castelo e minha amiga deu início enfim às suas revelações sobre o choque das raças.

— Decifrou o quebra-cabeças? perguntou-me logo que entrei.

— É dos indecifráveis, miss Jane, dos indecifráveis para quem não inventou nenhum porviroscópio. Um ponto, entretanto, me intriga. Acho que a população negra da América é muito pequena em relação à branca para que possa jamais constituir perigo.

— Seria assim, de fato, se com o crescer do país a proporção se conservasse sempre a mesma. Não foi isso, entretanto, o que se deu. Enquanto a corrente imigratória europeia trazia ondas e mais ondas de brancos a somarem-se aos já estabelecidos no país, nada alarmava, nem deixava vislumbrar um agravamento futuro da situação. Mas essas ondas foram diminuindo em virtude dos obstáculos opostos e, por fim cederam o lugar ao maquiavélico

Chapter XI

In the Year 2228

I returned to the castle and my friend finally began her revelations about the clash of races.

"Did you decipher the puzzle?" she asked me as soon as I entered.

"It's one of the indecipherable, Miss Jane, indecipherable for those who haven't invented a porviroscope. One point, however, intrigues me. I think that the black population of America is too small in relation to the white to ever be a danger."

"It would be so, indeed, if with the growth of the country, the proportion always remained the same. However, this wasn't the case. While the flow of European immigration brought waves and more waves of white people, adding to those already established in the country, nothing was alarming, nor did it allow the surmise of a future worsening of the situation. But these waves were diminishing by virtue of the opposing obstacles and finally gave

Drainage System. Em vez de entrada franca a quem quisesse vir localizar-se no país, organizou o governo americano em todas as nações do velho mundo um serviço de *importação de valores humanos*, consistente em atrair para lá a fina-flor eugênica das melhores raças europeias. Já aliviada do seu ouro em favor da América, viu-se a Europa também aliviada da sua elite.

— Desnataram a pobre Europa! Só lhe deixaram no velho mundo, o soro...

— Isso mesmo. Daí a qualificação de maquiavélico dada ao *Drainage System*. Os mais perfeitos tipos de beleza plástica, as mais fortes inteligências, os mais puros valores morais eram descobertos onde quer que florescessem e seduzidos de modo a, mais cedo ou mais tarde, se localizarem na Canaã americana. Por fim achou-se o país bastante povoado, e a mentalidade proibicionista, assustada com o espetro do superpovoamento, suplantou a imigracionista. Fecharam-se todas as portas ao fluxo europeu e a nação passou a crescer vegetativamente apenas. Data daí a inflação do pigmento.

Até essa época a população negra representava um sexto da população total do país. A predominância do branco era, pois, esmagadora e de molde a não arrastar o americano a ver no negro um perigo sério. Mas com o proibicionismo coincidiu o surto das ideias eugenísticas de Francis Galton. As elites pensantes convenceram-se de que a restrição da natalidade se impunha por mil e uma razões, resumíveis no velho truísmo da qualidade a primar sobre a quantidade. Deu-se, então, a ruptura da balança.

way to the Machiavellian Drainage System. Instead of free admittance to anyone who wished to come and settle in the country, the American government organized a service of *importation of human values* in all the nations of the old world, consisting of attracting the eugenic crème de la crème of the best European races. Already relieved of its gold in favor of America, Europe was also relieved of its elite."

"They skimmed poor Europe off! All they left in the old world was the whey…"

"That's right. Hence the qualification 'Machiavellian' given to the Drainage System. The most perfect types of plastic beauty, the strongest intelligences, the purest moral values, were discovered wherever they flourished and were seduced into settling in the American Canaan sooner or later. Eventually, the country became quite populated; and the prohibitionist mentality, frightened by the specter of overpopulation, supplanted the immigrationist. All doors were closed to the European influx, and the nation began to grow only vegetatively. Hence, the inflation of the pigment.

Until that time, the black population represented one-sixth of the country's total population. The predominance of the white race was therefore overwhelming, and such that Americans didn't see the black race as a serious danger. But prohibitionism coincided with the soaring of Francis Galton's eugenic ideas. The thinking elites became convinced that birthrate control was necessary for a thousand and one reasons; summarizable in the old

Os brancos entraram a primar em qualidade, enquanto os negros persistiam no avultar em quantidade. Foi a maré montante do pigmento. Mais tarde, quando a eugenia venceu em toda a linha e criou-se o Ministério da Seleção Artificial, o surto negro já era imenso.

— Ministério da Seleção Artificial?

— Sim. O grande Ministério, o verdadeiro fator da espantosa transformação sofrida pelo povo americano. O seu espírito criador, a coragem de enveredar por sendas novas, sem esperar que outros o fizessem primeiro, deu àquele povo um enorme avanço sobre os demais.

Essas restrições melhoraram de maneira impressionante a qualidade do homem. O número dos malformados no físico desceu a proporções mínimas – sobretudo depois do ressurgimento da sábia lei espartana.

— A que matava no nascedouro as crianças defeituosas? exclamei arrepiado. Tiveram eles a coragem de fazer isso?

— Se o senhor Ayrton visse, como eu vi, o resultado dessa e de outras leis semelhantes, só se admiraria da estupidez do homem em retardar por tanto tempo a adoção de normas tão fecundas. Entre cortar no início o fio da vida a uma posta de carne sem sombra de consciência e deixar que dela saia o ser consciente que vai vegetar anos e anos na horrível categoria dos "desgraçados", a crueldade está no segundo processo. A lei espartana reduziu praticamente a zero o número dos desgraçados por defeito físico. Restavam os desgraçados por defeito mental.

truism that quality should prevail over quantity. The balance was then tipped. The whites began to excel in quality, while the blacks persisted in increase in quantity. It was the rising tide of the pigment. Later, when eugenics was victorious across the board, and the Ministry of Artificial Selection was created, the black surge was already immense."

"Ministry of Artificial Selection?"

"Yes. The great Ministry, the real factor of the astonishing transformation undergone by the American people. Their creative spirit, their courage to go down new paths, without waiting for others to do it first, gave them a huge head start over the rest.

These restrictions impressively improved the quality of mankind. The number of the physically malformed plummeted to the minimal proportions – especially since the resurgence of the wise Spartan law."

"The one that killed defective children at birth?" I exclaimed with a shudder. "Did they have the courage to do that?"

"If you saw, Mr. Ayrton, as I did, the result of this, and similar laws, you would only wonder at mankind's stupidity in delaying for so long the adoption of such fruitful norms. Between cutting short the thread of life of a slab of meat with no shadow of conscience, or allowing that out of it comes the conscious being who will vegetate for years and years in the horrible category of 'wretches,' cruelty is in the second process. The Spartan law reduced to practically zero the number of those wretched by

— De número infinito...

— Esses foram impedidos de se reproduzirem pela lei Owen, fruto das grandes ideias pregadas por Walter Owen. Walter Owen foi o verdadeiro remodelador da raça branca na América. Apareceu cento e poucos anos antes do choque das raças com o seu famoso livro – *O direito de procriar,* onde lançava os fundamentos do Código da Raça, conjunto de leis tão sábias e fecundas em resultados que, podemos dizer, a era nova da raça humana datou da sua promulgação. A lei Owen, como era chamado esse Código da Raça, promoveu a esterilização dos tarados, dos malformados mentais, de todos os indivíduos, em suma, capazes de prejudicar com má progênie o futuro da espécie. Só depois da aplicação de tais leis é que foi possível realizar o grandioso programa de seleção que já havia empolgado todos os espíritos. Os admiráveis processos hoje em emprego na criação dos belos cavalos puro-sangue passaram a reger a criação do homem na América.

— E lá se foram os peludos!...

— Exatissimamente... Desapareceram os *peludos* – os surdos-mudos, os aleijados, os loucos, os morféticos, os histéricos, os criminosos natos, os fanáticos, os gramáticos, os místicos, os retóricos, os vigaristas, os corruptores de donzelas, as prostitutas, a legião inteira de malformados no físico e no moral, causadores de todas as perturbações da sociedade humana. Essas leis está claro que eram fortemente restritivas da natalidade, sobretudo no começo, quando havia quase tanto joio como trigo. Crescer para a

physical defect. There remained those wretched by mental defect."

"Of infinite number..."

"Those were prevented from reproducing by Owen's law, the fruit of the great ideas preached by Walter Owen. Walter Owen was the true remodeler of the white race in America. He appeared a hundred years or so before the clash of the races with his famous book – *The Right to Procreate*, in which he laid the foundations of the Race Code, a set of laws so wise and fecund in results that, we may say, the new age of the human race dates from its promulgation. The Owen's law, as this Race Code was called, promoted the sterilization of the perverts, of the mentally malformed, in short, of all individuals capable of harming the future of the species with bad progeny. Only after the application of such laws was it possible to carry out the grandiose selection program which had already excited all spirits. The admirable processes employed today in the creation of beautiful thoroughbred horses came to rule the creation of mankind in America."

"And so the mongrels were gone!..."

"Exactly... Gone were the *mongrels* – the deaf-mutes, the cripples, the madmen, the lepers, the hysterics, the born criminals, the fanatics, the grammarians, the mystics, the rhetoricians, the swindlers, the corruptors of damsels, the prostitutes, the whole legion of physically and morally malformed people, the causers of all disturbances in human society. These

América, não mais valia por avultar às tontas em número, como hoje, e sim por elevar o índice mental e físico dos seus habitantes. Os Estados Unidos (e o Canadá, que já se fundira neles) cresciam dessa maneira admirável, se bem que incompreensível para nós que vivemos em plena licenciosa anarquia procriadora.

Mas... o mais perturbador de todos os cálculos humanos surgiu. Apesar de submetida aos mesmos processos restritivos dos brancos, a raça negra começou desde logo a apresentar um índice mais alto de crescimento. A proporção do negro puro relativa ao branco subiu a um quinto, a um quarto, a um terço e por fim chegou à metade. Quer isso dizer que o binômio racial, desprezado na era do crescimento imigratório e descurado no início do regime seletivo, passou a entrar na fase aguda do "resolve-me ou devoro-te".

— Em quantos eram calculados os negros nesse momento?

— Na era em que tomamos este corte anatômico do futuro, ano 2228, as estatísticas apresentavam dados alarmantes. Negros, 108 milhões; brancos, 206 milhões. E como o coeficiente da natalidade negra acusasse uma nova subida, o instinto de conservação dos brancos eriçou-se nos primeiros arrepios da legítima defesa.

Dos muitos alvitres propostos para de uma vez por todas arrancar a América do seu beco sem saída, predominavam duas correntes de ideias contrárias, conhecidas por solução branca e solução negra. A solução branca...

laws were of course strongly birth-restrictive, especially in the beginning, when there was almost as much chaff as wheat. Growing was no longer tantamount to disorderly increase in numbers for America, as it is today, but rather to raise the mental and physical standards of its inhabitants. The United States (and Canada, which had by then merged into it) grew in this admirable manner, although incomprehensible to us who live in the midst of a licentious procreative anarchy.

But... the most disturbing of all human calculations emerged. Despite being subjected to the same restrictive processes as the whites, the blacks soon began to present a higher growth rate. The proportion of the pure blacks in relation to the whites rose to one-fifth, one-fourth, one-third, and finally came to half... That means that the racial binomial, despised in the era of immigration growth and neglected at the beginning of the selective regime, began to enter the acute phase of 'solve me or I devour you'.[21]"

"How many blacks were estimated at that moment?"

"In the era in which we took this anatomical cut of the future, the year 2228, the statistics presented alarming data. Blacks, 108 million; whites, 206 million. And as the coefficient of black birthrate revealed a new rise, the whites' instinct for preservation bristled up in the first shivers of self-defense.

Of the many proposed ideas to pull America out of its deadlock once and for all, two opposing currents of ideas, known as the white solution and the black solution, prevailed. The white solution..."

— Já sei, disse eu, aflito por acertar uma só vez que fosse. A solução branca era expatriar o negro!...

— Muito bem, confirmou miss Jane, alegre de ter-me proporcionado um inocente prazer mental. Queriam os brancos a expatriação dos negros para o...

— Vale do Amazonas! exclamei, radiante do meu sucesso anterior e esperançoso de segunda vitória. Dias antes eu lera não sei onde uma qualquer coisa que me deixara entrever isso.

— Bravos! Nesse andar vai o senhor Ayrton substituir com vantagem o nosso porviroscópio perdido. Para esse vale, sim. O antigo Brasil cindira-se em dois países, um centralizador de toda a grandeza sul-americana, filho que era do imenso foco industrial surgido às margens do rio Paraná. A seriar cataratas gigantescas ao longo do seu curso, acabou esse fecundo Nilo da América transformado na espinha dorsal do país que em eficiência ocupava no mundo o lugar imediato aos Estados Unidos. O outro, uma república tropical, agitava-se ainda nas velhas convulsões políticas e filológicas. Discutiam sistemas de voto e a colocação dos pronomes da semimorta língua portuguesa. Viam nisso os sociólogos o reflexo do desequilíbrio sanguíneo, consequente à fusão de quatro raças distintas, o branco, o negro, o vermelho e o amarelo, este último predominante no vale do Amazonas.

Não pude deixar de estremecer diante das revelações que fazia miss Jane do futuro do meu país.

— Que tristeza, miss Jane! exclamei compungido. Pois vai dar-se isso então?

"I got it!" I said, eager to get it right even if just once. "The white solution was to expatriate the blacks!..."

"Well done!" confirmed Miss Jane, glad to have given me an innocent mental pleasure. "The whites wanted the expatriation of blacks to the..."

"The Amazon valley!" I exclaimed again, overjoyed at my previous success and hopeful of a second victory. Days before I had read I don't know where something that gave me a glimpse of that.

"Bravos! At this pace, you will replace our lost porviroscope with an advantage, Mr. Ayrton. To that valley, yes. The former Brazil had split into two countries, one the centralizer of all South American grandeur, the child that it was of the immense industrial focus that arose on the banks of the Paraná River. With a series of gigantic waterfalls along its course, this fertile Nile of America became the backbone of the country, which in terms of efficiency occupied the immediate place after the United States. The other, a tropical republic, was still fretted in the old political and philological convulsions. They discussed voting systems and the placement of pronouns of the half-dead Portuguese language. Sociologists saw in this the reflection of the blood disequilibrium resulting from the fusion of four distinct races, the white, the black, the red and the yellow, the latter predominant in the Amazon valley."

I couldn't help shuddering at Miss Jane's revelations about the future of my country.

— Não vejo motivos para a sua tristeza, respondeu ela. Acho até que a divisão do país em vários constituiu uma saída ótima, a melhor possível, dado o erro inicial da mistura das raças. A parte quente ficou a sofrer o erro e suas consequências; mas a parte temperada salvou-se e pôde seguir o caminho *certo*. A sua tristeza vem da ilusão territorial. Mas reflita que a muita terra não é que faz a grandeza de um povo e sim a qualidade dos seus habitantes. O Brasil temperado, além disso, continuou a ser um dos grandes países do mundo em território, visto como fundia no mesmo bloco a Argentina, o Uruguai e o Paraguai.

Enchi-me de orgulho patriótico e sem querer levantei-me da cadeira com uma *hurrah* entalado na garganta.

— Vencemos a Argentina, então? Conquistamos todo o Prata?

— Errou desta vez, senhor Ayrton. Não houve guerra, nem conquista de qualquer espécie. Os povos deste sul abriram os olhos a tempo, viram que a espinha dorsal da zona era o rio Paraná, e foram-se arrumando ao longo das suas quedas, como costelas, formando um todo único, mais ligados pelos interesses econômicos do que por vínculos de sangue.

— Mas a velha rivalidade entre brasileiros e argentinos?

— Não passava de uma estúpida voz do sangue. Brasileiros e argentinos, descendentes de lusos e espanhóis, encampavam, sem o saber, o velho antagonismo que sempre dividiu a península ibérica. Mas tantas ondas europeias despejou cá a imigração, que o elemento inicial luso-espanhol foi suplantado e não teve forças para perpetuar a ridícula rivalidade hereditária.

"How sad, Miss Jane!" I exclaimed pityingly. "So, is that going to happen then?"

"I see no reason for your sadness," she answered. "I even think that the division of the country into several is a great solution, the best possible, given the initial error of mixing the races. The warm part suffered the error and its consequences; but the temperate part was saved and could follow the *right* path. Your sadness comes from the territorial illusion. But think that it isn't the amount of land that makes the greatness of a people; it's rather the quality of its inhabitants. Temperate Brazil, moreover, remained one of the world's great countries in terms of territory, since it merged Argentina, Uruguay and Paraguay in the same block."

I was filled with patriotic pride and unwillingly got up from the chair with a hurrah stuck in my throat.

"We defeated Argentina, then? We conquered the whole of La Plata?"

"You were wrong this time, Mr. Ayrton. There was no war, no conquest of any kind. The peoples of the south opened their eyes in time, they saw that the backbone of the region was the Paraná River, and they arranged themselves along its falls, like ribs, forming a unique entirety, linked more by economic and geographic interests than by blood ties."

"But what about the old rivalry between Brazilians and Argentines?"

— Mas por que dividiram o Brasil? perguntei ainda mal consolado. Era só povoar o norte da mesma maneira que o sul...

— Um país não é povoado como se quer, senhor Ayrton, ou como apraz aos idealistas. Um país povoa-se como pode. No nosso caso foi o clima que estabeleceu a separação. Dos europeus só os portugueses se aclimavam na zona quente, onde, graças às afinidades com o negro, continuaram o velho processo de mestiçamento, acabando por formar um povo de mentalidade incompatível com a do sul.

Mas voltemos à América do Norte. O nosso caso é o americano. Mais tarde revelarei ao senhor Ayrton o que se passou no Brasil e como surgiu a grande república do Paraná. Estávamos na solução branca e direi que todos os brancos americanos só queriam uma coisa: exportar, despejar os cem milhões de negros americanos no vale do Amazonas. Isso, entretanto, constituía uma empresa formidável ou, melhor, impraticável, não só em virtude de tremendas dificuldades materiais como por ferir de face a Constituição Americana. O pacto fundamental do grande povo era profundamente sábio, tão sábio que conseguira elevar a antiga colônia inglesa à liderança universal e, pois, gozava de um respeito na verdade supersticioso. Essa carta impedia uma duplicidade de tratamento para cidadãos iguais entre si perante a sua serena majestade de lei substantiva.

Já os negros se batiam por uma solução muito mais viável e justa. Queriam a divisão do país em duas partes, o sul para os negros e o norte para os brancos. Alegavam que era a América

"It was nothing more than a stupid voice of the blood. Brazilians and Argentines, descendants of Portuguese and Spanish, were unknowingly yielding to the old antagonism that had always divided the Iberian Peninsula. But so many European waves were poured in here by immigration, that the initial Luso-Spanish element was supplanted and didn't have the strength to perpetuate the ridiculous hereditary rivalry."

"But why did they divide Brazil?" I asked, still inconsolable. "All they had to do was to populate the north in the same way as the south..."

"A country is not populated as one wants it to be, Mr. Ayrton, or as it pleases the idealists. A country is populated as it can be populated. In our case it was the climate that established the separation. Of the Europeans, only the Portuguese acclimatized in the hot region, where, thanks to their affinities with the blacks, they continued the old process of miscegenation, eventually forming a people with a mentality incompatible with that of the south.

But let's get back to North America. Our case is the American one. Later on I will reveal to you what happened in Brazil and how the great Republic of Paraná came about, Mr. Ayrton. We were within the white solution, and I'd say that all white Americans only wanted one thing: to export, to dump, the hundred million black Americans in the Amazon valley. That, however, constituted a formidable or, rather, impracticable undertaking, not only because of tremendous material difficulties but also because it

tanto de uma raça como de outra, visto como sairá do esforço de ambas; e já que não podiam gozar juntas da obra feita em comum, o razoável seria dividir-se o território em dois pedaços. Mas como os brancos preferiam continuar no *statu quo* a resolver o caso por esse processo, o problema racial permanecia de pé, cada vez mais ameaçador.

Dez anos antes começara a aparecer na cena americana um vulto de excepcional envergadura: Jim Roy, o negro de gênio. Tinha a figura atlética do senegalês dos nossos tempos, apesar da modificação craniana sofrida por influência do meio. Tal modificação o aproximava do tipo dos antigos pele-vermelhas. Era esse aliás o tipo predominante no país inteiro, e cada vez mais acentuado depois que a interrupção da corrente imigratória permitiu um evoluir étnico não perturbado por injeções estranhas. Até na tez levemente acobreada começava a transluzir a misteriosa influência do ambiente geográfico.

— Engraçado! Quer dizer que com o tempo todos viraram índios...

— Não quer dizer bem isso, e sim que se aproximavam um pouco do tipo ameríndio, no que pude observar. Talvez que dentro de vinte ou trinta mil anos a sua hipótese esteja realizada. Infelizmente o aparelho que meu pai construiu não ia além do ano 3257.

Em Jim Roy a sua semelhança com um mestiço de senegalês e pele-vermelha (coisa impossível, pois de há muito já não existia

would have hurt the American Constitution. The fundamental covenant of the great people was profoundly wise, so wise that it had succeeded in elevating the former English colony to universal leadership, and thus enjoyed a respect that was actually superstitious. That charter prevented duplicity of treatment for citizens equal to each other before its serene majesty of substantive law.

The blacks, on the other hand, fought for a much more viable and just solution. They wanted the division of the country into two parts, the south for the blacks and the north for the whites. They argued that America belonged as much to a race as to the other, since it came out of the efforts of both; and since they couldn't enjoy together the work done in common, the reasonable thing would be to divide the territory into two pieces. But since the whites preferred to remain in the *statu quo* rather than solve the case by this process, the racial problem stood, ever more threatening.

Ten years earlier a figure of exceptional stature had begun to appear on the American scene: Jim Roy, the black man of genius. He had the athletic figure of a Senegalese of our times despite the cranial modification he suffered by the influence of his environment. Such modification brought him closer to the type of the ancient redskins. That was, by the way, the predominant type in the whole country, and was increasingly accentuated after the interruption of the immigrational flow allowed an ethnic evolution undisturbed by foreign injections. Even in the slightly coppery

um só índio na América) acentuava-se pela cor da pele, nada relembrativa da cor clássica dos pretos de hoje.

— Influência do meio?

— Não. Não foi isso milagre da influência do meio, nem era coisa singular, privativa de Jim Roy. Quase toda a população negra da América apresentava pele igual à sua. Havia a ciência resolvido o caso de cor pela destruição do pigmento. De modo que se Jim Roy aparecesse diante de nós, hoje, surpreenderia da maneira mais desconcertante, visto como esse negro de raça puríssima, sem uma só gota de sangue branco nas veias, apesar de ter o cabelo carapinha era horrivelmente esbranquiçado.

— Albino?

— Não albino. Esbranquiçado – um pouco desse tom duvidoso das mulatas de hoje que borram a cara de creme e pó de arroz...

— Barata descascada, sei.

— Mas nem eliminando com os recursos da ciência o característico essencial da raça, deixavam os negros de ser negros na América. Antes agravavam a sua situação social, porque os brancos, orgulhosos da pureza étnica e do privilégio da cor branca ingênita, não lhes podiam perdoar aquela *camouflage* da despigmentação.

Era Jim Roy na realidade um homem de imenso valor. Nascera fadado a altos destinos, com a marca dos condutores de povos

complexion, the mysterious influence of the geographical environment was beginning to show."

"Funny! That means that in time everybody became Indians..."

"That's not exactly what it means, but rather that they were a little closer to the Amerindian type, as far as I could observe. Perhaps in twenty or thirty thousand years your hypothesis will be realized. Unfortunately the device my father built didn't go beyond the year 3257.

In Jim Roy, his resemblance to a red-skinned Senegalese mestizo (which was impossible, since there hadn't been a single Indian in America for a long time) was accentuated by the color of the skin, which was not at all reminiscent of the classic color of today's blacks."

"Influence of the environment?"

"No. That wasn't a miracle of the influence of the environment, nor was it something unique, peculiar to Jim Roy. Almost the entire black population of America had skin like his. Science had solved the case of color by the destruction of the pigment. So that if Jim Roy appeared before us today, he would surprise us in the most disconcerting way, since this pure-bred black man, without a single drop of white blood in his veins, was, despite his kinky hair, horribly off-white."

"Albino?"

"Not albino. Whitish – a bit like that dubious tone of today's mulatto women who smear cream and rice powder on their faces..."

impressa em todas as facetas da sua individualidade. Como organizador e *meneur* talvez superasse os mais famosos organizadores surgidos entre os brancos. A história da humanidade poucos exemplos apresentava de uma eficiência igual à sua. Consagrara-se desde muito jovem à execução dum plano de gênio, traçado nas linhas mestras com a mais perfeita compreensão do material humano sobre que pretendia agir.

— Está-me lembrando o velho Moisés...

— Jim Roy conseguira o milagre da associação integral da população negra sob a bandeira dum partido político cujas forças, coletadas por extensa cadeia de agentes distritais, vinham, como fios telefônicos, ter à estação central da sua chefia suprema. Sempre sábias e construtoras, desciam suas instruções, com autoridade de dogmas, sobre todas as células da Associação Negra (era o nome do partido) e as fazia moverem-se como puros autômatos. Esta abdicação, ou melhor, esta sujeição consciente e consentida de todas as vontades a uma vontade única, aperfeiçoara-se de tal modo, que no ano da tragédia a situação política dos Estados Unidos passou de jato a depender do *leader* negro.

— Passou a depender dele como? Pois não eram os negros apenas cem para duzentos milhões de brancos?

— Não se impaciente, senhor Ayrton. Temos que ir por partes. Disse eu que a situação política da América passou a depender de Jim Roy e foi fato. Mas antes de lá chegarmos temos que fazer um rodeio político. Gosta de política, senhor Ayrton?

"Molted cockroach, I know."

"But not even by eliminating, with the resources of science, the essential characteristic of the race did the blacks stop being black in America. Rather, that worsened their social situation, because the whites, proud of their ethnic purity and the privilege of their innate white color, couldn't forgive the camouflage of their depigmentation.

Jim Roy was actually a man of immense merit. He was born predestined to high destinies, with the mark of the guides of peoples imprinted in every facet of his individuality. As an organizer and *meneur*[22] he perhaps surpassed the most famous organizers who had emerged among the whites. The history of humanity had few examples of efficiency equal to his. From a very young age he had devoted himself to the execution of a plan of genius, outlined in the master lines with the most perfect understanding of the human material on which he intended to act."

"He reminds me of old Moses..."

"Jim Roy had achieved the miracle of the integral association of the black population under the banner of a political party whose forces, collected by an extensive chain of district agents, came, like telephone wires, to the central station of his supreme leadership. Always wise and constructive, his instructions descended with the authority of dogmas upon all the cells of the Black Association (that was the party's name) and made them move like pure automata. This abdication, or rather, this

– Nem eleitor sou, miss Jane.

– E de política feminina?

– Essa desconheço. Suponho, entretanto, que há de ser mais felina que a dos homens...

conscious and consented subjection of all wills to a single will, was perfected in such a way that in the year of the tragedy the political situation of the United States became suddenly dependent on the black leader."

"Depended on him how? Weren't the blacks only one hundred million to two hundred million of whites?"

"Don't be impatient, Mr. Ayrton. We have to go one step at a time. I said that the political situation in America came to depend on Jim Roy, and that was a fact. But before we get there we have to make a political detour. Do you like politics, Mr. Ayrton?"

"I'm not even a voter, Miss Jane."

"What about female politics?"

"I don't know that one. I suppose, however, that it must be more feline than men's..."

Capítulo XII

A Simbiose Desmascarada

— Mais felina, sim, e muito mais pitoresca. Não imagina o senhor Ayrton como o cérebro da mulher é rico de estratagemas e com que ardor conduzem elas uma campanha política. Vinha daí que o próximo pleito se desenhava renhidíssimo. Ia a República dos Estados Unidos eleger dentro de poucos dias o seu 88° presidente, proporcionando assim a um mundo perturbado por sucessivas mudanças de forma política um exemplo de fixidez na forma inicial só comparável ao passado monárquico da Inglaterra. Os velhos partidos Democrático e Republicano, haviam-se fundido num forte bloco, sob a denominação de Partido Masculino. Mesmo assim não se via seguro da vitória, porque o partido contrário, o Feminino, dispunha de maior número de vozes. Estava pois em jogo o prestígio político do homem, batido pelo da mulher em todos os campos de atividade e a defender agora o seu último reduto – a

Chapter XII

The Unmasked Symbiosis

"More feline, indeed, and much more picturesque. Mr. Ayrton, you cannot imagine how the woman's brain is rich in stratagems, and how ardently they conduct a political campaign. That's why the next election appeared to be so fierce. The Republic of the United States was to elect its 88th president in a few days, thus providing a world troubled by successive changes in political form with an example of fixity in its initial form only comparable to England's monarchical past. The old Democratic and Republican parties had merged into a strong bloc, under the denomination of Male Party. Even then, there was no certainty of its victory, because the opposing party, the Female Party, had a greater number of voices. Therefore the political prestige of men was at stake, beaten by that of women in all fields of activity and now defending their last stronghold – the presidency of the republic. Until then, no woman had succeeded

presidência da república. Até então nenhuma mulher conseguira alçar-se ao posto supremo, embora no pleito anterior miss Evelyn Astor houvesse perdido por uma minoria insignificante.

— Quem era essa bicha? Alguma chefa do partido feminino?

— Sim, uma chefa que insistia na sua candidatura, e agora com mais probabilidades de vitória, visto como era possível que o grande *leader* negro se deixasse levar pela sedução dos seus argumentos.

Do outro lado o senhor Kerlog, presidente em exercício e candidato à reeleição, só via possibilidade de êxito se obtivesse o concurso de Jim, como sucedera no pleito anterior.

As melhores estatísticas davam ao Partido Masculino 51 milhões de vozes, ao Partido Feminino, 51 e meio; e à Associação Negra, contados os votantes de ambos os sexos, 54 milhões. A próxima eleição dependeria pois exclusivamente da atitude do grande negro.

— Miss Evelyn Astor! exclamei. Lindo nome. Já me estou simpatizando por essa criatura, que talvez esteja no meu próprio calcanhar. Havia de ser linda, não?

— De fato, nessa criatura habilíssima, rica de todos os dotes da inteligência, da cultura e da maquiavélica sagacidade feminina se juntava um elemento perturbador e novo no jogo político presidencial: a sua rara beleza física.

in reaching the supreme post, although in the previous election Miss Evelyn Astor had lost by an insignificant minority."

"Who was that white snake? Some Female Party boss?"

"Yes, a female boss who insisted on her candidacy, and now with more chances of victory, since it was possible that the great black leader would get carried away by the seduction of her arguments.

On the other side, Mr. Kerlog, the incumbent and candidate for re-election, could only have a chance of success if he got Jim's support, as in the previous election.

The best statistics attributed 51 million voices to the Male Party, 51 and a half to the Female Party, and 54 million to the Black Association, counting voters of both sexes. The next election would therefore depend exclusively on the attitude of the great black man."

"Miss Evelyn Astor!" I exclaimed. "What a beautiful name. I'm already taking a liking to this creature, who is perhaps my weak spot. She was beautiful, wasn't she?"

"In fact, to this very capable creature, rich with all the gifts of intelligence, culture, and Machiavellian feminine sagacity, there was an added disturbing element, new in the presidential political game: her rare physical beauty.

Although, thanks to the victory of eugenics, beauty was the rule and no longer the exception as it is today, even so Miss Evelyn Astor's beauty stood out in an obsessive way. No one

Embora, graças à vitória da eugenia, fosse regra a beleza e não mais exceção como hoje, mesmo assim a formosura de miss Evelyn Astor se destacava de modo obsedante. Ninguém a defrontava sem sentir-se envolvido por uma aura de harmonia transfeita em força de dominação.

Em todas as épocas as mulheres dotadas de beleza sempre dominaram, atrás dos tronos como favoritas, na sociedade como cortesãs, no lar como boas deusas humanas, mas sempre por intermédio do homem – o déspota, o amante, o marido, detentores em sua qualidade de machos de todas as prerrogativas sociais. No futuro a dominação da beleza feminina não se fará mais por intermédio do macho. Era da harmonia, a beleza se tornará uma força pura, como pura expressão que é da harmonia.

Nesse ano de 2228 já a mulher vencera o seu estágio de inferioridade política e cultural, consequência menos duma pretensa inferioridade do cérebro, como dizia miss Elvin...

– Miss Elvin?

– Espere. Menos de uma pretensa inferioridade de cérebro do que de uma organização cerebral diversa da do homem, e portanto, inapta a produzir o mesmo rendimento quando submetida ao mesmo regime de educação. Miss Elvin... Como está assanhado o senhor Ayrton! Não se contentou com a mulher futura que já lhe dei, miss Astor, e quer outra?

Que ilusão a de miss Jane! Eu queria apenas, de todas as mulheres passadas, presentes e futuras, uma só – a que me falava

could face her without feeling enveloped by an aura of harmony transformed into a force of domination.

In all eras, women endowed with beauty have always dominated, behind thrones as favorites, in society as courtesans, at home as good human goddesses, but always through man – the despot, the lover, the husband, holders of all social prerogatives in their capacity as males. In the future, the domination of feminine beauty will no longer be through the male. In the era of harmony, beauty will become a pure force, as the pure expression of harmony it represents.

In that year of 2228, women had already overcome their stage of political and cultural inferiority, a consequence less of an alleged inferiority of the brain, as Miss Elvin used to say..."

"Miss Elvin?"

"Wait. Less of an alleged inferiority of the brain than of a different brain organization from that of men, and therefore inept to produce the same output when subjected to the same educational regime. Miss Elvin... Mr. Ayrton, you are so cheeky! You weren't content with the future woman I've already given you, Miss Astor, and you want another?"

What an illusion, that of Miss Jane! Of all past, present and future women, I wanted only one – the one who was speaking to me at that moment, so unaware of the emotions bubbling in my heart...

"Miss Elvin was the author of *Symbiosis Unmasked*, a book that, thanks to the joy of its style and the brilliance of its

naquele momento, tão alheia às emoções borbulhantes em meu coração...

— Miss Elvin era a autora da *Simbiose Desmascarada*, um livro que, graças à alegria do estilo e ao fulgor dos argumentos, vinha causando verdadeira reviravolta nos Estados Unidos. A ideia central de miss Elvin cifrava-se em que a mulher não constituía a fêmea natural do homem, como a leoa o é do leão, a galinha do galo, a delfina do delfim. A fêmea natural do homem ele a repudiara em época recuadíssima – e tudo levava a crer na extinção desse pobre animal. Repudiara-a e tomara para si, como os antigos romanos fizeram às sabinas, a fêmea de um outro mamífero de vagas semelhanças anatômicas com o *homo*. Supunha miss Elvin que seriam anfíbios esses sabinos pré-históricos, assim romanamente despojados das suas fêmeas. E recriando a imaginação com um pouco de fantasia, chegou a descrever, num segundo livro de igual sucesso, o massacre dos sabinos quando, do seio das ondas, acudiram às praias em defesa das raptadas metades. Vinha daí o caráter ondeante da mulher. *"She was false as water"*, já o dissera Shakespeare.

— Que topete! Pelo que vejo as mulheres do futuro não beneficiaram grandemente os miolos com o remédio da eugenia...

— O senhor Ayrton está um pouco passadista e corre muito depressa no Ford das suas conclusões, respondeu miss Jane com doce ironia. Nada há mais fecundo do que a ventilação das ideias aceitas, do que o abalo violento em certas bases mentais. Põe-nas à prova e revelam-lhes alguma racha ou lacuna, se as há. Com o seu

arguments, was causing a real stir in the United States. Miss Elvin's central idea amounted to women not being the natural female of man, as the lioness is of the lion, the hen of the rooster, the dolphin cow of the dolphin bull. The natural female of man, he had repudiated in a very remote era – and everything led to the belief of the extinction of this poor animal. He repudiated her and took for himself, like the ancient Romans did to the Sabinas,[23] the female of another mammal with vague anatomical resemblances to the *homo*. Miss Elvin supposed these prehistoric Sabinos to be amphibians, thus Romanically stripped of their females. And, recreating imagination with a bit of fantasy, she went so far as to describe, in a second equally successful book, the massacre of the Sabinos when, from the bosom of the waves, they came to the beaches in defense of their abducted halves. Hence the waving character of women. 'She was false as water,' Shakespeare said."

"What a cheek! As far as I can see, the women of the future haven't greatly benefited their brains with the medicine of eugenics..."

"Mr. Ayrton, you venerate the past a bit and run too fast in the Ford of your conclusions," replied Miss Jane with sweet irony. "There is nothing more fecund than the airing of accepted ideas than the violent shaking of certain mental foundations. That puts them to the test and reveals any cracks or gaps, if any. With her exaggeration, Miss Gloria Elvin didn't resurrect the Sabino, but how many indirect consequences haven't arisen from her rebellion!"

exagero, miss Gloria Elvin não ressuscitou o sabino, mas quantas consequências indiretas não brotaram da sua revolta!

— Retiro o topete, miss Jane; continue.

— Pois o *homo* suplantou o mamífero adverso e de posse da fêmea alheia veio, através das idades, tentando um equilíbrio sexual impossível. A falsa fêmea, o ser estranho ligado a ele por simbiose, sempre resistiu ao seu domínio, apesar de um processo de domesticação multimilenar. Todas as formas de vida em comum, toda a série de associação sexual existente na natureza fora tentada sem sucesso. O harém muçulmano, a poligamia, a monogamia, a bigamia, a poliandria, o heterismo, nada produzia bons resultados, e a mulher, por voz unânime de poetas e pensadores, se viu classificada como um ser *incompreensível.*

Miss Elvin desvendou o mistério. Não era um ser incompreensível. Era apenas *diferente.*

Mais fraca em força física e, portanto, escravizável, a sabina defendeu-se da tirania do raptor com o manejo de uma arma perigosíssima, a dissimulação – reflexo ainda do caráter ondeante do seu elemento primitivo, o mar. Quando no mundo surgiu o feminismo, toda a gente supôs que a solução do problema da mulher estava em nivelá-la ao homem pela cultura e igualdade de direitos. Erro cascudo, demonstrou miss Elvin. A cultura, como a criara o homem, não se adaptava ao cérebro da mulher, de funcionamento especialíssimo e sempre influenciado por certas glândulas misteriosas. Falhou por isso o feminismo. De toda a sua agitação só resultara uma coisa; a feminista, a odiosa mulher-

"I take the cheek back, Miss Jane; carry on."

"For the *homo* supplanted the adverse mammal and in possession of the female of the other have been, through the ages, attempting an impossible sexual equilibrium. The false female, the alien being bound to him by symbiosis, has always resisted his dominance, despite a multi-millennial process of domestication. All forms of cohabitation, all types of sexual association existing in nature, had been tried without success. The Muslim harem, polygamy, monogamy, bigamy, polyandry, hetaerism, nothing produced good results; and the woman, by the unanimous voice of the poets and thinkers, found herself classified as an *incomprehensible* being.

Miss Elvin unraveled the mystery. She wasn't an incomprehensible being. She was just *different*.

Weaker in physical strength and, therefore, enslavable, the Sabina defended herself from the tyranny of the abductor with the use of a very dangerous weapon, dissimulation – still a reflection of the waving character of her primitive element, the sea. When feminism appeared in the world, everyone assumed that the solution to women's problem was to level them with men through culture and equal rights. That was a gross mistake, Miss Elvin demonstrated. Culture, as created by man, couldn't adapt to the female brain, which works in a very special way and is always influenced by certain mysterious glands. That's why feminism failed. Only one thing resulted from all its commotion: the feminist, the hateful woman-man, who thought with man's ideas,

homem, que pensava com ideias de homem, falava com palavras de homem, usava colarinhos de homem, conseguindo com isso apenas...

— ... não ser homem nem mulher, conclui eu, lembrando-me duma sufragista do meu conhecimento.

— Os estudos de miss Elvin modificaram completamente os termos da equação sexual. "Basta de simbiose, dizia ela; basta de vida em comum em troca de serviços recíprocos. A mulher passa doravante a viver vida autônoma e se ainda permanece ao lado do gorila no antigo *statu quo* sexual, será a título provisório apenas e em vista unicamente dos interesses proliferantes das espécies respectivas. Porque miss Elvin não perdia a esperança de promover o descobrimento e a ressurreição do sabino pré-histórico...

— Irra! exclamei com uma pontinha de despeito. Está aí a coisa única que o homem jamais previu: o surto de uma espécie rival!

— De fato. Os arrojos de miss Elvin punham calafrios na espinha do *homo*. Tirava ela todas as consequências lógicas da sua teoria, chegando ao extremo de pregar guerra de morte contra o insolente raptor.

Miss Astor era elvinista e, pois, sua candidatura à presidência inquietava de modo duplo o Partido Masculino. Sua vitória coroaria o movimento feminino com a única sanção que lhe faltava, a do poder; e seria, se não o crepúsculo do domínio dos

spoke with man's words, wore man's collars, succeeding only in..."

"... being neither man nor woman," I concluded, remembering a suffragette of my acquaintance.

"Miss Elvin's studies completely changed the terms of the sexual equation. 'Enough symbiosis,' she said; 'enough cohabitation in exchange for reciprocal services. The woman will henceforth live an autonomous life; and if she still stands by the gorilla in the old sexual *statu quo*, it will only be provisional and merely in view of the proliferating interests of the respective species.' Because Miss Elvin wouldn't lose hope of promoting the discovery and resurrection of the prehistoric Sabino..."

"Damn!" I exclaimed with a hint of spite. "That's the one thing man never foresaw: the boom of a rival species!"

"Indeed. Miss Elvin's boldness sent shivers down the *homo*'s spine. She drew all logical consequences from her theory, going to the extreme of preaching a deadly war against the insolent abductor.

Miss Astor was an Elvinist, and, therefore, her presidential candidacy doubly unsettled the Male Party. Her victory would crown the female movement with the only sanction it lacked, that of power; and it would be, if not the twilight of men's dominion, already with its foundations corroded by the partial victories of the women, at least a humiliating decrease.

The American problem was thus complicated in unforeseen ways. Besides the ethnic aspect – the inevitable clash of the white

homens, já de bases corroídas pelas vitórias parciais da mulher, pelo menos uma humilhante diminuição.

O problema americano se complicava assim de imprevista maneira. Além do aspecto étnico – o inevitável choque da raça branca com a negra, surgira o aspecto, como direi? *especial,* isto é, o conflito das duas espécies de mamíferos – *homo* e sabinas – cuja simbiose fora denunciada.

O *leader* masculino, o presidente Kerlog, tinha esperanças de um acordo com Jim Roy. Era homem e havia de inclinar-se para a facção do seu sexo. Com miss Evelyn Astor é que não enxergava possibilidades de entendimento. Tivera com a formosa antagonista uma conferência, mas a sua impressão, resumida em poucas palavras na presença do ministério, fora inquietante.

– "Não nos entendemos, declarou ele. As palavras que nós homens usamos têm na boca de miss Astor um sentido diverso. Em certo ponto tive a sensação de que estávamos, eu a falar inglês e ela a responder-me em hebraico, língua que positivamente desconheço. Estou quase convencido de que nasceu nas mulheres alguma glândula nova..."

– "Ou perderam alguma glândula velha, rosnou da sua poltrona Berard Shaw, o pachorrento ministro da Equidade."

race with the black race, the aspect, how can I say? *special*, had arisen, that is, the conflict of the two species of mammals – *homo* and Sabinas – whose symbiosis had been denounced.

The male leader, President Kerlog, had hopes of a deal with Jim Roy. He was a man and would lean toward the faction of his sex. It was with Miss Evelyn Astor that he saw no possibility of an understanding. He had had a conference with the beautiful antagonist, but his impression, summed up in a few words in the presence of the ministry, had been disturbing.

'We don't understand each other,' he declared. 'The words we men use have a different meaning in Miss Astor's mouth. At one point I had the feeling that I was speaking English and she was replying to me in Hebrew, a language I positively don't know. I am almost convinced that some new gland has grown in women...'

'Or they've lost some old gland,' grumbled Berald Shaw, the apathetic minister of Equity, from his armchair.'"

Capítulo XIII

Política de 2228

— Nessa mesma reunião ministerial, prosseguiu miss Jane, o presidente Kerlog teve palavras de fazer refletir os ouvintes.

— "O nosso predomínio vejo-o ameaçado, se não de ruína, pelo menos de fundas transformações. Avoluma-se a onda negra – e a ela resistiríamos se a cisão elvinista não viesse enfraquecer o nosso peso político. Mas o eleitorado branco está cindido e agora mais que nunca vai funcionar a massa negra como o fiel da balança dos destinos da América. Venceremos, pois o concurso de Roy, embora negaceado para nos extorquir concessões, virá infalivelmente à última hora. Imagino com que horror não verá ele os progressos do sabinismo! Mas havemos de confessar que é precária a situação do nosso partido, com a vida assim dependente da boa vontade de um manhoso *leader* negro…"

— Que concessões queria Jim Roy? perguntei.

Chapter XIII

Politics of 2228

"At that same ministerial meeting," Miss Jane went on, "President Kerlog delivered words that made the listeners reflect.

'I see our predominance threatened, if not in ruins, at least with profound transformations. The black wave is swelling up – and we would resist it if the Elvinist split didn't come to weaken our political power. But the white electorate is split, and now more than ever the black masses will function as the pointer of the scales of America's destiny. We will win, because Roy's support, even though decoyed in order to extort concessions from us, will infallibly come at the last minute. I can imagine with what horror he sees the progress of Sabinism! But we must confess that our party's situation is precarious, with its life thus dependent on the good will of a sly black leader...'"

"What concessions did Jim Roy want?" I asked.

— Essa mesma pergunta fez ao senhor Kerlog o ministro da Seleção Artificial.

— "Quer," respondeu o presidente, "uma *entente* no terreno seletivo. Insiste na atenuação da lei Owen."

Os rigores desta lei tinham-se agravado no ano anterior, com o fim muito claro de fazer cair o índice do crescimento negro. Isso contrariava a política racial de Jim Roy, toda resumida em favorecer a expansão do seu povo até o ponto que lhe permitisse forçar o branco à divisão do país.

Por coisa nenhuma queriam os brancos transigir no terreno restritivo – seria um suicídio. Mas a situação metera a política naquele buraco: ou ceder às exigências de Jim Roy ou assistir à vitória das mamíferas rebeldes.

Quando o presidente terminou a sua exposição, calaram-se os ministros por algum tempo, de queixo preso. Qualquer das hipóteses não agradava ao macho branco. Mas como a sabedoria pragmática consiste em acudir primeiro ao perigo próximo, foi acordado ceder às exigências do *leader* negro.

Os ministros retiraram-se dessa reunião de tal modo apreensivos que não viram, no quadro onde se estampavam, de minuto em minuto, as comunicações dos agentes informativos do governo, um rádio que naquele momento acabava de inscrever-se em letras luminosas: *Miss Astor está em conferência com Jim Roy.*

O presidente Kerlog fixou os olhos no quadro informativo e permaneceu uns instantes a morder uma espátula de vidro, flexível como aço.

"That same question was asked to Mr. Kerlog by the Minister of Artificial Selection.

'He wants,' the president replied, 'an *entente* on the selection matter. He insists on the attenuation of Owen's law.'

The rigors of this law had tightened the previous year, with the very clear purpose of bringing down the black growth rate. This was contrary to Jim Roy's racial policy, which was all focused in favoring the expansion of his people to the point where he could force the whites into the division of the country.

By no means did the whites want to compromise on the restrictive matter – it would be suicide. But the situation had put politics in that hole: either give in to Jim Roy's demands or witness the victory of the rebellious female mammals.

When the president finished his exposé, the ministers fell silent for a while, jaws clenched. Either hypothesis didn't please the white male. But since pragmatic wisdom consists in first coming to the rescue of the near danger, it was agreed to yield to the demands of the black leader.

The ministers left the conference so apprehensive that they didn't see, on the board where the communications of the government information agents were recorded minute by minute, a radio transmission that had just been inscribed in bright letters: *Miss Astor is in conference with Jim Roy.*

President Kerlog stared at the bulletin board and spent a few moments biting on a glass spatula, flexible as steel.

— "Não a entendi," murmurou, "não nos entendemos em nossa conferência. Mas com Jim vai ela falar a velha linguagem inteligível..."

Mordiscou ainda por algum tempo a espátula. Depois ergueu-se, risonho.

— "Mas não vencerá o orgulho sexual de Roy! É homem e vê como eu o perigo da vitória sabina..."

— Que curioso devia ter sido esse encontro de dois seres tão distantes! disse eu.

— Realmente. O vê-los um defronte do outro, no gabinete de trabalho da grande elvinista, lembrava acareação de garça do Amazonas com raposa branquicenta da Sibéria. Eram dois seres sem a menor aproximação de aparências externas, formando um quadro próprio como nenhum outro para ilustrar a teoria de miss Elvin. Parecia até inconcebível que por tanto tempo fossem as duas criaturas classificadas na mesma espécie pela ciência macha. A radiosa beleza da *sabina mutans* (assim classificava a zoologia de miss Elvin a ex-fêmea do *homo-sapiens*) irradiava um verdadeiro halo de fascínio. Criatura nenhuma, envolvida por essa aura, conseguia libertar-se dos seus amavios magnetizadores. Miss Astor, se falava, não era por necessidade de falar, porque convencia pela presença. Mas achava-se naquele momento em face do único representante da espécie antagonista, talvez, imunizado contra a ação catalizadora da beleza. Jim Roy valia pelo símbolo da força. A raça espezinhada confluíra-se toda nele, transformando-o num feixe de energias indomáveis. Em toda a sua

'I didn't understand her,' he murmured, 'we didn't get to an agreement in our conference. But with Jim she's going to speak the old intelligible language...'

He still nibbled the spatula for some time. Then he stood up, smiling.

'But she won't overcome Roy's sexual pride! He is a man and he sees, as I do, the danger of the Sabinas' victory...'"

"How interesting this meeting of two beings so far apart must have been!" I said.

"Indeed," said Miss Jane. "The sight of them in front of each other, in the great Elvinist's office, was reminiscent of the confrontation between an Amazon heron and a Siberian white fox. They were two beings without the slightest approximation of external appearances, forming a picture of their own like no other to illustrate Miss Elvin's theory. It even seemed inconceivable that a long time ago the two creatures had been classified in the same species by male science. The radiant beauty of the *sabina mutans* (as Miss Elvin's zoology classified the former female of the *homo sapiens*) exuded a true halo of fascination. No creature, enveloped by this aura, was able to free itself from its magnetizing allure. Miss Astor, if she spoke, it wasn't because she needed to, since she convinced by her presence. But at that moment she found herself in front of the only representative of the antagonistic species, perhaps, immunized against the catalyzing action of beauty. Jim Roy stood for the symbol of strength. The trampled race had all converged into him, transforming him into a bundle of

vida pública jamais esse negro dera um só passo ou pronunciara uma só palavra que se não norteassem pela grande ideia que trazia embutida no cérebro. Não era um indivíduo, Jim. Era a própria raça negra, por um milagre de compressão, posta inteira dentro de um homem.

Miss Astor o sentiu imediatamente. Percebeu que tinha diante de si uma força insubornável e inseduzível. E, compreendendo o inútil dos volteios de onda em torno de rocha tão dura, abordou de frente o assunto.

– "O choque das raças vai dar-se. Precipita-se. Será um conflito tremendo – mas só no caso de estar no poder o homem branco, criador do ódio ao negro. Tudo mudará se em vez desse implacável inimigo comum estivermos no poder nós."

Jim Roy franziu os sobrolhos.

– "Inimigo comum, sim," prosseguiu miss Astor. "Inimigo da raça negra e inimigo de nós mulheres. Ambas somos suas escravas, mas se a escravização dos teus, Jim, data de séculos, a nossa data de milênios. Caso o poder supremo venha ter às nossas mãos, o choque se atenuará, porque saberemos ser conciliantes, e haverá enorme economia de sofrimento futuro, se operar-se sem demora a aliança política do elvinismo com o elemento negro. Acresce uma circunstância: são os negros conhecedores dos processos do macho branco e sabem muito bem o que dele podem esperar. Mas desconhecem os nossos processos e, dada a contradição de ideias e sentimentos que hoje extrema as sabinas

indomitable energies. In his entire public life, this black man had never taken a single step or uttered a single word that wasn't guided by the great idea that was embedded in his brain. Jim, he wasn't an individual. He was the black race itself, by a miracle of compression, placed whole inside one man.

Miss Astor felt it immediately. She realized that she had before her an unbribable, unseducible force. And, realizing the uselessness of fluttering waves around such hard rock, she tackled the subject head-on.

'The clash of the races is going to happen. It rushes over. It will be a tremendous conflict, but only in the case that the white man, creator of hatred for the black man, is in power. Everything will change if instead of that implacable common enemy we are in power.'

Jim Roy frowned.

'Common enemy, indeed,' Miss Astor proceeded. 'Enemy of the black race and enemy of us, women. We are both their slaves; but if the enslavement of your people, Jim, dates back centuries, ours dates back millennia. Should the supreme power come into our hands, the shock will be attenuated, because we'll know how to be conciliatory, and there will be an enormous sparing of future suffering if the political alliance of Elvinism with the black element is brought about without delay. There is an additional circumstance: the black people are knowledgeable of the processes of the white male, and they know very well what they can expect from those. But they are unaware of our processes and,

do gorila evoluído, só têm a esperar vantagens da vitória elvinista."

E foi por aí além miss Astor. Mostrou-se palavrosa e abundante, visto que sentia falhar, ante a firmeza do grande *leader*, o prestígio da sua ação de presença.

Ouviu-a Jim Roy com serena impassibilidade, sem que um sorriso ou ruga de apreensão lhe quebrasse a calma das feições, e ao responder limitou-se a promessas ondeantes, fechado em fórmulas vagas e de duplo sentido.

Finda a conferência miss Astor permaneceu imóvel na sua poltrona, a refletir.

— "Como este diabo bem assimilou a língua da velha diplomacia, a língua que, parecendo dizer alguma coisa, não dizia nada!" pensava ela. E quando naquele mesmo gabinete se reuniram as suas amigas e colaboradoras, ansiosas por conhecerem os resultados da *entente*, foi com o olhar cismarento que miss Astor murmurou:

— "Qualquer coisa me diz que o *leader* negro incuba um plano secreto..."

— "Contra quem?"

— "Ignoro-o. Nada há de deduzir das suas palavras, perfeitas palavras de diplomata. Mas o meu senso divinatório não mente, Jim vai trair..."

given the contradiction of ideas and feelings that today distance the Sabinas from the evolved gorilla, your people can only expect advantages from the Elvinist victory.'

And Miss Astor went that way and beyond. She showed herself verbose and abundant, since she felt that the prestige of her presence influence was failing in the face of the great leader's firmness.

Jim Roy listened to her with serene impassibility, without a smile or wrinkle of apprehension breaking the calmness of his features, and when he responded, he limited himself to waving promises, confined in vague and double-meaning formulas.

After the conference Miss Astor remained motionless in her armchair, reflecting.

'How well this devil assimilated the language of the old diplomacy, the language which, seeming to say something, said nothing!' she thought. And when, in that same office, her friends and collaborators gathered, eager to learn the results of the *entente*, it was with an apprehensive look that Miss Astor murmured:

'Something tells me that the black leader is hatching a secret plan...'

'Against whom?'

'I don't know. There is nothing to be deduced from his words, the perfect words of a diplomat. But my divinatory sense doesn't lie. Jim will betray...'"

Capítulo XIV

Eficiência e Eugenia

— O aspecto da vida americana, continuou miss Jane, mudara muito por efeito das invenções e de um grande princípio peculiar ao yankee.

Quem olhasse de um ponto elevado o panorama histórico dos povos, veria, na França, uma flâmula com três palavras; na Inglaterra, um princípio diretor, Tradição; na Alemanha, uma fórmula, Organização; na Ásia, um sentimento, Fatalismo. Mas ao voltar os olhos para a América perceberia, fluidificado no ambiente, um princípio novo – a Eficiência.

Só a América encontrara o Sésamo que abre todas as portas. Só a América, portanto, era Ação num mundo a insistir em caminhos errados e sempre a oscilar entre dois polos – Agitação Estéril e Marasmo Fatalista.

O princípio da Eficiência resolvera todos os seus problemas materiais, como o eugenismo resolvera todos os seus problemas

Chapter XIV

Efficiency and Eugenics

"The aspect of American life," Miss Jane continued, "had changed greatly through the effects of inventions and of a great principle peculiar to the Yankee.

Anyone looking from a high vantage point at the historical panorama of peoples would see, in France, a pennant with three words; in England, a guiding principle, Tradition; in Germany, a formula, Organization; in Asia, a sentiment, Fatalism. But turning our eyes to America one would note a new principle fluidized in the environment – Efficiency.

Only America had found the Sesame that opens all doors. Only America, therefore, was Action in a world insisting on wrong paths and always oscillating between two poles – Sterile Commotion and Fatalistic Apathy.

The principle of Efficiency had solved all its material problems, like eugenics had solved all its moral problems. In the

morais. Na operosidade e uniformidade do tipo aquele povo lembrava a colmeia das abelhas. Quase não havia distinguir um indivíduo de outro, pois tomar um homem ao acaso era ter nas mãos uma poderosa unidade de eficiência dentro de um admirável tipo de ariano pele-avermelhado.

As mulheres não mais evocavam, fisicamente, as suas avós, magras umas, outras gordas, esta toda nádegas, aquela tabular ou de enormes seios e dentes de cavalo – verdadeira coleção de monstruosidades anatômicas. Nem recordavam, socialmente, as pobres cativas de dantes, forçadas a girar no triângulo de ferro – casamento, celibato à força ou prostituição.

Finas sem magreza, ágeis sem macaquice, treinadas de músculos por meio de sábios *sports*, conseguiram alcançar a beleza nervosa das éguas puro-sangue – o que trouxe a decadência do hipismo. Já não necessitavam os homens de dedicar-se aos cavalos para satisfação da ânsia secreta de beleza perfeita...

– Que pena ter-se perdido o porviroscópio do professor Benson! O que eu não daria para uma espiadela nesse maravilhoso futuro!... Lindas, então, assim? perguntei levemente assanhado.

– E hábeis. Competiam com o homem em todas as profissões, num absoluto pé de igualdade, realizando o velho ideal da independência. Os filhos lhes pertenciam e não ao progenitor, sistema matriarcal muito mais dentro da natureza, visto como o filho é mais da mãe que do pai na proporção de nove meses para meio minuto.

operoseness and uniformity of type, that people resembled a hive of bees. There was almost no distinguishing one individual from another, for to take a man at random was to have in one's hands a powerful unit of efficiency within an admirable red-skinned Aryan type.

Women no longer physically evoked their grandmothers, some thin, others fat, this one all buttocks, that one a plank or with huge breasts and horse teeth – a veritable collection of anatomical monstrosities. Nor were they socially reminiscent of the poor captives of yesteryear, forced to revolve in the iron triangle – marriage, forced celibacy, or prostitution.

Slender without gauntness, agile without monkeyishness, muscled by means of training in sensible sports, they managed to achieve the nervous beauty of thoroughbred mares – which brought the decline of equestrianism. No longer did men need to devote themselves to horses for the satisfaction of their secret craving for perfect beauty…"

"What a pity that Professor Benson's porviroscope has been lost! What wouldn't I give for a peek into that wonderful future!… Were they beautiful like that, then?" I asked slightly excited.

"And skillful. They competed with men in all professions, on an absolute equal footing, accomplishing the old ideal of independence. The children belonged to them and not to the progenitor, a matriarchal system much more in keeping with

Tossi uma tossezinha de encomenda; miss Jane não o percebeu e continuou:

— O característico frisante dessa época, todavia, estava na organização do trabalho. *Todos* produziam. Muito cedo chegou o americano à conclusão de que os males do mundo vinham de três pesos mortos que sobrecarregavam a sociedade – o vadio, o doente e o pobre. Em vez de combater esses pesos mortos por meio do castigo, do remédio e da esmola, como se faz hoje, inventou solução muito mais inteligente: suprimi-los. A eugenia deu cabo do primeiro, a higiene do segundo e a eficiência geral do último. Aliviada da carga inútil que tanto a embaraçava e afeiava, pôde a América aproximar-se de um tipo de associação já existente na natureza, a colmeia – mas a colmeia da abelha que raciocina.

— Que maravilha! exclamei, pesaroso de ter vindo ao mundo cedo demais. E o governo, miss Jane? Deixou de ser essa calamidade que é hoje?

— Os princípios da eficiência também haviam penetrado no organismo governamental. Deixou ele de sugerir a lembrança dos hediondos sistemas de parasitismo de outrora e de hoje, como a realeza de França ou o devorismo orçamentário de certas repúblicas nossas conhecidas, onde fazer parte do estado é conquistar o direito à inação da piolheira vitalícia – dormir, apodrecer na sonolência da burocracia que não espera, não deseja, não quer, não age – suga apenas. Tudo isso desapareceu,

nature, since the child belongs more to the mother than to the father in the ratio of nine months to half a minute."

I coughed a fake little cough; Miss Jane didn't notice it and continued:

"The significant feature of that time, however, was in the organization of work. *Everyone* produced. Very soon the American came to the conclusion that the ills of the world came from three deadweights that burdened society – the idler, the sick, and the poor. Instead of combating these deadweights through punishment, medicine and alms, as is done today, they adopted a much more intelligent solution: to suppress them. Eugenics got rid of the first, hygiene of the second, and general efficiency of the latter. Relieved of the useless burden which embarrassed and uglified it so much, America was able to approach a type of association that already existed in nature, the beehive – but the hive of the reasoning bee."

"How wonderful!" I exclaimed, regretting that I had come into the world too soon. "And what about the government, Miss Jane? Had it stopped being the calamity it is today?"

"The principles of efficiency had also penetrated the governmental body. It no longer suggested the memory of the heinous systems of parasitism of yore and of today, like the French royalty or the budgetary squandering of certain republics known to us, where to be part of the state is to earn the right to the inaction of a lifelong fleabag – to sleep, to rot in the somnolence

todas essas formas baixas de parasitismo. Tornou-se o estado americano uma organização em coisa nenhuma diversa das organizações particulares. Apenas maior e com funções unicamente suas.

— Sempre sob o sistema representativo?

— O sistema representativo persistiu. Mas só eram alçados às câmaras homens cujo viver social os apontava como seres de escol, pela força e equilíbrio do cérebro. Não constituía uma situação sujeita a disputas, o ser deputado ou senador. Era uma contingência. Os homens de elite viam-se colocados nesses postos naturalmente, como o melhor músico das orquestras sobe naturalmente à cadeira da regência. O equilíbrio mental tornou-se perfeito, mas apenas da parte dos homens. As mulheres, não obstante o levantamento físico e moral, permaneciam variáveis como no tempo de Francisco I.

— *Souvent femme varie...*

— Conquistaram a mais perfeita igualdade de direitos, mas ondeavam, arrastadas pelo vento das ideias. Trocaram o *souvent* do bom Francisco I pelo *toujours* de miss Elvin. Como a simplicidade dos trajes fizera desaparecer a hoje obsedante preocupação da moda, talvez em virtude do vinco mental deixado elas mudaram a moda para o campo das ideias. O elvinismo, por exemplo, avassalou-as com a tirania do nosso cabelo à *la garçonne*. Excelentes mães de família e ótimas esposas batiam-se pelo sabino com inconsciência de pasmar. Chegadas em casa

of bureaucracy that doesn't expect anything, doesn't desire, doesn't want, doesn't act – it only sucks. All that disappeared, all those base forms of parasitism. The American state became an organization in no way different from private organizations. Only bigger and with its own functions."

"Always under the representative system?"

"The representative system persisted. But only men whose social life pointed them out as beings from the elite, by the strength and balance of their brain, were nominated to the councils. It wasn't a situation subject to disputes, being a deputy or a senator. It was a contingency. The elite men found themselves being naturally placed in these positions, like the best musician of the orchestras naturally rises to the conducting chair. Mental balance became perfect, but only on the part of men. Women, notwithstanding the physical and moral lifting, remained variable as in the time of Francis I."

"*Souvent femme varie...*"[24]

"They achieved the most perfect equality of rights, but they wavered, swept along by the wind of ideas. They exchanged the *souvent* of good Francis I for the *toujours*[25] of Miss Elvin. Since the simplicity of the costumes had made todays obsessive preoccupation with fashion disappear, perhaps by virtue of the mental imprint left behind, they moved fashion into the field of ideas. Elvinism, for example, overwhelmed them with the tyranny of our hair *à la garçonne*. Excellent mothers and great wives, they fought for the Sabino with astonishing thoughtlessness. When

despiam, o cérebro da extravagância e beijavam na testa o *homo* que na rua vinham de condenar como "infame raptor".

O órgão de miss Elvin – *Remember sabino!* – mantinha a exaltação dos espíritos num constante estado de fervura.

— Ainda havia jornais nesse tempo?

— Sim, mas jornais nada relembrativos dos de hoje. Eram radiados e impressos em caracteres luminosos num quadro mural existente na casa dos assinantes.

— E os cegos?

— O cego ficou para trás. Cegueira, mudez, surdez, estupidez, tudo isso não passava de reminiscências dum tempo de que os homens se sorriam com piedade.

O rádio que temos hoje é um simples ponto de partida. Vale como valem para a eletricidade moderna as primeiras experiências de Volta. Descobriram-se novas ondas, e o transporte da palavra, do som e da imagem, do perfume e das mais finas sensações tácteis passou a ser feito por intermédio delas. A consequência lógica foi uma grande transformação da vida. Pelo sistema atual vai o homem para o serviço, para o teatro, para o concerto, ir e vir que constitui o maior desperdício de energia existente. É o criador dos milhões de veículos atravancadores do espaço, bondes, autos, bicicletas, trens, aeroplanos. Com a fecunda descoberta das ondas hertzianas, e sua consequente escravização aos interesses do homem, o ir e vir forçado se reduziu a escala mínima. O serviço, o teatro, o concerto é que

they got home, they stripped their brains of their extravagance and kissed on the forehead the *homo* they'd come to condemn in the street as the 'infamous abductor.'

Miss Elvin's organization – *Remember Sabino!* kept the exaltation of the spirits in a constant boiling state."

"Were there still newspapers in those days?"

"Yes, but newspapers not at all reminiscent of those of today. They were radioed and published in luminous characters on an existing wall board in the subscriber's homes."

"What about the blind?"

"The blind became a thing of the past. Blindness, dumbness, deafness, stupidity, all these were nothing but reminiscences of a time when men smiled pityingly at each other.

The radio we have today is a simple starting point. It's worth as much as Volta's[26] first experiments are worth to modern electricity. New waves were discovered, and the transport of words, sounds and images, of perfume and the finest tactile sensations, began to be carried through them. The logical consequence was a great transformation of life. Under the present system man goes to work, to the theater, to the concert, coming and going, which constitutes the greatest existing waste of energy. It's the creator of millions of space-jamming vehicles: streetcars, automobiles, bicycles, trains, airplanes. With the fecund discovery of the Hertzian waves, and their consequent enslavement to the interests of mankind, the forced comings and

passaram a vir ao encontro do homem. Foi espantosa a transformação das condições do mundo quando a mor parte das tarefas industriais e comerciais começaram a ser feitas de longe pelo rádiotransporte. Para dar uma ideia do que isso representava de economia de esforço e tempo, basta vermos o que era o jornal de miss Elvin. Pelo sistema atual o colaborador ou escreve em casa o seu tópico ou vai escrevê-lo à redação; depois de escrito, passa-o ao compositor; este o compõe e passa-o ao formista, este o enforma e passa-o ao tirador de provas; este tira as provas e manda-o ao revisor; este o revê e envia-o ao corretor; este faz as emendas e... e não se acaba mais! É uma cadeia de incontáveis elos, isto dentro das oficinas, pois que o jornal na rua dá início à nova cadeia que desfecha no leitor – correio, agentes, entregadores, vendedores, o diabo.

— Já estive numa oficina de jornal e sei o que é isso. Puro inferno...

— Toda esta complicação desapareceu. Cada colaborador do *Remember* radiava de sua casa, numa certa hora, o seu artigo, e imediatamente suas ideias surgiam impressas em caracteres luminosos na casa dos assinantes.

Não houve indústria que, como a do jornal, não sofresse a influência simplificadora do rádiotransporte – e isso tirou ao viver quotidiano a sua velha feição de atropelo e tumulto.

Tornaram-se amáveis as ruas, limpas e muito mansas de tráfego. Por elas deslizavam ainda veículos, mas raros, como

goings were reduced to a minimum scale. The workplace, the theater, the concert hall had come to meet man. The transformation of the world's conditions was astonishing when most industrial and commercial tasks began to be done from afar by radiotransportation. To give an idea of what that represented in terms of saving effort and time, we only need to look at how Miss Elvin's newspaper worked. Under the current system, the collaborator either writes his topic at home or goes to the editorial office to write it; once written, he passes it on to the compositor; who sets it up and passes it on to the typesetter, who typesets it and passes it on to the pressman; who presses the proof sheet and sends it to the proofreader; who proofreads it and sends it to the copyeditor; who makes the amendments and... and it never ends! It's a chain of countless links, just inside the workshops, because the newspaper on the street starts the new chain that ends with the reader – post office, agents, deliverymen, salesmen, the devil.

"I've been to a newspaper workshop and I know what that is like. Pure hell..."

"All this complication disappeared. Each *Remember* contributor radioed his article from his home, at a certain time, and immediately his ideas appeared printed in luminous characters in the subscribers' homes.

There was no industry, like that of the newspaper, that didn't go through the simplifying influence of the radiotransportation –

outrora nas velhas cidades provincianas de pouca vida comercial. Tomou gosto o homem no andar a pé e perdeu os seus hábitos antigos de pressa. Verificou que a pressa é índice apenas de uma organização defeituosa e antinatural. A natureza não criou a pressa. Tudo nela é sossegado. Parece coisa muito evidente isto; no entanto foi a maior descoberta que fez o povo mais apressado do mundo...

— Realmente! exclamei, chocado pelo imprevisto daquele aspecto do porvir. Eu que, por assim dizer, moro na rua, só com este quadro da rua futura já me estou assombrando com o horror da rua moderna. E, no entanto, se miss Jane nada me revelasse, continuaria a ter como muito natural o tumulto de hoje...

— O hábito não nos deixa ver os defeitos e daí a vantagem de convulsões como a de miss Elvin. O grande obstáculo ao progresso sempre foi o hábito, a ideia feita, a preguiça de exame constante do único problema material da vida – o do transporte.

– Único?

— Sim, único. Tudo é transporte na vida, senhor Ayrton, e o tumulto de hoje vem das imperfeições dos nossos sistemas de transporte. Tudo é transporte! A minha voz transporta ideias do meu cérebro para o seu. Esse livro, que o senhor tem nas mãos, é um sistema de transporte de impressões mentais. Que faz a firma Sá, Pato & Cia senão transportar mercadorias de um lado para outro, com o fim último de transportar para as burras dos sócios o

and that took away from daily life its old character of hustle and bustle.

The streets became friendly, clean and very quiet of traffic. Vehicles still glided through them, but they were rare, as they once were in the old provincial towns of little commercial life. Man took pleasure in walking and lost his old habits of hurrying. He realized that haste is only the index of a defective and unnatural organization. Nature didn't create haste. Everything in it is quiet. This seems to be a very evident thing; yet it was the greatest discovery made by the most hurried people in the world…"

"Indeed!" I exclaimed, shocked by the unexpectedness of that aspect of the time to come. I, who, so to speak, live in the street, with just this picture of the future street, am already amazed at the horror of the modern street. And yet, if Miss Jane hadn't revealed anything to me, I'd still take today's tumult as quite natural.

"Habit doesn't let us see the defects, and hence the advantage of convulsions such as Miss Elvin's. The great obstacle to progress has always been habit, the fixed idea, the laziness of the constant examination of the only material problem of life – that of transportation."

"The only one?"

"Yes, the only one. Everything is about transportation in life, Mr. Ayrton, and today's turmoil comes from the imperfections of

dinheiro dos clientes? E que é o dinheiro senão um maravilhoso e engenhosíssimo meio de transporte?

— Por isso são as moedas redondas...

— Rodinhas... O homem deu o primeiro grande passo em matéria de transporte com a invenção da roda. Mas ficou nisso. Repare que a nossa civilização industrial se cifra em aperfeiçoar a roda e extrair dela todas as possibilidades. Daqui a séculos, quando for possível ao homem uma ampla visão do seu panorama histórico, todo este período que vem do albor da história até nós, e ainda vai prolongar-se por muitas gerações, receberá o nome de Era da Roda. Mas de 2200 em diante começará o seu declínio e em 3000 e tantos estará passada. Num corte anatômico dessa época vi certo museu nos arredores de Pittsburgh que muito me impressionou – o Museu da Roda. Dormiam nas vitrinas, como dormem hoje os machados de sílex dos nossos avós, as modalidades infinitas de rodas sobre as quais ainda gira a civilização, desde o rodízio brutesco dos carros de boi até a mínima engrenagem dos relógios de pulso. O rádio matará a roda, concluiu miss Jane.

Pus-me a refletir naquilo e a comparar a estreiteza do meu cérebro com a amplidão do cérebro da filha do professor Benson. Quantas rodas tinha ele mais do que o meu! E como rodavam bem lubrificadas as rodinhas do cérebro de miss Jane, todas postas sobre mancais de bilhas...

our transportation systems. Everything is about transportation! My voice transports ideas from my brain to yours. That book, which you have in your hands, is a transportation system of mental impressions. What does the firm Sá, Pato & Cia do but to transport goods from one place to another, with the ultimate goal of transporting the clients' money to the partners' coffers? And what is money if not a wonderful and ingenious means of transportation?"

"That's why the coins are round..."

"Little wheels... Mankind took the first big step in transportation with the invention of the wheel. But that was it. Notice that our industrial civilization amounts to improving the wheel and extracting all the possibilities from it. In centuries to come, when mankind will have an ample view of its historical panorama, this entire period of time, which stretches from the dawn of history to us and will continue for many generations, will be called the Age of the Wheel. But from 2200 onwards it will begin its decline, and by 3000 or so it will be gone. In an anatomical cut of that time I saw a certain museum on the outskirts of Pittsburgh which impressed me a lot – the Museum of the Wheel. Asleep in the shopwindow, like our grandfathers' flint axes sleep nowadays, were the infinite modes of wheels on which civilization still revolves, from the grotesque cartwheels of the oxcarts to the minute cogwheel of wristwatches. The radio will kill the wheel," Miss Jane concluded.

– De tudo quanto miss Jane acaba de dizer, concluo que a vida nos Estados Unidos passou a ser um céu aberto, comentei eu.

– Não vou até lá, contraveio ela. Havia uma pedra no sapato americano: o problema étnico. A permanência no mesmo território de duas raças dispares e infusíveis perturbava a felicidade nacional. Os atritos se faziam constantes e, embora não desfechassem, como outrora, nas violências da Ku Klux Klan, constituíam um permanente motivo de inquietação.

A ideia do expatriamento para o vale do Amazonas tinha um ponto fraco: só podia ser voluntária e o negro não se mostrava inclinado a trocar a cidadania americana por outra qualquer. O processo científico de embranquecê-los aproximava-os dos brancos na cor, embora não lhes alterasse o sangue nem o encarapinhamento dos cabelos. O desencarapinhamento constituía o ideal da negralhada, mas até ali a ciência lutara em vão contra a fatalidade capilar. Se isso se desse, poderia o caso negro entrar por um caminho imprevisto, a perfeita *camouflage* do negro em branco. Tal saída, entretanto, era apenas um sonho dos imaginativos impenitentes. E como a repartição do país em duas zonas não fosse forma admitida pelos brancos, iam os Estados Unidos entrar no seu 88° período presidencial com o mesmo problema que trezentos e trinta e nove anos antes preocupara o grande Washington.

Enquanto miss Jane falava, naquele tom impessoal e frio de sábio a fazer conferência pública, toda ela cérebro e cultas

I started to reflect on that and to compare the narrowness of my brain with the breadth of Professor Benson's daughter's brain. How many more wheels it had than mine! And how well-greased the little wheels of Miss Jane's brain whirled, all set on barrel roller bearings...

"From all that Miss Jane has just said, I conclude that life in the United States has become a paradise on earth," I commented.

"I don't go that far," she countered. "There was a thorn in the flesh of the American: the ethnic problem. The permanence in the same territory of two disparate and infusible races disturbed the national happiness. Frictions were constant and, although they didn't result in the violence of the Ku Klux Klan as in the past, they were a permanent cause for concern.

The idea of expatriation to the Amazon Valley had a weak point: it could only be voluntary, and the black people weren't inclined to exchange their American citizenship for any other. The scientific process of whitening them brought them closer to the whites in color, though it didn't alter their blood or the frizziness of their hair. The defrizzing was the ideal of the black crowd, but until then science had fought in vain against the hair fatality. If that happened, the black case could enter an unforeseen path, the perfect *camouflage* of the black into white. Such option, however, was only a dream of the impenitent, imaginative people. And since the division of the country into two regions wasn't a model accepted by the whites, the United States was about to enter its

expressões na boca, eu, humano que sou, envolvia-a nos meus ternos olhares de carneiro amoroso, e essa minha excessiva atenção à parte corpórea da encantadora vidente me fez perder muita coisa interessante das suas revelações. Distraia-me, preso àquele lindo presente de olhos azuis, sempre a pairar pelas eras futuras. Quando, por exemplo, entrou miss Jane a descrever o tipo dos negros descascados do ano 2228, confesso que perdi metade das suas observações. Achava-me no momento a namorar o mimoso lóbulo da sua orelha esquerda, onde brincava um raio de sol, travesso como Ariel. Esse fio de luz acendia-lhe em ouro a penugem finíssima e o tornava do róseo translúcido de certos veios da ágata. Perdi-me no gracioso pedacinho de carne, como a sua dona andava perdida em plena despigmentação do século XXIII. A poesia falou em mim e uma imagem lírica entreabriu a pieguice das suas pétalas. Lembrei-me do *baiser* de Rostand, *point rose sur l'i du verbe aimer,* e perpetrei coisa melhor: depor naquele ninho de colibri o ovinho de um beijo...

Depois filosofei e pareceu-me apreender uma grande verdade: a beleza não passa de um total de parcelas que a mão da Harmonia soma.

Que terríveis torneiras abre o amor!

Mas ao chegar naquele ponto das suas revelações, ergueu miss Jane os olhos para o relógio. Em seguida apertou o botão da campainha.

88th presidential term with the same problem that three hundred and thirty-nine years[27] before had worried the great Washington."

While Miss Jane spoke, in that cold impersonal tone of a wise person giving a public lecture, all brains and cultured expressions in her mouth, I, human that I am, wrapped her in my tender, loving sheep's gaze, and my excessive attention to the corporeal part of the lovely seer made me miss many interesting things of her revelations. I was distracted, caught up in that beautiful blue-eyed present, always hovering over the future ages. When, for example, Miss Jane went on to describe the type of molted black people of the year 2228, I confess that I missed half of her observations. I found myself at the moment flirting with the cute lobe of her left ear, where a ray of sunlight was playing, mischievous like Ariel.[28] This thread of light lit her very fine down in gold and rendered it the translucent rosy color of certain veins of agate. I lost myself in the graceful little piece of flesh just as its owner was lost in the midst of the depigmentation of the 23rd century. Poetry spoke to me, and a lyrical image blossomed the mawkishness of her petals. I remembered Rostand's *baiser: pont rose sur l'i du verbe aimer,*[29] and perpetrated something better: to lay in that hummingbird's nest the egg of a kiss...

Then I philosophized, and I seemed to grasp a great truth: beauty is nothing but a total of parts that the hand of Harmony adds up.

What terrible taps love opens!

Veio um criado.

– Chá, disse ela.

Eu já sabia da significação do chá, engenhoso ponto e vírgula com que miss Jane punha fim às nossas palestras domingueiras.

Regressei à cidade mais apaixonado do que nunca pela encantadora filha do velho sábio – sábia também ela, mas, ai! bem pouco feminina... O amor que ardia em meu peito não a contagiava. Talvez nem sequer o percebesse. Ou percebera desde o início e dissimulava? Mulher, mulher... Sabina vingativa – *false as water*...

Fiquei na dúvida. Seria miss Jane um puro espírito, uma vibração de éter jamais interferida, ou tinha nervos como as demais, coração, sensibilidade como todas as mulheres?

No dia seguinte, no escritório, notou o patrão o ar distante com que eu colecionava umas faturas. Meu pensamento estava longe da firma, vogando em pleno período da simbiose desmascarada. Não sei por que motivo o senhor Sá mostrava-se nesse dia alegre e familiar. Vira o passarinho verde, com certeza. Tão familiar e alegre que em certo momento me atrevi a fazer-lhe uma pergunta:

– Acha o senhor Sá que é a mulher a fêmea natural do homem?

O honrado negociante não respondeu, mas fulminou-me com tais olhos que achei prudente esgueirar-me para a sala vizinha com

300

But as she reached that point of her revelations, Miss Jane looked up at the clock. Then she pressed the bell button.

A servant came in.

"Tea," she said.

I already knew the meaning of the tea, the ingenious semicolon with which Miss Jane put an end to our Sunday talks.

I returned to the city more in love than ever with the charming daughter of the old sage – she, also a sage, but, alas! not very feminine... The love that burned in my chest wasn't contagious to her. Perhaps she didn't even realize it. Or had she realized it from the beginning and was concealing it? Woman, woman... vengeful Sabina – 'false as water'...

I was in doubt. Was Miss Jane a pure spirit, a vibration of ether never interfered with, or did she have nerves like the others, a heart, and sensibility like all women?

The next day, in the office, the boss noticed the distant air with which I was collecting some invoices. My thoughts were far away from the firm, drifting in the midst of the unmasked symbiosis. I don't know why Mr. Sá was cheerful and familiar that day. He had seen the little blue bird of happiness, for sure. So familiar and cheerful that at a certain moment I dared asking him a question:

"Do you think, Mr. Sá, that women are the natural female of men?"

The honorable merchant didn't answer, but he looked daggers at me with such eyes that I thought it prudent to sneak

o pacote de faturas na mão. Soube depois que, em conferência com o senhor Pato, chegara à conclusão de que a queda no precipício me tinha evidentemente "perturbado as faculdades mentais"...

into the next room with the package of invoices in my hand. I learned later that, in conference with Mr. Pato, he had come to the conclusion that the fall off the cliff had evidently 'disturbed my mental faculties'…

Capítulo XV

Vésperas do Pleito

No próximo domingo voei mais cedo ao castelo, ansioso pela continuação das revelações de miss Jane.

Encontrei-a triste.

– Aconteceu-lhe alguma coisa? – inquiri inquieto.

– Nada, respondeu-me, num suspiro. Saudades de meu pai . Estive ontem no cemitério e minha dor reavivou-se. Como ainda sinto pungente o desfalque sofrido pela sinfonia do universo com a perda de sua nota mais bela!...

A tristeza de minha amiga contagiou-me de tal modo que quando dei por mim uma lágrima me descia pela face.

Miss Jane, comovida, apertou-me a mão. Irmanávamo-nos dia a dia, à medida que as nossas afinidades se iam revelando. Afinidades mentais e de sentimento. Apesar da aparente divergência das nossas ideias, eu via que, no fundo, pensávamos da mesma forma. Quem ali nos visse a conversar da vida futura,

Chapter XV

The Eve of the Election

The following Sunday I rushed earlier to the castle, eager for the continuation of Miss Jane's revelations.

I found her sad.

"Has something happened to you?" I inquired uneasily.

"Nothing!" she replied, with a sigh. "I miss my father. I was in the cemetery yesterday and my pain was revived. How poignant I still feel the dearth suffered by the symphony of the universe with the loss of its most beautiful note!…"

The sadness of my friend affected me in such a way that next thing I knew a tear was running down my face.

Miss Jane, touched, held my hand tight. We grew closer day by day as our affinities revealed themselves. Affinities of mind and feeling. Despite the apparent divergence of our ideas, I could see that, deep down, we thought the same way. Anyone who saw us talking about the future life would swear that we were old friends

juraria que éramos amigos velhos ou parentes próximos – e outra não era a minha impressão. Parecia-me conhecê-la de séculos e não ter convivido nunca com outra pessoa. A menor sombra que passasse pela sua alma logo se refletia na minha. Suas alegrias eram as minhas e minhas as suas tristezas. Como me punha feliz aquela doce convivência...

Mas a nuvem passou afinal e pude vê-la de novo entregue aos acontecimentos do ano 2228.

— Na véspera da 88ª eleição presidencial, prosseguiu ela, apresentava o país o impressionante aspecto desses instantes de imobilidade precursores de tormenta. Como que a armazenar forças para uma explosão trágica, todos os homens permaneciam silenciosos, num estado de repouso muito semelhante a cansaço por antecipação. Só nos arraiais femininos era intenso o reboliço. Estavam as sabinas seguras da vitória e lá com as diretoras do movimento já repartiam os despojos da batalha.

Devo dizer que a presidência de uma elvinista não inquietava grandemente os homens de espírito filosófico. Sabiam muito bem como o poder modifica as ideias dos que lhes galgam as cumeadas. E havia até curiosidade pela vitória sabina por parte dos homens de temperamento artístico – dos que só encaram o mundo através de prismas estéticos. A massa masculina, entretanto, enxergava na vitória de miss Astor o fim do tradicional predomínio do homem na terra.

— Eram ainda as eleições pelo nosso sistema?

or close relatives – and my impression wasn't different. It seemed to me that I had known her for centuries and had never had a close relationship with another person. The slightest shadow that passed through her soul was soon reflected in mine. Her joys were mine and mine were her sorrows. How happy that sweet coexistence made me...

But the cloud passed at last and I could see her again committed to the events of the year 2228.

"On the eve of the 88th presidential election," Miss Jane went on, "the country presented the impressive aspect of those moments of immobility that are precursors of a storm. As if storing up strength for a tragic explosion, all the men remained silent, in a state of repose very much like exhaustion by anticipation. Only in the women's quarters the commotion was intense. The Sabinas were sure of victory and were already sharing, with the directors of the movement, the spoils of the battle.

I must say that the presidency of an Elvinist didn't greatly disturb the men of philosophical spirit. They knew very well how power modifies the ideas of those who climb to the top. And there was even curiosity about the Sabina victory on the part of the men of artistic temperament – those who only see the world through aesthetic prisms. The male masses, however, saw Miss Astor's victory as the end of the traditional predominance of men on the earth."

"Were the elections still under our system?"

— As eleições do século XXIII em nada lembravam as antigas, consistentes na mobilização e reunião dos votantes em pontos prefixados, onde se operava o registro dos votos. Tudo mudara. Os eleitores não saíam de casa – radiavam simplesmente os seus votos com destino à estação central receptora de Washington. Um aparelho engenhosíssimo os recebia e os apurava, automática e instantaneamente, imprimindo os totais definitivos na fachada do Capitólio.

De há muito se haviam eliminado as hipóteses de fraude, não só porque a seleção elevara fortemente o nível moral do povo, como ainda porque a mecanização dos trâmites entregava todo o processo eleitoral às ondas hertzianas e à eletricidade, elementos estranhos à política e da mais perfeita incorruptibilidade.

Mas só os habitantes de Washington gozavam do privilégio de ler com os próprios olhos os números decisivos. O resto da população americana também os lia, e na mesma hora, mas em suas próprias casas.

Certo que estava da vitória, delirava o partido feminino no antegozo de um prazer inédito: bater o macho em seu reduto supremo – a presidência da república!

Na antevéspera das eleições miss Elvin organizou em Washington uma passeata memorável.

— Inda havia disso? perguntei.

— Já não havia disso. Miss Elvin, porém, ressuscitou a velha praxe, a título de curiosidade artística. Como vemos hoje exposições de arte retrospectiva, teve ela a ideia de organizar

"The elections of the 23rd century didn't resemble the old ones at all, which consisted of mobilizing and gathering voters at pre-established points, where the votes were registered. Everything had changed. Voters didn't leave their homes – they simply radioed their votes to the central reception station in Washington. A highly ingenious device received and counted them automatically and instantly, printing the final totals on the Capitol's facade.

The chances of fraud had long since been eliminated, not only because the selection had strongly raised the moral level of the people, but also because the mechanization of the procedures turned the entire electoral process over to the Hertzian waves and electricity, strange elements to politics and of the most perfect incorruptibility.

But only the inhabitants of Washington enjoyed the privilege of reading the decisive numbers with their own eyes. The rest of the American population also read them, and at the same time, but in their own homes.

Certain of the victory, the Female Party was delirious with the foretaste of an unprecedented pleasure: beating the male in his supreme stronghold – the presidency of the Republic!

The day before the eve of the election, Miss Elvin organized a memorable march in Washington."

"Did that still exist?" I asked.

"There was no more of that. Miss Elvin, however, revived the old practice, as an aesthetic curiosity. As we see retrospective art

coisa semelhante – uma passeata à nossa moda, com discursos em râncido estilo retórico, onde se expusessem à luz do dia caducas imagens há muito aposentadas. Reuniu um lote de dez mil correligionárias para um desfile diante do Capitólio. Cada qual traria uma bandeirola ou cartaz, onde se caricaturassem de maneira perverssíssima os homens ou se inscrevessem legendas insultantes – *Abaixo o macaco glabro! Morram os raptores! Viva o sabino! Basta de gorilas evoluídos!*

Essa manifestação realizou-se à noite – e por falar em noite, como imagina o senhor Ayrton que eram as noites desse tempo?

– Como as de hoje, ora essa! Talvez com menos grilos...

– Pois saiba que nenhum espetáculo futuro me surpreendeu tanto como as noites das cidades americanas. A noite urbana que temos hoje não passa da noite natural picada de focos luminosos – um jogo, portanto, de sombra e luz. O que lá vi não recordava essa alternativa. Sofrera completa mudança a iluminação artificial – tamanha como a do transporte depois da vinda do rádio. Inventara-se a luz fria. Por dentro e fora eram pintadas as casas de uma tinta de luar, que dava às cidades o aspecto de emersas de um banho de fósforo. Paredes, muros, telhados, todas as superfícies dimanavam um palor uniforme de sonho. Mas o escuro é tão necessário ao homem como o luminoso – e todas as casas possuíam cômodos não revestidos de luar ou apenas aquarelados de leve. Que deliciosas penumbras vi no Oblivion Park, em Erópolis!...

exhibitions today, she had the idea of organizing something similar – a protest parade in our fashion, with speeches in rhetorical rancid style, in which long-retired decrepit images were exposed to the light of day. She assembled a group of ten thousand fellow Female Party members for a parade in front of the Capitol. Each one would bring a banner or placard, on which very perverse caricatures of men or insulting captions were inscribed – '*Down with the glabrous ape! Death to the abductors! Long live the Sabino! Enough with the evolved gorillas!*'

This demonstration took place at night – and speaking of night, how do you imagine the nights were like in those days, Mr. Ayrton?"

"Just like today's, why! Perhaps with less trouble," I answered.

"You should know that no future spectacle has ever amazed me as much as the nights of the American cities. The urban night we have today is nothing more than the natural night pierced by bright spots – a play, therefore, of shadow and light. What I saw there didn't resemble that alternative. Artificial lighting had undergone a complete change – as much as transportation after the advent of the radio. The cold light[30] had been invented. Inside and out, houses were painted with a moonlight paint, which gave the cities the appearance of being dipped in a phosphor bath. Internal and external walls, roofs, every surface emanated a uniform dreamy pallor. But the dark is as necessary to man as the luminous – and all the houses had rooms not coated with

— Quê? Havia a cidade do Amor?

— Sim. Uma cidade das *Mil e Uma Noites,* erguida no mais belo recanto dos Adirondacks e exclusivamente dedicada ao Amor. Para lá iam os enamorados, os casados em lua de mel, nela só permanecendo durante o período da ebriedade amorosa. O senhor Ayrton com certeza já amou e sabe como o amor desabrocha em flores e perfumes as criaturas. Pois imagine um éden criado pela fantasia de todos os grandes amorosos – Dante, Petrarca, Romeu, Leandro, de colaboração com todas as grandes amorosas, Beatriz, Julieta, Hero. Imagine a rainha Mab a provocar sonhos nesses inebriados e Ariel a realizá-los com o carinho que punha Ariel nas comissões de Próspero. O bafo de Calibã nem de leve embaciava os mármores de Erópolis – a maravilha suprema das artes humanas ao serviço do Amor.

Nada lembrava ali o organismo que é uma cidade comum – misto de órgãos nobres e vísceras de funções humilhantes. Em vez de ruas geométricas, meandros irregulares, ganglionados magicamente de *pelouses* e moitas nupciais. Sumiam-se nelas os amorosos passeantes e em tais ninhos de doçura trocavam o beijo que elabora o porvir. Tudo se planeara em Erópolis com o intento de dar à criatura as mais finas sensações estéticas, de modo que os seres ali concebidos já se plasmassem em beleza e harmonia desde o contato inicial dos gametas. Os filhos de Erópolis passaram a constituir uma elite na América – a nova aristocracia dos filhos do Amor e da Beleza...

moonlight or just lightly watercolored. What delightful penumbras I saw in Oblivion Park, in Eropolis!..."

"What, there was the city of Love?"

"Yes. A city from *The Thousand and One Nights* erected in the most beautiful corner of the Adirondacks and exclusively dedicated to Love. That is where enamored, married couples went on their honeymoon, staying only during the period of amorous inebriation. Mr. Ayrton has certainly loved and knows how love blossoms creatures into flowers and perfumes. Now, imagine an Eden created by the fantasy of all the great male lovers – Dante, Petrarch, Romeo, Leander, in collaboration with all the great female lovers, Beatrice, Juliet, Hero. Imagine Queen Mab[31] provoking dreams in those inebriated, and Ariel fulfilling them with the affection he put in Prospero's commissions. Caliban's breath didn't even slightly tarnish the marbles of Eropolis – the supreme marvel of human arts at the service of Love.

Nothing there resembled the organism that is an ordinary city – a mixture of noble organs and viscera of humiliating functions. Instead of geometric streets, irregular meanders, magically ganglionated with *pelouses*[32] and bridal shrubs. The amorous strollers disappeared into them, and in such nests of sweetness they exchanged the kiss that produce what's yet to come. Everything was planned in Eropolis with the intention of giving all creatures the finest aesthetic sensations, so that the beings conceived there were already shaped in beauty and harmony beginning with the initial contact of the gametes. The children of

Suspirei. Vi-me em Erópolis, de mãos dadas a miss Jane, olhos nos seus olhos e em tal enlevo amoroso que todas as maravilhas da nova ilha de Calipso eram como se não existissem para mim...

— Mas deixemos em paz a cidade do Amor, disse minha amiga fechando o delicioso parêntesis. Trepada a uma estátua fronteira ao Capitólio espera-nos a irrequieta miss Elvin com o seu discurso flamante, perfeitamente *vieux jeu.*

— "Eis, dizia ela apontando para o Capitólio, com ademanes dos nossos oradores mitingueiros, eis o símbolo da Bastilha masculina que será amanhã tomada de assalto! É a casa-mestra da força, a odiosa cabina das manivelas que dirigem tudo. Ali têm habitado os piores monstros da humanidade. Moraram ali Gengis Kan, César, Luís XIV, Frederico da Prússia, Pedro, o grande, Cromwell, todos os gorilas cesáreos que através dos séculos vêm trazendo preso ao seu carro de triunfo um ser de espécie diferente, arrancado ao companheiro natural por um gesto de violência e rapina!

E por aí além...

O presidente Kerlog ouviu pelo seu receptor de bolso a curiosa arenga e disse com muita filosofia ao ministro da Equidade:

— "Parece ridículo tudo quanto ela diz, no entanto a história mostra que nós homens temos sido arrastados por fábulas ainda mais grosseiras."

Eropolis came to constitute an elite in America – the new aristocracy of the children of Love and Beauty..."

I sighed. I saw myself in Eropolis, holding hands with Miss Jane, my eyes in her eyes and in such loving rapture that all the wonders of the new island of Calypso[33] were as if they didn't exist for me...

"But let's leave the city of Love alone," my friend said, closing the delicious parenthesis. "Perched on a statue bordering the Capitol, the restless Miss Elvin awaits us with her flamboyant speech, perfectly *vieux jeu.*[34]

'Behold,' she said, pointing to the Capitol with the affected gestures of our rallying orators, 'behold the symbol of the male Bastille that will be taken by storm tomorrow! It's the powerhouse, the odious cabin of the cranks that manages everything. There have inhabited the worst monsters of humanity. Have lived there: Genghis Khan, Caesar, Louis XIV, Frederick of Prussia, Peter the Great, Cromwell, all the Caesarean gorillas who throughout the centuries have brought, fastened to their cart of triumph, a being of a different species, torn from its natural companion by a gesture of violence and rapine!'

And so on...

President Kerlog listened through his pocket receiver to the curious harangue and said philosophically to the Minister of Equity:

— "Isso só prova, retrucou Berald Shaw, que miss Elvin está errada. Homens e mulheres somos positivamente da mesma espécie..."

E enquanto a passeata de miss Elvin barulhentamente prosseguia no seu percurso, voltaram os ministros à conferência, retomando-lhe o fio no ponto em que a arenga da sabina os interrompera.

— "Dentro de 48 horas tudo estará resolvido," disse o presidente, "e conto com a reeleição. Apesar de não haver obtido de Jim Roy promessa formal, estou absolutamente certo de que nos dará ele os votos negros. Deve neste momento estar apreensivo, o pobre Jim, com o discurso de miss Elvin. Se nos trata ela, a nós brancos, de gorilas, que expressões reservará para os pretos de Jim?"

— "Mas miss Astor também conta com os votos negros," disse o ministro da Seleção Artificial."

— "Engano. Miss Astor espera de Jim uma traição. Ora, traição para miss Astor significa não votar em seu nome. Logo, está convencida de que Jim Roy nos dará os votos negros."

— "E nesse caso derrogaremos a lei seletiva?"

— "Sem dúvida. O pigmento reclama contra o rigor excessivo da lei. Isso aliás pouco importa, porque antes dos maus efeitos da derrogação já teremos solvido o problema. Os últimos estudos técnicos da expatriação para a Amazônia acham-se conclusos. Jim é hábil e domina como déspota a massa negra. Havemos de nos

'It seems ridiculous, all that she says, yet history shows that we men have been slurred by even grosser fables.'

'That only proves,' retorted Berald Shaw, 'that Miss Elvin is wrong. Men and women are positively of the same species...'

And as Miss Elvin's parade proceeded noisily on its way, the ministers returned to the conference, picking up the thread at the point where the Sabina's harangue interrupted them.

'Within 48 hours everything will be settled,' said the President, 'and I'm counting on re-election. Although I haven't obtained a formal promise from Jim Roy, I'm absolutely certain he'll give us the black people's votes. He must be apprehensive right now, poor Jim, with Miss Elvin's speech. If she treats us, white men, as gorillas, what expressions doesn't she reserve for Jim's black people?'

'But Miss Astor also counts on the black people's votes,' said the Minister of Artificial Selection.

'You're mistaken. Miss Astor expects betrayal from Jim. Now, betrayal for Miss Astor means not voting for her. Therefore, she's convinced that Jim Roy will give us the black people's votes.'

'And in that case will we derogate the selective law?'

'Absolutely. The pigment protests against the excessive strictness of the law. That, by the way, matters little, because before the bad effects of the derogation we will have already solved the problem. The latest technical studies on the expatriation to the Amazon have been completed. Jim is skillful

entender. Havemos de impor-lhe, por bem ou por mal, a solução branca. No momento o caso se resume em dele obtermos o concurso eleitoral, pois quem lá pode saber que rumo tomarão os acontecimentos, se vencem as elvinistas? É impossível protelar por mais tempo, com paliativos ilusórios, a solução do binômio racial. Ou expatriamos os negros já, ou dentro de meio século seremos forçados a aceitar a solução negra, asfixiados pela maré montante do pigmento."

— "Destruído, aliás..."

— "Oh, antes o não fosse! A mim chega a repugnar o aspecto desses negros de pele branquicenta e cabelos de carapinha. Dão-me a ideia de descascados..."

— E miss Astor? perguntei. Continuava perplexa?

— A poucos passos da Casa Branca também miss Astor conferenciava com várias sumidades do seu partido.

— "Estás ministra, minha cara Dorothy Glynor, se vencermos..." dizia ela a uma linda criatura, candidata ao Ministério da Educação Social.

— "Se?...," fez Dorothy Glynor. "Pois ainda admite dúvidas, depois da *entente* com Jim Roy?"

— "Tudo me leva a crer que Jim Roy não perderá a oportunidade de ajudar-nos a apear o macho branco, inimigo tradicional da sua raça. A lógica me conduz a esse raciocínio, mas

and dominates the black mass like a despot. We will have to get along. We will impose the white solution on him, for better or for worse. For the moment the case boils down to obtaining his electoral support, because who knows what direction the events will take if the Elvinists win? It's impossible to delay any longer, with illusory palliatives, the solution of the racial binomial. Either we expatriate the blacks now, or in half a century we'll be forced to accept the black solution, asphyxiated by the rising tide of the pigment.'

'Destroyed, in other words…'

'Oh, I wish it weren't! I'm actually repulsed by the appearance of those whitish-skinned black people with kinky hair. They make me think they're blanched…'"

"And Miss Astor?" I asked. "Was she still perplexed?"

Miss Jane answered:

"A few steps from the White House, Miss Astor was also conferring with various luminaries of her party.

'You are a minister, my dear Dorothy Glynor, if we win…,' she was saying to a beautiful creature, a candidate for the Ministry of Social Education.

'If?' asked Dorothy Glynor. 'For you still admit to doubts after the *entente* with Jim Roy?'

'Everything leads me to believe that Jim Roy won't miss the opportunity to help us oust the white male, traditional enemy of his race. Logic leads me to that reasoning, but above logic there

acima da lógica há em mim uma voz interna, uma ressonância que raro falha – e essa voz me diz que Jim vai trair…"

– "A nós?"

– "Não sei. Sinto no ar a traição, e sinto-a tão forte que ando presa de um estranho mal estar. É com esforço que procuro conter os meus nervos. O entusiasmo com que me apresento em campo não passa de mera atitude. O que há em mim – e cada vez mais angustiante, é uma profunda depressão nervosa…"

Miss Evelyn Astor estava à sua mesa de trabalho, em permanente comunicação com todos os distritos do país. Recebia de minuto em minuto informações animadoras, mas ouvia-as quase desatenta. O imenso entusiasmo reinante nos arraiais femininos – entusiasmo que ela mesma acendera com suas famosas irradiações – só não contagiava a sua autora. Miss Astor metia os olhos do pressentimento pela fachada capitolina e não lia lá o seu nome…

Bem outra se apresentava a situação nos arraiais de Jim . Permanecia a população negra numa espécie de calma fatalista, aguardando com insidiosa quietude de pântano a senha que o grande *leader* só radiaria uma hora antes do pleito. Até esse momento a formidável massa de cinquenta e tantos milhões de votantes conservar-se-ia neutra. Tinham compreendido as imensas vantagens da coesão e delegação de todas as vontades numa só, além de que depositavam em Jim Roy uma fé que nem

is in me an inner voice, a resonance that rarely fails – and this voice tells me that Jim will betray...'

'Us?'

'I don't know, I feel the betrayal in the air, and I feel it so strong that I'm prey to a strange uneasiness. It's with effort that I try to contain my nerves. The enthusiasm with which I present myself on the field is mere attitude. What is in me – and increasingly distressing, is a deep nervous depression...'

Miss Evelyn Astor was at her desk, in permanent communication with every district in the country. She received encouraging information every minute, but she listened to it almost inattentively. The immense enthusiasm reigning in the feminine camps – enthusiasm that she herself had kindled with her famous irradiations – was just not contagious to its author. Miss Astor glanced with foreboding eyes at the Capitol facade and didn't read her name there...

The situation was quite different at Jim Roy's camps. The black population remained in a sort of fatalistic calm, waiting with insidious, swamp-like quietness for the password that the great leader would only radio an hour before the election. Until that moment, the formidable mass of fifty-odd million voters would remain neutral. They had understood the immense advantages of cohesion and delegation of all their wills into one, and they had placed in Jim Roy a faith that not even Moses had earned from the Hebrew people. There was something majestic

Moisés merecera do povo hebraico. Qualquer coisa de majestade havia naquele oceano submisso – escravo de novo, escravo como sempre, mas desta vez escravo por livre consentimento.

about that submissive ocean – slave again, slave as always, but this time slave by free consent."

Capítulo XVI

O *Titan* Apresenta-se

— Fora o pleito marcado para as onze horas da manhã e duraria apenas trinta minutos. Em meia hora o assombroso fenômeno de um bloco de cem milhões de criaturas a imprimirem em símbolos numéricos a sua vontade na fachada do Capitólio completar-se-ia de maneira perfeita.

Jim Roy prevenira os seus agentes distritais de que só às dez da manhã daria o nome do candidato. Esses agentes, por sua vez, radiariam aos eleitores das respectivas zonas a esperada senha.

Às nove e meia recolheu-se Jim à sua sala de trabalho, no palácio da Associação Negra, e fechou-se por dentro.

Apesar da solidez dos seus nervos o *leader* vacilava...

Às 9 e 45 aproximou-se da janela e espalhou o olhar pelo casario de Washington. O panorama que viu, entretanto, foi bem diverso. Descortinou todo o lúgubre passado da raça infeliz. Viu, muito longe, esfumado pela bruma dos séculos, o humilde

Chapter XVI

The Titan Presents Himself

"The election had been scheduled for eleven o'clock in the morning, and it would only last thirty minutes. In half an hour the astonishing phenomenon of a block of a hundred million creatures imparting their will in numerical symbols on the facade of the Capitol would be perfectly completed.

Jim Roy had warned his district agents that he would only give the name of the candidate at ten in the morning. These agents, in turn, would radio the voters of their respective zones the expected password.

At nine-thirty Jim retired to his workroom in the Black Association palace and locked himself in.

Despite the solidity of his nerves, the leader vacillated …

At 9:45 he went to the window and looked out over Washington's rows of houses. The panorama he saw, however, was quite different. He glimpsed into the whole lugubrious past

kraal[35] africano visado pelo feroz negreiro branco, que em frágeis brigues vinha por cima das ondas, qual espuma venenosa do oceano. Viu o assalto, a chacina dos moradores nus, o sangue a correr, o incêndio a engolir as palhoças. Depois, o saque, o apresamento dos homens e das mulheres válidos, a algema que lhes garroteava os pulsos, a canga que os metia dois a dois em comboios sinistros, tocados a relho para a costa. Viu, como goelas escuras, abrirem-se os porões dos brigues para tragar a dolorosa carne do eito. E recordou o interminável suplício da travessia... Carga humana, coisa, fardos de couro negro com carne vermelha por dentro. A fome, a sede, a doença, a escuridão. Por sobre as cabeças da carga humana, um tabuado. Por cima do tabuado, rumores de vozes. Eram os brancos. Branco queria dizer uma coisa só: crueldade fria...

Viu depois o desembarque. Terra, árvores, sol – não mais como em África. Nada deles, agora – nem a terra, nem as árvores, nem o sol. Caminha, caminha! Se um tropeça, canta-lhe o látego no lombo. Se cai desfalecido, trucidam-no. A caravana marcha, trôpega, e penetra nos algodoais...

Viu Jim viçarem luxuriosos os algodoais da Virgínia depois que o negro chegou. Além das chuvas havia a regá-los agora o suor africano – suor e sangue.

Viu dois séculos de chicote a lacerar carne e ouviu dois outros séculos de lágrimas, gemidos e lamentosos uivos de dor. E viu a América ir saindo dessa dor, como a pérola, filha do sofrimento do molusco, nasce na concha...

of the unhappy race. He saw, far away, smudged by the fog of centuries, the humble African *kraal* targeted by the ferocious white slave trader, who came over the waves in frail brigs, like poisonous ocean foam. He saw the assault, the slaughter of the naked inhabitants, the blood flowing, the fire engulfing the huts. Then, the plundering, the capturing of the worthy men and women, the shackling that garroted their wrists, the yoke that plunged them two by two into sinister convoys, goaded by rawhide whip to the coast. He saw, like dark throats, the holds of the brigs opening to swallow the painful rows of flesh. And he remembered the interminable torture of the crossing... Human cargo, things, bales of black leather with red meat inside. The hunger, the thirst, the disease, the darkness. Over the heads of the human cargo, a wooden floor. Above the wooden floor, rumblings of voices. It was the white people. White meant only one thing: cold cruelty...

Then he saw the landing. Land, trees, sun – no longer as in Africa. Nothing of theirs, now – not the land, not the trees, not the sun. Move along, move along! If one stumbles, the whip cracks on his back. If he passes out, they trounce him. The caravan marches on, unsteady, and goes into the cotton fields...

Jim saw the luxurious flourishing of the cotton fields of Virginia after the black man arrived. Besides the rains there was now the African sweat watering them – the sweat and blood.

He saw two centuries of the whip lacerating flesh and heard another two centuries of tears, of groans and wailing howls of

Viu depois a Aurora da noite de duzentos anos: Lincoln. O branco bom disse: Basta! Ergueu exércitos e das unhas de Jefferson Davis arrancou a pobre carne-coisa.

As algemas caíram dos pulsos mas o estigma ficou. Às algemas de ferro se substituíram as algemas morais do pária. O sócio branco negava ao sócio negro a participação de lucros morais na obra comum. Negava a igualdade e negava a fraternidade, embora a Lei, que paira serena acima do sangue, consagrasse a equiparação dos dois sócios.

E viu Jim que Justiça não passava de uma pura aspiração – e que só há justiça na terra quando a força a impõe.

– "Hei de fazer-me força e impor a justiça, murmurou o grande negro."

Em sua testa larga profunda ruga se abriu. Seus olhos se cerraram e Jim permaneceu imóvel, como que siderado por uma ideia de gigante.

Soou a primeira badalada das dez. Era o momento de radiar a esperada senha.

O titã despertou. Dirigiu-se para a cabina emissora. De passagem deteve-se diante de um busto de Lincoln e disse, pausadamente, pondo-lhe a mão sobre a cabeça:

– "Tu começaste a obra, Jim vai concluí-la..."

Penetrou na cabina. Vacilou um instante em face do aparelho que lhe ia veicular a vontade. Contraiu os músculos num sorriso de senegalês descorticado – e pronunciou

pain. And he saw America emerging from that pain, as the pearl, daughter of the suffering of the mollusk, is born in the shell…

Then he saw the Dawn of the night of two hundred years: Lincoln. The good white man said, 'Enough!' He raised armies and ripped the poor flesh-thing from Jefferson Davis's fingernails.

The shackles fell from the wrists, but the stigma remained. The iron shackles were replaced by the moral shackles of the pariah. The white partner denied the black partner a share in the moral profit of the common work. He denied equality and denied fraternity, although the Law, which hovers serenely above blood, consecrated the equality of the two partners.

And Jim saw that Justice was but a pure aspiration – and that there is justice on earth only when force imposes it.

'I shall turn myself into force and impose justice,' murmured the great black man.

On his broad forehead, a deep wrinkle opened. His eyes closed, and Jim remained motionless, as if bewildered by a giant's idea.

The first stroke of ten o'clock sounded. It was time to radio the expected sign.

The titan awoke. He headed for the broadcasting booth. He stopped in front of a bust of Lincoln and said slowly, putting his hand on its head:

finalmente, com voz segura, a palavra secreta que escondera
até ali:

— "O candidato da raça negra é Jim Roy."

'You started the work, Jim will finish it…'

He stepped into the cabin. He hesitated for a moment in the face of the device which was about to convey his will. He contracted his muscles in a decorticated Senegalese smile – and finally pronounced, in a confident voice, the secret word that he had been hiding until then:

'The candidate of the black race is Jim Roy.'"

Capítulo XVII

A Adesão das Elvinistas

Arregalei os olhos de surpresa. Nem por sombras eu havia imaginado aquela hipótese e confessei-o a Miss Jane.

— A surpresa não foi unicamente sua, senhor Ayrton. Alguns minutos passados depois do gesto decisivo do formidável *leader* negro e cinquenta milhões de eleitores recebiam a imprevista senha como se recebessem violenta pancada no crânio. A sensação de atordoamento foi geral. Pelo cérebro dos despigmentados passara tudo, menos aquilo. Nem um negro sequer imaginara tal hipótese. Mas a perturbação foi-se desfazendo, e à medida que se ia desfazendo iam-se-lhe iluminando as caras dum *sorriso novo no mundo*. Um sorriso sem significação, puramente reflexo. O sorriso do grilheta que nasceu de algemas ao pulso e de

Chapter XVII

The Adherence of the Elvinists

My eyes widened with surprise. I hadn't even remotely imagined that possibility, and I confessed it to Miss Jane.

"The surprise wasn't only yours, Mr. Ayrton. A few minutes after the decisive gesture of the formidable black leader, fifty million voters received the unexpected signal as if they had received a violent blow to the skull. The stunned feeling was general. The brains of the depigmented had been through everything except that. Not even a single black person had imagined such a possibility. But the disturbance gradually subsided, and as it subsided their faces lit up with a *new smile to the world*. A smile without meaning, purely a reflex. The smile of the convict who was born with shackles on his wrists and suddenly sees them vanish into mist at the contact of the magical talisman.

súbito as vê se esvaírem em névoa ao contato de mágico talismã.

Livre, apenas? Não! Senhor, agora...

O sigilo das comunicações radiadas era perfeito. Onda que partisse com recado para fulano jamais errava de porta ou se deixava transviar pelo caminho. Mesmo assim miss Astor, cujo maquiavelismo de espírito não extremava a rubra ideologia elvinista dum maravilhoso senso das realidades, conseguira feliz êxito na caçada que armou à onda portadora da senha de Jim Roy. Não corromperia a onda, de si incorruptível, mas um dos seus destinatários – talvez o único agente infiel de quantos tinha Jim a seu serviço. Logo que recebeu a senha, esse espião chamou miss Astor ao aparelho das comunicações reservadas.

Estava ela a postos na sede do partido, rodeada do seu ardente estado-maior. Mal soou o chamado, deixou as companheiras e literalmente atirou-se ao *phone*, adivinhando do que se tratava. A viva expressão de curiosidade do seu rosto, porém, demudou-se em derrocada. Seus olhos arregalaram-se e seus lábios, subitamente brancos, tremeram.

Vendo o transtorno de feições da chefa suprema, o estado-maior elvinista acudiu inquieto.

— "Que há? indagou miss Elvin, agarrando-a pelos ombros. Vota Jim com Kerlog?

Free, just? No! Now, master...

The secrecy of the radioed communications was perfect. A wave that sent messages to so-and-so would never miss a door or get lost along the way. Even so, Miss Astor, whose Machiavellian mind didn't sublimate the passionate Elvinistic ideology from a marvelous sense of reality, had succeeded in her pursuit for the wave bearing Jim Roy's sign. She wouldn't corrupt the wave, itself incorruptible, but she'd corrupted one of its recipients – perhaps the only unfaithful agent Jim had amongst the many in his service. As soon as he received the sign, that spy called Miss Astor on the private communication device.

She was standing by at the party headquarters, surrounded by her ardent general staff. As soon as the call sounded, she left her comrades and literally threw herself at the phone, guessing what it was all about. The lively expression of curiosity on her face, however, was transformed into a meltdown. Her eyes widened, and her lips, suddenly white, trembled.

Seeing the upset of the supreme leader's features, the Elvinist general staff went to the rescue in disquiet.

'What is it?' asked Miss Elvin, grabbing her by the shoulders. 'Is Jim voting for Kerlog?'

Miss Astor wanted to answer but couldn't. She felt a cloud blurring her vision, a buzzing in her ears, a whirling in her brain. And she swooned back, unconscious."

Miss Astor quis responder mas não pôde. Sentiu uma nuvem turvar-lhe a vista, uma zoeira nos ouvidos, um turbilhão no cérebro. E descaiu para trás, desmaiada.

— Como as de hoje...

— O pânico apossou-se incontinenti do estado-maior elvinista e transformou a sala num rodamoinho de lindas baratas tontas. Entraram as sabinas a correr de um lado para outro, trefegamente, a agarrar-se entre si, a gritar.

Mas a voz aguda de miss Elvin se fez ouvir e as conteve logo:

— "Se Evelyn desmaiou, é que recebeu uma terrível notícia, e a única notícia terrível que Evelyn poderia receber é a da adesão de Jim a Kerlog. Logo, estamos derrotadas...

E os olhos da sabina despediram uma terrível faísca do ódio – não político, não sexual apenas, mas *especial*, sentimento inédito do mundo e de pura criação elvinista. Cerrou os punhos e ergueu-os na direção do Capitólio, ao mesmo tempo que uivava qual loba ferida:

— "Não importa, Kerlog! Recorreremos aos grandes meios – à sabotagem, à boicotagem do gorila!

— "Bravos! gritaram as elvinistas, já recompostas da momentânea desorientação. Viva o boicote!

Miss Elvin rangia os dentes.

— "Os infames monstros, perorou, jamais poderão prever o plano infernal de sabotagem que contra eles organizei! Parecem ignorar, esses orgulhosos gorilas, que a

"Like today's women..."

"Panic immediately gripped the Elvinist general staff and transformed the room into a whirling of beautiful headless chickens. The Sabinas rushed to and fro, anxiously, grabbing each other, screaming.

But the high-pitched voice of Miss Elvin's made itself heard and restrained them at once:

'If Evelyn has fainted, it's that she received terrible news, and the only terrible news Evelyn could receive is that of Jim's joining Kerlog. Therefore, we're defeated...'

And the Sabina's eyes fired a terrible spark of hatred – not political, not sexual only, but *special*, a feeling unheard of in the world and of purely Elvinistic creation. She clenched her fists and raised them in the direction of the Capitol, at the same time howling like a wounded she-wolf:

'It doesn't matter, Kerlog! We'll resort to the great means – to sabotage, to boycotting the gorilla!'

'Bravos!' shouted the Elvinists, already recovered from the momentary disorientation. 'Hooray to the boycott!'

Miss Elvin gritted her teeth.

'The infamous monsters,' she perorated, 'will never anticipate the infernal plan of sabotage that I've organized against them! They seem to be unaware, those proud gorillas, that nature made them from flesh, all of it Achilles heels. I invite the Sabinas present here for a meeting tomorrow at my house in order to study the immediate

natureza os fez de uma carne toda ela calcanhares de Aquiles. Convido as sabinas presentes para uma reunião amanhã em minha casa, a fim de estudarmos a aplicação imediata do plano diabólico. Às oito horas, lá, todas!

— "Bravos! Bravos! Sabotemos o gorila!

A grita fez efeito de sais nos nervos da chefa desmaiada. Miss Astor entreabriu os olhos, passou as mãos pelo rosto, como a afastar as últimas sombras e, reentrando na posse dos seus sentidos, ergueu-se de pé. Circunvagou pelo ambiente o olhar ainda trocado e em tom de mistério murmurou por fim, como se estivesse a falar consigo própria:

— "É indispensável um entendimento com Kerlog. Tudo mudou...

O espanto das elvinistas atingiu o auge. Estarreceram todas, de olhos arregalados e bocas entreabertas.

Miss Astor prosseguiu:

— "Temos de nos aliar de novo ao homem...

— "Nunca! rugiu miss Elvin, escarlate de furor. Transigir, nunca!...

O relógio da sala interrompeu o tumulto com o pingar das onze – a hora eleitoral.

— "Sim, murmurou pausadamente miss Astor. Sim, porque já não se trata de um mero choque político entre as duas facções da raça branca. Trata-se da luva que nos vem de lançar ao rosto a raça negra. Jim Roy neste momento já deve estar eleito presidente da república...

implementation of the diabolical plan. At eight o'clock, there, everyone!'

'Bravos! Bravos! Let's sabotage the gorilla!'

The shouting had a salutary effect on the nerves of the fainting boss. Miss Astor slowly opened her eyes, ran her hands over her face, as if to ward off the last shadows, and, regaining possession of her senses, rose to her feet. She looked around the room with her eyes still blurred, and in a tone of mystery she murmured at last, as if she were speaking to herself:

'An understanding with Kerlog is indispensable, everything has changed...'

The astonishment of the Elvinists reached its peak. They were all dismayed, wide-eyed and mouths hanging open.

Miss Astor went on:

'We must ally ourselves with man again...'

'Never,' roared Miss Elvin, scarlet with furor. 'Compromise, never!...'

The clock in the room interrupted the commotion with the pinging of eleven o'clock – the election time.

'Indeed,' murmured Miss Astor, 'Indeed, because this is no longer a mere political clash between the two factions of the white race. This is about the gauntlet the black race is throwing in our faces. Jim Roy by now might have already been elected President of the Republic...'

Se uma granada de gás estupefaciente houvera explodido no salão, outro não seria o aspecto daquelas sabinas apalermadas pelo inaudito da surpresa. Transformaram-se em verdadeiras mulheres de Ló, mudas e imóveis, com os olhos cravados na *leader*.

Miss Astor continuou:

— "Não me enganavam os meus pressentimentos! Eu senti que Jim trairia. Ide ver, na fachada do Capitólio, o seu nome vitorioso.

Precipitaram-se as elvinistas para a janela e leram no frontão do monumento o nome de Jim Roy! Depois de 87 presidentes brancos surgia o primeiro negro, eleito por 54 milhões de votos. Miss Astor obtivera 50 milhões e meio e Kerlog 50 milhões e pico. Apesar de disporem de um eleitorado quase duplo do contrário, perdiam os brancos a curul presidencial graças à cisão entre os sexos provocada pelo elvinismo...

Foi instantânea e radical a mudança que se operou nas mulheres. Apreenderam num relance todas as consequências possíveis do golpe negro e tomaram-se de furiosa crise de sentimentalismo amoroso pelo homem branco, ser mau, opressivo, injusto, não havia dúvida, mas afinal de contas o marido milenar da mulher. Mal com ele, pior sem ele. Estava tão longe o sabino...

Miss Astor tomou a palavra e fez-se a intérprete do pensamento dominante.

If a stupefying gas grenade had exploded in the room, no other would have been the appearance of those stunned Sabinas with the unprecedented surprise. They turned into real women of Lot, mute and motionless, with their eyes fixed on the female leader.

Miss Astor continued:

'I wasn't wrong about by my feelings! I felt that Jim would betray. Go see, on the facade of the Capitol, his victorious name.'

The Elvinists rushed to the window and read Jim Roy's name on the pediment of the monument! After 87 white presidents, the first black president emerged, elected by 54 million votes. Miss Astor had obtained 50 and a half million and Kerlog 50 odd million. Despite having an electorate almost double the size of the opponent, the whites lost the presidential curule thanks to the split between the two sexes provoked by Elvinism...

The change among the women was instantaneous and radical. They grasped in a flash all the possible consequences of the black coup, and were overcome by a furious crisis of amorous sentimentality for the white man, a bad, oppressive, unfair being, beyond doubting, but he was, after all, woman's millennial husband. Better the devil you know than the one you don't. So far away was the Sabino...

Miss Astor took the floor and made herself the interpreter of the dominant thought.

— "Eis as consequências da nossa loucura! Divorciamo-nos do nosso velho companheiro sexual e...

— "Companheiro ilegítimo! aparteou miss Elvin.

— "Seja, mas nem por isso menos companheiro. Divorciamo-nos dele, declaramos-lhe guerra, difamamo-lo, e a paixão nos cegou a ponto de não vermos o polvo que espiava a brecha a fim de envolver o Capitólio nos seus tentáculos! Ah, Kerlog, que injusta fui contigo recusando a fusão partidária que me propunhas! E como fui cruel respondendo às tuas leais palavras com anfiguris em linguagem sabina! Vejo bem claro agora o nosso erro e, embora reconhecendo as queixas que a mulher tem do macho, também reconheço que sem o concurso dele nada valeríamos no mundo. Bastou um momento de divórcio para que nos víssemos nesta horrível situação: apeadas do domínio e à mercê de uma raça de pitecos que, essa sim, tem contas terríveis a justar conosco...

Palmas e bravos estrepitaram. Só miss Elvin, irredutível no seu sonho, conservara-se de pé atrás.

— "E as minhas teorias? uivou ela. Que importa um momentâneo incidente eleitoral em face do fulgor das minhas ideias? Voto contra a aproximação com Kerlog e protesto contra o movimento de fraqueza, a crise amorosa que vejo estampada nas palavras de Evelyn! Proponho o prosseguimento da luta com redobrado ardor. Submissão de novo, nunca!...

'Here are the consequences of our folly! We divorced our old sexual companion and...'

'Illegitimate companion!' interrupted Miss Elvin.

'So be it, but no less a companion. We divorced him, we declared war on him, we slandered him, and passion so blinded us that we didn't see the octopus that pried into the breach in order to envelop the Capitol in its tentacles! Ah, Kerlog, how unfair I've been to you by refusing the party fusion you proposed to me! And how cruel I've been by answering to your loyal words with amphigories in Sabina language! I now see our mistake very clearly and, while recognizing the complaints a woman has about the male, I also recognize that without his help we would be worthless in the world. It only took a moment of divorce for us to find ourselves in this horrible situation: deposed of our dominion and at the mercy of an pithecoid race, who do have a terrible score to settle with us...'

Claps and bravos thundered. Only Miss Elvin, unyielding in her dream, remained skeptical.

'What about my theories?' she howled. 'What does a momentary electoral incident matter in the face of the brilliance of my ideas? I vote against the rapprochement with Kerlog and protest against the weakness movement, the amorous crisis I see stamped in Evelyn's words! I propose the pursuit of the fight with redoubled ardor. Submission again, never!...'

Nem uma só voz se ergueu para apoiá-la. Suas palavras tiveram como resposta um silêncio de cemitério. Estava morto o elvinismo e de cinzas varridas de todos aqueles cérebros e corações. Diante do silêncio da assembleia ainda mais se exaltou miss Elvin, rompendo em apóstrofes violentíssimas contra o "gorila pelado" e o "sentimentalismo ovelhum" das suas companheiras.

Dessa vez não foi o silêncio de cemitério que acolheu sua arenga. Foi a assuada.

— "Fora! Abaixo o sabino! Viva o homem! Viva o macho forte que suplantou o macho fraco!...

— "Sim," perorou miss Astor, "viva o homem! Macho natural ou não, neto do gorila ou não, é ele o nosso marido pela milenar consagração dos fatos. Sempre vivemos ao seu lado, ora escravas, ora deusas, irmãs de peregrinação nesta caravana misteriosa que veio do *Inde*? e vai para o *Unde*? Peludas que éramos ainda, e lá no fundo das idades já o ajudávamos a afiar o machado de sílex com que nos amparou das agressões do *urso speleus*. Comemos os dois bifes crus de megatérios. A dois nos derramamos por todos os recantos do globo e conseguimos a dominação hoje absoluta. Juntos subimos aos tronos e fomos lançados às feras do circo. De mãos dadas compusemos à sublime epopeia do amor – poema que principiou com a vida e só com ela terá fim... O sabino, inda que existisse, seria um fraco. O raptor valia muito mais do que esse hipotético bicho marinho, só

Not even a single voice rose to support her. Her words were met with the silence of a cemetery. Elvinism was dead, and swept away from all those brains and hearts like ashes. In the face of the silence of the assembly, Miss Elvin became even more exalted, breaking out in violent apostrophes against the 'hairless gorilla' and the 'ovine sentimentalism' of her comrades.

This time it wasn't the silence of a cemetery that welcomed her harangue. It was the uproar.

'Out! Down with the Sabino! Long live man! Long live the strong male who has supplanted the weak male!...'

'Yes,' perorated Miss Astor, 'long live man! Natural male or not, grandson of the gorilla or not, he's our husband by the millennial consecration of the facts. We have always lived beside him, sometimes slaves, sometimes goddesses, sisters of pilgrimage in this mysterious caravan which came from *Inde*? and goes to *Unde*?[36] We were still mongrels, and through the ages we already helped him sharpening the flint axe with which he protected us from the aggressions of the *Ursus spelaeus*.[37] Together we ate the raw megatherium[38] steaks. Together we spread ourselves to every nook and cranny of the globe and achieved the domination that is now absolute. Together we climbed thrones and were thrown to the beasts of the circus. Hand in hand we composed the sublime epic of love – a poem that began with life and will only end when life ends... The Sabino, even if he existed,

existente, talvez, na imaginação exaltada da nossa cara miss Elvin...

— "Era o peixe-boi, o pesado animalão que os homens arpoam no Amazonas... aparteou miss Dorothy Glynor.

— "O homem é o gorila, o gorila, o gorila... urrava miss Elvin possessa.

— "Pois viva então o gorila! concluiu miss Astor e sob aplausos delirantes. Fique miss Elvin com o boi do mar que nós ficaremos com o nosso velho e tradicional gorila. À Casa Branca!...

E, numa revoada, precipitou-se para a Casa Branca o bando das ondeantes mamíferas com miss Astor à frente. Só ficou no recinto a sabina teimosa, a bater o pé e uivar para as cadeiras vazias:

— "Gorila, gorila, gorila, gorila...

Nesse ponto Miss Jane parou para tomar fôlego, enquanto eu dizia:

— Toma! não pude deixar de exclamar. Eu, que tenho muita honra de ser neto do meu avô gorila, exulto com a derrota dessa renegada. Mas... e Kerlog, miss Jane? Como recebeu ele a notícia do pleito?

— O presidente Kerlog recebeu o resultado do pleito com um assombro igual ao das mulheres, embora muito diferente na sua exteriorização. Convicto do apoio de Jim Roy a um dos partidos brancos, chegara a admitir, por hipótese, a vitória de miss Astor; mas lá no íntimo contava

would be a weakling. The abductor was worth much more than this hypothetical sea creature, only existing, perhaps, in the exalted imagination of our dear Miss Elvin...'

'It was the manatee, the heavy beast that men harpoon in the Amazon...' interrupted Miss Dorothy Glynor.

'Man is the gorilla, the gorilla, the gorilla...' howled Miss Elvin.

'So long live the gorilla then!' concluded Miss Astor and to delirious applause. 'Miss Elvin can keep the ox of the sea and we shall keep our old and traditional gorilla. To the White House!...'

And, in flocks, the swarm of wavering mammalians rushed to the White House with Miss Astor at the head. Only the stubborn Sabina remained in the room, stamping her foot and howling at the empty chairs:

'Gorilla, gorilla, gorilla, gorilla...'"

At that point Miss Jane paused to take a breath, when I said:

"Take that!" I couldn't help exclaiming. "I, who have great honor of being the grandson of my gorilla grandfather, rejoice at the defeat of this renegade. But... what about Kerlog, Miss Jane? How did he receive the news of the election?"

"President Kerlog received the result of the election with the same astonishment as the women, although very different in its exteriorization. Convinced of Jim Roy's

com a sua. De modo que quando na fachada capitolina surgiu o nome de Jim, a sensação que o empolgou foi de pesadelo. Apalpou-se e beliscou as carnes a ver se dormia. Não era pesadelo, não. Era coisa pior – fato! E como a hipótese da eleição de um negro nem por sombras lhe houvesse passado pela ideia, o seu desnorteamento fez-se absoluto.

Kerlog reclinou-se sobre a secretária e permaneceu durante alguns instantes imóvel, com a cabeça apoiada nas mãos. Dava tempo a que a ideia nova da eleição de um presidente negro penetrasse em seu cérebro, criando lá pelas circunvoluções um quadro inexistente. Custou a aboletar-se essa ideia. Não cabia em sistema nenhum e punha arrepios em todos perto dos quais passava...

Mas possuía uma sólida organização mental o 87° presidente; reagiu contra o golpe e logo reentrou no controle dos seus espíritos. Tomou um gole d'água e dirigiu a palavra aos atônitos ministros presentes.

– "Chegou afinal a crise prevista há séculos e de maneira surpreendente. A hipótese que acaba de realizar-se creio que jamais passou pelo espírito de nenhum americano, branco ou preto. É obra exclusiva de Jim Roy e explica a paciência com que vem ele automatizando a massa negra. Mas o fato está consumado. É um desafio, uma luva lançada ao rosto da raça branca, à qual nos cumpre dar troco. Não apresento nenhuma ideia porque não a tenho – ainda não

support for one of the white parties, he had even admitted, as a possibility, the triumph of Miss Astor; but deep down he counted on his own. So when Jim's name appeared on the facade of the Capitol, the feeling that overcame him was of a nightmare. Kerlog groped and pinched his flesh to see if he was asleep. No, it wasn't a nightmare. It was something worse – a fact! And since the possibility of the election of a black man had not even remotely crossed his mind, his bewilderment was absolute.

Kerlog leaned over his desk and remained motionless for a few moments, with his head resting on his hands. He was giving the new idea of the election of a black president time to penetrate his brain, creating a nonexistent picture in his circumvolutions. It was hard for him to wrap his head around that idea. It didn't fit into any system, and it sent shivers down everyone who he passed by...

But the 87th president had a solid mental organization; he reacted against the blow and soon regained control of his mind. He took a sip of water and addressed the astonished ministers present.

'At last the crisis foreseen centuries ago has come and in a surprising way. The possibility that has just taken place, I believe, never crossed the mind of any American, white or black. It's the work of Jim Roy alone, and it explains the patience with which he has been automatizing the black masses. But it's an accomplished fact. It's a challenge, a

houve tempo de se formarem ideias em meu cérebro. Creio que o mesmo se dará com todos os presentes...

Um movimento geral de cabeças apoiou suas palavras. Achavam-se todos os ministros na mesma situação de espírito.

Kerlog prosseguiu. Fez ver a que terrível *impasse* a loucura das mulheres arrastara o país, situação insolúvel, caso persistissem elas em se desgorilarem de sua ascendência.

— "E dado o modo de pensar e falar da *leader* feminina, não prejulgo o que esteja agora se passando pelo cérebro de miss Evelyn Astor. Mas é indispensável a todo o transe um entendimento com ela. É indispensável promovermos a harmonia dos partidos brancos, porque só a união da raça branca nos salvará.

O ministro da Paz tomou a palavra (as guerras haviam cessado no mundo depois que aos ministros da Guerra se substituíram os ministros da Paz) e disse:

— "Acho inútil qualquer debate neste momento. A situação é obscura e...

Não pôde acabar. Um tropel se fez ouvir nos corredores. Era o bando elvinista que penetrava, com miss Astor à frente.

Kerlog empalideceu. Os extremismos daquela facção eram tantos que previu qualquer coisa semelhante aos assaltos histéricos das antigas sufragistas britânicas. E

gauntlet thrown in the face of the white race, to which we must answer back. I'm not presenting any ideas because I don't have any – there hasn't yet been time for ideas to form in my brain. I believe the same to be true to all those present...'

A general movement of heads supported his words. All the ministers were in the same state of mind.

Kerlog continued. He made it clear what a terrible *impasse* the madness of the women had dragged the country into, an insoluble situation, if they persisted in degorillizing themselves from their ancestry.

'And given the way of thinking and speaking of the female leader,' he said, 'I can't prejudge what is now going on in Miss Evelyn Astor's mind. But an understanding with her is indispensable at all costs. It's indispensable that we promote the harmony of the white parties, because only the unity of the white race will save us.'

The Minister of Peace took the floor (wars had ceased in the world after the Ministers of War were replaced by Ministers of Peace) and said:

'I think any debate is useless at this point. The situation is obscure and...'

He couldn't finish. A rabble could be heard in the hallways. It was the Elvinist swarm breaking in, with Miss Astor leading the way.

apertou o botão da campainha de alarma, chamando a postos os guardas.

Miss Astor avançou para ele. Num gesto de defesa Kerlog recuou em sua poltrona, vendo claramente definida a agressão iminente. Os ministros lançaram-se das suas cadeiras em socorro do chefe supremo.

Era tarde. Miss Astor agarrara o presidente Kerlog pelo pescoço...

Agarrara-o, não para o estrangular, mas para o beijar, entre lágrimas e soluços de comoção.

— "Kerlog, querido Kerlog! Venho em nome de todas as mulheres pedir perdão ao *homo,* em ti representado, da loucura a que nos arrastou Miss Elvin. Diante dos supremos interesses da raça ofendida, cessa o divórcio sexual. Volta a mulher de novo aos braços do seu velho companheiro de peregrinação pelo mundo...

Mal vindo do espanto, o presidente Kerlog murmurou apenas:

— "A que horas, miss Astor! A que horas vem falar-me língua compreensível!...

— "Perdoa, Kerlog! Foi uma nuvem que passou.

— "Mas lá estão as terríveis consequências impressas na fachada do Capitólio.

— "Que importa? O que a mão do negro escreveu a tua apagará.

Kerlog turned pale. The extremisms of that faction were such that he foresaw something akin to the hysterical assaults of the old British suffragists. And he pressed the button of the alarm bell, calling the guards to stand by.

Miss Astor advanced toward him. In an instinctive gesture of defense Kerlog slumped back in his chair, seeing clearly defined the imminent aggression. The ministers launched themselves from their chairs to the rescue of the supreme leader.

It was late; Miss Astor had grabbed President Kerlog by the neck...

She had grabbed him not to strangle him, but to kiss him between emotional tears and sobs.

'Kerlog, dear Kerlog! I come in the name of all women to ask forgiveness of the *homo*, represented by you, for the folly to which Miss Elvin has dragged us. In view of the supreme interests of the offended race, the sexual divorce ceases. The woman returns again to the arms of her old companion of pilgrimage around the world...'

Barely recovered from the fright, dizzy still, President Kerlog only murmured:

'What a time, Miss Astor! What a time you come to speak to me in an understandable language!...'

'Forgive me, Kerlog! It was a passing clouded judgement.'

— "Fácil de dizer, miss Evelyn. Dentro da criatura civilizada dorme um troglodita. Temo que a exasperação desperte esse monstro.

— "Está por nós tudo, o número e a superioridade mental.

— "Mas temos contra nós o momento, o impulso, a cólera, a vingança – as velhas inferioridades adormecidas mas não mortas. Receio que a América se inunde de sangue...

Miss Astor emudeceu por um momento, de seios ofegantes. Depois disse:

— "E agora? Que *vamos* fazer?"

Kerlog respondeu com finura:

— "*Vamos* vencer. O perigo existia enquanto a palavra vamos só representava metade da raça branca. Se miss Astor me traz o concurso da metade rebelde, tudo muda...

A ex-sabina desprendeu-se do pescoço presidencial e gritou, voltada para as suas companheiras:

— "Cerremos fileiras em torno de Kerlog! É ele o nosso *leader* supremo – o *leader* da raça, e acaba de traçar o incoercível programa branco: Vencer! Viva Kerlog!

Um *hurrah* delirante saudou as suas palavras.

— "Viva Kerlog! Viva o homem!

O ministro da Educação Social interveio, malicioso:

— "Alia-se de novo então ao "gorila pelado", miss Astor?

'But the terrible consequences are there, imprinted on the facade of the Capitol.'

'Who cares? What the black man's hand wrote yours will erase.'

'Easy to say, Miss Evelyn. Within the civilized creature sleeps a troglodyte. I fear that exasperation will awaken that monster.'

'We have everything for us, numbers and mental superiority.'

'But we have against us the moment, the impulse, the anger, the revenge – the old inferiorities dormant but not dead. I fear that America will be flooded by blood...'

Miss Astor fell silent for a moment, her bosom panting. Then she said:

'What now? What are *we* going to do?'

Kerlog replied with finesse:

'*We* are going to win. The danger existed when the word *we* represented only half of the white race. If Miss Astor brings me the concurrence of the rebel half, everything changes...'

The ex-Sabina broke off from the presidential neck and shouted, turning to her comrades:

'Let's close ranks around Kerlog! He's our supreme leader – the leader of the race, and he has just outlined the incoercible white program: Win! Long live Kerlog!'

A delirious hurrah hailed her words.

— "Sim, respondeu ela, mais formosa do que nunca tanto sua fisionomia irradiava de entusiasmo. Acabamos de fazer uma grande descoberta: o sabino de miss Elvin não passa de um estúpido boi do mar. Viva, pois, o velho gorila!

— "Viva! Viva!...

E a onda feminina derramou-se barulhentamente pelos corredores afora, até despejar-se pelas escadarias...

Aliviado de um grande peso, Kerlog voltou-se para os ministros e repetiu, risonho, o verso de Shakespeare:

— "*She is false as water...*

— "Mas de muita força catalítica, rosnou o ministro da Equidade. Cura pela ação da presença...

O ponto e vírgula com torradas veio interromper aí as revelações daquele dia.

'Long live Kerlog! Long live the man!'

The Minister of Social Education intervened maliciously:

'Are you allied yourself to the 'hairless gorilla' again then, Miss Astor?'

'Yes,' she replied, more beautiful than ever, her face beaming with enthusiasm, 'we have just made a great discovery: Miss Elvin's Sabino is nothing but a stupid sea-ox. Long live, therefore, the old gorilla!'

'Hurrah! Hurrah!...'

And the female wave poured noisily down the corridors until it poured down the stairs...

Relieved of a great weight, Kerlog turned to the ministers and laughingly repeated Shakespeare's verse:

'She is false as water...'

'But of much catalytic force,' growled the Minister of Equity. 'Healing by the action of their presence..."'

The semicolon with toast interrupted Miss Jane's revelations of that day there.

Capítulo XVIII

O Orgulho da Raça

Passei a semana agitado, menos com as revelações do ano 2228 do que com a impassibilidade de Miss Jane.

Eu ardia, positivamente, e traía meu amor em todos os olhares e gestos; mas a enigmática jovem não dava ar de o perceber. De começo a admiti como um puro espírito, uma Cassandra sem nervos nem sangue. Depois duvidei da existência de tais puros espíritos e passei a ver em miss Jane uma "desentendida". Talvez que me julgasse muito inferior a si e adotasse semelhante atitude como o meio mais fácil de guardar as distâncias. Mas era-me impossível conciliar isso com a amizade que ela me demonstrava e sobretudo com o ter só a mim no mundo depois que seu pai morrera. Se de fato me julgasse inferior ou indigno de sua pessoa, certo que já me teria afastado do castelo. Não havia dúvida, miss Jane fazia-se de desentendida...

Chapter XVIII

The Race Pride

I spent the week restless, less with the revelations of the year 2228 than with Miss Jane's impassibility.

I was burning, positively, and I betrayed my love in every glance and gesture; but the enigmatic young lady didn't seem to notice it. At first I admitted her as a pure spirit, a Cassandra[39] without nerves or blood. Then I doubted the existence of such pure spirits, and came to see Miss Jane as 'feigning ignorance.' Perhaps she thought me much inferior to herself and adopted that attitude as the easiest way of keeping her distance. But it was impossible for me to reconcile that with the friendship she showed me, and especially with having only me in the world after her father died. If she had in fact thought me inferior or unworthy of her, she would certainly have had me removed from the

Firmei-me nessa ideia e concebi um plano de ataque – uma demonstração amorosa que a forçasse na sua marmórea impassibilidade. Ou tudo ou nada. Ou dava-me o coração ou punha-me no olho da rua.

Restava saber uma coisa só, se no momento da demonstração a timidez não me trairia a vontade...

Quando chegou o domingo, levantei-me mais cedo e fui ao mercado de flores. Comprei as mais belas violetas e, a sobraçá-las, parti para Friburgo no primeiro trem. Lá, dirigi-me ao cemitério onde repousavam os restos do professor Benson. Pela segunda vez levava eu flores ao jazigo do autor da maior maravilha do século – miss Jane...

Ao transpor o portão do pequenino campo santo meu coração bateu. Vi de longe um vulto querido a espalhar rosas sobre o túmulo do velho sábio. Aproximei-me com um pressentimento n'alma – "é hoje"...

– Também aqui? disse miss Jane ao avistar-me, estendendo para mim a sua mão gelada pelo frescor matutino.

Vi que era chegado o momento. Armei-me de todas as coragens e comecei:

– Miss Jane, eu...

Mas engasguei. Tinha ela os olhos muito fixos, no túmulo, com o ar de quem repete mentalmente o "morrer... dormir... sonhar, quem sabe?" de Shakespeare. Estava puro espírito em excesso...

castle by now. There was no doubt about it; Miss Jane was feigning ignorance...

I settled on this idea and conceived a plan of attack – a demonstration of love that would break through her marmoreal impassibility. It was all or nothing. She'd either give me her heart or throw me out on my ear.

There was only one thing left to be seen – if at the moment of the demonstration my shyness wouldn't betray my will...

When Sunday came, I got up earlier and went to the flower market. I bought the most beautiful violets and, with them under my arm, left to Friburgo on the first train. There I went to the cemetery where Professor Benson's remains rested. For the second time I was taking flowers to the tomb of the creator of the greatest wonder of the century – Miss Jane...

As I passed through the gate of the tiny holy field my heart pounded. I saw from a distance a dear figure spreading roses over the grave of the old sage. I approached with a presentiment in my soul – 'today is the day'...

"You're here too?" said Miss Jane as she caught sight of me, holding out her icy morning hand to me.

I saw that the time had come. I armed myself with all the courage and began:

"Miss Jane, I..."

But I choked. She was staring at the grave, with the mien of someone who mentally repeats 'to die... to sleep... to

Ficamos os dois silenciosos por alguns momentos. Depois miss Jane falou, como respondendo a si própria e sempre de olhos cravados no túmulo:

– Nem ele! Nem ele, que penetrava o passado e o futuro, adiantou um passo o enigma da vida...

Engoli de vez a demonstração. Não era o momento. O formoso Hamlet de faces róseas, cabelos afogados em boina de veludo negro e corpo revestido de perfeito *tailleur*, pairava muito distante de mim...

Apesar disso tomei-lhe a mão e apertei-lha de novo, suavemente. Miss Jane olhou-me nos olhos com a funda melancolia dos que penetram no mui longe das coisas – e nada veem do que vai por perto.

Dali seguimos juntos para o castelo, sem que a paisagem, nem o ar fino da manhã dissipassem a tristeza dela e a minha decepção. No castelo, por uma hora, só falamos do professor Benson, com longos intervalos de silêncio – intervalos de silêncio em que eu lamentava a coexistência de puros espíritos em corpos assim tão perturbadores.

Depois do almoço, o primeiro que fiz em sua companhia, a nuvem das saudades passou e retomamos a nossa excursão pelo ano 2228.

– Onde estávamos? principiou ela.

– Em Kerlog, já libertado do pesadelo elvinista.

dream, who knows?' of Shakespeare. She was pure spirit in excess...

We were both silent for a few moments. Then Miss Jane spoke, as if responding to herself and always with her eyes fixed on the grave:

"Not even he! Not even he, who penetrated the past and the future, has advanced one step on the enigma of life..."

I swallowed my purpose once and for all. That wasn't the moment. The beautiful Hamlet with rosy cheeks, hair drowned in a black velvet beret and body covered by a perfect *tailleur*, hovered far away from me...

Nevertheless, I took her hand and held it again, gently. Miss Jane looked into my eyes with the deep melancholy of those who penetrate into the far reaches of things – and see nothing of what is near.

From there we went together to the castle, without the landscape or the thin morning air dispelling her sadness and my disappointment. In the castle, for an hour, we only talked about Professor Benson, with long intervals of silence – intervals of silence in which I lamented the coexistence of pure spirits in such disturbing bodies.

After lunch, the first I had in her company, the cloud of longing passed and we resumed our tour of the year 2228.

"Where were we?" she began.

"In Kerlog, already freed from the Elvinist nightmare."

— Sim, é isso. As mulheres aderiram ao homem e tudo mudou, como é natural. A raça branca formava novamente um bloco unido e apto a organizar a resistência.

— Mas a impressão do golpe de Jim? Como o recebeu o país? perguntei, suspirando.

— Com estupefação. Pela primeira vez na vida de um povo ocorria um fato que interessava a *todos* os seus componentes, sem exceção de um só. E como *ninguém*, a não ser Jim Roy, houvesse esperado por aquele desfecho, fácil é de imaginar o grau de assombro do espírito público.

A estupefação dos brancos derrotados não era menor que a dos negros vencedores. Haviam estes agido como autômatos; deram o voto a Roy como o dariam a Kerlog, a miss Astor, ou o não dariam a nenhum dos três, se tal fosse a senha recebida. E agora olhavam-se uns para os outros, num estonteamento de vitória em absoluto inédito para eles.

Quanto às consequências possíveis, nem de um lado, nem do outro ninguém podia prever coisa nenhuma. Extenso demais era o fenômeno para ser abarcado por uma cabeça e, além disso, sem precedentes na história.

Só no dia seguinte é que o acesso de estupefação coletiva principiou a decair. As células do imenso organismo social foram saindo daquele penoso estado de anestesia para entrar na fase inversa da exaltação. O velho desprezo racial do branco pelo negro transformava-se em cólera e o recalcado ódio do negro pelo branco, arreganhando os

"Yes, that's it. The women joined the men and everything changed, as is natural. The white race again formed a united bloc able to organize the resistance."

"But what about the impression of Jim's coup? How did the country receive it?" I asked, sighing.

"With stupefaction. For the first time in the life of a nation, a fact that interested *all* its constituents, without exception of a single one, was occurring. And since *nobody*, except Jim Roy, had expected that outcome, it's easy to imagine the degree of astonishment in the public spirit.

"The stupefaction of the defeated whites was no less than that of the black victors. They had acted as automatons; they had given their vote to Roy as they would have given it to Kerlog, to Miss Astor, or as they would have given it to none of the three, if such was the signal received. And now they looked at each other in a daze of victory absolutely unheard of by them.

As for the possible consequences, neither one side nor the other could predict anything. Too extensive was the phenomenon to be grasped by one head, and moreover, it was unprecedented in history.

It was only on the following day that the collective stupefaction began to subside. The cells of the immense social organism were coming out of that painful state of anesthesia to enter the reverse phase of exaltation. The old racial contempt of the white man for the black man was transformed into anger, and the repressed hatred of the

dentes, entreabria um monstruoso sorriso de *revanche*. Lentamente despertava a massa negra do longo letargo de submissão, e tremia, de narinas ao vento, como o tigre solto na *jungle*. Toda a barbárie atávica, todos os apetites em recalque, rancores impotentes, injustiças padecidas, todas as vergastadas que laceraram a sua pobre carne até o advento de Lincoln, e depois de Lincoln todas as humilhações da desigualdade de tratamento – essa legião de fantasmas irrompeu da alma negra como serpes de sob a laje que mão imprudente levanta. E a raça triste que através dos séculos não se atrevera a sonho maior que o da mesquinha liberdade física, passou a sonhar o grande sonho branco da dominação...

Tomado de receios ante a imensidade daquele despertar, auscultava Jim Roy os frêmitos do seu povo e media a tarefa ingente que lhe pesava sobre os ombros. Se não conseguisse manter açaimado o monstro, e submisso à sua voz de comando, a momentânea vitória breve se transformaria num horrendo cataclismo. Amava Jim a América. Nos alicerces do colossal edifício o cimento ligador dos blocos fora amassado com o suor dos seus ancestrais. A América surgira do esforço braçal de um dirigido pelo esforço mental de outro, e, pois, tanto lhe falava ao sangue como ao do mais orgulhoso neto dos pioneiros louros.

black man for white man, gritting his teeth, was cracking a monstrous smile of *revenge*. Slowly the black mass awoke from the long lethargy of submission, and it trembled, nostrils flaring in the wind, like the wild tiger released in the jungle. All atavistic barbarism, all pent-up appetites, impotent grudges, injustices suffered, all the floggings that lacerated their poor flesh until the advent of Lincoln, and after Lincoln all the humiliations of the unequal treatment – that legion of ghosts burst forth from the black soul like vipers from under the slab that the reckless hand raises. And the sad race that through the centuries had dared no greater dream than that of petty physical freedom, began to dream the great white dream of domination...

Fearful of the immensity of that awakening, Jim Roy auscultated the fremitus of his people and considered the enormous task that weighed on his shoulders. If he couldn't keep the monster muzzled and submissive to his word of command, the momentary victory would soon turn into a horrendous cataclysm. Jim Roy loved America. In the foundations of the colossal edifice, the cement binding the blocks together had been kneaded with the sweat of his ancestors. America had arisen from manual labor of one directed by the mental effort of another, and, therefore, it spoke as much to his blood as it did to that of the proudest grandson of the blond pioneers.

From time to time he received communications from his agents, giving an account of the state of mind of the black

De instante a instante recebia comunicações dos seus agentes, dando conta do estado d'alma da massa negra. A pantera distendia os músculos entorpecidos, com os olhos a rajarem-se de betas sanguíneas...

Jim tremeu. Sabia conter os nervos da fera, dominar-lhe todos os ímpetos instintivos. Além disso via o seu já imenso prestígio de *leader* acrescido com o de presidente eleito – mas estaria em seu poder sofrear o maremoto africano? Não faria dele um dique impotente a borrasca a desenhar-se?

Jim sentia no ar as ondas de fluidos explosivos, um perfeito ambiente de pólvora. O solo latejava pulsações vulcânicas.

Jim tremeu diante de sua obra – e sem vacilar foi ao encontro do Kerlog. O momento impunha a conjugação da sua força com a do *leader* branco.

Defrontaram-se os dois chefes como duas forças da natureza, contrárias nos seus destinos, inimigas pela voz do sangue, mas irmanadas no momento por um nobre objetivo comum.

No primeiro ímpeto Kerlog apostrofou o chefe negro.

– "Vê tua obra, Jim! A América transformada num vulcão e ameaçada de morte!"

O negro cravou no *leader* branco os olhos frios, por um instante animados de estranho fulgor.

– "Não minha, presidente Kerlog! Não é minha esta obra. É sua, é dos seus, é de Washington, é de Lincoln. Vós,

masses. The panther stretched the benumbed muscles, with its eyes streaked with stripes of blood...

Jim shivered. He knew how to restrain the beast's nerves, how to control all its instinctive impulses. Moreover, he saw his already immense prestige as a leader increased to that of president-elect – but would it be in his power to quell the African tsunami? Wouldn't the impending tempest make an impotent dam of him?

Jim could feel the waves of explosive fluids in the air, a perfect atmosphere of gunpowder. The ground throbbed with volcanic pulsations.

Jim trembled before his work – and without hesitation went to meet Kerlog. The moment called for the combination of his strength with that of the white leader.

The two leaders confronted each other like two forces of nature, opposed in their destinies, enemies by the voice of blood, but united at the moment by a noble common objective.

At the first impetus Kerlog inveighed against the black leader.

'Look at your deed, Jim! America turned into a volcano and is threatened with death!'

The black man stared at the white leader with cold eyes, for a moment animated with a strange glow.

'Not mine, President Kerlog! This deed isn't mine. It's yours, it's of your own kind, it's Washington's, it's Lincoln's. You, white people, lied in the basic law. And

brancos mentistes na lei básica. E ou confessais que mentistes ou reconheceis que a situação é perfeitamente normal. Que aconteceu, presidente Kerlog? Houve um pleito e as urnas libérrimas conferiram a vitória a um cidadão elegível. Acha o presidente Kerlog que o pacto Constitucional sofreu lesão?"

Naquele peito a peito Jim Roy dominava o adversário.

— "Mas não se trata disso," continuou ele. "O momento não é para recriminações – e nesta matéria o presidente Kerlog bem sabe que jamais um branco venceria um negro... O fato está consumado e, como chefes supremos das duas raças, a nós só incumbe atender à salvação comum. Se não contivermos de rédeas presas – eu, o monstro da ebriedade negra, o presidente Kerlog, o monstro do orgulho branco, a chacina vai ser espantosa..."

— "Ninguém sabe disso melhor que eu, retrucou o chefe da nação. Nos estados do Sul já lavra o incêndio..."

O negro deu um salto.

— "Jim o apagará! Jim manterá em cadeia de aço a pantera africana. Ele a domina com os olhos, como o soba a dominava no *kraal* donde a rapina dos brancos a tirou. Jim é rei!"

Era tal a firmeza com que emitia o grande negro aquelas palavras que o tom de superioridade do *leader* branco se demudou em admiração.

either you confess that you lied or acknowledge that the situation is perfectly normal. What happened, President Kerlog? There was an election and the completely free polls conferred the victory to an eligible citizen. Does President Kerlog think that the Constitutional Pact suffered injury?'

In that nose-to-nose showdown, Jim Roy dominated the adversary.

'But that's not what this is about,' he continued. 'The time is not for recriminations – and as far as recriminations are concerned, President Kerlog well knows that a white man would never beat a black man... It's an accomplished fact, and as supreme leaders of the two races, it's incumbent upon us only to attend to the common salvation. If we don't keep the two monsters on tight reins – I, the monster of black inebriation, and President Kerlog, the monster of white pride, the slaughter will be dreadful...'

'Nobody knows that better than I do,' retorted the leader of the nation. 'In the southern states the fire is already raging...'

The black man jumped.

'Jim will put it out! Jim will keep the African panther bound to the steel chain. He rules it with his eyes, like the Soba[40] ruled it in the *kraal* from where the plundering of the white man took it. Jim is king!'

Such was the firmness with which the great black man uttered those words that the tone of superiority of the white man changed to admiration.

Viu Kerlog que tinha diante de si, não um feliz aventureiro político, mas uma dessas incoercíveis expressões raciais a que chamamos condutores de povos. Pela primeira vez enfrentava um homem que era algo mais que um homem. E do fundo do coração lamentou Kerlog que a incompatibilidade racial o separasse de tamanho vulto.

Jim prosseguiu:

— "Mas só o farei se por sua vez o Presidente Kerlog açaimar o orgulho branco. Eu domino os meus com o olhar e a palavra. O Presidente Kerlog domina com a força do estado. Em nossas mãos está pois a paz da América."

O *leader* branco baixou a cabeça. Meditava.

— "Pois salvemos a América, Jim!" disse erguendo-se. "Açaima tu a pantera negra que meterei luvas de ferro nas unhas da águia loura."

Um leal aperto de mão selou aquele pacto de gigantes.

— "Mas a pantera que conte com o revide da águia!" continuou o *leader* branco depois que as mãos se desapertaram. "A águia é cruel..."

Jim Roy retesou-se de todos os músculos como a fera que se põe em guarda.

— "Ameaça-nos como sempre? Ameaça-nos até no momento em que a América ou rasga a sua Carta e afoga-se num mar de sangue ou submete-se à minha direção?"

Kerlog olhou-lhe firme nos olhos e murmurou com nitidez de lâmina:

Kerlog saw that he had before him, not a happy political adventurer, but one of those incoercible racial expressions that we call leaders of peoples. For the first time he was facing a man who was something more than a man.

And from the bottom of his heart Kerlog regretted that racial incompatibility separated him from such a great man.

Jim continued:

'But I will only do so if in turn President Kerlog muzzles the white pride. I rule my people with the glance and the word. President Kerlog dominates his people with the strength of the state. In our hands, therefore, lies the peace of America.'

The white leader lowered his head. He meditated.

'Then, let's save America, Jim!' he said, rising to his feet. 'You muzzle the black panther and I will put iron gloves on the nails of the white eagle.'

A loyal handshake sealed that pact of giants.

'But the panther can count on the eagle's retaliation!' continued the white leader after their hands were released. 'The eagle is cruel...'

Jim Roy tensed up all his muscle like the beast that puts itself on guard.

'Do you threaten us as always? Do you threaten us even in the moment when America either tears its Charter to pieces and drowns in a sea of blood or submits itself to my command?'

— "Não ameaço. Previno lealmente. Vejo em ti uma força demasiado grande para que eu a enfrente com palavras. Estamos face a face, não dois homens, sim duas almas raciais arrostadas num duelo decisivo. Não fala neste momento o presidente Kerlog. Fala o branco de crueldade fria, o mesmo que vos arrancou do *kraal*, o mesmo que vos torturou nos brigues, o mesmo que vos espezinhou nos algodoais. Como há razões de estado, Jim, há razões de raça. Razões sobre-humanas, frias como o gelo, cruéis como o tigre, duras como o diamante, implacáveis como o fogo. O Sangue não raciocina, como os filósofos. O Sangue sidera, qual o raio. Como homem admiro-te, Jim. Vejo em ti o irmão e sinto o gênio. Mas como branco só vejo em ti o inimigo a esmagar..."

O largo peito de Jim Roy arfava. A fera ancestral contida nele transpareceu no fremir das ventas grossas.

— "E não trepidará o branco em esmagar a América se for condição para esmagar o negro?" rugiu.

Kerlog retrucou calmamente como se pela sua boca falasse o próprio deus do Orgulho:

— "Acima da América está o Sangue."

Jim baixou a cabeça. Viu aberto à sua frente o eterno abismo. O dolicocéfalo louro tinha a dureza do diamante. Armado de mais cérebro, dos vales dos Ganges partira para a atrevida aventura conquistadora e vencera sempre, e não cedera nunca. Era o nobre, o duro, o eterno senhor cujo raio

Kerlog looked him straight in the eyes and muttered with razor-sharp clarity:

'I don't threaten. I warn loyally. I see in you a force that is too great for me to confront with words. We are face to face, not two men, but two racial souls locked in a decisive duel. President Kerlog is not speaking right now. This is the white man of cold cruelty speaking, the same one who dragged you out of the *kraal*, the same one who tortured you in the brigs, the same one who trampled over you in the cotton fields. As there are reasons of state, Jim, there are reasons of race. Superhuman reasons, as cold as ice, as cruel as the tiger, as hard as the diamond, as ruthless as fire. Blood doesn't reason, like the philosophers. Blood fulminates, like lightning. As a man, I admire you, Jim. I see in you the brother and I feel the genius. But as a white man, I see in you only the enemy to crush...'

Jim Roy's broad chest was heaving. The ancestral beast concealed in him showed through the throbbing of his thick nostrils.

'And won't the white man hesitate to crush America if that's a condition to crushing the black man?' he roared.

Kerlog retorted calmly as if through his mouth spoke the god of Pride himself:

'Above America is the Blood.'

Jim lowered his head. He saw the eternal abyss open before him. The blond dolichocephalous[36] had the hardness of diamond. Armed with more brains, from the valleys of the

fulmina. Era o criador. Do rude instinto de matar do troglodita extraíra a sua grande arte, a Guerra. Forjara a espada, dominara o gás que explode, violara o profundo das águas e a amplidão dos ares. E com esse feixe de armas incoercíveis rodeara, como de baionetas, o diamante do seu Orgulho.

Tudo isso, num clarão, viu Jim Roy naquele homem que, sereno, o arrostava. E o que ainda havia de escravo no sangue do negro vacilou. Jim sentiu-se retina ferida pelo sol. Mas sem demora reagiu. Ergueu-se e, mais firme que nunca, disse, com durezas de rocha na voz:

— "Seja! E porque assim é, dei o supremo golpe. A América é tão sua como minha. Tenho-a nas mãos. Vou dividi-la."

— "A justiça está contigo, Jim. Manda a justiça dividir a América. Mas o Sangue está acima da justiça. O Sangue tem a sua justiça. E para a justiça do Sangue Ariano é um crime dividir a América."

Jim baixou a cabeça novamente e emudeceu. Pela segunda vez sentia-se a retina ofuscada pelo sol. O presidente Kerlog aproximou-se dele e, com as mãos nos seus ombros largos, disse:

— "Vejo-te grande como Lincoln, Jim, e é com lágrimas nos olhos que contemplo tua figura imensa, mas inútil... Adeus. Atendamos ao instante, açaimemos as nossas raças, mas não fique entre nós sombra de mentira. O teu ideal é

Ganges, he had set out on a daring conquering adventure and had always won, and had never given in. He was the noble, the tough, the eternal lord whose lightning strikes down. He was the creator. From the troglodyte's crude instinct to kill, he had extracted his great art, War. He had forged the sword, mastered the gas that explodes, violated the depths of the waters and the vastness of the air. And with that bundle of incoercible weapons, like of bayonets, he surrounded the diamond of his Pride.

In a flash, Jim Roy saw all of that in the man who, serene, confronted him. And what was still slavish in the black man's blood wavered. Jim felt like a sun-wounded retina. But without delay he reacted. He stood up and, firmer than ever, said, with rock hardness in his voice:

'So be it! And because it is so, I have struck the supreme blow. America is as much yours as it is mine. I hold it in my hands. I will divide it.'

'The law is with you, Jim. Have the law divide America. But the Blood is above the law. The Blood has its law. And for the law of the Aryan Blood, it's a crime to divide America.'

Jim lowered his head again and fell silent. For the second time he felt as if his retina was dazzled by the sun. President Kerlog approached him and, with his hands on his broad shoulders, said:

'I see you as great as Lincoln, Jim, and it's with tears in my eyes that I contemplate your immense but useless figure... Farewell. Let us heed the moment, let us muzzle our

nobilíssimo, mas à solução de justiça com que sonhas só poderemos responder com a eterna resposta do nosso orgulho: Guerra!"

E os dois seres humanos, subsistentes no imo dos dois *leaders* raciais, abraçaram-se com lágrimas...

Miss Jane fez uma pausa, atenta à minha comoção. Aquele duelo de gigantes agitara fundo o meu ser. Tive a impressão de que jamais a história oferecera lance mais augusto – nem mais cruel. Vi claros inúmeros pontos até ali obscuros na marcha da caravana que do fundo das idades vem vindo a entredegolar-se com sanhudos ódios. Vi um sonho de Ariel esfumado nas alturas, a Justiça Humana, e vi na terra, onipotente, a Justiça do Sangue, um raio cego...

– E depois? – perguntei. Reentrou na paz a América?

– Sim, respondeu Miss Jane. Os dois *leaders* entraram a agir de pronto. A ação de um foi tão rápida e segura como a do outro. A pantera negra recolheu as garras e a águia loura enluvou as unhas.

Mas o beluário negro sentia-se ferido. As palavras que a raça branca pusera na boca de Kerlog cravaram-se-lhe no coração como as zagaias dos seus avós no peito dos fulvos leões africanos – mortalmente...

races, but let no shadow of a lie remain between us. Your ideal is most noble, but to the legal solution you dream of we can only respond with the eternal response of our pride: War!'

And the two human beings, subsisting in the core of the two racial leaders, embraced each other in tears…"

Miss Jane paused, aware of my emotions. That duel of giants had shaken the depths of my being. I had the impression that history had never offered a more august – or crueler – event. I saw clearly countless hitherto obscure points in the march of the caravan that, from the depths of the ages, have been slitting each other's throats with irascible hatreds. I saw Ariel's dream fading away in the skies – Human Justice; and on the earth I saw, omnipotent, the Justice of the Blood – a blind lightning…

"And then?" I asked. "Did peace return to America?"

"Yes," replied Miss Jane. "The two leaders went into action at once. The action of one was as quick and sure as that of the other's. The black panther retracted its claws and the blond eagle gloved its nails.

But the black gladiator felt wounded. The words that the white race had put into Kerlog's mouth thrusted into his heart like his grandparents' assegais into the chest of the fulvous African lions – mortally…"

Capítulo XIX

Burrada!

Para descanso do meu espírito passou miss Jane a falar do movimento feminino, tema que muito me interessava.

— O partido elvinista, disse ela, desapareceu do cenário nacional como neve exposta ao fogo. Poderosíssimo na véspera, tão poderoso que batera o seu adversário por meio milhão de votos, achava-se agora reduzido a uma só partidária, miss Elvin. Todas as mais haviam aderido aos homens, escandalosamente, como se lá no íntimo nunca tivessem ansiado por outra coisa.

O tempo se passava e miss Elvin não se recompunha do formidável trambolhão sofrido. Para o *meeting* marcado em sua casa no dia das eleições não aparecera ninguém e, atirada a uma poltrona do salão deserto, permaneceu a irredutível sabina até tarde da noite, furiosa, com os olhos cravados no

Chapter XIX

Blunder!

To my mind's rest Miss Jane went on to talk about the female movement, a topic that greatly interested me.

"The Elvinist Party," she said, "disappeared from the national scene like snow exposed to fire. Super powerful the day before, so powerful that it had beaten its adversary by half a million votes, it was now reduced to a single party member: Miss Elvin. All the others had joined the men, scandalously, as if deep down inside they had never longed for anything else.

Time went by and Miss Elvin couldn't recover from the formidable tumble she had suffered. No one showed up for the scheduled meeting at her house on Election Day, and, slumped in an armchair in the deserted hall, the unyielding Sabina remained until late at night, furious, her eyes fixed on

aparelho por onde radiara a última proclamação do *"Remember Sabino!"*

— Última?

— Última, sim, porque esse jornal morrera de súbito colapso. Todas as assinantes haviam cortado a ligação, e se tentasse miss Elvin radiar uma só palavra que fosse, vê-la-ia perder-se, virgem de ouvidos, pelos intermúndios siderais.

A um canto da sala havia um enorme gorila empalhado, com um dístico insultante ao pé: "O avô do ladrão". Era olhando para aquela bestial carcaça avoenga que Miss Elvin compunha as suas terríveis catilinárias contra o *homo sapiens,* ao qual jurara descer da sua posição de macho natural da mulher.

— Mas haveria sinceridade nisso? – perguntei.

— Sinceridade estética, evidentemente, forma de sinceridade tão legítima como outra qualquer.

Não entendi muito bem. Miss Jane dizia às vezes coisas um tanto acima da minha débil compreensão...

— Essa teoria, prosseguiu ela, fez carreira e exerceu uma função muito curiosa na América: congregar todas as fêmeas que por uma circunstância ou outra se desavinham com os machos – esposos, noivos ou namorados, e foi com esses elementos que se constituiu o partido elvinista. Partido instável, aliás, e sempre renovado. Diariamente nele se inscreviam milhares de adeptas e se eliminavam outras

the device from which she had radioed the last *Remember Sabino!* proclamation."

"The last?"

"The last, indeed, because that newspaper had died of a sudden collapse. All subscribers had ended their connection, and if Miss Elvin tried to radio a single word, she'd see it lost, to virgin ears, in the sidereal vacuum.

In one corner of the room there was a huge stuffed gorilla with an insulting couplet at its feet: 'The thief's grandfather.' It was whilst looking at that beastly ancestoral carcass that Miss Elvin composed her terrible Catilinarians against the *homo sapiens*, to whom she had sworn to bring down from his position as the natural male of woman."

"But would there be sincerity in that?" I asked.

"Aesthetic sincerity, evidently, a form of sincerity as legitimate as any other."

I didn't quite understand. Miss Jane sometimes said things somewhat beyond my feeble comprehension...

"This theory," she went on, "made a name for itself, and played a very curious role in America: to bring together all the females who for one reason or another had a quarrel with the males – husbands, fiancés, or boyfriends, and it was with these elements that the Elvinist Party was constituted. An unstable party, by the way, and always renewed. Every day, thousands of female supporters were enrolled in it and many

tantas. Entravam as brigadas com o homem e saíam as reconciliadas...

Mesmo assim miss Elvin elevou muito alto as suas construções, chegando até, como já disse, a criar ciências novas, adaptadas à mentalidade das mulheres.

A Universidade Sabina fez furor. Não tinha sede ao sistema de hoje, como aliás a maioria dos estabelecimentos de ensino da época. As lições eram radiadas diretamente para a residência das alunas. A ciência elvinista possuía seus métodos, nada semelhantes aos da velha ciência dos homens. Em aritmética, por exemplo, 2+2 não era forçosamente igual a quatro. Era igual *ao que no momento conviesse.*

— Vejo, disse eu, que é bem verdade o *nihil novum...* Para quanta gente hoje a verdadeira matemática não é essa!

— Consistia o princípio diretor da ciência sabina em admitir como base de tudo a *veneta* – e como a veneta é de si feminina e instável, nenhuma das ciências novas, inclusive as matemáticas, possuía base fixa. Tudo ondeava, como o mar donde procediam as sabinas. E por absurdo que isto nos pareça, a nós deste presente educado na rigidez da velha ciência de Aristóteles e Bacon, as teorias de miss Elvin trouxeram ao espírito humano a sua contribuição de beleza. Foi a vitória do furta-cor, da onda, do reflexo fugidio, do loie-fullerismo, contrapostos à cor fixa, à rigidez do cubo, à

others were excluded. The ones quarreling with men entered and the reconciled ones left...

Even so, Miss Elvin raised her structures very high, even getting to create, as I said, new sciences adapted to the mentality of the women.

The Sabina University made a splash. It didn't have a headquarters like in today's system, as indeed most educational establishments of the time. The lessons were radioed directly to the students' homes. The Elvinist science had its methods, nothing like those of the old science of men. In arithmetic, for example, 2+2 wasn't necessarily equal to four. It was equal *to whatever suited the moment.*"

"I see," I said, "that the *nihil novum*[41] is very true... For how many people today isn't that the true mathematics!"

"The guiding principle of the Sabina science consisted in admit *whim* as the basis of everything; and since whim is itself feminine and unstable, none of the new sciences, including mathematics, had a fixed basis. Everything wavered, like the sea from which the Sabinas came. And as absurd as this may seem to us, to us of this present educated in the rigidity of the old science of Aristotle and Bacon, Miss Elvin's theories brought to the human spirit their contribution of beauty. It was the victory of the chatoyant, of the wave, of the elusive reflection, of the loie-fullerism,[42] set against the fixed color, the rigidity of the cube, the

constância equacional dos termos. Isso se adaptava maravilhosamente à agilidade do pensamento mulheril, e foi justamente essa feição sedutora, amável e libérrima da teoria que determinou o elance de todas as mulheres para o terreno político, operando a cisão branca.

— Qualquer coisa como o futurismo de hoje, não acha?

— Isso. Teorias de repouso, com base num sutil malabarismo de lógica, que servem para romper a monotonia da certeza, da verdade, da coisa tida e havida como justa. O espírito humano nelas se recreia e se rebolca, como se espoja na poeira o cavalo cansado.

Miss Elvin, entretanto, ao invés de mostrar-se desolada com as consequências do seu movimento, só via o lado pessoal do desastre. Fora violenta demais a sua queda. O sonho maravilhoso erguera-a às nuvens e a sabina acabou convencida de que era de fato messiânica. E como tinha o gênio impulsivo, não podia conter o furor diante da deserção até das amigas mais próximas.

Em certo momento, no dia do *meeting* falhado, olhou miss Elvin para a cara bestial do gorila como quem olha para um inimigo de carne. O monstro empalhado, de dentes à mostra, parecia sorrir-lhe ironicamente.

— "Venceste ainda uma vez, meu celerado! Mas a crise passará e justaremos contas... disse ela, atirando-lhe à cara uma veneranda *Origem das Espécies*, de Charles Darwin."

equational constancy of the terms. This was wonderfully suited to the agility of womanly thinking, and it was precisely this seductive, amiable, and truly liberating feature of the theory that determined the connection of all women to the political terrain, setting in motion the white split."

"Something like today's futurism, don't you think?"

"Yes. Theories of repose, based on a subtle juggling of logic, which serve to break the monotony of certainty, of truth, of the thing regarded as right. The human spirit entertains and wallows itself in them, as the tired horse welters about in the dust.

Miss Elvin, however, instead of being desolated with the consequences of her movement, saw only the personal side of the disaster. Her fall had been too violent. The wonderful dream had lifted her into the clouds, and the Sabina was convinced that she was indeed messianic. And since she had an impulsive temper, she couldn't contain her fury at the desertion of even her closest friends.

At one point, on the day of the failed meeting, Miss Elvin looked at the beastly face of the gorilla like someone who looks at an in-the-flesh enemy. The stuffed monster, its teeth showing, seemed to smile at her wryly.

'You've won once again, you scoundrel! But the crisis will pass and we'll settle our scores...' she said, throwing Charles Darwin's venerable *On the Origin of Species* in his face.

Estava plenamente convicta de que, quando o país reentrasse na normalidade, ressurgiria o partido sabino. A onda fora-se. Mas o próprio da onda é ir e vir.

— "*She is false as water...*" repetiu ela por sua vez, espraiando o olhar para o futuro.

E assim foi. Quando o país recaiu na paz de sempre, o *Remember Sabino!* reapareceu e houve um perfeito *da capo* do elvinismo, como nas músicas...

Miss Jane fez pausa. Notou, talvez, que eu estava inquieto, em luta com alguma ideia. E não errara. Qualquer coisa me dizia que era o momento de declarar a minha sopitada paixão. O sangue estuava-me nas veias e por fim a palavra de amor que romperia a barreira assomou-me à boca. Mas aí transformou-se noutra e o que partejei foi uma filha da timidez disfarçada em curiosidade:

— E Miss Astor?

— Essa irradiava de contentamento, como se o reatar relações amistosas com o difamado gorila lhe houvesse correspondido a um secreto anelo do coração. Durante o período agudo do movimento elvinista operara-se uma completa ruptura entre os membros dos dois partidos, e miss Astor chegou a zombar de Kerlog, por quem possuía uma séria inclinação sentimental. O desfecho inesperado das eleições, entretanto, rompera a frieza e aproximara-os de novo, fato que a enchia de secretas esperanças.

She was fully convinced that when the country returned to normality, the Sabina Party would resurge. The wave was gone. But the characteristic of the wave is to come and go.

'She is false as water...' she repeated in turn, extending her gaze into the future.

And so it was. When the country had relapsed into its usual peace, *Remember Sabino!* reappeared and there was a perfect *da capo*[44] for Elvinism, as in the songs..."

Miss Jane paused. She perhaps noticed that I was restless, struggling with some idea. And she wasn't wrong. Something told me that it was time to declare my repressed passion. The blood was boiling in my veins, and at last the word of love that would break the barrier came into my mouth. But when it got there it was transformed into something else, and what I produced was a daughter of shyness disguised as curiosity:

"And Miss Astor?"

"She was radiant with joy, as if resumption of friendly relations with the defamed gorilla had corresponded to a secret longing of her heart. During the height of the Elvinist movement there had been a complete rift between the members of the two parties, and Miss Astor even mocked Kerlog, for whom she had a serious sentimental inclination. The unexpected outcome of the elections, however, had broken the coldness and brought them closer together again, a fact that filled her with secret hopes.

As demais elvinistas, já saudosas do macho tradicional, também aproveitaram o ensejo para uma reconciliação – e é de crer que nunca houvesse tamanha safra de beijos na América.

Remexi-me na poltrona. Tanto beijo lá longe e uma pobre criatura humana a definhar ali por falta de um só...

— Isso explicava, continuou a desentendida miss Jane, o estranho fenômeno de só as ex-adeptas de miss Elvin demonstrarem uma clara e inquieta alegria justamente na hora mais pressaga da nação. Enquanto todos se entregavam a penosas cogitações, colhidos pela angústia do momento, vogavam as ex-sabinas em pleno mar de uma doce lua de mel.

A crise de ternura não passou despercebida ao ministro da Seleção Artificial.

— "Vai altear-se o índice dos nascituros louros, disse ele a um colega, no momento em que subiam os degraus da Casa Branca para a reunião ministerial. Prevejo o congestionamento de Erópolis..."

Kerlog já lá estava no salão do conselho, mais sereno do que na véspera, embora ainda cheio de rugas na fronte. A conferência com Jim Roy abalara-o . Não era o negro um ambicioso vulgar, como havia suposto. Via agora em Jim uma nobre alma de patriota, capaz do supremo heroísmo de sacrificar-se pela América. Graças ao seu concurso podia o governo estudar com a necessária calma a gravíssima situação.

The other Elvinists, now longing for the traditional male, also took advantage of the opportunity for reconciliation – and it is believed that there was never a greater yield of kisses in America."

I fidgeted in the armchair. So many kisses far away and a poor human creature wasting away there for lack of just one...

"That explained," the naive Miss Jane continued, "the strange phenomenon of only Miss Elvin's ex-supporters showing a clear and restless joy exactly at the nation's most foreboding hour. While everyone else was engaged in painful cogitations, caught up in the anguish of the moment, the ex-Sabinas were sailing through the sea of a sweet honeymoon.

The crisis of tenderness didn't go unnoticed by the Minister of Artificial Selection.

'The blond birthrate is going to rise,' he told a colleague as they walked up the steps of the White House for the ministerial meeting. 'I can foresee the congestion of Eropolis...'

Kerlog was already there, in the council chamber, more serene than the day before, although still full of wrinkles on his forehead. The conference with Jim Roy had shaken him. The black man wasn't an ordinary ambitious man, as he had supposed. He now saw in Jim a noble patriotic soul, capable of the supreme heroism of sacrificing himself for America.

Reunidos todos os secretários, quem primeiro falou foi o ministro da Paz, antigo juiz cujo respeito pela Carta tinha algo de supersticioso.

— "Refleti durante a noite sobre o caso," disse ele, "e cheguei à conclusão de que a nós só compete mostrar-nos fiéis à memória dos instituidores da nação. A lei básica existe e a nossa missão suprema é fazê-la cumprir. Foi eleito um cidadão americano tão elegível como o senhor Kerlog ou miss Astor. Governo que somos, a lei nos obriga a aceitar o fato, mantendo a ordem e empossando Jim Roy no momento oportuno."

— "Perdão!" interveio o ministro da Equidade. "Creio que o senhor Kerlog não nos convocou para o exame formal do problema. Seria inútil, sobre infantil. O problema transcende a esfera política e torna-se racial. Neste momento não estamos aqui secretários de estado, e sim brancos afrontados pelos negros. Acima das leis políticas vejo a lei suprema da Raça. Acima da Constituição vejo o Sangue. O negro nos desafia. Cumpre-nos aceitar a luva e organizar a guerra."

Kerlog sorriu. Via o seu ministro expender as mesmas razões que ele lançara contra Jim. A voz do Sangue, sempre...

A discussão foi breve. Tirante o ministro da Paz, todos apoiaram o ponto de vista do ministro da Equidade – e Kerlog encerrou a audiência com estas palavras:

Thanks to his support the government could study the extremely serious situation with the necessary calm.

With all the secretaries assembled, the first to speak was the Minister of Peace, a former judge whose respect for the Charter had something superstitious about it.

'I've reflected on the case during the night,' he said, 'and I have come to the conclusion that the only thing we can to do is to show that we're faithful to the memory of the nation's founders. The basic law exists and our supreme mission is to enforce it. An American citizen, as eligible as Mr. Kerlog or Miss Astor, was elected. As we are the government, the law obliges us to accept the fact, maintaining order and swearing Jim Roy at the appropriate time.'

'Pardon me!' intervened the Minister of Equity. 'I believe Mr. Kerlog hasn't summoned us for the formal examination of the problem. It would be useless, somewhat childish. The problem transcends the political sphere and becomes racial. Right now we're not here as secretaries of state, but as whites confronted by blacks. Above political laws I see the supreme law of the Race. Above the Constitution I see the Blood. The black man challenges us. We must accept the gauntlet and organize the war.'

Kerlog smiled. He could see his minister expounding the same reasons that he had cast against Jim. The voice of the Blood, always...

— "Possuímos uma delegação política e com os poderes que ela nos outorga não podemos resolver um problema de sangue. Meu pensamento é que se convoque a convenção da raça branca. Como há razões de estado, também há razões de raça que nos cumpre ouvir e atender."

A ideia foi unanimemente aprovada.

— O que admiro, comentei eu, é a concisão e firmeza dessa gente da América futura. Se fosse entre nós, hoje, que barulheira, que discurseira de não acabar mais!

— Tem razão, senhor Ayrton. A uma criatura de hoje que assistisse aos acontecimentos do ano de 2228 nos Estados Unidos, nada espantaria tanto como o alto *self-control* que o homem revelava. Nada de tumulto, de anarquia individualista, de violências desnecessárias na linguagem ou nos atos. É que os processos seletivos haviam banido da sociedade os tarados, inclusive os retóricos. Todas as perturbações do mundo vinham da ação antissocial desses maus elementos. Até à vitória prática do eugenismo a desordem humana raiara pelo destempero, e não podia deixar de ser assim, visto como um alcoólatra, um retórico ou um burocrata tinham tanta liberdade de encher o mundo de futuros pensionistas das prisões, dos prostíbulos e das câmaras de deputados como um homem são de o povoar de silenciosos homens de bem. A má semente humana gozava de tantos direitos como a que abrolha em Lincolns. E a caridade, a filantropia, a assistência pública e a defesa social

The discussion was brief. Expect for the Minister of Peace, everyone supported the Minister of Equity's point of view – and Kerlog closed the audience with these words:

'We have a political delegation, and with the powers it grants us we cannot solve a blood problem. My idea is that the convention of the white race should be convened. As there are reasons of state, there are also reasons of race that we must be aware and take care of.'

The idea was unanimously approved."

"What I admire," I commented, "is the conciseness and firmness of these people of the future America. If that had happened amongst us today, what a racket, what a never-ending screed!"

"You're right, Mr. Ayrton. A modern-day creature watching the events of the year 2228 in the United States would be amazed at nothing as much as the self-control displayed by mankind. There was no rioting, no individualistic anarchy, no unnecessary violence in language and actions. What happened is that the selective processes had banished the perverts, including the rhetoricians, from society. All the disturbances in the world came from the antisocial action of these bad individuals. Until the practical victory of eugenics, human disorder was riddled with excesses, and it couldn't be otherwise, since an alcoholic, a rhetorician, or a bureaucrat had so much freedom to fill the world with future boarders at prisons, brothels and

outra coisa não faziam senão despender enormes quantidades de dinheiro e esforço na criação de hospitais, asilos, hospícios, prisões, casas de congresso, repartições públicas, isto é, abrigos para os produtos lógicos da má origem. A ideia de seleção da semente, de há muito vitoriosa na agricultura e na pecuária, só não se via aceita no campo que mais devera interessar ao homem. Uma velha ideologia mística, vinda do fundo da Ásia hebraica, e um falso conceito de liberdade, vindo do 89 francês, a isso se opunham tenazmente. Quando em 2031 propôs Owen a lei espartana, a resistência ainda se mostrou forte; mas o alto progresso do espírito da América permitiu-lhe a vitória. Pouco depois, quando o mesmo Owen formulou a lei da esterilização dos tarados, embora fosse colossal o número dos atingidos, já se revelou menor a resistência e a lei venceu por esmagadora maioria.

Bastou um século de inteligente e sistemática aplicação dessas leis áureas para que se alçasse o povo americano a um grau de elevação física, mental e moral que nem o próprio Owen chegara a sonhar. Fecharam-se as prisões e com elas os hospitais, hospícios e asilos de toda a espécie. E os sociólogos da época entraram a assombrar-se da estupidez dos seus ancestrais...

— Nós...

chambers of deputies as a sane man was to fill it with silent good men. The bad human seed enjoyed as many rights as the seed that germinates in Lincolns. And charity, philanthropy, public assistance in matters of social defense, did nothing but expend enormous amounts of money and effort in creating hospitals, asylums, hospices, prisons, houses of congress, public offices, that is, shelters for the logical products of bad origin. The idea of seed selection, which had long been victorious in agriculture and stockbreeding, was not accepted only in the field that it should have interested man the most. An old mystical ideology coming from Hebrew Asia, and a false concept of freedom, from the French 1789, tenaciously opposed it. When in 2031 Owen proposed the Spartan law, resistance still proved strong; but the high progress of America's spirit allowed him victory. Soon after, when the same Owen formulated the law of sterilization of the perverts, although the number of those affected was colossal, the resistance was already lessened, and the law won by an overwhelming majority.

It took only a century of intelligent and systematic application of these golden laws for the American people to reach a degree of physical, mental, and moral elevation that not even Owen himself could have dreamed of. The prisons were closed, and with them hospitals, hospices, and asylums

— ... que passavam a vida lutando contra os produtos do mal sem terem a ideia de suprimi-lo pela supressão da má semente.

Até a miséria, cancro julgado pelos velhos filósofos como contingência humana, viu-se gradualmente extinta, à proporção que o progresso seletivo operava os seus lógicos efeitos. Com ela desapareceram, automaticamente, a prostituição e as formas baixas do crime.

O direito de reprodução passou a ser regido pelo Código da Raça, o mais alto monumento da sabedoria humana. Só quem apresentasse a série completa de requisitos que a Eugenia impunha – requisitos que assegurassem a perfeita qualidade dos produtos, é que recebia do ministério da Seleção Artificial o *brevet* de pai autorizado.

— Mas parece incrível, miss Jane, exclamei com horror, que tenha hoje o direito de ser pai quem quer! Morféticos há aí na roça que botam no mundo, anualmente, pequeninos lázaros. E ninguém vê, ninguém diz nada, todos acham que está tudo direito...

Eu sentia-me a ferver, com ímpetos de pular para a rua e berrar para todos os ventos:

— Burrada!...

Miss Jane acalmou-me a fúria e prosseguiu:

— E não parava aí a intervenção seletiva. Se um pai autorizado pretendia casar-se, tinha de fazer passar a noiva

of all kinds. And the sociologists of the time came to marvel at the stupidity of their ancestors…"

"Us…"

"… who spent their lives fighting against the products of evil without having the idea of suppressing it by suppression of the bad seed.

Even poverty, a cancer believed by the old philosophers to be a human contingency, gradually became extinct, as selective progress operated its logical effects. With it, prostitution and the low forms of crime automatically disappeared.

The right to reproduction became governed by the Race Code, the highest monument of human wisdom. Only those who presented the complete set of requirements that Eugenics imposed – requirements that ensured the perfect quality of the products, would receive from the Ministry of Artificial Selection the brevet of authorized parent."

"But it seems incredible, Miss Jane," I exclaimed with horror, "that even today anyone who wants to has the right to be a parent! There are lepers in the countryside who, annually, bring little lazars into the world. And no one sees it, no one says anything, everyone thinks everything is fine."

I felt myself seething with the urge to jump into the street and shout to all the winds:

"Blunder!…"

Miss Jane calmed my fury and went on:

pelos Gabinetes Eugenométricos, onde lhe avaliavam o índice eugênico e estudavam os problemas relativos à harmonização somática e psíquica dos nubentes. Caso os dois ou um deles não atingisse o índice exigido, poderiam contrair núpcias, mas sob a condição de infecundidade.

— Como é claro e inteligente isso! Burrada!...

— Reproduzir a espécie tornou-se um ato de altíssima responsabilidade, já que era de altíssima relevância para o progresso da espécie. A ideia de exigir habilitações oficiais para certos atos da vida é velha – mas exclui o ato de dar vida à prole futura. Exige o estado de hoje habilitação brevetada para quase tudo, para que um homem trabalhe no foro, construa uma casa, cure uma dor de barriga...

— ... enrole uma pílula...

— ... mas nada exige de quem pretende dar vida a um novo ser humano, elo inicial, muitas vezes, de uma cadeia sem fim de desgraçados ou criminosos.

— Burrada! Burrada!... exclamei, deveras revoltado contra a estupidez vigente. E como não ser assim, se qualquer Sá ou qualquer Pato dirige a opinião?

Depois que meu ímpeto de revolta serenou, voltei a interpelá-la acerca de um ponto que andava a espicaçar-me a curiosidade.

— E o casamento, miss Jane? Já falou diversas vezes em casamento e estou curioso por saber se essa palavra em 2228 diz o mesmo que hoje.

"And the selective intervention didn't stop there. If an authorized father wanted to get married, he had to have his fiancée going through the Eugenometric Offices, where they evaluated her eugenic index, and studied problems related to the somatic and psychic harmonization of the engaged couple. If both, or one of them, didn't meet the required index, they could get married, but under the condition of sterility."

"How clear and intelligent that is! Blunder!..."

"Reproducing the species became an act of the highest responsibility, since it was of the utmost importance to the progress of the species. The idea of demanding official qualifications for certain acts of life is old – but it excludes the act of giving life to future offspring. Today the state requires brevetted qualifications for almost everything, for a man to work in the courts, build a house, cure a bellyache..."

"... to dispense a pill..."[45]

"... but demands nothing from those who intend to give life to a new human being, the initial link, many times, of an endless chain of wretches or criminals."

"Blunder! Blunder!..." I exclaimed, truly outraged with the prevailing stupidity. "And how can this not be so, when any Sá or any Pato leads opinions?"

After my impulse of indignation calmed down, I questioned her again about a point that was piquing my curiosity.

– Diz e não diz. Nos casamentos em que o fim era a procriação, o estado intervinha com olhos de lince. Sendo o objetivo a prole sã de corpo e alma, compreende o senhor Ayrton que todo o rigor era pouco para evitar desvios funestos ao futuro da raça. As criaturas autorizadas a procriar constituíam uma espécie de nobreza. Todos as respeitavam como às eleitas da espécie, preciosas linhas diretrizes do amanhã. O supersticioso acato que mereciam outrora os duques, marqueses e barões por mercês arbitrárias de tronos e sólios pontifícios, passou a caber aos pais pelo simples fato de serem pais. Ser pai valia por um diploma de superioridade mental, moral e física, conferido pela natureza e confirmado pelos poderes públicos.

Esse casamento aproximava-se do nosso em muitos pontos, pela necessidade de não se perderem de vista os altos interesses da preciosa prole. Mas, conquanto dissolúvel, raro se dissolvia: a harmonização pré-nupcial dos Gabinetes Eugenométricos quase não dava ensanchas a erros.

Nos outros casos uniam-se e desuniam-se os cônjuges com a máxima liberdade e desembaraço. Nada tinha que fazer o governo em um contrato bilateral onde só valia a vontade dos contratantes.

– Quer dizer que o número dos divórcios cresceu espantosamente...

"What about marriage, Miss Jane? You've spoken several times about marriage and I'm curious to know if that word in 2228 means the same as it does today."

"It does and it doesn't. In marriages where procreation was the purpose, the state intervened with the eyes of a hawk. The objective being the healthy offspring of body and soul, you understand, Mr. Ayrton, that all rigor wasn't enough to avoid baleful deviations that would be harmful to the future of the race. The creatures authorized to procreate constituted a kind of nobility. Everyone respected them as the chosen of the species, precious guiding lines of tomorrow. The superstitious reverence that dukes, marquises and barons once deserved for the arbitrary bounties of thrones and cathedrae, was entitled to the parents due to the simple fact of being parents. Being a father was worth a diploma of mental, moral and physical superiority, conferred by nature and confirmed by the public authorities.

This marriage was similar to ours in many respects because of the need to not lose sight of the high interests of the precious offspring. But although dissoluble, it was rarely dissolved: the prenuptial harmonization of the Eugenometric Offices allowed almost no opportunity for mistakes.

In other cases the spouses were united and disunited with the greatest freedom and ease. The government had nothing to do in a bilateral contract where only the will of the contracting parties was of value."

— Ao contrário, diminuiu como nunca se esperou. E diminuiu em virtude da única imposição que a lei fazia a esses contratos: as férias conjugais obrigatórias.

— ?!

— Sim, férias. A experiência psicológica demonstrou que o mal do casamento vinha mais do enfaro recíproco dos cônjuges do que da essência dessa forma de associação sexual. Instituíram-se as férias, como temos hoje as forenses, as colegiais, etc. No inverno, quinze dias. No estio, três meses. E a separação periódica agiu com tamanha eficácia que os casais passaram a ter duas luas-de-mel por ano, luazinha após as férias pequenas e lua cheia após as grandes. Não houve mais necessidade de recorrer-se ao violento drástico do divórcio, como o temos hoje. O suave laxante das férias limpava os cônjuges das toxinas do enfaro e renascia-lhes o amor ao *petit-feu* das saudades.

— Puro ovo de Colombo! Estou vendo que tudo é ovo de Colombo na vida...

— Será, mas o Colombo deste ovo só apareceu no século XXIII. Foi Johnston Coolidge, autor do famoso livro *Toxinas Conjugais*, concluiu miss Jane.

Pela primeira vez fui eu quem pôs fim a um domingo. Estava ansioso por voltar à cidade e, nos cafés, na rua, no escritório, pregar a eugenia e insultar a estúpida gente que

"That means that the number of divorces increased astonishingly..."

"On the contrary, it decreased as never expected. And it decreased by virtue of the only imposition that the law made on these contracts: the compulsory conjugal vacations."

"?!"

"Yes, vacations. Psychological experiments showed that the problem of marriage came more from the reciprocal boredom of the spouses than from the essence of this form of sexual association. Vacations were instituted, as we have today forensic vacations, school vacations, etc. In the winter, fifteen days. In the summer, three months. And the periodic separation was so effective that couples had two honeymoons a year, a little moon after the short vacations and a full moon after the big ones. There was no further need to resort to the drastic violence of divorce, as we have it today. The gentle laxative of the vacations cleansed the spouses of the toxins of boredom, and their love was reborn by the *petit feu*[46] of longing."

"Sheer Columbus's egg! I see that everything in life is a Columbus's egg."

"It might be, but the Columbus of this egg only appeared in the 23rd century. It was Johnston Coolidge, author of the famous book *Conjugal Toxins*," concluded Miss Jane.

não vê as coisas mais simples. A consequência foi que só dormi pela madrugada. E sonhei, agitado. Sonhei a cidade tão limpa dos seus aleijões que ficava reduzida unicamente a duas criaturas de mãos presas – eu e miss Jane...

For the first time it was I who put an end to a Sunday. I was anxious to get back to the city and, in the cafes, on the street, in the office, to preach eugenics and insult the stupid people who don't see the simplest things. The consequence was that I only fell asleep at dawn. And I dreamed, restlessly. I dreamed of the city so clean of its cripples that it was reduced to just two creatures with their hands tied – me and Miss Jane…

Capítulo XX

A Convenção Branca

Desta vez não tive paciência de esperar novo domingo. Havia um feriado no meio da semana e aproveitei-o para voar ao castelo antes do almoço. Delicioso almoço! Figurei-me já marido da gentil hospedeira e dono do castelo. Cheguei a olhar com olhos de proprietário através das vidraças, por onde se viam terras e mais terras ótimas para a cultura. Mas foi momentâneo o meu deslize. Do fundo d'alma eu só queria ser dono do coraçãozinho que palpitava no seio da castelã.

Tomamos café na varanda e em seguida miss Jane disse:

— A elevação do índice eugênico-mental do povo da América no ano do choque das raças já era notabilíssima, e o modo por que agiu a Convenção Branca o demonstrou mais uma vez. Falar em convenção é lembrar a Convenção Francesa, aquele tumulto utópico que fez retórica às

Chapter XX

The White Convention

This time I didn't have the patience to wait for another Sunday. There was a mid-week holiday and I took the opportunity to rush to the castle before lunch. Delicious lunch! By then I figured myself the husband of the kind hostess and owner of the castle. I even came to look with owner's eyes through the windows, where one could see land and more land great for cultivation. But my slip was momentary. From the bottom of my soul I only wanted to be the owner of the little heart that beat in the bosom of the chatelaine.

We had coffee on the porch and then Miss Jane said:

"The increase of the eugenic mental index of the people of America in the year of the clash of the races was already remarkable; the way in which the White Convention acted demonstrated it once more. To speak of a convention is to

toneladas e decepou cabeças aos montões, como se produção de frases e redução de vidas pudesse aumentar o trigo dos celeiros, causa real de todos os males da França.

A Convenção Branca de 2228 nem por sombras lembraria o redemoinho alto-falante de 1789.

Já na composição desse corpo representativo nada se fez como outrora. Os convencionais não penetraram nele pela força dos azares eleitorais e sim por um processo novo de delegação. Todos os ramos da atividade americana tinham à sua testa, naturalmente levados a esse posto pelo grau de eficiência mental demonstrado, homens que mereceriam o nome de chefes naturais, ou *leaders* natos. Como é hoje Henry Ford o *leader* nato da indústria *Yankee*, em virtude da rigidez universalmente reconhecida das suas ideias e realizações, assim naquele tempo cada ramo de atividade possuía um *leader* normal, mantido nessa situação por consenso unânime. Funcionavam tais chefes normais como órgãos especialíssimos, ápices, vértices, cimos, estações centrais, bulbos raquidianos da classe. Ninguém lhes discutia as ideias e decisões, súmulas sempre da mais alta sabedoria possível no momento – e o chefe cujas ideias passavam a ser discutidas via-se logo automaticamente apeado dessa posição.

De modo que foi facílimo convocar a Convenção Branca. Além de já estarem naturalmente indicados, os convencionais se resumiam em seis criaturas,

remember the French Convention.[47] that utopian uproar that produced rhetoric by the tons and chopped off stacks of heads, as if the production of sentences and the reduction of lives could increase the wheat in the barns, the real cause of all the ills of France.

The White Convention of 2228 wouldn't in the least be reminiscent of the loud-mouthed whirlwind of 1789.

About the composition of this representative body nothing was done as it once was. The conventioneers didn't enter it by the force of the electoral mishaps, but by a new delegation process. All branches of American activity had at its head, naturally led to this post by the degree of demonstrated mental efficiency, men who deserved the name of natural chiefs, or born leaders. As Henry Ford is today the born leader of Yankee industry, by virtue of the universally recognized rigidity of his ideas and accomplishments, so in those days every branch of activity had a natural leader held in that position by unanimous consensus. Such natural leaders functioned as very special organs, apexes, vertices, summits, central stations, medulla oblongata of the class. No one argued with their ideas and decisions, which were always epitome of the highest wisdom possible at the time – and the chief whose ideas came under discussion was soon automatically removed from that position.

respetivamente *leaders* da indústria, do comércio, das finanças, das artes, das ciências e das letras. Eram eles os senhores George Abbot, morador em Detroit e chefe da indústria das bonecas falantes, o supremo encanto dos *babies* americanos; John Perkins, morador em Hudson, onde mantinha um pequeno comércio de peles de lontra branca; Harmsworth, diretor do Banco Universal; John Leland, criador da Pueriestética; John Dudley, pai da cor número 8 e autor de 72 invenções; e, finalmente, Dorian Davis, poeta de um soneto único sobre o qual a América estava dividida em dois imensos grupos – os que achavam defeituoso o quarto verso e os que achavam esse verso uma forma de beleza só perceptível no futuro.

O presidente Kerlog não teve dificuldades em reunir a Convenção. Radiou uma sucinta mensagem na qual pedia a cada uma das classes sociais a indicação do seu representante para o exame do *impasse* criado pela vitória dos negros. Uma hora depois registrava o aparelho receptor do Capitólio os seis nomes previstos, só não havendo unanimidade quanto à indicação do representante das letras. Os que consideravam defeituoso o quarto verso do soneto de Davis preferiram votar em branco.

Dois dias mais tarde congregavam-se na Casa Branca os seis expoentes supremos da raça, sob a presidência do senhor Kerlog.

412

So it was very easy to convene the White Convention. In addition to being naturally appointed, the conventioneers were summed up in six creatures, respectively leaders of industry, commerce, finance, arts, sciences and humanities. They were Messrs. George Abbot, resident of Detroit and head of the talking doll industry, the supreme delight of American babies; John Perkins, resident of Hudson, where he kept a small trade in white otter furs; Harmsworth, director of the Universal Bank; John Leland, creator of the Pueriaesthetics; John Dudley, father of color number 8 and creator of 72 inventions; and, finally, Dorian Davis, poet of a single sonnet upon which America was divided into two immense groups – those who thought the fourth verse defective and those who thought that verse a form of beauty only perceptible in the future.

President Kerlog had no difficulties in rallying the Convention. He radioed a succinct message in which he asked each of the social classes to appoint their representative for the examination of the *impasse* created by the victory of the black people. An hour later the Capitol's receiving device registered the six expected names, there was no unanimity regarding the nomination of the representative of the humanities. Those who considered the fourth verse of the Davis' sonnet defective preferred to vote blank.

Solenidade de protocolo nenhuma. Eram homens simples no trajar e nos modos, criaturas nada relembrativas dos figurões que se reúnem hoje em conferências internacionais, vestidos de soleníssimas sobrecasacas e com solenérrimos tubos de chaminé reluzentes nas cabeças, como se a plumagem dos perus influísse alguma coisa nas ideias dos perus.

Sentaram-se os seis expoentes e ouviram a breve exposição de motivos do chefe do estado. Declarou este que ocupava apenas um posto político e se via numa emergência racial. Nada fizera, nem faria, antes que a suprema delegação da raça definisse com rigor o caso e lhe estabelecesse um rumo. Como governo, executaria em seguida o veredicto altíssimo. Pedia, pois, aos presentes que lhe dessem as razões da raça.

Ouviram-no os convencionais com amável atenção e passaram a conversar de outros assuntos, como se estivessem num *garden-party*.

— "A minha última boneca," disse George Abbot a John Perkins, "além de falar, cose, varre e lava roupa na perfeição. Tenho uma netinha de seis anos que está positivamente encantada…"

Ao lado dele confessava Harmsworth a Dorian Davis que ainda não lera o seu soneto maravilhoso.

— "Falta de tempo?" indagou Davis.

Two days later the six supreme exponents of the race gathered in the White House under the chairmanship of Mr. Kerlog.

There was no protocol solemnity at all. They were simple men in dress and manner, creatures not at all reminiscent of the bigwigs who gather today at international conferences, dressed in very solemn frock coats and with very solemn shiny chimney pipes on their heads, as if the plumage of the turkeys had any influence on the ideas of the turkeys.

The six exponents sat down and listened to the head of state's brief explanatory statement. He declared that he only occupied a political post and found himself in a racial emergency. He had done nothing, and would do nothing, before the supreme delegation of the race had rigorously defined the case and set a course for it. As a government, he would then execute the highest verdict. So he asked those present to give him the reasons of the race.

The conventioneers listened to him with kind attention and began to talk about other matters, as if they were in a garden-party.

'My latest doll,' George Abbot told John Perkins, 'besides talking, sews, sweeps, and does laundry, perfectly. I have a six-year-old granddaughter who is positively delighted...'

— "Não. Há em minha casa uma harmonia perfeita sobre o assunto e receio perturbá-la adotando um ponto de vista discordante..."

Já Leland debatia com Dudley a possibilidade da cor número 9 e propunha um lindo nome para essa possível filha futura do espetro solar.

À encasacada e encartolada gente de hoje parecerá estranho que homens de tal envergadura, e em momento tão angustioso, assim puerilmente se recreassem num congresso presidido pelo chefe da nação. É que os nossos medalhões, envenenados pela retórica e pelo atitudismo, não alcançam certas formas da ultrabeleza, nem compreendem certos segredos da ultrapsicologia.

Justamente porque era gravíssima a decisão que iam tomar, e na realidade decisiva para os destinos do gênero humano, procuravam manter a serenidade de espírito com repousantes trocas de ideias gentis, enquanto nas profundas dos respectivos cérebros o veredito supremo se elaborava.

Passados quinze minutos nesta recreação espiritual, ergueu-se John Leland e disse com grande calma, depois de grafar num papel meia dúzia de sinais:

— "Senhor presidente, a minha ideia está formada e eu a consigno nesta moção, que tenho a honra de submeter a votos. Vou lê-la."

Fez-se no recinto um augusto silêncio. Se ainda houvesse moscas no ano 2228 poder-se-ia ouvir voar

Beside him Harmsworth confessed to Dorian Davis that he hadn't yet read his wonderful sonnet.

'Lack of time?' inquired Davis.

'No. There is a perfect harmony on the subject in my house, and I fear disturbing it by adopting a discordant point of view...'

Leland, on the other hand, was debating with Dudley the possibility of color number 9 and proposing a beautiful name for this possible future daughter of the solar spectrum.

To the tail-coated and top-hatted people of today it would seem strange that men of such stature, and at such a distressing time, should so puerilely recreate themselves in a congress presided over by the head of the nation. It's because our bigwigs, poisoned by rhetoric and attitudism, don't reach certain forms of ultra-beauty, nor do they understand certain secrets of ultra-psychology.

Precisely because the decision they were about to make was extremely serious, and in reality decisive for the fate of humankind, they tried to maintain the serenity of spirit with reposeful exchanges of gentle ideas, while in the depths of their respective brains the supreme sentence was being elaborated.

After fifteen minutes in this spiritual recreation, John Leland rose and said with great calm, after writing down half a dozen characters on a piece of paper:

alguma na sala. Sentiam todos que a raça branca ia falar a palavra última, a palavra de sentença do mais alto tribunal que ainda se reuniu no mundo.

Leu Leland a sua moção, sucinta e nítida como era de esperar. Sua voz soou como um dobre a finados. Apesar da firmeza de ânimo dos convencionais, sentia-se que estavam todos de alma tensa como corda de viola em ponto de romper-se. Fugira-lhes das faces o sangue; até o senhor Kerlog, sempre rosado, parecia um vulto de cera.

Quando o último eco da moção Leland morreu no ambiente de tumba, todas as cabeças se inclinaram para o peito e todos os olhos se fecharam. A raça branca elaborava o seu voto decisivo...

Alguns minutos transcorreram assim. Ao cabo, o presidente Kerlog murmurou:

— "Está a votos a moção Leland."

O primeiro que se ergueu foi Dudley.

— "Voto com Leland, disse ele e sentou-se."

Ergueu-se em seguida Harmsworth e disse:

— "Voto com Leland."

O terceiro foi Abbot, que murmurou sem levantar-se da cadeira:

— "Idem."

Os outros limitaram-se a dar igual voto com uma simples inclinação de cabeça.

'Mr. President, my mind is made up and I consign it in this motion, which I have the honor to submit to a vote. I will read it.'

There was an august silence in the room. If there were still flies in the year 2228, some could have been heard flying in the room. Everyone felt that the white race was about to speak the last word, the pronouncement of a sentence of the highest court that had yet met in the world.

Leland read his motion, succinct and clear as expected. His voice sounded like a death knell. Despite de the firmness of mind of the conventioneers, one could feel that they were all as tense in their soul as a violin string about to snap. The blood had fled from their faces; even Mr. Kerlog, always rosy, looked like a waxen figure.

When the last echo of the Leland motion died away in that tomb atmosphere, all heads bowed to their chest and all eyes closed. The white race was elaborating its decisive vote...

A few minutes went by like that. At the end, President Kerlog murmured:

'The Leland motion is ready for voting.'

The first one who stood up was Dudley.

'I vote with Leland,' he said, and sat down.

Harmsworth stood up next and said:

'I vote with Leland.'

Estava lavrada a sentença de ponto final do negro na América. Sem verborreia, sem inútil dispêndio de retórica, sem citação dos *gros bonnets* da etnologia e da sociologia, traçara a Suprema Convenção da Raça Branca o diagnóstico e dera o remédio exato.

O presidente Kerlog pronunciou mais meia dúzia de palavras e... pronto!

Confesso que fiquei desapontando. Quando miss Jane abordou o assunto preparei-me para ouvir coisas tremendas. Uma Convenção! A Convenção da Raça! Nunca no mundo se reunira congresso mais alto e preposto a fins mais terríveis. Esperei portanto qualquer coisa de tão eloquente como um jato de seis Mirabeaus, multiplicados por seis Dantons. Em vez disso, um homem que apresenta uma breve moção e mais cinco sujeitos ultrapacíficos que a aprovam friamente – alguns até com a cabeça, sem se erguerem das suas poltronas. Era demais!

– Só isso, miss Jane? exclamei com cara de espectador roubado.

– Só, respondeu ela, muito divertida com o meu logro. Que mais queria?

Minh'alma de latino não se conformava com a falta de aparato.

– Queria uma tempestade com raios e trovões. Queria um *Jehovah* tonitruando na sarça ardente. Ou, pelo menos, eloquência, que diabo!

The third was Abbot, who murmured without rising from his chair:

'Ditto.'

The others simply nodded in agreement with the vote.

The final sentence for the black man in America was drawn up. Without verbiage, without useless expenditure of rhetoric, without citing the *gros bonnets*[48] of ethnology and sociology, the Supreme Convention of the White Race had outlined the diagnosis and given the right remedy.

President Kerlog uttered another half dozen words and... done!"

I confess I was disappointed. When Miss Jane broached the subject I prepared myself to hear tremendous things. A Convention! The Race Convention! Never in the world had a higher congress convened and being appointed to more terrible purposes. So I expected something as eloquent as an outpouring from six Mirabeaus[49] multiplied by six Dantons.[50] Instead, one man presenting a brief motion and the other five ultrapacific fellows coldly approving of it – some even with their heads, without rising from their armchairs. It was too much!

"Is that all, Miss Jane?" I exclaimed with the face of a robbed spectator.

"That's all," she answered, much amused by my being deceived. "What else did you want?"

My Latino soul couldn't resign with the lack of pomp.

– Haverá maior eloquência do que a da precisão absoluta?

Não me convenci. Não ia comigo tanta frieza. Meu sangue quente pedia barulho, berros, murros na mesa, desaforos... Resignei-me, porém, e minha curiosidade tomou pé.

– Mas, afinal, que é que dizia a moção Leland? indaguei.

– Ignoro, respondeu miss Jane. Foi secreta a decisão. Só o presidente, os seis convencionais e depois os técnicos do estado tiveram conhecimento dos seus termos.

Miss Jane sorria. Ocultava-me qualquer coisa, com certeza para me surpreender no fim. Não insisti e, resignado, disse-lhe:

– Continue, miss Jane...

Miss Jane continuou.

"I wanted a storm with lightning and thunders. I wanted a Jehovah roaring in the burning bush. Or, at least, eloquence – what the hell!"

"Is there any greater eloquence than absolute precision?"

I wasn't convinced. So much coldness didn't agree me. My hot blood demanded noise, shouts, punches on the table, insults... I resigned myself, however, and my curiosity settled.

"But, after all, what did the Leland motion say?" I asked.

"I don't know," answered Miss Jane. "The decision was secret. Only the president, the six conventioneers and then the state technicians were privy to its terms."

Miss Jane smiled. She was hiding something from me, certainly to surprise me in the end. I didn't insist and resignedly said to her:

"Go on, Miss Jane..."

Miss Jane continued.

Capítulo XXI

Uma Dor de Cabeça Histórica

— Q uando os convencionais deixaram a Casa Branca, o último a despedir-se foi o senhor John Dudley, pai da cor número 8 e autor das 72 invenções.

Era esse Dudley um velhinho de olhar muito vivo e alegre, cuja inteligência tinha fama de ser a mais pronta da América, a mais facetada e contornante. Apreendia tudo instantaneamente, sob todos os aspectos possíveis.

Ao apertar a mão do presidente Kerlog, disse ele com ar enigmático:

— "Faço votos para que o senhor presidente descubra a solução prática com a mesma facilidade com que o senhor Leland descobriu a solução teórica. Isso lhe trará, talvez, uma certa dorzinha de cabeça. Se por acaso se agravar essa dor de cabeça e não ceder a nenhum sedativo, lembre-se

Chapter XXI

A Historic Headache

"When the conventioneers left the White House, the last to say goodbye was Mr. John Dudley, father of color number 8 and author of the 72 inventions.

Dudley was an old man with very lively and cheerful eyes, whose intelligence was reputed to be America's most prompt, the most faceted and end run. He understood everything instantly, in every possible way.

Shaking President Kerlog's hand, he said with an enigmatic air:

'I hope that Mr. President finds the practical solution as easily as Mr. Leland found the theoretical solution. This will, perhaps, give you a little headache. If by any chance this headache worsens and doesn't give in to any sedative, remember this servant of yours and call him. I want to have the honor of curing a historic headache...'

deste seu criado e chame-o. Quero ter a honra de curar uma dor de cabeça histórica...

Disse e saiu a sorrir. Ficou o senhor Kerlog uns instantes a meditar naquelas palavras enigmáticas, que traziam evidentemente uma intenção oculta. O homem das setenta e duas invenções nada dizia às tontas.

— "Será que possui John Dudley, como septuagésima terceira invenção, alguma famosa superaspirina? pensou consigo o chefe de estado. Mas o tumulto das preocupações governamentais logo o fez esquecer o incidente.

A semana que se seguiu à Convenção foi o pior momento de vida que ainda passou um presidente americano. O ministério vivia em reuniões contínuas e eram exaustos que aqueles homens tomavam a furto bocados de repouso. A tarefa de manter o país em calma, de evitar a explosão das duas massas prenhes de eletricidades contrárias e suscetíveis de explosão ao menor choque, se agravava com a premência de solver o caso dentro da fórmula votada pelos convencionais. Mas entre propor com toda a frieza uma solução daquelas e descobrir os meios de possibilizá-la, ia um abismo.

O ministro da Paz chegou a irritar-se.

— "São facílimas as soluções dessa ordem. Creio até que se, em vez de seis velhos *leaders*, reuníssemos aqui seis crianças de escola o resultado seria o mesmo. É absolutamente impraticável a fórmula Leland."

He said that and left smiling. Mr. Kerlog remained for a few moments meditating on those enigmatic words, which evidently had a hidden intention. The man of seventy-two inventions never said anything giddily.

'Is it possible that John Dudley possesses, as his seventy-third invention, some famous superaspirin?' thought the head of state to himself. But the tumult of governmental concerns soon made him forget the incident.

The week following the Convention was the worst moment in the life of an American president ever. The ministry was always in continuous meetings, and it was when exhausted that those men stealthily took bits of rest. The task of keeping the country calm, of preventing the explosion of the two masses, pregnant with opposing electric currents and susceptible to explode at the slightest shock, was aggravated by the urgency of solving the case within the formula voted by the conventioneers. But there was an abyss between coldly proposing such a solution and finding the means to make it possible.

The Minister of Peace grew irritated.

'Solutions of that order are very easy,' he said. 'I even believe that if instead of six old leaders we gathered six schoolchildren here, the result would be the same. Leland's formula is absolutely impracticable.'

President Kerlog had a more obstinate character than that of his minister. Thus he objected:

O presidente Kerlog possuía um caráter mais obstinado que o do seu ministro. Assim foi que objetou:

– "Costumamos chamar impraticável ao que não praticamos ainda. Lembre-se de Colombo com o ovo..."

– "Perfeitamente," contraveio o ministro, "mas já se passou uma semana e não nos ocorre saída. Estou cansado de examinar as sugestões dos nossos técnicos, todas absurdas, porque em grau maior ou menor implicam o emprego da força, o que seria desencadear a tormenta. As sugestões de hoje – sete, parecem-me tão idiotas como as anteriores."

Na realidade assim era. Debaixo do mais absoluto segredo cerca de cinquenta técnicos do estado, dos mais hábeis que se puderam reunir, davam aos miolos as maiores torturas para afastar do remédio proposto por Leland o termo *coação*.

Os ministros já manifestavam sintomas de *surmenage*. Horas e horas perdiam a debater o caso, e nem no sono tinham repouso: o trabalho mental subconsciente os torturava de pesadelos.

No oitavo dia o presidente apareceu na sala de trabalho a cheirar um frasco de sais. Era a dorzinha de cabeça prevista por John Dudley. No décimo dia essa dor agravou-se de modo a inspirar receio aos ministros. Felizmente a memória do senhor Kerlog deu de si a tempo e fê-lo recordar-se das palavras do convencional ao despedir-se.

'We often call impracticable what we haven't yet practiced. Remember Columbus with the egg...'

'Perfectly well,' countered the minister, 'but it's been already a week and we can't think of a way out. I am tired of examining the suggestions of our technicians, all of which are absurd, because to a greater or lesser degree they imply the use of force, which would be to unleash the storm. Today's suggestions – seven – seem to me just as idiotic as the previous ones.'

Indeed they were. Under the most absolute secrecy, about fifty technicians of the state, of the most skillful who could be assembled, were racking their brains to keep the term *coercion* out of Leland's proposed remedy.

The ministers already showed symptoms of *surmenage.*[51] Hours and hours were spent debating the case, and not even in when asleep did they rest; the subconscious mental work tortured them with nightmares.

On the eighth day the president appeared in the workroom sniffing a vial of salts. It was the little headache predicted by John Dudley. On the tenth day this pain worsened so as to inspire fear of the ministers. Fortunately Mr. Kerlog's memory started to work in time and made him remember the words of the conventioneer as he said goodbye.

'The headache kills me,' he radioed to the man of the 72 inventions. 'Help me with the medicine!'

— "A dor de cabeça mata-me" radiou ele para o homem das 72 invenções. "Acuda-me com o remédio!"

No mesmo dia, à noite, reapareceu John Dudley na Casa Branca, sendo logo introduzido nos aposentos particulares do presidente.

— "Bem-vindo seja!" disse este com a mão na testa. "A cabeça estala-me e a dor não cede a sedativo nenhum. Acuda-me com a sua ultra-aspirina."

John Dudley sorriu com fina malícia.

— "Ouça-me," disse ele, "ouça-me com atenção que sarará dentro de cinco minutos. O seu mal cura-se com um tópico que só eu possuo."

E Dudley começou a falar. Ao cabo do segundo minuto o presidente Kerlog tirava a mão da testa. Ao fim do terceiro sorria. Ao quinto saltava da poltrona e vinha apertar nos braços o terrível velhinho.

— "Maravilhoso!... Mas é assim absoluto o efeito?"

— "Fiz todas as experiências e tirei todas as contraprovas. O efeito é absoluto!"

— "Sem dor, sem lesão, sem que o paciente sequer o suspeite?"

— "Exatamente!"

Kerlog sorria com o olhar distante. O problema que em vão a política tentara solver, a ciência resolvia por um processo mágico.

— "Efeito duplo, então?" insistiu o presidente.

That same day, in the evening, John Dudley reappeared at the White House, and was soon ushered into the president's private quarters.

'Welcome!' he said with his hand on his forehead. 'My head is splitting and the pain won't give in to any sedative. Help me with your ultra-aspirin.'

John Dudley smiled with refined malice.

'Listen to me,' he said, 'listen to me carefully and you'll be healed in five minutes. Your illness will be cured with a topical remedy that only I possess.'

And Dudley began to talk. After the second minute, President Kerlog took his hand from his forehead. At the end of the third he smiled. By the fifth, he jumped out of his armchair and went over to hold the terrible little old man in his arms.

'Wonderful!... But is the effect that absolute?'

'I've done all the experiments and got all the retests. The effect is absolute!'

'With no pain, no injury, without the patient even suspecting it?'

'Exactly!'

Kerlog smiled with a distant gaze. The problem that politics had tried to solve in vain, science solved by a magical process.

'Double effect, then?' insisted the president.

'Triple, in fact,' replied the malicious sage.

— "Triplo, aliás." retrucou o malicioso sábio.

O presidente fez cara de surpresa.

— "Sim, pois cura também as dores de cabeça históricas…"

Kerlog sorriu e novamente abraçou o homem das *73* invenções.

— Miss Jane, disse eu, está a senhora a judiar comigo! Macacos me lambam se percebo qualquer coisa…

— Uma pontinha de mistério é indispensável para tempero dos romances. Vai o senhor Ayrton ser romancista; deve pois ir aprendendo o sutil segredo da dosagem dos ingredientes…

Miss Jane estava a brincar, não havia dúvida. Punha fogo ao estopim da minha curiosidade e deixava-o a arder…

— No dia seguinte, continuou ela, reapareceu o senhor John Dudley na Casa Branca, desta vez sobraçando um esquisito embrulho – um embrulho fofo, como se contivesse cabelos humanos.

Entrou e passou uma boa hora em conferência com o presidente e mais seus ministros.

O que lá houve ninguém conseguiu saber. Só se soube que, finda a reunião, ao descerem a escadaria, disse o ministro da Paz ao da Equidade:

— "O eterno ovo de Colombo! Bem dizia o presidente que era necessário teimar…"

The president looked surprised.

'Yes, for it also cures historical headaches...'

Kerlog smiled and hugged the man of *73* inventions again."

"Miss Jane," I said, interrupting, "you're mocking me! I'll be dammed if I understand anything..."

"A little bit of mystery is indispensable in the seasoning of novels. Mr. Ayrton, you are going to be a novelist; you must therefore learn the subtle secret of dosing the ingredients..."

Miss Jane was joking, there was no doubt about it. She set fire to the fuse of my curiosity and left it burning...

"The next day," she continued, "Mr. John Dudley reappeared at the White House, this time carrying a strange package under his arm – a fluffy package, as if it contained human hair.

He went in and spent a good hour in conference with the president and his ministers.

What happened there, no one was able to find out. All that was known was that when the meeting was over, as they were going down the stairs, the Minister of Peace said to the Minister of Equity:

'The eternal Columbus's egg! The President was right when he said that it was necessary to persevere...'

'And how beautiful the hair becomes!' commented the Minister of Equity. 'They not only straighten, but also

— "E que lindos ficam os cabelos!" comentou o da Equidade. "Não só se alisam como afinam e se tornam sedosos. Morrerá o peixe pela carapinha, não há que ver..."

— Miss Jane... ia dizendo eu.

A moça, porém, tapou-me a boca e deu o sinal do chá.

Fiz a cara de compunção com que sempre recebia o tal ponto e vírgula. Mas errei.

— Não faça esse bico de criança, disse Miss Jane com a sua finura habitual. O chá é apenas vírgula. O senhor Ayrton está convidado a jantar aqui.

Meu coração deu cabriolas dentro do peito, e arrastado por um impulso incoercível tomei... a mão da minha amiga e beijei-a. A mão! Apenas a mão! Timidez – teu nome era Ayrton Lobo...

— Mas o enigma dos cabelos, miss Jane? Decifre-mo logo, que estou a arder de curiosidade, pedi-lhe logo depois do chá.

— Uma história muito simples, senhor Ayrton. Dedicava-se John Dudley, havia longo tempo, ao estudo do cabelo do negro, esperançado em descobrir o meio de alisá-lo, e muito se falou na América, alguns anos antes, nos admiráveis resultados das suas experiências. O sábio, porém, até 2228 não havia tornado pública essa invenção, que seria a septuagésima terceira. E ninguém mais pensava no caso quando, dois dias depois da sua conferência particular com o presidente Kerlog, irradiou pelos Estados

become thinner and silkier. Loose lips will sink kinky hair, you'll see…'"

"Miss Jane…" I was about to say.

The young lady, however, covered my mouth and signal for tea.

I made the compunctious face with which I always received such semicolon. But I was wrong.

"Don't be a long-faced child," said Miss Jane with her usual finesse. "Tea is only a comma. Mr. Ayrton, you are invited to dine here."

My heart somersaulted inside my chest, and, swept by an incoherent impulse, I took… my friend's hand and kissed it. The hand! Just the hand! Timidity – your name was Ayrton Lobo…

"But what about the enigma of the hair, Miss Jane? Decipher it to me at once, I'm burning with curiosity," I asked her right after tea.

"It's a very simple story, Mr. Ayrton. John Dudley had long devoted himself to the study of the black people's hair, hoping to discover a way to straighten it, and much had been said in America, a few years before, of the admirable results from his experiments. Until 2228, the sage hadn't made public this invention, which would be his seventy-third. And no one thought about it anymore when, two days after his private conference with President Kerlog, a sensational

Unidos uma notícia sensacional: John Dudley havia enfim resolvido o difícil problema capilar.

Os raios Ômega, de sua descoberta, tinham a propriedade miraculosa de alisar o cabelo africano. Com três aplicações apenas tornava-se o mais rebelde pixaim, não só liso, como ainda fino e sedoso como o cabelo do mais apurado tipo de branco. Os raios Ômega influíam no folículo e destruíam nele a tendência de dar forma elíptica ao filamento capilar. Vencido este pendor para a forma elíptica, cessava o encarapinhamento, que não passa de mera consequência mecânica.

Como é de supor, imensa foi a repercussão da notícia. Cem milhões de criaturas reviravam para o céu os olhos agradecidos. Chegaram os negros a tomar-se de puro êxtase, convictos de que das alturas descera a pugnar por eles na terra alguma divindade, como outrora os bons deuses do Homero. Mal repostos ainda da emoção consequente à vitória de Jim Roy, uma outra os empolgava agora – e esta mais fecunda, pois redundaria num aperfeiçoamento da raça, num grande passo no caminho de aproximá-los do branco. Já o pigmento fora destruído e, embora o esbranquiçado da pele não se revelasse cor agradável à vista, tinham esperança de obter com o tempo a perfeita equiparação cutânea. Vir agora, e assim de chofre, o *resto*, o cabelo liso, a supressão do teimoso estigma de Cam, era, não havia dúvida, sinal de um fim de estágio. Reduzidas desse

news was radioed across the United States: John Dudley had finally solved the difficult hair problem.

The Omega rays of his discovery had the miraculous property of straightening the African hair. With only three applications, the most rebellious kinky hair became, not only straight but also thin and silky like the hair of the most refined white type. The Omega rays flowed into the follicle and destroyed in it the tendency to give the hair filament an elliptical shape. Once this tendency to the elliptical shape was overcome, the frizzing ceased, which is nothing more than a mechanical consequence.

As it can be expected, immense was the repercussion of the news. A hundred million creatures turned their grateful eyes toward the skies. The black people were overcome with pure ecstasy, convinced that some high divinity had descended from heaven to fight for them on earth, like the good gods of Homer long ago. Barely had they recovered from the thrill following Jim Roy's victory, they were now thrilled by another – and this one more fruitful, for it would result in an improvement of the race, a great step on the way to making them resemble the white man. The pigment had already been destroyed, and although the whitishness of the skin wasn't a pleasing color on the eye, they hoped that in time they'd obtain the perfect cutaneous equalization. To come now, and all of a sudden, the *rest*, the straight hair, the suppression of Ham's stubborn stigma,[52] was, no doubt, a

modo as duas características estigmatizantes da raça, o tipo áfrico melhorava a ponto de, em numerosos casos, provocar confusão com o ariano. Entre a *miss* naturalmente branca e loura e a negra despigmentada e omegada pelo processo Dudley, fazia-se quase nula a diferença.

— Mas a cor dos cabelos? perguntei eu, sempre curioso de minúcias.

— Cor de cabelo bem sabe o senhor Ayrton que não é coisa que dependa da natureza e sim da moda. Hoje, por exemplo, é moda o louro, e nas ruas só vemos louras – louras que amanhã aparecerão de cabelos negros como asas de corvo, se assim o determinar a moda.

Logo em seguida à notícia, estupefaciente como pitada de cocaína, incorporou-se a Dudley Uncurling Company, que estabeleceu em todas as cidades, e nestas em todos os bairros, Postos Desencarapinhantes, como vemos hoje surgir Postos de Vacinação nos anos em que irrompe a varíola. Esses postos multiplicaram-se ao infinito, de um modo mágico, como se uma força oculta empurrasse a Dudley Uncurling Company ao desencarapinhamento da América negra no menor espaço de tempo possível.

Era dos mais simples o processo. Três aplicações apenas, de três minutos cada uma. Tais facilidades, juntas ao custo mínimo, dez *cents* por cabeça, fizeram que os negros acorressem aos postos como cães famélicos a bofes fumegantes. A vida americana chegou a sofrer um colapso.

sign of the end of a stage. With the two stigmatizing features of the race thus reduced, the African type improved to the point of, in many cases, being confused with the Aryan. With the two stigmatizing characteristics of the race thus reduced, the African type improved to the point of, in many cases, being confused with Aryan. Between the naturally white and blond Miss and the black woman, depigmented and Omegaed by the Dudley process, the difference was almost none."

"But what about the color of the hair?" I asked, always curious about details.

"Hair color, as Mr. Ayrton well knows, is not something that depends on nature, but rather on fashion. Today, for example, blonde hair is in fashion, and in the streets we only see blonde women – blonde women who tomorrow will have black hair, like crow's wings, if fashion so determined.

Soon after the news, stupefying like a pinch of cocaine, the Dudley Uncurling Company was incorporated, and it established in every city, and in every suburb of the cities, Defrizzing Sites, as today we see Vaccination Sites spring up in the years when smallpox breaks out. These sites multiplied infinitely, magically, as if an occult force was pushing the Dudley Uncurling Company into defrizzing the black America in the shortest possible time.

The process was one of the simplest. Just three applications, of three minutes each. Such ease combined

Só se falava em raio Ômega, em folículo, em seção elipsiforme e mais capilotécnicas. A princípio irritaram-se os brancos com o que chamavam a segunda *camouflage* do negro; por fim passaram a divertir-se com o espetáculo deveras curioso da súbita transformação capilar de cem milhões de criaturas. As fábricas de pentes, grampos, loções, shampoos, brilhantinas, tinturas, etc., trabalhavam dia e noite sem conseguirem atender à subitânea procura de tais produtos. Cabeleireiros novos surgiam em todos os cantos e por mais que trabalhassem não davam conta do recado. As negras, sobretudo, viviam num perpétuo sorrir-se a si próprias, metidas dentro de um céu aberto. Passavam os dias ao espelho, muito derretidas, penteando-se e despenteando-se gozosamente. O seu enlevo ao correrem as mãos pelas macias comas omegadas fazia-as esquecer o longuíssimo passado da humilhante carapinha. Brancas, afinal! Libertas afinal do odioso estigma!

Neste ponto da narrativa chofrou-me o cérebro um raio de luz.

— Adivinho tudo, agora, miss Jane! gritei batendo na testa. Adivinho a verdadeira solução do problema negro na América! Nem expatriação, nem divisão do país. Apenas branqueamento do negro, igualificação com o branco, decifrei eu, contentíssimo com a minha tacada.

Mas vi logo que errara de novo. No sorriso com que ela esfriou o meu entusiasmo percebi uma pontinha de piedade

with minimal cost – ten cents a head – made black people rush to the sites like starving dogs toward steaming giblets. American life even got to collapse. All people talked about was the Omega rays, follicles, elliptical sections, and other hair techniques. At first the whites were irritated by what they called the black people's second *camouflage*, and at last they were amused by the very curious spectacle of the sudden hair transformation of a hundred million creatures. The factories for combs, hairclips, lotions, shampoos, brilliantines, dyes, etc., worked day and night without being able to meet the sudden demand for such products. New hairdressers were springing up in every corner, and no matter how hard they worked, they could not handle it. Black women, especially, lived in a perpetual smile at themselves, living in a heaven on earth. They spent their days in front of the mirror, crazy about themselves, combing and tousling themselves joyfully. The ecstasy as they ran their hands through the soft Omegaed manes led them to forget the long past of the humiliating kinky hair. White, at last! Freed from the hateful stigma after all!"

At this point in the narrative a ray of light struck my brain.

"I can guess everything now, Miss Jane!" I shouted, slapping my forehead. "I can guess the real solution to the black problem in America! Not expatriation, not the partition of the country. Just the whitening of the black

pela minha argúcia – pela minha pobre argúcia... Mas era tão boa miss Jane que não teve ânimo de humilhar-me, como devia. Disse apenas, delicadamente:

– Quase, quase adivinhou! Está pertinho...

Como um caramujo cutucado, encolhi-me na poltrona donde me erguera no assomo de ardor divinatório, e para disfarçar a rata estranhei aquele desvio do assunto principal:

– Mas a que vem esse incidente dos raios Ômega no nosso romance, miss Jane?

A moça respondeu de lado:

– Joga xadrez, senhor Ayrton?

Eu só jogava no bicho, mas menti, corando de leve:

– Assim, assim.

– Pois nesse caso deve saber que nas partidas bem jogadas um humilde movimento de peão tem tanta importância para o xeque-mate como um espetaculoso movimento de rainha. Considere este capítulo capilar um movimento de peão e ouça agora o que vou dizer de miss Astor.

– Movimento de rainha... rosnei.

Miss Jane aprovou com um olhar a minha agudeza.

– E de rainha amorosa! completou.

– Amor em 2228? Inda haverá semelhante coisa em tempo tão recuado?

– O amor é eterno, senhor Ayrton e, além de eterno, invariável. O que Daphnis sussurrou ao ouvido de Chloe, lá

people, equalification with the white!" I deciphered, very happy with my shot.

But I soon realized that I had made a mistake again. In the smile with which she cooled my enthusiasm I noticed a little hint of pity for my cunning – for my poor cunning... But Miss Jane was so good that she didn't have the courage to humiliate me, as she should have. She only said, gently:

"Almost, you almost guessed! You're so close..."

Like a nudged snail, I cringed in the armchair from which I had risen in the fit of divinatory ardor, and in order to disguise the blunder, I pretended surprise at that deviation from the main subject:

"But what is this incident of the Omega rays coming to in our novel, Miss Jane?"

The young lady replied askance:

"Do you play chess, Mr. Ayrton?"

I only played *jogo do bicho*, but I lied, blushing slightly: "So-so."

"Well, in this case you must know that in well-played games a humble pawn move is as important for checkmate as a spectacular queen move. Consider this hair chapter a pawn move and now listen to what I'm going to say about Miss Astor."

"Queen's move..." I growled.

Miss Jane approved my sharpness with a look.

"And of a loving queen!" she completed.

nos fundos da Grécia de Longus, sussurraria miss Elvin a um 'gorila pelado' de 2228, se porventura descresse do sabino e aderisse ao *homo*, como suas companheiras.

Pus em miss Jane os meus olhos de carneiro flechado e suspirei. Seria capaz de 'sussurrar' ao meu ouvido uma criatura que assim tão cientificamente falava do amor?

"Love in 2228? Will there still be such a thing in such distant time?"

"Love is eternal, Mr. Ayrton, and beyond being eternal, it's invariable. What Daphnis whispered in Chloe's ear, back in the days of Longus' Greece, Miss Elvin would whisper to a 'hairless gorilla' of 2228, if she were to disbelieve the Sabino and adhere to the *homo*, as her comrades had."

I laid my arrow-stricken sheep eyes on Miss Jane and sighed. Would a creature who so scientifically spoke of love be likely to 'whisper' in my ear?

Capítulo XXII

Amor! Amor!

— **D**epois de sua espaventosa adesão ao *homo*, continuou miss Jane, a *leader* do partido feminino voltou a si. Percebeu que o desvairamento no dia da vitória negra lhe quebrara a soberba linha das belas atitudes e a transformara numa perfeita louca, à moda das velhas sufragistas britânicas. E envergonhou-se. Que pensaria dela o Presidente Kerlog? Como teria o *leader* branco, lá no íntimo, recebido aquele arroubo de sinceridade explosiva?

Miss Astor amava a Kerlog. A nobre figura do presidente, sua firmeza no governo, sua agilidade de espírito e sua serenidade de força construtiva, seduziam-na de modo incoercível. E talvez até que, no fundo, toda a atuação política de miss Astor não visasse outro fim além de

Chapter XXII

Love! Love!

"After her splashy adherence to the *homo*," continued Miss Jane, "the leader of the Female Party came back to her senses. She realized that the bewilderment on the day of the black victory had broken her superb line of beautiful attitudes and had turned her into a perfect madwoman, after the fashion of the old British suffragists. And she felt ashamed. What would President Kerlog think of her? How would the white leader, in his heart, have received that outburst of explosive sincerity?

Miss Astor loved Kerlog. The noble figure of the president, his government firmness, his agility of spirit and his serenity of constructive force seduced her in an incoherent way. And perhaps, at heart, even Miss Astor's entire political performance had no other purpose than to

aproximá-la do *leader* branco, por emparelhamento num mesmo nível de prestígio social.

— Por que então contrapôs-se a ele nas eleições? — perguntei sapatescamente.

— Porque a linha reta da mulher é sempre torta. Elvinismo, senhor Ayrton!... Matemática, ciência elvinista! Dois mais dois igual... ao que convêm. Mas miss Astor errava, se acaso se supunha diminuída na opinião de Kerlog. O presidente era *homo* e, apesar de todos os progressos da eugenia, um *homo* tão sensível ao contato feminino como... como o senhor Ayrton, por exemplo.

Corei forte. Momentos antes havia eu, sem o querer, está visto, tocado com o meu pé o mimoso pé de miss Jane, e não pudera esconder a corrente elétrica que me percorreu o corpo. Seria que miss Jane, sempre tão desentendida, aludia a esse fato? Estava a minha amiga um tanto diferente nessa tarde. Menos impassível que de costume, e assim como quem quer e não quer, como quem vai e não vai, como quem diz e não diz. Apesar de toda a minha pouca penetração feminina eu sentia isso, adivinhando nela os primeiros estremecimentos da mulher.

— E já que era assim sensível, continuou a jovem, o amplexo que no momento do perigo pôs miss Astor em contato com Kerlog calou fundo nas células presidenciais e impregnou-as disso que os homens chamam desejo.

bring her closer to the white leader, by matching her up on the same level of social prestige."

"Why then did she oppose him in the elections?" I asked Sapatesquely.

"Because the woman's straight line is always crooked. Elvinism, Mr. Ayrton!... Mathematics, Elvinistic science! Two plus two equals... whatever suits. But Miss Astor was wrong, if she supposed herself diminished in Kerlog's opinion. The president was a *homo*, and despite all the progress of eugenics, a *homo* as sensitive to female contact as... as you, for example, Mr. Ayrton."

I blushed heavily. Moments before, I had, unintentionally, touched Miss Miss Jane's delicate foot with my foot, and I couldn't hide the electric current that went through my body. Could it be that that Miss Jane, always so oblivious, was alluding to that fact? My friend was somewhat different that afternoon. Less impassive than usual, and as if she wants and doesn't want it, as if she goes and doesn't go, as if she says and doesn't say it. Despite all my little feminine penetration, I felt that, divining in her the first quivers of a woman.

"And since she was so sensitive," continued the young lady, "the embrace that at the moment of danger brought Miss Astor into contact with Kerlog deepened into the presidential cells and impregnated them with what men call desire."

Tive vontade de perguntar a Miss Jane como chamavam as mulheres a isso que os homens chamam desejo – mas me faltou a coragem.

– E daí por diante, sempre que a razão do senhor Kerlog se punha a pesar prós e contras relativos a miss Astor, intervinham as células abraçadas, colocando na concha dos prós a tara da saudade – e lá se ia a frieza da razão do senhor Kerlog. Pobre razão humana! Pobre hoje, pobre em 2228!... E tanto era assim que logo depois da invasão da sala pelas elvinistas arrependidas comentou o senhor Kerlog o fato nestes termos, dirigindo-se ao ministro da Equidade:

– "Miss Astor sempre se me apresentou aos olhos envolvida em atitudes, belas, não resta dúvida, porque há sempre beleza em todos os seus movimentos, mas atitudes que me chocavam como falsas. Nem uma só vez a vi ao natural. Foi preciso que o desastre sobreviesse e o terror se apossasse de su'alma para que eu a visse como sempre desejei vê-la: mulher."

E lá consigo recordava a doçura do seu abraço.

Esse abraço ficou. Os dias se foram passando. Veio a Convenção Branca. Veio a dor de cabeça. Veio o omeguismo. Nada apagava das células cervicais do senhor Kerlog a impressão do doce contato.

Certa vez, reunido o ministério, perceberam os ministros que o presidente olhava muito amiúde para o relógio. O assunto em debate era o progresso do

I wanted to ask Miss Jane what women called that which men call desire – but I lacked the courage.

"And from then on, whenever Mr. Kerlog's reason weighed up the pros and cons concerning Miss Astor, the embraced cells intervened, placing the tare of longing on the side of the pros – and out went the coldness of Mr. Kerlog's reason. Poor human reason! Poor today, poor in 2228!... And so much so that right after the invasion of the room by the repentant Elvinists, Mr. Kerlog commented on the fact in these terms, addressing the Minister of Equity:

'Miss Astor has always presented herself to my eyes wrapped up in attitudes, beautiful ones, no doubt, for there is always beauty in all her movements, but attitudes that shocked me as false. Not once did I see her in her natural state. Disaster had to strike and terror had to possess her soul for me to see her as I always wanted to see her: a woman.'

And deep within, he remembered the sweetness of her embrace.

That embrace remained. The days went by. The White Convention came. The headache came. Omegaism came. Nothing could quench the impression of that sweet contact from Mr. Kerlog's spinal cells.

Once, when the ministry was assembled, the ministers realized that the president was looking at his watch too often. The subject being debated was the progress of the

desencarapinhamento dos negros, matéria de especial atenção para o chefe do estado. Especial e demorada comentou – menos naquele dia. Naquele dia o presidente atropelava os seus auxiliares, como que desejoso de encerrar mais cedo a reunião.

As informações estatísticas apresentadas pela Dudley Uncurling Company deviam ser bastante favoráveis, a avaliar-se pelo sorriso com que o *leader* branco as recebera.

– "Estamos no fim," disse ele. "Resolveu a ciência, de fato, o grave problema étnico – e que magistral solução! Em vez de expatriar o negro ou dividir o país..."

– "Desencarapinhá-lo!" completou, piscando o olho, o ministro da Seleção.

Todos se entreolharam com certo ar de velhacaria. O da Equidade disse:

– "O binômio racial passa a monômio. Só o ariano é grande e Dudley é o seu profeta."

Eu cocei a cabeça num gesto muito lá do escritório.

– Mas, então, miss Jane, a solução é mesmo a que eu adivinhei – a igualificação das raças!...

Miss Jane tossiu uma tossezinha de encomenda e desconversou:

– O neologismo está bom, senhor Ayrton. Por mais rica que seja uma língua, a expressão humana tem sempre necessidade de palavras novas. 'Igualificação' – muito bem!

Encolhi-me no fundo da minha poltrona.

defrizzing of black hair, a matter of special attention for the head of state. Special and time-consuming – except that day. That day the president disregarded his assistants as if eager to end the meeting earlier.

The statistical information presented by Dudley Uncurling Company must have been quite favorable, judging by the smile with which the white leader had received it.

'We're at the end,' he said. 'Science has indeed solved the serious ethnic problem – and what a masterful solution! Instead of expatriating the black people or dividing the country...'

'Defrizz it!' the Minister of Selection added with a wink.

They all looked at each other with a certain air of knavery. The Minister of Equity said:

'The racial binomial becomes a monomial. Only the Aryan is great, and Dudley is its prophet.'"

I scratched my head in a gesture very common in the office.

"But then, Miss Jane, the solution is exactly the one I guessed – the equalification of the races!"

Miss Jane coughed a fake little cough and changed the subject:

"The neologism is fine, Mr. Ayrton. However rich a language is, human expression always has need of new words. 'Equalification' – well done!"

— Mas, continuou ela, o relógio do senhor Kerlog, consultado pela décima vez, marcou três horas. O presidente ergueu-se e deu por finda a reunião. Os ministros saíram. Na escada disse o da Paz ao da Equidade:

— "Notou a impaciência de Kerlog?"

— "Notei sim. Estava inquieto..."

— "*Cherchez...*"

— "Não é necessário. Se ninguém resiste à ação catalítica de miss Evelyn, quem lhe resistirá ao contato?"

Riram-se, e lá se foram cada qual para o seu lado.

Não erravam os dois ministros. Logo depois parava miss Evelyn Astor em frente da Casa Branca e, ágil como as deusas – ou as amorosas, subia as escadas.

Foi introduzida incontinente.

— "Bem-vinda seja a minha formosa rival," disse com o mais amável dos seus sorrisos o presidente flechado.

— "Ex, aliás, presidente Kerlog!" respondeu com um sorriso que era outra flecha a encantadora Circe.

— "Abandona então a política? Não insiste na sua candidatura?"

— "Abandono. Perdi a confiança nos meus nervos. Além disso, mudei de juízo a respeito de um homem..."

— "Fazia mau juízo dele?"

— "Mau não. Errôneo, apenas. Vejo hoje que esse homem está no seu lugar."

I cringed into the depth of my armchair.

"But," she continued, "Mr. Kerlog's watch, consulted for the tenth time, read three o'clock. The president stood up and closed the meeting. The ministers left. On the stairs the Minister of Peace said to the Minister of Equity:

'Have you noticed Kerlog's impatience?'

'Yes, I did. He was restless…'

'*Cherchez…*'[53]

'It isn't necessary. If no one can resist Miss Evelyn's catalytic action, who will resist her contact?'

They laughed, and went their separate ways.

The two ministers weren't wrong. Soon after Miss Evelyn Astor stood in front of the White House and, as agile as the goddesses – or the amorous, went up the stairs.

She was promptly ushered in.

'Welcome my fair rival,' said the arrow-stricken president with the kindest of his smiles.

'Ex, by the way, President Kerlog!' replied the lovely Circe[55] with a smile that was another arrow.

'Are you abandoning politics then? Don't you insist on your candidacy?'

'I abandon it. I've lost confidence in my nerves. Besides, I've changed my mind about a man…'

'Did you have a bad opinion about him?'

'Not bad. Just wrong. I see today that that man is in his place.'

— "Obrigado, miss Astor." exclamou o presidente. "Recebo a sua alta homenagem como o prêmio dos prêmios."

— "Pague-ma então com outra. Chefe que ainda sou de um partido, creio merecer a confiança do *leader* branco. Não é justo que conheça o pensamento íntimo do governo relativo à questão negra?"

O presidente Kerlog sorriu com afetada diplomacia.

— "Segredos de estado, miss Astor!..."

— "E já houve algum segredo de estado que não fosse conhecido das... mulheres de estado?" retrucou a ex-sabina com vivacidade.

Kerlog, bom esgrimista, tinha fama de ligeiro nas réplicas.

— "As rainhas, as favoritas de outrora eram, de fato, cofres, lindos cofres de segredos. Hoje, porém, que não há mais rainhas nem favoritas, só podem conhecer os segredos de estado as..."

Parou. Embebeu os olhos nos de miss Astor. Viu neles o que procurava e concluiu numa gentil mesura:

— "... as presidentas!"

Miss Astor fez ar de desapontada e armou bico de criança a quem negam doce.

— "Quer dizer que só conhecerei tal segredo quando for eleita presidenta..."

'Thank you, Miss Astor,' exclaimed the president. 'I receive your high honor as the prize of the prizes.'

'Pay me then with another. Leader that I still am of a party, I believe I deserve the confidence of the white leader. Isn't it fair that I should know the government's innermost thoughts concerning the black question?'

President Kerlog smiled with affected diplomacy.

'Secrets of state, Miss Astor!...'

'And has there ever been any secret of state that wasn't known to... women of state?' retorted the ex-Sabina with vivacity.

Kerlog, a good fencer, was reputed to be prompt in his retorts.

'The queens, the favorites of former times were, indeed, safes, beautiful safes of secrets. Today, however, that there are no more queens or favorites, the only ones that can know the secrets of state are...'

He stopped. Enraptured with Miss Astor's eyes. He saw in them what he was looking for, and he concluded in a gentle bow:

'... the presidentesses!'

Miss Astor pretended to be disappointed and pouted like a child to whom candy is denied.

'That means that I'll only know such secret when I'm elected presidentess...'

Os olhos de ambos encontraram-se de novo e meteram-se pelas respectivas almas a dentro. Liam-se os dois amorosos como em livros abertos.

— "Crê então, miss Astor, que só as eleições fazem presidentas?"

Nova cara de desentendida, novo bico de criança. A coitadinha não percebia coisa nenhuma e foi mister que o *leader* branco dissesse tudo:

— "Esposa do presidente, presidenta é..."

— Novo olhar... – ia dizendo eu.

Miss Jane atalhou-me:

— Não. Os olhos ficaram em paz. As mãos de Kerlog é que se estenderam para miss Astor. As de miss Astor foram-lhes ao encontro. Uniram-se no eterno gesto das mãos amorosas que se unem – e... o silêncio que diz tudo se fez entre aqueles dois admiráveis tipos de gorilas evoluídos.

A minha amiga parou, a olhar-me muito firme nos olhos. Perturbei-me. Quis espichar para ela as minhas mãos, como Kerlog, mas não tive ânimo. A sua superioridade amedrontava-me ainda.

Miss Jane fez uma pausa de alguns segundos – essa pausa de quem espera e não vê chegar. Por fim disse, como que inconscientemente desapontada:

— Quer que continue ou prefere aqui uma linha de reticências?

Their eyes met again and went into each other's souls. The two beaus read each other like open books.

'So you believe, Miss Astor, that only elections make presidentesses?'

New pretending face, new childish pout. The poor thing didn't understand a thing and the white leader had to say it all:

'Wife of the president, presidentess is..."'

"A new gaze..." I was saying.

Miss Jane interrupted me:

"No. The eyes were at peace. Kerlog's hands reached out to Miss Astor. Miss Astor's hands went towards them. They joined in the eternal gesture of loving hands that come together – and... the silence that says it all took place between those two admirable types of evolved gorillas."

My friend stopped, looking very firmly into my eyes. I was disturbed. I wanted to stretch out my hands to her, like Kerlog, but I didn't have the heart. Her superiority still frightened me.

Miss Jane paused for a few seconds – that pause of one who waits and doesn't see it coming. At last she said, as though unconsciously disappointed:

"Do you want me to continue or do you prefer a line of reticence here?"

I didn't want anything. I just wanted to reach out like Kerlog and enrapture my eyes on Miss Jane's and stay like

Eu não queria coisa nenhuma. Eu só queria estender as mãos como Kerlog e embeber meus olhos nos de miss Jane e ficar assim a vida inteira. Mas os músculos me traíram miseravelmente. Qual! pensei furioso comigo mesmo, quem nasceu para empregado de Sá, Pato & Cia não chegará nunca a marido da filha do professor Benson...

Miss Jane (pareceu-me) deixou escapar um imperceptível suspiro de despeito, rematando a história do duo presidencial com desinteresse evidente.

— O mais o senhor Ayrton imaginará. O ano 2228, em matéria de amor, não se distinguia dos anteriores. O diálogo de Adão e Eva é talvez a coisa única que não sofre grande influência da evolução. Às vezes até involui...

Tocou a campainha.

— Ponha o jantar, disse com secura para o criado que apareceu. E traga uma aspirina.

— Sente alguma coisa? – indaguei com timidez.

— Um fio de dor de cabeça, apenas, foi a sua breve resposta.

Que jantar frio e desenxabido, aquele! Quando me vi fora do castelo desabafei.

— És um animal de rabo, senhor Ayrton, e bem mereces o desprezo com que o senhor Sá te trata!

E furioso dei vários beliscões nos músculos covardes que me falharam o movimento de mãos talvez mais oportuno da minha vida.

that all my life. But the muscles betrayed me miserably. What! I thought furiously to myself, he who was born to be an employee of Sá, Pato & Cia will never come to be the husband of Professor Benson's daughter...

Miss Jane (it seemed to me) let out an imperceptible sigh of spite, finishing off the history of the presidential duo with evident disinterest.

"The rest Mr. Ayrton will imagine. The year 2228, in terms of love, wasn't different from the previous ones. The dialogue between Adam and Eve is perhaps the only thing that doesn't suffer great influence from evolution. Sometimes it even involutes..."

She rang the bell.

"Put dinner on," she said with certain dryness to the servant who appeared. "And bring an aspirin."

"Do you feel something?" I asked timidly.

"Just a bit of headache," was her brief answer.

What a cold and dull dinner that was! When I found myself outside the castle, I blurted out:

"You're an animal with a tail, Mr. Ayrton, and you well deserve the contempt with which Mr. Sá treats you!"

And in a rage, I repeatedly pinched the coward muscles which failed me in perhaps the most opportune hands movement of my life.

— Asno, asno, asno... fui-me repetindo pelo caminho todo. Estúpido éter que não age nem interferido por uma interferência tão clara...

A semana que se seguiu foi a mais desastrosa da minha vida. Na segunda-feira briguei com vários amigos, atirei com uma xícara de café à cara dum garçom e cheguei a ir parar na polícia.

Terça-feira pela manhã bebi duas garrafas de cerveja e, contra todos os meus hábitos, fui assim para o escritório. O senhor Sá olhou-me de esguelha por várias vezes. Por fim, notando a má vontade com que eu fazia o serviço, piou:

— Comeu cobra?

Tive ímpetos de mordê-lo. Mas era o patrão e recolhi os dentes. Sá insistiu:

— Comeu cobra, moço?

— Não comi coisa nenhuma. Eu lá como? Quem ama lá come? – respondi de mau modo.

— Hum! fez ele. Percebo agora. De há muito venho notando que já não me é o mesmo. Não me dá atenção ao serviço, atropela-me tudo. O Pato me disse ontem...

Estourei a boiada.

— Importa-me lá o Pato! O Pato lá diz ontem! Patão choco é que ele é! Patíbulo... Patíbulo de fraque!...

O assombro do senhor Sá chegou ao auge. Um empregado tratar assim ao comendador Pato, sócio da firma, dono de quinhentas apólices, irmão do Santíssimo

"Fool, fool, fool!…" I kept repeating myself all the way. "Stupid ether that doesn't act even when interfered with by such clear interference…"

The week that followed was the most disastrous of my life. On Monday I argued with several friends, I threw a cup of coffee in a waiter's face and ended up at the police station.

On Tuesday morning I drank two bottles of beer and, against all my habits, went to the office like that. Mr. Sá looked askance at me several times. Finally, noticing how unwillingly I was doing my job, he moaned:

"What's eating you?"

I had the urge to bite him. But he was the boss, and I hid my teeth. Sá insisted:

"What's eating you, chap?"

"Nobody has eaten anything. What do I even eat? Do those who love ever eat?" I answered meanly.

"Hmm!" he said. "I realize now. I've been noticing for a long time that you're no longer the same. You don't pay attention to your work, hurrying everything. Pato told me yesterday…"

I just lost it.

"I don't care about Pato! Whatever Pato said yesterday! A dead duck is what he is! Patibulum… Patibulum in tailcoat…"

Mr. Sá's astonishment reached its peak. An employee treating Commander Pato that way, a partner of the firm,

Sacramento, provedor da Santa Casa... E tamanho foi esse assombro que o pobre homem engasgou.

Continuei no meu estouro:

— Estou farto, sabe? Isto tudo por cá não passa de uma burrada. Mas a lei Owen rompe aí qualquer dia e quero ver! E a lei espartana, também! E outras leis terríveis, leis de dar cabo do canastro, entende? Seletivas!

O senhor Sá continuava mudo, de boca aberta, num estarrecimento de assustar um homem com menos cerveja no estômago. Olhei para ele, firme, e senti uma impressão cômica. Disparei na gargalhada.

— Parece o presidente Kerlog quando soube da vitória do Jim! Ah! Ah! Ah!... Não sabe quem é Jim? Sabe nada... Era um *leader*! O *leader* negro. Negro descascado. Despigmentado, entende? Omegado! Um bicho! Um...

Não pude continuar. Senti uma revolução no estômago e ignominiosamente desonrei com um "mico" de marcar época nos anais da firma o austero escritório dos senhores Sá, Pato & Cia.

Não me lembro de mais nada, a não ser que fui posto no olho da rua violentamente.

Amor! Amor! Amor!

owner of five hundred shares, brother of the Blessed Sacrament,[55] superintendent of the Holy House...[56]And such was his astonishment that the poor man choked.

I continued in my outburst:

"I've had enough, you know? All this around here is nothing but nonsense. But the Owen Act will break through any day now, then I want to see! And the Spartan law, too! And other terrible laws, laws to fix everything, you know? Selective laws!"

Mr. Sá was still speechless, open-mouthed, in a stunned bewilderment which would frighten a man with less beer in his stomach. I looked at him, fixed, and had a comic impression. I burst out laughing.

"You look like President Kerlog when he heard about Jim's victory! Ah! Ah! Ah!... Don't you know who Jim is? You know nothing... He was a leader! The black leader. A blanched black man. Depigmented, you understand? Omegaed! A beast! A..."

I couldn't go on. I felt a revulsion in my stomach and, throwing up, ignominiously dishonored the austere office of Messrs. Sá, Pato & Cia in an epic way.

I don't remember anything else, except that I was violently thrown out.

Love! Love! Love!

Capítulo XXIII

A Derrocada de um *Titan*

Mas sarei, e o que me curou foi uma fita que andava a empolgar as multidões – A Fera do Mar, por John Barrymore. Havia nela um beijo como nunca no mundo se dera outro igual. Um beijo shakespeariano, um beijo-força-da-natureza.

Eu como de hábito, assistia à fita pensando em Miss Jane e ligando todas as cenas ao meu amor. No momento do beijo vi-me a beijá-la e tal foi o meu ímpeto que cravei as unhas numa coisa gorda que pousara no braço da minha poltrona.

– Seu bruto! berrou uma voz.

Olhei. Uma velha matrona de bigodes e verruga no nariz fulminava-me com os olhos.

Ergui-me, numa tontura, e saí. O ar frio da noite serenou-me. Errei longo tempo pelas ruas desertas, até que em certo ponto me pilhei a monologar em voz alta:

Chapter XXIII

The Downfall of a Titan

But I healed, and what healed me was a movie that was thrilling the crowds – The Sea Beast, by John Barrymore. There was a kiss in it like no other before in the world. A Shakespearean kiss, a force of nature kiss.

As usual, I watched the movie thinking of Miss Jane and connecting all the scenes to my love. At the moment of the kiss I saw myself kissing her, and such was my impetus that I dug my nails into a fat thing that had rested on the arm of my seat.

"You brute!" shouted a voice.

I looked. An old matron with whiskers and a wart on her nose looked daggers at me.

I got up, dizzy, and left. The cold night air calmed me down. I wandered for a long time through the deserted

— Mas não me escapa! Agarro-a e dou-lhe o beijo de John Barrymore! Quero ver onde vai parar aquela impassibilidade de puro espírito. Interfiro-a e quero ver...

Quarta, quinta, sexta, sábado... Uff! Como custou a chegar o domingo!

Miss Jane recebeu-me com a serenidade antiga, curada já da sua momentânea fraqueza.

— Um pouco pálido, senhor Ayrton! Esteve doente?

— Um fiozinho de nervoso, Miss Jane, mas já passou.

— Aborrecimentos lá na firma, com certeza...

— Talvez, Miss Jane. Está-me envenenando este negócio de viver os domingos no ano 2228. Não suporto mais a burrice, a cegueira, a suficiência destes sapatões que atravancam o mundo com os seus horríveis fraques internos e externos.

Miss Jane consolou-me.

— Paciência, senhor Ayrton. A vida é cheia de maus pedaços – mas há bons pedaços para os que sabem esperar...

Passei a língua pelos beiços, já agitado.

— Jim Roy, por exemplo... – continuou ela.

— Ah, sim, o negro... – gemi com displicência, como quem se recorda de uma coisa muito distante. Naquele momento eu estava tão longe de Jim Roy...

Miss Jane, porém, conseguiu recolocar-me no ano 2228.

streets, until at a certain point I caught myself monologuing aloud:

"But she won't get away from me! I'll grab her and give her a John Barrymore kiss! I want to see what happens to that impassibility of pure spirit. I interfere with it and I want to see..."

Wednesday, Thursday, Friday, Saturday... Argh! How long had Sunday taken!

Miss Jane received me with her old serenity, already cured of her momentary weakness.

"You're a bit pale, Mr. Ayrton! Have you been ill?"

"A bit nervous, Miss Jane, but it's over now."

"Trouble at the firm, for sure..."

"Perhaps, Miss Jane. This business of living my Sundays in the year 2228 is poisoning me. I can no longer stand the stupidity, the blindness, the self-importance of these clodhoppers who obstruct the world with their horrible internal and external tailcoats."

Miss Jane consoled me.

"Patience, Mr. Ayrton. Life is full of bad times – but there are good times for those who know how to wait..."

I licked my lips, already agitated.

"Jim Roy, for example," she continued.

"Oh, yes, the black man," I groaned nonchalantly, like someone remembering something far away. At that moment I was so far away from Jim Roy.

— Jim Roy, por exemplo, ia ter o seu bom pedaço. Embora não compreendesse a calma dos brancos e ainda tivesse a tinir na cabeça as palavras cruéis de Kerlog, passou a aceitar como fato consumado o seu triunfo. O perigo passara. O perigo era o choque das duas raças, uma embriagada com a vitória, outra ofendida no seu orgulho. Para isso contribuiu não só o vigor de Kerlog como também o oportunismo da septuagésima terceira invenção de John Dudley. Que maravilhoso derivativo! A fúria desencarapinhante dos negros fê-los esquecerem completamente a política. Datava de três meses a entrada em cena dos abençoados raios Ômega e pelas estatísticas oficiais 97% da população carapinhenta estava já omegada. Mais uma semana, e os últimos postos se fechariam por falta de carapinha a alisar. Que magnífico dividendo iria distribuir a Dudley Uncurling Company!

Até Jim se omegara e o seu aspecto impressionava agora mais do que nunca. Tornara-se um admirável tipo de branco artificial, diverso dos brancos nativos, apenas pela grossura dos lábios, saliência zigomática e chateza das narinas.

Jim entretanto não se sentia o mesmo. Diminuíra o seu vigor. Aqueles impulsos ferozes, a violência selvagem que tantas vezes deflagrava em sua alma forçando-o a impor-se a máscara do *self-control,* estavam morrendo nele. Já não era com ardor belicoso que, derramando o olhar da imaginação sobre o rebanho dos cem milhões de negros, sentia em si a

Miss Jane, however, was able to take me back to the year 2228.

"Jim Roy, for instance, was going to have his good time. Although he didn't understand the calm of the whites, and still had Kerlog's cruel words ringing in his head, he came to accept his triumph as a fait accompli. The danger had passed. The danger was the clash of the two races, one drunk with victory, the other offended in its pride. Not only Kerlog's vigor, but also the opportunism of John Dudley's seventy-third invention contributed to that. What a wonderful diversion! The defrizzing fury of the blacks made them forget politics altogether. It was three months since the blessed Omega rays entered the scene, and by official statistics 97% of the black population was already Omegaed. One more week, and the last posts would be closes for lack of kinky hair to straighten. What a magnificent dividend the Dudley Uncurling Company would hand out!

Even Jim had been Omegaed, and his appearance was more impressive now than ever. He had become an admirable type of artificial white, differing from the native whites only in the thickness of his lips, the zygomatic protrusion and the flatness of his nose.

Jim, however, didn't feel the same. His vigor had diminished. Those ferocious impulses, the savage violence that had so often flared up in his soul, forcing him to impose on himself the mask of self-control, were dying in him. It was

possança de um novo Moisés. Cansaço, talvez. No ardor da luta os músculos operam prodígios de resistência. O abatimento só vem depois da vitória. Jim sentia o abatimento da vitória, depois de haver gozado o delírio do triunfo até à exasperação.

Ia realizar um ideal. O problema negro da América teria com ele no governo a única solução justa.

— "A América é nossa," monologava. "O branco não quer vida em comum? Dividamo-la. Jim dividirá a América!"

Avaliava muito bem os obstáculos tremendos que haviam de embaraçar a sua ação. Mas com pulso forte saberia quebrar todas as resistências. E que glória para a raça negra caber a ela o gesto decisivo na eterna questão! E que vitória o vê-la atestar ao mundo uma capacidade evolutiva e de realizações igual à do branco! Moço ainda que era, havia de dar-se inteiro à nova república negra e encaminhá-la aos mais gloriosos destinos.

E Jim sonhava o maior sonho que ainda se sonhou na América.

Na véspera do dia da posse estava ele à noite em sua residência particular, solitário como sempre e imerso como sempre no seu grande sonho, quando alguém bateu.

O *leader* negro despertou e franziu a testa. Não esperava ninguém, não marcara encontro com pessoa alguma...

no longer with bellicose ardor that, shedding the gaze of imagination upon the herd of the hundred million black people, he felt in himself the puissance of a new Moses. Tiredness, perhaps. In the ardor of the fight the muscles work prodigies of resistance. Exhaustion only comes after the victory. Jim felt the exhaustion of victory, after having enjoyed the delirium of triumph to the point of exasperation.

He was going to accomplish an ideal. The black problem of America would have the only fair solution with him in the government.

'America is ours,' he monologized. 'Doesn't the white want a life in common? Let's divide it. Jim will divide America!'

He was well aware of the tremendous obstacles that would hinder his action. But with a firm hand he'd be able to break through all resistances. And what a glory for the black race to have the decisive gesture in the eternal question! And what victory to see it attest to the world the capacity for evolution and achievement equal to that of the whites! Young as he was, he'd give his whole self to the new black republic, and lead it to the most glorious destinies.

And Jim was dreaming the greatest dream ever dreamed in America.

On the eve of his inauguration he was in his private residence at night, lonely as always and immersed as always in his great dream, when someone knocked.

— "Está aí um homem branco natural," veio dizer-lhe um criado.

— "Que entre," respondeu Jim, ainda com as rugas do 'quem será?' na testa.

Breve pausa. De súbito a porta do gabinete abriu-se e...

— "O Presidente Kerlog!..." exclamou Jim, surpreso da inesperada visita.

O *leader* branco, pálido como no dia da Convenção, entrou. Aproximou-se vagarosamente do *leader* negro e pôs-lhe a mão sobre o ombro, num gesto de piedade comovida.

— "Sim, o presidente Kerlog, o branco que vem assassinar-te, Jim..."

Aquelas estranhas palavras desnortearam o *leader* negro, cujos sobrolhos se franziram interrogativamente. Por mais esforço que fizesse não penetrava o sentido da estranha saudação. Mas sorriu e disse:

— "A raça ariana não poderia prestar maior homenagem à raça negra do que elegendo para carrasco de Jim Roy tão nobre chefe. Que arma escolhe para a missão que traz, presidente Kerlog? Veneno dos Bórgias ou lâmina de aço?"

O tom faceto de Jim Roy não desanuviou o ar sinistro do *leader* branco, antes o fez ainda mais doloroso.

— "Minha linguagem não é figurada, Jim. Venho de fato assassinar-te, repito."

Jim continuou a sorrir.

The black leader woke up and frowned. He wasn't expecting anyone; he hadn't made an appointment with anyone…

'There is a natural white man here,' a servant came to tell him.

'Let him in,' replied Jim, still with the "who could it be?" wrinkles on his forehead.

Brief pause. Suddenly the office door opened and…

'President Kerlog!' exclaimed Jim, surprised at the unexpected visit.

The white leader, pale as on the day of the Convention, entered. He slowly approached the black leader and put his hand on his shoulder in a gesture of moved pity.

'Yes, President Kerlog, the white man who comes to assassinate you, Jim…'

Those strange words bewildered the black leader, whose brows frowned interrogatively. No matter how hard he tried he couldn't penetrate the meaning of the strange greeting. But he smiled and said:

'The Aryan race couldn't pay greater tribute to the black race than by electing a leader as noble as Jim Roy's executioner. Which weapon do you choose for the mission you have, President Kerlog? Borgias' poison or steel blade?'

Jim Roy's facetious tone didn't defuse the white leader's sinister air; it rather made it even more painful.

'My language is not figurative, Jim, I really come to murder you, I repeat.'

— "E eu repito: com o punhal de Brutus ou com o veneno dos Bórgias?"

Kerlog encarou-o com infinita piedade e disse:

— "Arma pior, Jim. Trago na boca a palavra que mata..."

O sorriso que pairava nos lábios do negro começou a desaparecer.

— "Ninguém admira mais, prosseguiu Kerlog, ninguém respeita mais o *leader* negro do que eu. Ouso até afirmar que dentro da América branca só eu o justifico e compreendo de maneira absoluta. Vejo nele um avatar de Lincoln, o sonhador de um sonho imenso de justiça. O homem que há em Kerlog rende ao homem que há em Jim todas as homenagens. Mas o branco que há em Kerlog vem friamente assassinar com a palavra que mata o negro que há em Jim Roy..."

Tonto pelo imprevisto rumo que ia tomando o duelo, nada replicou o *leader* negro. Limitou-se a verrumar com os olhos o seu antagonista, como para extorquir-lhe o pensamento oculto. A pausa que se fez foi lúgubre. Mas logo readquiriu Jim a sua habitual firmeza e disse com ironia dolorosa:

— "Não creio que o presidente Kerlog possua a palavra que mata. O peito de Jim tem couraças por dentro. Quatro séculos de martírio nas torturas físicas da escravidão e nas torturas morais do pária enfibram a alma de quem resume cem milhões de irmãos. O peito de Jim traz couraças de

Jim continued to smile.

'And I repeat: with the dagger of Brutus or with the poison of the Borgias?'

Kerlog looked straight at him with infinite pity and said:

'Worse weapon, Jim. I carry in my mouth the word that kills...'

The smile that hung on the black man's lips began to disappear.

'No one admires more,' Kerlog continued, 'no one is more respectful of the black leader than me. I even dare to say that within white America only I justify and understand him in an absolute way. I see in him an avatar of Lincoln, the dreamer of an immense dream of justice. The man in Kerlog pays all the homage to the man in Jim. But the white man in Kerlog comes to coldly assassinate with the word that kills the black man in Jim Roy...'

Dizzy at the unexpected course the duel was taking, the black leader didn't reply. He merely stared at his antagonist as if to extort the hidden thought from him. The pause that followed was lugubrious. But Jim soon regained his usual firmness and said with painful irony:

'I don't believe President Kerlog possesses the word that kills. Jim's chest has cuirass shell on the inside. Four centuries of martyrdom in the physical tortures of slavery and in the moral tortures of the pariah enfiber the soul of someone who epitomizes a hundred million brothers. Jim's

rinoceronte por dentro. Couraças à prova das palavras que matam..."

— "Trazia..." emendou mansamente o *leader* louro. "O Jim de hoje não é o *titan* que o presidente Kerlog recebeu na Casa Branca. Quando o corisco fulmina o jequetibá, a árvore solitária continua de pé, porém morta."

O negro pressentiu a verdade daquilo. Recordou-se de que já não era o mesmo. Mas como o adivinhava Kerlog? Como penetrava assim no seu imo? Não confessara a ninguém a subitânea queda da sua força vital e nada a definia melhor que a imagem do *leader* branco: árvore siderada onde a seiva não mais circula...

Jim, entretanto, reagiu; retesou-se de todas as suas energias em declínio e disse com glacial firmeza:

— "Não importa, presidente Kerlog. A Casa Branca restituirá amanhã a Jim Roy a força que o cansaço da vitória lhe roubou."

O *leader* louro pousou a mão sobre o ombro do *leader* negro e disse com profunda piedade:

— "Não subirás os degraus da Casa Branca, Jim..."

Deu este um salto de pantera acuada e explodiu:

— "Por quê? Acaso conspiram os brancos contra a Constituição? Querem eles o crime?"

Seu peito arfava.

— "Nada disso," retrucou suavemente Kerlog. "Não penetrarás na Casa Branca porque lá não cabe Sansão de

chest has the cuirass of a rhinoceros on the inside. It's armor against words that kill...'

'You had...' the blond leader gently amended. 'Today's Jim is not the titan President Kerlog received at the White House. When the lightning strikes the *jequitibá*, the lone tree still stands, but dead.'

The black man sensed the truth of that. He remembered that he was no longer the same. But how could Kerlog guess it? How could he penetrate his inner self like that? He hadn't confessed to anyone the sudden drop of his vital force, and nothing defined it better than the image by the white leader: a thunderstruck tree where the sap no longer circulates...

Jim, however, reacted. He tautened from all his waning energies and said with glacial firmness:

'It doesn't matter, President Kerlog. Tomorrow the White House will restore to Jim Roy the strength that the fatigue of victory has robbed him of.'

The blond leader laid his hand on the black leader's shoulder and said with deep pity:

'You won't climb the steps of the White House, Jim...'

The black man jumped like a cornered panther and exploded:

'Why? Are the whites by any change conspiring against the Constitution? Do they want crime?'

His chest heaved.

'Not at all,' Kerlog replied softly. 'You won't penetrate the White House because there's no room there for a

cabelos cortados. Tua presidência seria inútil. Tudo é inútil quando o futuro já não existe."

O tom misterioso de Kerlog impacientava o negro, que sentia algo de terrível prestes a revelar-se.

— "Diga tudo, presidente Kerlog, diga essa palavra que mata!" gritou ele irritado.

O *leader* branco deixou cair novas palavras de mistério e tortura, cortantes como o fio das navalhas.

— "Tua raça foi vítima do que chamarás a traição do branco e do que chamarei as razões do branco."

O negro esboçou um ríctus de ódio.

— "Traição!... E é o presidente Kerlog quem justifica a traição!..."

— "Não justifico; consigno. Não há traição quando a senha é Vencer."

Jim sorriu com desprezo.

— "A moral branca..."

— "Não há moral entre raças, como não há moral entre povos. Há vitória ou derrota. Tua raça morreu, Jim..."

O negro imobilizou-se. Suas narinas entraram a tremer. Suas feições se decompunham horrorosamente.

— "Tua raça morreu, Jim," repetiu Kerlog. "Com a frieza implacável do Sangue que nada vê acima de si, o branco pôs um ponto final no negro da América."

Jim quedou-se um instante imóvel.

Samson with his hair cut. Your presidency would be useless. Everything is useless when the future no longer exists.'

Kerlog's mysterious tone made the black man impatient, a man who felt that something terrible was about to be revealed.

'Say it at once, President Kerlog, say that word that kills!' he shouted angrily.

The white leader dropped new words of mystery and torture, sharp like the edges of razors.

'Your race has fallen victim of what you shall call the white man's betrayal, and what I shall call the white man's reasons.'

The black man drew a rictus of hatred.

'Betrayal!... And it's President Kerlog who justifies the betrayal!...'

'I don't justify, Jim, I consign. There's no betrayal when the signal is Win.'

Jim smiled contemptuously.

'The white morality...'

'There is no morality between races, as there is no morality between peoples. There is victory or defeat. Your race is dead, Jim...'

The black man froze. His nostrils started to tremble. His features discomposing horribly.

'Your race has died, Jim.' repeated Kerlog. 'With the relentless coldness of the Blood that sees nothing above

— "Os raios Ômega!" exclamou afinal num clarão, agarrando os braços de Kerlog com os dedos crispados.

— "Sim," confirmou Kerlog. "Os raios de John Dudley possuem virtude dupla. Ao mesmo tempo que alisam os cabelos..."

Os olhos de Jim saltaram das órbitas. Seu transtorno de feições era tamanho que o *leader* branco vacilou de piedade. A raça cruel, porém, reagiu nele. E, surda, quase imperceptível, aflorou em seus lábios a palavra fatal:

— "... esterilizam o homem."

Nem Shakespeare descreveria o aspecto do *leader* negro no momento em que a palavra assassina lhe espedaçou o coração. Um terremoto d'alma aluiu por terra o *titan*. Fê-lo tombar sobre a poltrona, com esgares de idiota, encolhido como a criança inerme que vê serpente. Breves crispações de músculos passearam-lhe pelas faces. Dobrou o corpo sobre a secretária. Imobilizou-se.

O *leader* branco aproximou-se daquela massa de *titan* extinto, afagou-lhe a pobre cabeça omegada e disse, com a voz rompida de soluços:

— "Perdoa-me, Jim..."

itself, the white man has put an end to the black man of America.'

Jim stood still for a moment.

'The Omega Rays!' he exclaimed at last in a blaze, gripping Kerlog's arms with clenched fingers.

'Yes,' Kerlog confirmed. 'John Dudley's rays possess double virtue. At the same time that they straighten the hair...'

Jim's eyes popped out of their sockets. His upset features were such that the white leader wavered with pity. The cruel race, however, reacted in him. And, deafly, almost imperceptibly, the fatal words surfaced on his lips:

'... they sterilize the men.'

Not even Shakespeare could have described the appearance of the black leader at the moment the murderous word broke his heart. An upheaval of the soul knocked the titan to the ground. It made him tumble over the armchair. With idiotic grimaces, he cowered like a helpless child who sees a serpent. Brief twitches of muscle swept over his face. He bent his body over the desk. He became immobilized.

The white leader approached that mass of extinct titan, stroked his poor Omegaed head and said, in a voice broken with sobs:

'Forgive me, Jim...'"

Capítulo XXIV

Crepúsculo

— No dia seguinte a essa noite trágica devia realizar-se a posse do 88° presidente americano, James Roy Wilde, vulgarmente Jim Roy, negro de raça pura nascido em Sonora, aos 23 de abril de 2188, doutor em ciências de governo pela Escola Técnica de Direção Social, despigmentado em 2201 e omegado vinte dias depois da sua vitória.

Leader inconteste da raça negra, para a qual sonhava um destino altíssimo, merecia ainda dos brancos um respeito semelhante ao que na velha Roma o patriciado conferia aos libertos de valor excepcional. Era Jim um liberto do pigmento.

O choque das raças fora prevenido, o que valeu por nova vitória da eugenia. A sociedade, livre de tarados, viu-se no momento do embate isenta dos perturbadores ao molde dos

Chapter XXIV

Twilight

"The day after that tragic evening was to be the inauguration of the 88th American president, James Roy Wilde, commonly known as Jim Roy, a pure-bred black man born in Sonora on April 23, 2188, a doctorate in governmental sciences at the Technical School of Social Direction, depigmented in 2201 and Omegaed twenty days after the victory.

The undisputed leader of the black race, for whom he dreamed a very high destiny, still deserved from the whites respect similar to the one the patriciate in old Rome conferred to freedmen of exceptional value. Jim was a pigment-freedman.

The clash of the races had been prevented, which was worth a new victory of eugenics. Society, free of perverts, at the moment of the struggle found itself free of the

retóricos e fanáticos cujas palavras outrora impeliam as multidões aos piores crimes coletivos. A exasperação branca do primeiro momento breve desapareceu. O bom senso tomou pé e o ariano pôde filosofar com a necessária calma. A opinião corrente admitia não passar a vitória negra de um curioso incidente na vida americana. Oriunda da cisão sexual do grupo ariano, fora golpeada de morte no próprio dia em que nascera, em virtude da adesão das sabinas ao *homo*. O próximo pleito restabeleceria o ritmo quebrado e do incidente nada restaria no futuro além de um pouco mais de pitoresco na história da América – qualquer coisa, como na série dos papas, o pontificado da papisa Joana.

A serenidade dos brancos reforçava-se ainda na confiança que todos depositavam em seus *leaders* reunidos em convenção. Embora se ignorasse o que os chefes natos haviam decidido no concílio secreto, nem por sombras ninguém admitia que não fosse a ideia lá vencedora a mais eficiente e justa do ponto de vista racial.

Do outro lado os negros, passada a crise de entusiasmo do primeiro momento, e dada a fé que lhes merecia Jim Roy, entraram mais a gozar as delícias do omeguismo do que a deslumbrar-se com uma vitória política, evidentemente precária. E assim a mais inesperada surpresa da vida americana não trouxe nenhuma das calamidades públicas que acarretaria no tempo que o desprezo pela seleção

troublemakers in the mold of the rhetoricians and fanatics whose words once impelled the crowds to the worst collective crimes. The white exasperation of the first brief moment soon disappeared. Common sense found its bearings, and the Aryan was able to philosophize with the necessary calm. The current opinion admitted that the black victory was nothing more than a curious incident in American life. Coming from the sexual scission of the Aryan group, it had been struck dead on the very day it was born, due to the adherence of the Sabinas to the *homo*. The next election would restore the broken rhythm and nothing would remain of the incident in the future but a little more of picturesqueness in America's history – something, as in the series of popes, the pontificate of Pope Joan.[57]

The serenity of the whites was further strengthened by the confidence that everyone deposited in their leaders gathered in convention. Although it was unknown what the innate leaders had decided in the secret council, not by a long shot could anyone admit that the winning idea wasn't the most efficient and just from the racial point of view.

On the other side, once the crisis of enthusiasm of the first moment had passed, and given the faith that Jim Roy deserved, the blacks began to enjoy the delights of Omegaism rather than be dazzled by a political victory, evidently precarious. And so the most unexpected surprise in American life had brought none of the public calamities

humana deixava ganglionar-se a sociedade de perigosíssimos bubões infecciosos.

Na véspera da posse de Jim, por precaução contra qualquer violência, Kerlog, de combinação com Abbot, fez irradiar a notícia do novo brinquedo inventado por esse encantador das crianças. Tratava-se de uma nova bonequinha que sabia dançar o tango da moda com perfeição de maravilhar a gente grande e mergulhar em êxtases de sonhos os louros *babies*.

A criança tinha na América de 2228 uma importância capital. Toda a vida do país girava em torno dela. Era a criança, além do encanto do presente, o futuro plasmável como a cera. Os maiores gênios da raça se consagravam a estudá-la, para com tão dúctil matéria prima irem esculpindo a obra única que apaixonava o americano – o amanhã. E a tal grau chegou a afinação da Pueriestética, a sublime arte definida por John Leland, que uma imaginativa de hoje, desta época em que o homem, absorvido nos horrores da luta pelo pão, quase lhe *ignora* a existência, nem de leve pode apreender o que significava em 2228 a realeza da criança. Realeza sim, como foi na velha França a dos últimos Luíses divinizados. Em vez, porém, de toda a vida da nação revolutear em roda de um paxá como Luís 14, girava em torno da Aurora. Sua Majestade Baby era o Luís 14 do século.

that it would have brought in the days when contempt for human selection left society ganglionated with the most dangerous infectious buboes.

On the eve of Jim's inauguration, as a precaution against any violence, Kerlog, in agreement with Abbot, radioed the news of the new toy invented by this child charmer. It was a new little doll that could dance the fashionable tango with a perfection to amaze grown-ups and plunge blond babies into dreamy ecstasies.

Children had a capital importance in the America of 2228. The whole life of the country revolved around them. Children were, besides the delight of the present, the future as moldable as wax. The greatest geniuses of the race devoted themselves to studying them in order to sculpt that ductile raw material into the unique work that enamored the American people – tomorrow. And such degree of refinement reached Pueriesthetics, the sublime art defined by John Leland, that the imaginative today, of this time when man, absorbed in the horrors of the struggle of breadwinning, almost *ignores* its existence, cannot even lightly grasp what the royalty of children meant in 2228. Royalty indeed, like it was for the last deified Louis kings in old France. But, instead of the whole life of the nation revolving around a pasha like Louis XIV, it revolved around the Dawn. His Majesty the Baby was the Louis XIV of the century.

Em virtude disso é que o governo americano combinou com o senhor Abbot o lançamento da sua nova boneca nas vésperas da posse de Jim, como o melhor meio de prevenir a explosão de qualquer resíduo antissocial ainda subsistente na alma americana. E foi assim que chegou o dia da posse sem prenúncios da menor tormenta.

Súbito, porém, às primeiras horas da manhã, irradiou pela América uma nova sensacional: Jim Roy amanhecera morto em seu gabinete de trabalho.

Violentíssimo foi o abalo público, dada a coincidência de sobrevir essa morte justamente no dia da posse. Os negros viram nisso um golpe de força dos brancos e estes ficaram em suspenso, na dúvida se seria um deliberado ato de violência resolvido pelos convencionais ou uma das muitas surpresas de que é fértil o acaso. Chegou a haver por parte dos negros um instintivo movimento de revolta. Implantou-se-lhes no cérebro a convicção do crime e a velha selvageria racial rajou de sangue os olhos da pantera. Foi passageiro, entretanto, o assomo. Aquela quebreira vital que Roy havia percebido em si ganhara também toda a massa negra. O fatalismo ancestral sobrepairou logo à raiva e o imenso corpo sem cabeça, num recuo de instinto, repôs-se no lugar humilde donde o tirara a vitória de Roy.

A rã a que o vivissecador extrai o cérebro passa a viver uma vida muscular cujos movimentos são apenas reflexos. Assim a população negra americana, a partir do momento

By virtue of that, the American government arranged with Mr. Abbot to launch his new doll on the eve of Jim's inauguration as the best means of preventing the explosion of any remaining antisocial residue in the American soul. And that was how the day of the inauguration arrived without a sign of the slightest trouble.

Suddenly, however, in the early hours of the morning, sensational news was radioed across America: Jim Roy had dawned dead in his office!

The public was violently shaken by the coincidence of that death occurring precisely on the day of the inauguration. The blacks saw that as a coup d'état by the whites, and the whites hung in suspense, wondering whether it was a deliberate act of violence resolved by the conventioneers or one of the many surprises that chance is fertile for. There was even an instinctive movement of revolt on the part of the blacks. Their brains were implanted with the conviction of the crime, and the old racial savagery streaked the panther's eyes with blood. The fit of anger was fleeting, however. That vital prostration that Roy had noticed in himself had also taken the whole black mass. The ancestral fatalism soon overpowered the anger, and the immense headless body, in a retreat of instinct, returned to the humble place from which Roy's victory had taken it.

The frog from which the vivisectionist extracts the brain goes on to live a muscular life whose movements are only

em que a morte de Jim Roy lhe arrancou o encéfalo. Agitava-se ainda, vivia – mas perdera o órgão coordenador de movimentos para fins definidos.

O segredo quanto à ação esterilizadora dos raios Ômega conservava-se absoluto. Além do ministério, dos técnicos do estado, de John Dudley e de Miss Astor, já esposa do presidente Kerlog, ninguém mais o conhecia. Dos negros um só tivera a sua revelação, Jim Roy, mas torrara-o consigo no forno crematório.

Procederam-se a novas eleições e foi reeleito Kerlog por 100 milhões de votos. Normalizou-se a vida da América. Sua Majestade Baby reentrou no monopólio de toda a atenção, por um instante desviada pelo choque das raças.

Um fato entretanto fez-se notado. Meses depois do aparecimento dos raios Ômega o índice da natalidade negra caía de chofre. Março, precisamente o nono mês a datar da abertura dos primeiros postos desencarapinhantes, acusava uma queda de 30%. Esta porcentagem subiu ao dobro em abril e atingia a 97% em maio. Em junho as estatísticas só registravam 122 negrinhos novos.

Em agosto fechavam-se os postos e a Dudley Uncurling Company distribuía de dividendos 6 milhões de dólares.

Tornou-se impossível guardar por mais tempo o segredo de estado – e nem havia razões para isso. O fato caiu no domínio público por meio de uma mensagem irradiada pelo presidente Kerlog, o documento que até hoje, na vida

reflexes. So did the black American population from the moment that Jim Roy's death ripped out its brain. It still twitched around, lived – but it had lost the organ coordinating movements for definite purposes.

The secret of the sterilizing action of the Omega rays remained absolute. Besides the ministry, the state technicians, John Dudley, and Miss Astor, now President Kerlog's wife, no one else knew about it. Of the blacks only one had had its revelation, Jim Roy – but he'd torrefied it with him in the crematory oven.

New elections were held, and Kerlog was reelected by 100 million votes. Life in America was normalized. His Majesty Baby resumed the monopoly of all attention, for a moment diverted by the clash of the races.

However, one fact became noticeable. Months after the appearance of the Omega rays, the black birthrate plummeted. In March, precisely the ninth month from the opening of the first Defrizzing Post, showed a 30% drop. This percentage doubled in April and reached 97% in May. In June the statistics only registered 122 new black babies.

In August the posts were closed and the Dudley Uncurling Company distributed a dividend of 6 million dollars.

It became impossible to keep that secret of state any longer – and there was no reason for it. The fact fell into the public domain by means of a message radioed by President

da humanidade, mais fundo calou na alma do homem. Dizia essa peça, para sempre memorável:

"O governo americano vem dar conta à América do golpe de força a que foi arrastado em cumprimento da suprema deliberação dos chefes da raça branca, reunidos em palácio no dia 7 de maio de 2228. Foi aprovada nessa assembleia a moção Leland, resumida nestas palavras:

'*A convenção da raça branca decide alterar a Lei Owen no sentido de incluir entre as taras que implicam a esterilização o pigmento negro camuflado. A raça branca autoriza o governo americano a lançar mãos dos recursos que julgar convenientes para a execução desta sentença suprema e inapelável*'.

Assim autorizado, procurou o governo agir de modo a evitar perturbações na vida nacional; estava em estudos da matéria quando John Dudley lhe trouxe a revelação da virtude dupla dos raios Ômega. Adotado esse maravilhoso processo, operou-se a esterilização dos homens pigmentados pelo único meio, talvez, em condições de não acarretar para o país um desastre. O problema negro da América está, pois, resolvido da melhor forma para a raça superior, detentora do cetro supremo da realeza humana".

Nem a notícia da vitória eleitoral de Roy, nem a revelação dos raios Ômega, nem a nova da morte do *leader* negro causaram tão profunda impressão como a fria mensagem do presidente reeleito.

Kerlog, the document that so far, in the life of humanity, deeper struck the soul of mankind. That piece, forever memorable, said:

'The American government comes to give an account to America of the *coup de force*[58] to which it has been dragged in compliance with the supreme deliberation of the leaders of the white race, assembled in the palace on May 7, 2228. The Leland motion was sanctioned at that assembly, and it's summarized in these words:

The convention of the white race resolves to amend the Owen Act in order to include among the degenerations entailing sterilization, the camouflaged black pigment... The white race authorizes the American government to make use of the resources it deems convenient for the execution of this supreme and unappealable sentence.

Thus authorized, the government sought to act in order to avoid disturbances to national life; it was studying the matter when John Dudley brought it the revelation of the double virtue of the Omega rays. Once this marvelous process was adopted, the sterilization of the pigmented men was performed by the only means, perhaps, to not result in disaster for the country. The black problem of America is, thus, resolved in the best way for the superior race, holder of the supreme scepter of human crown.'

Neither the news of Roy's electoral victory, nor the revelation of the Omega rays, nor the news of the death of

Brancos e pretos a receberam com igual assombro – seguido logo de uma sensação de alívio por parte dos primeiros e de uma sensação nova na terra por parte dos segundos.

Pela primeira vez na vida dos povos realizava-se uma operação cirúrgica de tamanha envergadura. O frio bisturi de um grupo humano fizera a ablação do futuro de um outro grupo de cento e oito milhões sem que o paciente de nada se apercebesse. A raça branca, afeita à guerra como *ultima ratio* da sua majestade, desviava-se da velha trilha e impunha um manso ponto final étnico ao grupo que a ajudara a criar a América, mas com o qual não mais desejava viver em comum. Tinha-o como obstáculo ao ideal da Supercivilização ariana que naquele território começava a desabrochar, e pois não havia render-se a fraquezas de sentimento, nocivas à esplendorosa florescência do homem louro.

A raça ferida na fonte vital pendeu sobre o peito a cabeça, como a planta a que o jardineiro estrangula a circulação da seiva. Ia passar. Estéril como a pedra, ver-se-ia extinguir num crepúsculo indolor, mas de trágica melancolia.

E passou...

Decênios mais tarde, no maravilhoso jardim americano onde só abrolhavam camélias louras de pétalas levemente acobreadas pela força misteriosa do geoambiente, erguia-se, ao alto do monumento de gratidão erigido pelo sócio branco

the black leader made such deep impression as the cold message from the reelected president.

Whites and blacks received it with equal astonishment – followed soon by a sense of relief on the part of the former and a new feeling on earth on the part of the latter.

For the first time in peoples' life a surgical operation of such magnitude was performed. The cold scalpel of one human group had ablated the future of another group of one hundred and eight million without the patient realizing it at all. The white race, wont to war as the *ultima ratio*[59] of its majesty, had strayed from the old path and imposed a meek ethnic end point to the group that had helped it create America, but with which it no longer wished to live in common. It saw it as an obstacle to the ideal of the Aryan Supercivilization that was beginning to bloom in that territory, and therefore it wouldn't yield to weaknesses of feeling, harmful to the splendorous blossoming of the white man.

The race wounded in its vital source bent its head over its chest, like the plant to which the gardener strangles the circulation of the sap. It would pass. Sterile as a stone, it would be extinguished in a painless but tragically melancholy twilight.

And it passed.

Decades later, in the marvelous American garden where only blond camellias with petals slightly coppered by the

em homenagem ao sócio negro, o busto do velhinho mágico que em 2228 curara a dor de cabeça histórica do 87° presidente...

mysterious force of the geoenvironment bloomed, there rose, on the top of the monument of gratitude erected by the white associate in honor of the black associate, the bust of the little old magician who in 2228 cured the historic headache of the 87th president..."

Capítulo XXV

O Beijo de Barrymore

O desfecho do drama racial da América comoveu-me profundamente.

Não ter futuro, acabar... Que torturante a sensação dessa massa de cem milhões de criaturas assim amputadas do seu porvir!

Do outro lado, que maravilhoso surto não ia ter na América o homem branco, a expandir-se, libérrimo, na sua Canaã prodigiosa!

Se somos, se existimos, se apesar de todos os males da vida tanto nos apegamos a ela, é que no íntimo do nosso ser a voz da persistência da espécie nos ampara. A meio da vida de cada criatura já é a prole que lhe dá coragem de a viver até o fim. O celibatário, ser que vale por triste ponto final, sente-se corpo estranho no tumulto biológico – quase um amaldiçoado. Que dizer de um povo inteiro assim amputado

Chapter XXV

The Barrymore Kiss

The outcome of America's racial drama moved me deeply.

To have no future, to end… How torturous the feeling of this mass of a hundred millions creatures thus amputated of their future!

On the other hand, what a marvelous boom the white man would have in America, spreading himself, with unfettered liberty, in his prodigious Canaan!

If we are, if we exist, if in spite of all the evils of life we are so much attached to it, it is because in the depths of our being the voice of the persistence of the species protects us. In the middle of each creature's life, it's the offspring that gives them the courage to live it to the end. The celibate, a being that's worth a sad full stop, feels like a foreign body in the biological turmoil – almost cursed. What can be said of

da sua descendência? A ver-se envelhecer sem um choro de criança em seu seio, que o faça pensar no amanhã? Dia final. Dia já em crepúsculo rápido para uma noite eterna...

Fosse eu um filósofo e tinha ali matéria para esmoer o cérebro no imaginar e reimaginar a infinita maravilha do formidando quadro. Mas não era filósofo. Quem ama não filosofa, apenas suspira – e eu suspirava de comover penedos.

– Jane, Jane, Jane!... como se repetia em minha boca febrenta essa palavra e com que êxtase meus ouvidos a ouviam!

Lembrei-me do romance. Senti que era talvez o caminho mais curto para alcançar o coração da filha do professor Benson. Lancei-me a ele. Comprei uma resma de papel e com furiosa sofreguidão fiz e refiz o primeiro capítulo, entusiasmado com os períodos redondos e cantantes que me saíam da pena. Burilei-o, qual um soneto, aprimorei-o de todos os arrebiques de forma, orientado por modelos que me pareceram os melhores. E nunca me hei de esquecer da ânsia com que corri ao castelo com a minha obra em punho! Ia pelo caminho prelibando a surpresa de Miss Jane ante aquela forte revelação dum gênio literário que morreria latente se esse meu anjo bom não lhe provocasse o surto.

Encontrei-a à varanda, radiosa na formosura avivada pelo ar fino da manhã. Sem saudá-la, fui logo gritando de longe, com infantil alegria:

an entire people thus amputated from their offspring? Watching themselves growing old without a child's cry in their midst, who makes them think of tomorrow? Final day. Day already in swift twilight to an eternal night...

If I were a philosopher, I would have enough material there to cerebrate imagining and reimagining the infinite wonder of the formidable picture. But I wasn't a philosopher. Those who love don't philosophize, they only sigh – and my sigh would move boulders to tears.

"Jane, Jane, Jane!..." how this word was repeated in my febrile mouth, and with what ecstasy my ears heard it!

I remembered the novel. I felt it was perhaps the shortest way to reach the heart of Professor Benson's daughter. I threw myself into it. I bought a ream of paper and with furious eagerness wrote and rewrote the first chapter, enthused by the rounded and chanting sentences that came out of my quill. I polished it up, like a sonnet; I refined it with all the trifles of form, guided by models that seemed the best to me. And I shall never forget the keenness with which I rushed to the castle with my work in hand! On my way I was foretasting Miss Jane's surprise at that strong revelation of a literary genius that would have died latent had that good angel of mine not provoked his impetus.

I found her on the porch, radiant in her beauty, heightened by the fine morning air. Without greeting her, I immediately went shouting from afar, with childish joy:

— Já fiz o primeiro, Miss Jane! O primeiro capítulo! E estou ansioso por ouvir a sua opinião...

— Bravos! exclamou ela. Não esperei que tão rapidamente pusesse mãos à obra.

Abri o meu pacote de tiras em belo cursivo e entreguei-lhas, como quem à sua dama entrega a mais preciosa das gemas. Impossível que após sua leitura Miss Jane não me desse o seu amor.

Vendo a minha sofreguidão, ali mesmo a jovem as leu, enquanto meus olhos ávidos acompanhavam em seu rosto o efeito da narrativa.

Mas, ai de mim, tudo saiu bem ao contrário do esperado... Miss Jane atenuou quanto pôde a sua crítica, delicada e gentil que era, mas não logrou impedir que de volta à cidade eu rasgasse em mil pedaços a minha obra-prima e pela janelinha do vagão, melancolicamente, os lançasse ao vento. Azedei a semana inteira e no próximo domingo reapareci no castelo de mãos vazias.

— Não refez, então, o capítulo? – indagou ela logo que entrei.

— Oh, não, Miss Jane. Suas palavras abriram-me os olhos. Convenci-me de que não possuo qualidades literárias e não quero insistir, retruquei com ar ressentido.

— Pois tem que insistir – foi a sua resposta. Em nome da nossa amizade o exijo, e pelas qualidades que vi

"I've done the first one, Miss Jane! The first chapter! And I can't wait to hear your opinion..."

"Bravos!" she exclaimed. "I didn't expect you to get to work so quickly."

I opened my package of beautiful cursive strips and handed them to her, as someone who hands his lady the most precious of gems. It was impossible that after reading them Miss Jane wouldn't give me her love.

Seeing my eagerness, the young lady read them right there, while my avid eyes followed the effect of the narrative on her face.

But, woe is me, everything turned out quite the opposite of what I expected... Miss Jane attenuated her criticism as much as she could, delicate and gentle as she was; but she couldn't prevent me, back to the city, from tearing my masterpiece into a thousand pieces and melancholically throwing them to the wind through the little window of the wagon. I was sour the whole week, and the next Sunday I reappeared at the castle empty-handed.

"You haven't rewritten the chapter, then?" she asked as soon as I entered.

"Oh, no, Miss Jane. Your words opened my eyes. I've convinced myself that I possess no literary qualities and I don't want to insist," I replied resentfully.

"But you have to insist," was her reply. "In the name of our friendship I demand it, and from the qualities I saw in the

em germe no seu primeiro escrito tenho a certeza de que fará a obra como é mister.

— Confesso, Miss Jane, que a sua apreciação do último domingo me desalentou, e ainda permaneço sob essa impressão...

— Que vaidosos os moços! Lembre-se de meu pai. Quantas vezes fazia e refazia a mesma experiência, com tenacidade de beneditino! Por isso venceu. Lembre-se dos grandes escritores da fase inicial, lembre-se do esforço incessante de Flaubert para atingir a luminosa clareza que só a sábia simplicidade dá. A ênfase, o empolado, o enfeite, o contorcido, o rebuscamento de expressões, tudo isso nada tem com a arte de escrever, porque é artifício e o artifício é a cuscuta da arte. Puros maneirismos que em nada contribuem para o fim supremo: a clara e fácil expressão da ideia.

— Sim, Miss Jane, mas sem isso fico sem estilo...

Que finura de sorriso, temperado de meiguice, aflorou nos lábios da minha amiga!

— Estilo o senhor Ayrton só o terá quando perder em absoluto a preocupação de ter estilo. Que é estilo, afinal?

— Estilo é... ia eu respondendo de pronto; mas logo engasguei, e assim ficaria se ela muito naturalmente não mo definisse de gentil maneira.

— ... é o modo de ser de cada um. Estilo é como o rosto: cada qual possui o que Deus lhe deu. Procurar ter um certo estilo vale tanto como procurar ter uma certa cara. Sai máscara, fatalmente, essa horrível coisa que é a máscara...

germ of your writing I am sure that you will do the job as it needs to be done."

"I confess, Miss Jane, that your evaluation last Sunday discouraged me, and I still remain under that impression..."

"How vain young men are! Remember my father. How many times he did the same experiment over and over again, with the tenacity of a Benedictine! That's why he succeeded. Remember the great writers of the early days; remember Flaubert's incessant effort to attain the luminous clarity that only wise simplicity gives. The emphasis, the pomp, the ornament, the contortion, the floweriness of expressions, all this has nothing to do with the art of writing, because they're artifices, and artifices are the scrounger of art. Pure mannerisms that contribute nothing to the supreme end: the clear and easy expression of the idea."

"Yes, Miss Jane, but without that I'm left with no style..."

What a finesse of a smile, seasoned with gentleness, sprang on my friend's lips!

"Mr. Ayrton's will have style only when he lets go of all his concern for style. What is style, anyway?"

"Style is..." I was about to reply immediately, but then I choked, and that would have been it, had she not very naturally defined it to me in a gentle way.

"... is the individual way of being. Style is like a face: each one has what God has given. Trying to have a certain

— Mas o meu modo natural de ser não tem encantos, Miss Jane, é bruto, grosseiro, inábil, ingênuo. Quer, então, que escreva desta maneira?

— Pois certamente! Seja como é, e tudo quanto lhe parece defeito surgirá como qualidade, visto que será reflexo da coisa única que tem valor num artista – a personalidade.

Refleti comigo uns instantes e disse por fim:

— Está bem, Miss Jane. Vou tentar mais uma vez. Vou escrever como sair, sem preocupação de espécie nenhuma – nem de gramática, e verá que horror...

— Isso! exclamou ela encantada. Acertou. Isso é que é escrever bem. Refaça o primeiro capítulo com esse critério e traga-mo no próximo domingo. Serei franca como o fui na tentativa anterior, e se me parecer que de fato não tem as qualidades precisas, di-lo-ei francamente e não pensaremos mais nisso.

De regresso ao meu quartinho humilde nessa mesma noite dei início à obra. O meu amuo, consequente à vaidade literária ofendida, não passara de todo, e resolvi escrever mal, de um jato, com a intenção deliberada de desapontar Miss Jane. Ela me condenaria a segunda tentativa, púnhamos um ponto final na literatura e passaríamos a cuidar de outra coisa. Escrevi até madrugada, sem rasuras, sem escolha de palavras, como se estivesse a correr no meu saudoso Ford ao acaso das estradas sem fim. Ao soarem três horas atirei com a caneta e fui dormir o sono mais pesado da minha vida.

style is worth as much as trying to have a certain face. What comes of it is a mask, inevitably – that horrible thing that the mask is…"

"But my natural way of being has no charms, Miss Jane, it's crude, coarse, awkward, naive. So, do you want me to write this way?"

"Yes, certainly! Be who you are, and whatever seems to you to be a flaw will emerge as quality, since it will be a reflection of the only thing of value in an artist – personality."

I reflected for a moment and finally said:

"All right, Miss Jane. I'll try it one more time. I'm going to write it as it comes out, without a care in the world – not even for the grammar, and you'll see how awful…"

"That's it!" she exclaimed delighted. "You've got it. That's good writing. Rewrite the first chapter with this criterion and bring it to me next Sunday. I'll be as frank as I was at the previous attempt, and if it seems to me that it really doesn't in fact have the precise qualities, I'll tell you frankly and we won't think about it anymore."

Back to my humble room that same evening, I started the work. My sullenness, consequent upon the offended literary vanity, was far from over, and I decided to write badly, in one go, with the deliberate intention of disappointing Miss Jane. She would condemn me on the second attempt; we'd put an end to literature, and take care

— Aqui está, Miss Jane, o horror que me saiu da pena. Escrevi de acordo com a sua receita e nem coragem tive de reler. Condene-me de uma vez e passemos a cuidar de outra coisa.

Miss Jane tomou as tiras e logo ao fim da primeira abriu a expressão que eu tanto ansiara por ver na tentativa anterior. E nesse estado de êxtase sôfrego permaneceu até o fim.

— Ótimo! exclamou. O senhor Ayrton acaba de revelar-se-me um verdadeiro escritor – impetuoso, irregular, incorreto, ingênuo, mas expressivo, original e forte. Há aqui verdadeiros achados de expressão. Faça o livro inteiro neste tom que eu lhe garanto a vitória.

Olhei para a minha amiga quase com rancor, tão certo estava de que se fazia cruelmente irônica para comigo.

— Tem coragem de ser assim impiedosa com o pobre Ayrton? – disse-lhe em tom magoado.

Ela olhou-me nos olhos fixamente, sem dizer palavra, e nos seus lindos olhos azuis vi refletida com tamanha nitidez a pureza de sua alma que logo me envergonhei do meu ímpeto, filho exclusivo da ignorância.

— Não, meu amigo, disse-me por fim. Sou incapaz de ironia. O que acabo de dizer é a fiel expressão do meu pensamento. Estas páginas estão cheias de defeitos, mas dos defeitos naturais ao primeiro jato de toda obra sincera e espontânea. São as rebarbas que com a lima o fundidor tira. Mas se noto defeitos que a lima tira, não noto nenhum vício

of something else. I wrote till dawn, with no erasures, no choice of words, as if I were racing on random endless roads in my much-missed Ford. At the stroke of three o'clock I threw the pen down and went to sleep the heaviest sleep of my life.

"Here it is, Miss Jane, the horror that came out of my quill. I wrote it according to your recipe and didn't even have the courage to reread. Condemn me at once and let's take care of something else."

Miss Jane took the strips, and at the end of the first one she opened up the expression I had so longed to see in the previous attempt. And in that state of eager ecstasy she remained until the end.

"Great!" she exclaimed. "Mr. Ayrton has just revealed himself to me to be a true writer – impetuous, irregular, incorrect, naïve, but expressive, original and strong. There are real findings of expression here. Write the whole book in this tone that I guarantee you victory."

I looked at my friend almost with rancor, so sure was I that she was being cruelly ironic towards me.

"Do you have the courage to be so merciless to poor Ayrton?" I said to her in a hurt tone.

She looked me straight in the eyes, not saying a word, and in her beautiful blue eyes I saw the purity of her soul so clearly reflected that I was immediately ashamed of my impetus, ignorance's only child.

literário, e por isso considero ótimo o começo do seu romance. Faça-o todo nesse tom e fará a obra que imagino. O trabalho de rebarba deixe-o comigo. Sou mulher e paciente. Deixe-me o menos e faça o mais. Seja o fundidor apenas, o obreiro que cria o grande bloco e não perde tempo com detalhes subalternos.

Calaram fundo no meu coração aquelas palavras. Vi nelas um interesse mais de amorosa do que de simples amiga – de amorosa que o é sem o saber. Imergida que sempre vivera em suas visões do futuro, e sempre presa da mais intensa atividade cerebral, Miss Jane ignorava-se.

Olhei-a com o coração nos olhos. O puro espírito viu em mim a taça cheia em excesso cuja espuma se derrama – e perturbou-se. Seus olhos baixaram-se. Seu peito ofegou.

Era o céu. Atirei-me, como quem se atira à vida, e esmaguei-lhe nos lábios o beijo sem fim de John Barrymore. E qual o raio que acende em chamas o tronco impassível, meu beijo arrancou da gelada filha do professor Benson a ardente mulher que eu sonhara.

– Minha, afinal!...

"No, my friend," she said to me at last. "I'm incapable of irony. What I have just said is the faithful expression of my thoughts. These pages are full of flaws, but of flaws that are natural to the first impulse of any sincere and spontaneous opus. They are the burrs that the smelter removes with the file. But if I notice the flaws that the file removes, I don't notice any literary vice, and that's why I consider the beginning of your novel great. Do it all in that tone and you'll write the opus that I imagine. Leave the burr work with me. I'm a woman and I'm patient. Leave me the least and do the most. Just be the smelter, the founder who creates the big block and doesn't waste time with subaltern details."

Those words penetrated deep into my heart. I saw in them an interest more of a lover than of a simple friend – of a lover who does not know it. Immersed as she had always been in her visions of the future, and always prey of the most intense cerebral activity, Miss Jane ignored herself.

I looked at her with my heart in my eyes. The pure spirit saw in me the overfilled cup whose foam spills out – and was disturbed. Her eyes lowered. Her chest gasped.

It was heaven. I threw myself, as one who throws himself into life, and smacked her lips with the endless kiss of John Barrymore. And like the lightning that kindles the impassible trunk ablaze, my kiss snatched from Professor Benson's icy daughter the ardent woman I had dreamed of.

"Mine, at last!…"

NOTES

[1] Nova Friburgo (New Fribourg) is a city in the mountainous northeast of the capital of Rio de Janeiro, founded in 1818 by farming immigrants from the Swiss canton of Fribourg, and known as "City of all nations". (https://houseofswitzerland.org/swissstories/society/swiss-city-heart-brazil)

[2] Klaxon here refers to the trademark for a brand of electro-mechanical horn or alert device (1908). In Brazil Klaxon-mensário de arte moderna was the name of a virtual art and literary magazine (1922-1923) used to publicize the Week of Modern Art (Semana de Arte Moderna, 10-17 February 1922) in São Paulo.

[3] Serra do Mar is a system of escarpments and mountain ranges which runs for 1,500 km along the coast between the States of São Paulo and Paraná.

[4] Literally "animal game," the jogo do bicho is a widespread but illegal gambling type of numbers game in Brazil, associated to 25 animals which are represented as a sequence of numbers between 1 and 100.

[5] The coordinates Lobato gives here takes us to the South Atlantic Ocean, off the coast of Rio de Janeiro. The coordinates for Nova Friburgo, where the scene is meant to be taking place, are 22°16′ S, 42°31′ W.

[6] *Jequitibá* is a South American tree (*Cariniana legalis*) that yields a valuable hardwood similar to Colombian mahogany, also called Brazilian mahogany.

[7] A variant spelling of *muzhik*, a Russian peasant.

[8] Also known in English as Archangel and Archangelsk, is a city and the administrative center of Arkhangelsk Oblast, in Russia.

[9] German for "anger, wrath."

[10] Refereeing to Friedrich Wilhelm Victor August Ernst von Hohenzollern (1882-1951).

[11] Fushiyama, Fujiyama or Fuji-san, are different ways of refereeing to Mount Fuji, in Japan.

[12] *Tartarin de Tarascon* is the title of the 1872 book by French author Alphonse Daudet (1840-1897). Tartarin is the main character, and Tarascon is the town where the story takes place.

[13] A recurrent character in Alphonse Daudet's work, in this case it relates to *Tartarin sur les Alpes* (1891).

[14] In reference to Musica universalis. Better known as Harmony of the Spheres, it's "a doctrine often traced to Pythagoras and

fusing together mathematics, music, and astronomy. In essence the heavenly bodies, being large objects in motion, must produce music. The perfection of the celestial world requires that this music be harmonious; it is hidden from our ears only because it is always present. The mathematics of harmony was a central discovery of immense significance to the Pythagoreans." (https://www.oxfordreference.com/view/10.1093/oi/authority.20110803095921718)

[15] Lobato's neologism, the word *porviroscópio* implies that this machine doesn't just tell the "future," it rather tells the *porvir*, or "what is yet to come," which is much more, poetic, intense and deeper in meaning.

[16] In reference to Mongols, an East Asian ethnic group native to Inner Mongolia Autonomous Region of China, Mongolia and the Buryatia Republic of Russia.

[17] *Mil-réis* (thousand-réis, plural of *real*), was the Brazilian currency of the period (1833-1942). One thousand thousand-réis (Rs1:000$000) was equivalent to one *conto de réis,* or 1 million réis, or 1 kg of gold in 1860. Roughly measured against the relative price of gold today (inflation not calculated), one *conto de réis* would be equivalent to approximately USD 60,000 (December 2021); and the fabric of Mr. Pato's suit would have been worth $6,000 per meter.

[18] A wool fabric made of fine, high-density yarns in the warp, with satin bindings or diagonal composite.

[19] Lobato's neologism playing with Sá & Pato here, but also with a hint of sarcasm as referring to "in the manner of a *sapatão*" (clodhopper), a derogatory nickname for the Portuguese people in São Paulo, at the time of the Brazilian Independence.

[20] This is an expression in Latin, used pejoratively for 'accomplices.'

[21] A possible reference to *Memórias Póstumas de Bras Cubas* (1881), by Brazilian writer Machado de Assis (1839-1908), "*decifra-me ou devoro-t*e" (Chapter II), which in turn could be a reference to the Sphinx who would devour those who failed to answer a riddle correctly, in Oedipus the King (c.429 BC) by Sophocles (c.497-406 BC).

[22] French for "leader."

[23] Lobato is referring to the female of the Sabines (*Sabinos* in Portuguese), originally "an Italic people who lived in the central Apennine Mountains of the ancient Italian Peninsula, also inhabiting Latium north of the Anio before the founding Rome." (Wikipedia)

[24] "*Souvent femme varie,/Bien fol est qui s'y fie* "[Often woman varies,/Very crazy is who trusts her], is a passage first mentioned by Pierre de Bourdeille Brantôme (1540-1614), in the famous *Recueil des dames* (1665), inspired by the legendary words of King François I of France. who inscribed this sentence on the windows of the Chateau de Chambord.

[25] French for "always."

[26] Referring to Alessandro Volta (1745-1827), an Italian physicist and chemist who discovered methane and is considered the father of the electric battery and pioneer of the studies of electricity.

[27] Lobato was probably refereeing to 439 years prior to 2228 (1789), when George Washington (first president of the US, 1789-1797) signed a reenactment of the Northwest Ordinance (1791) which freed all slaves brought to the US after 1787 into a vast expanse of federal territory north of the Ohio River, except for slaves escaping from slave states. (Wikipedia)

[28] Possibly a reference to the mischievousness of Ariel, an ethereal character who served Prospero in The Tempest (1610-11) by William Shakespeare (1564-1616).

[29] Edmond Rostand (1868-1918), French poet and dramatist who wrote in his Cyrano de Bergerac (1897): "A kiss, but what is it?... A pink dot on the "i" of the verb to love."

[30] Lobato is referring to artificial or cold light which Tesla referred to as incandescent light as we know it.

[31] "Queen Mab is a fairy referred to in William Shakespeare's play Romeo and Juliet, where 'she is the fairies' midwife'. Later she appears in other poetry and literature, and in various guises in drama and cinema." (Wikipedia)

[32] French for "meadows, grasses, or lawns."

[33] A possible reference to the nymph Calypso in Greek mythology, who lived in the mythical Island of Ogygia. She is depicted in Homer"s The Odyssey as having kept Odysseus in captivity for many years before his escape. (greekmythology.com)

[34] French for "old-fashioned."

[35] A *kraal* is a traditional African village of huts, typically enclosed by a fence.

[36] Latin for *Inde* (thence, from that place), and *Unde* (whence, from what place?)

[37] The cave bear (*Ursus spelaeus*) is an extinct bear species from the last glacial period. (Wikipedia)

[38] Megatherium is a genus of the extinct family of Megatheriidae, a group of sometimes huge sloths. (Wikipedia)

[39] Possibly a reference to Cassandra, a Trojan priestess of Apollo in Greek mythology cursed to utter true prophecies, but never to be believed. (Wikipedia)

[40] Chief of an African tribe, a chieftain.

[41] A person with dolichocephaly, a condition where the head is longer than would be expected, relative to its width. In humans, scaphocephaly is a form of dolichocephaly. (Wikipedia)

[42] Shorten version of the Latin translation of the Bible passage *nihil sub sole novum*, meaning "nothing new under the sun," from Ecclesiastes 1:9.

[43] In reference to Loie Fuller (Marie Louise Fuller, 1862–1928), an American actress and dancer who was the precursor of modern dance (with her "Serpentine Dance"), and for her innovation in theatrical lighting. (Wikipedia)

[44] An Italian musical term meaning "from the beginning," literally, 'from the head.'

[45] Pill roller, pill peddler, pill pusher: slang, someone, especially a medical doctor, who is authorized to prescribe medication. Primarily heard in UK and Australia.

[46] French for "little fire."

[47] The National Convention was a parliament of the French Revolution, following the two-year National Constituent Assembly and the one-year Legislative Assembly. Created after the great insurrection of 10 August 1792, it was the first French government organized as a republic, abandoning the monarchy altogether. (Wikipedia)

[48] French for "bigwigs."

[49] Honoré Gabriel Riqueti, Count of Mirabeau (1749–1791), known as "a leader of the early stages of the French Revolution. A noble, he had been involved in numerous scandals before the start of the Revolution in 1789 that had left his reputation in ru-

ins. Nonetheless, he rose to the top of the French political hierarchy in the years 1789–1791 and acquired the reputation of a voice of the people." (Wikipedia)

[50] Georges-Jacques Danton (1759–1794), was a French Revolution "leader and orator, often credited as the chief force in the overthrow of the monarchy and the establishment of the First French Republic. He later became the first president of the Committee of Public Safety, but his increasing moderation and eventual opposition to the Reign of Terror led to his own death at the guillotine." (Britannica)

[51] French for "overexertion" due to work load.

[52] Lobato might have been aware of Ham's Redemption (A Redenção de Cam) (1895); a painting by Spanish painter Modesto Brocos (1852-1936), whilst teaching at the National School of Fine Arts of Rio de Janeiro. The painting deals with the controversial racial theories of the late nineteenth century and the phenomenon of the search for the gradual 'whitening' of the generations through miscegenation. The work is a reference to the first book of the Bible, Genesis, on chapter 9. In the passage, "Ham exposes the nudity and drunkenness of his father, Noah, to his brothers Shem and Japheth, and is condemned by his father to be a slave along with his son Canaan, who is cursed as "the servant of the servants." Ham was pointed out in the Bible as the supposed ascendant of the African races. Faced with this, in the sixteenth, seventeenth and eighteenth centuries, Christians used the biblical passage to justify slavery in colonial economies." (Wikipedia)

[53] French for "look for…" as in *ne cherchez plus!*, "look no further!"

[54] In reference to the "enchantress and minor goddess in Greek mythology. She is either a daughter of the god Helios and the Oceanid nymph Perse or the goddess Hecate and Aeetes. Circe was renowned for her vast knowledge of potions and herbs. Through the use of these and a magic wand or staff, she would transform her enemies, or those who offended her, into animals." (Wikipedia)

[55] Generally Irmandade do Santíssimo Sacramento (Brotherhood of the Blessed Sacrament), is a Catholic confraternity that originated in the Middle Ages and is among the most respectable and oldest religious brotherhoods in Catholicism. Its origin is linked to piety and Eucharistic devotion. The celebration of Corpus Christi, created by Urban IV in 1264, had the participation of this brotherhood. (Wikipedia)

[56] Generally Santa Casa de Misericórdia (Holy House of Mercy), is a charitable lay institution originated in Portugal (1498), with the mission of treating and supporting the sick, the disabled, and newborns abandoned at the institution. (Wikipedia)

[57] Ioannes Anglicus (855-857) was, according to legend, a woman who reigned as pope for an unknown number of years during the Middle Ages. The story was widely believed for cen-

turies, but most modern scholars regard it as fictional. (Wikipedia) Pope Joan was also a 19th century English card game.

[58] French for "a sudden, violent act, "abuse of authority."

[59] From a Latin phrase *Ultima ratio regum*, meaning 'the final argument of kings'. Louis XIV of France had this phrase engraved on his army's cannons, and it means the final possibility of solving a problem after all other options have been tried and have failed. (Macmillan Dictionary)

Agradecimentos

A tradutora e o editor gostariam de agradecer ao Ministério da Cultura e à Fundação da Biblioteca Nacional do Brasil pelo apoio que tornaram este livro possível. A todas as pessoas que, direta ou indiretamente, colaboraram para a execução e divulgação deste projeto.

Agradecimentos também são devidos aos editores seniores Ralph Cheney, Denise Dembinski, Richard Waterman, que dedicaram seus olhos afiados às palavras, estilo e design deste livro.

Os sinceros agradecimentos de Ana Lessa-Schmidt vão também para Helmut Schmidt, Terezinha Maria Moreira, Mauro Alexandre Lessa Lima, e Glenn Cheney, por sua paciência, apoio e conselhos preciosos.

À estimada Nadia Kerecuk, da Embaixada Brasileira em Londres, por seu inestimável suporte às edições da New London Librarium através de sua valiosa iniciativa: o Brazilian Bilingual Book Club (BBBC); e por sua sempre valiosa e erudita ajuda literária e lexical.

E ainda, ao magnífico grupo de estudiosos e acadêmicos do Observatório Lobato, em especial: Vanete Santana-Dezmann, Tais Diniz e Sílvio Tamaso D'Onofrio, por seu apoio, conhecimento e compromisso intelectualizado para com a obra de Monteiro Lobato.

Acknowledgements

The translator and the editor would like to thank the Ministry of Culture and the National Library Foundation of Brazil for the support that made this book possible. To all the people who, directly or indirectly, collaborated in the execution and dissemination of this project.

Thanks are also due to senior editors Ralph Cheney, Denise Dembinski, who devoted their sharp eyes to the words, style, and design of this book.

Ana Lessa-Schmidt's sincere thanks also go to Helmut Schmidt, Terezinha Maria Moreira, Mauro Alexandre Lessa Lima, and Glenn Cheney for their precious, support, and invaluable advice.

To Nadia Kerecuk, from the Brazilian Embassy in London, for her inestimable support to the New London Librarium editions through her valuable initiative: the Brazilian Bilingual Book Club (BBBC); and for her ever invaluable literary and lexical advice.

And also, to the magnificent group of scholars and academics of the Lobato Observatory, especially: Vanete Santana-Dezmann, Tais Diniz e Sílvio Tamaso D'Onofrio, for their support, knowledge, and intellectual commitment to Monteiro Lobato's work.

Monteiro Lobato

Monteiro Lobato (1882-1948) foi um dos escritores mais influentes do Brasil; foi também editor, jornalista, tradutor e empresário nascido em Taubaté, São Paulo. Ele criou a Monteiro Lobato & Cia (1918-24), a Companhia Graphico-Editora Monteiro Lobato (1924-25) e posteriormente a Companhia Editora Nacional (1926-29). Foi também um dos primeiros autores de literatura infantil no Brasil e na América Latina. Além da literatura infantil, Lobato produziu uma extensa obra voltada para o público adulto. Sua obra é considerada Pré-Modernista por seu estilo regionalista, e por denunciar a dura realidade da vida brasileira no campo através de sua representação de vilarejos decadentes e habitantes pobres do Vale do Paraíba (onde se encontra uma considerável concentração da economia brasileira) no início do século XX, e seu declínio após a abolição da escravatura e a crise do café (1929), muito bem evidenciado em sua série de contos *Cidades Mortas* (1919). Como empresário, ele também fundou a Companhia Petróleos do Brasil (1931-41), e fez campanha pela independência do petróleo brasileiro, perdendo enormes somas de dinheiro nesta empreitada, e desafiando o governo, o que culminou com sua prisão por três meses em 1941.

Em 12 de novembro de 1912, o jornal *O Estado de São Paulo* publicou uma carta de Monteiro Lobato intitulada *Velha*

Monteiro Lobato

Monteiro Lobato (1882-1948) was one of Brazil's most influential writers; he was also an editor, journalist, translator, and entrepreneur born in Taubaté, São Paulo. He created the Monteiro Lobato & Cia (1918-24), the Companhia-Graphico-Editora Monteiro Lobato (1924-25) and later the Companhia Editora Nacional (1926-29). He was also one of the first authors of children's literature in Brazil and Latin America. In addition to children's literature, Lobato produced an extensive opus aimed at the adult audience. His work is considered Pre-Modernist for its regionalist style, and for denouncing the harsh reality of Brazilian life in the countryside through his depiction of decadent villages and impoverished people of São Paulo's Vale do Paraíba (where a considerable concentration of the Brazilian economy lies) in the beginning of the 20th century, and its decline after the abolition of slavery and the coffee crisis (1929), very well evidenced in his series of short stories *Cidades Mortas* (Dead Cities) (1919). As a businessman, he also founded the Companhia Petróleos do Brasil (1931-41), and campaigned for Brazil's oil independence, losing huge sums of money in this endeavor, and challenging the government, which culminated with his imprisonment for three months in 1941.

Praga, na qual este criticava a queima, a ignorância e as dificuldades do caboclo, que na opinião de Lobato dificultava o desenvolvimento da agricultura na região sudeste do país. Em 1918, Lobato publicou sua primeira coleção de contos, *Urupês* (1918), que retrata as cidades por onde passou e o personagem Jeca Tatu, um caipira do campo notório por sua pobreza, estagnação e indolência, o que o tornou incapaz de ajudar na agricultura. Jeca Tatu serviu como elemento para um discurso de campanha presidencial de Rui Barbosa (1849-1923) em 1918, onde Jeca é considerado um padrão do interior brasileiro, abandonado pelo poder público e vivendo em extrema pobreza.

Sua luta pelos interesses nacionais também está presente na literatura infantil, que além de ter um aspecto moralizante e educativo, está focada nos interesses nacionais e na representação de temas e tradições mitológicas brasileiras e internacionais.

On November 12, 1912, the newspaper *O Estado de São Paulo* published a letter by Monteiro Lobato entitled *Velha Praga* (Old Plague), in which he criticized the burning, ignorance and hardship of the caboclo, which in Lobato's opinion hindered the development of agriculture in the southeast region of the country. In 1918, Lobato published his first collection of short stories, *Urupês* (1918), which depicts the towns he passed through and the character Jeca Tatu, a country bumpkin noted for his poverty, doldrums and indolence, which made him incapable of helping in agriculture. Jeca Tatu served as an element for a presidential campaign speech by Rui Barbosa (1849-1923) in 1918, where Jeca is considered a standard of the countryside Brazilian, abandoned by the public authorities and living in extreme poverty.

His fight for national interests is also present in his children's literature, which, besides having a moralizing and educational aspect, is focused on national interests and on the representation of Brazilian and international mythological themes and traditions.

Sobre Ana Lessa-Schmidt

Ana Lessa-Schmidt nasceu no Rio de Janeiro, Brasil. Ela é bacharel em Literatura Inglesa pela Universidade Federal do Amazonas, e mestrado em Sociedade Britânica Contemporânea pela Universidade de Nottingham, onde também obteve seu título de Ph.D. em Estudos Culturais Brasileiros (Música de Protesto durante a ditadura no Brasil, com enfoque na banda brasileira de rock, Legião Urbana). Ela é tradutora, editora e professora de idiomas. Ela possui grande interesse na literatura brasileira e vem traduzindo-a desde 2014. Ela vive em Praga, República Tcheca.

About Ana Lessa-Schmidt

Ana Lessa-Schmidt was born in Rio de Janeiro, Brazil. She holds a bachelor's degree in English Literature from the Federal University of Amazonas, and a Master's degree in Contemporary British Society from the University of Nottingham, where she also earned a Ph.D. in Brazilian Cultural Studies (Protest Music during the dictatorship in Brazil, focusing on the Brazilian Rock band Legião Urbana [Urban Legion]). She is a translator, editor, and language teacher. She has a great interest in Brazilian literature and has been translating it since 2014. She lives in Prague, Czech Republic.

Sobre Vanete Santana-Dezmann

Vanete Santana-Dezmann é professora, pesquisadora e tradutora. É corresponsável pelas Jornadas Monteiro Lobato e Encontros com Lobato, realizados na Faculdade de Filosofia, Letras e Ciências Humanas da Universidade de São Paulo (FFLCH-USP) e autora de Entre metafísica, distopia e mecenato, uma análise do livro O choque das raças, de Monteiro Lobato (Os Caipiras - São Paulo). Tem pós-doutorado em Estudos da Tradução (USP), com estágio de pesquisa no Goethe-Museum de Düsseldorf; doutorado em Teorias de Tradução (Universidade de Campinas - UNICAMP), com estágio de pesquisa na Universidade Livre de Berlim, e mestrado na mesma área (UNICAMP). Graduou-se em Letras (UNICAMP).

About Vanete Santana-Dezmann

Vanete Santana-Dezmann is a teacher, researcher, and translator. She is co-responsible for the Jornadas Monteiro Lobato e Encontros com Lobato, held at the Faculty of Philosophy, Literature and Humanities of the University of São Paulo (FFLCH-USP); and author of Entre metafísica, dystopia e mecenato (Os Caipiras - São Paulo), which analyses the book O choque das raças (The Clash of the Races), by Monteiro Lobato. She has a post-doctoral degree in Translation Studies (USP), with a research internship at the Goethe-Museum in Düsseldorf; a PhD in Theories of Translation (University of Campinas - UNICAMP), with a research internship at the Free University of Berlin, and a master's degree in the same area (UNICAMP). She also holds a BA in Languages (UNICAMP).

New London Librarium

A New London Librarium (NLL) é uma editora-boutique especializada em livros que merecem ser publicados, mas que dificilmente atingirão os níveis de vendas esperados por editoras de maior porte. Muitos dos títulos da NLL exploram a cultura, literatura, história e assuntos atuais ligados ao Brasil.

Outras séries focam-se em questões católicas, história, ficção e arte. Entre nossas traduções estão obras de Machado de Assis, Rubem Alves, Mário de Andrade, Paulo Leminski, e João do Rio.

Para mais informações, veja NLLibrarium.com.

New London Librarium

New London Librarium is a boutique press that specializes in books that merit publication but which are unlikely to reach sales levels expected by larger publishers. Many of NLL's titles explore culture, literature, history, and current issues relating to Brazil.

Other series focus on history, Catholic issues, fiction, and art. Among translations are works by Machado de Assis, Rubem Alves, Mário de Andrade, Paulo Leminski, and João do Rio.

For more information, see NLLibrarium.com.

www.ingramcontent.com/pod-product-compliance
Lightning Source LLC
Chambersburg PA
CBHW050945210726
48287CB00004B/1147